Projeto Grimório

Filhos da Luz

Projeto Grimório

Filhos da Luz

PandorgA

2016

Mário Resmin

Direção Editorial
Silvia Vasconcelos
Produção Editorial
Equipe Editora Pandorga
Preparação de texto
Elo Editorial
Revisão
Alline Salles e Marcio Barbosa
Projeto gráfico e diagramação
Fernanda S. Ohosaku
Composição de capa
Marco Mancen

Texto de acordo com as normas do Novo Acordo Ortográfico da Língua Portuguesa
(Decreto Legislativo nº 54, de 1995)

Dados Internacionais de Catalogação na Publicação (CIP)
Ficha elaborada por: Tereza Cristina Barros - CRB-8/7410

Resmin Jr., Mário
Projeto Grimório : filhos da luz / Mário Resmin. --
Carapicuiba, SP : PandorgA, 2016.
360 p. ; 16 x 23 cm.

ISBN 978-85-8442-113-8

1. Ficção brasileira I. Título.

07.12/044-2015 CDD- 869.3

2016
IMPRESSO NO BRASIL
PRINTED IN BRAZIL
DIREITOS CEDIDOS PARA ESTA EDIÇÃO À
EDITORA PANDORGA
AVENIDA SÃO CAMILO, 899
CEP 06709-150 – GRANJA VIANA – COTIA – SP
TEL. (11) 4612-6404

WWW.EDITORAPANDORGA.COM.BR

Dedico este livro aos dois maiores guerreiros que conheço, meus pais Mário E. Resmin e Marcia Isabel O. Resmin.

Sumário

PROJETO GRIMÓRIO

Por definição, um Grimório é um livro de conhecimentos mágicos, com anotações de práticas pessoais, ou seja, um diário mágico, escrito entre o final da Idade Média e o século XVIII. Tais livros contêm correspondências astrológicas, listas de anjos e demônios, orientações sobre como efetuar feitiços ou misturar remédios, conjurar entidades sobrenaturais ou como confeccionar talismãs, de acordo com o ponto de vista e com os estudos experimentais do autor.

Outra definição para Grimório, tirada de uma antiga lenda, diz que é um livro que contém conhecimentos sobre magia, mas pode ser prejudicial até mesmo para as pessoas que foram treinadas para usá-los. O conhecimento nele é *venenoso* por ser demasiadamente *puro* para pessoas que não têm o dom e, mesmo que as mensagens sejam diluídas para que todos possam ter acesso, pessoas que não têm esse dom não podem, sequer, abri-los. Pois, se conseguissem ler tais escritas, mesmo que com muitas partes obscurecidas, suas mentes seriam gravemente afetadas.

Grimórios contêm, desde simples poções e remédios, até poderosas magias, o que os torna realmente poderosos. Até mesmo algumas organizações mágicas se formaram para tentar evitar a propagação de Grimórios, temendo o perigo de tais magias caírem em mãos erradas. Mas Grimórios são praticamente eternos, pois não podem ser destruídos por métodos humanos, então, o que algumas dessas organizações fizeram foi selar os Grimórios para que não fossem mal utilizados.

Outro fato interessante sobre os Grimórios é que eles tiram energia da Terra, e magos conseguem utilizá-los por liberar quantidades minúsculas dessa energia, graças a seus dons. Por se utilizar dessa energia, os Grimórios parecem ter "mente" própria, pois buscam os proprietários certos para espalhar sua magia e seu conhecimento, e também melhorar-se, pois deixam que seus atuais proprietários acrescentem mais conhecimento em suas páginas. Porém, se o Grimório "achar" que o atual proprietário não é adequado, ele pode dispensá-lo e não abrir mais suas páginas ou, em casos extremos, até matá-lo.

A antiga lenda ainda diz que poucos têm o poder de lidar com elevado número de Grimórios e que estes, por sua vez, podem se tornar o lendário Deus da Magia. Mas, para chegar a tal ponto, é preciso ter um incrível potencial, tanto físico como mental e espiritual.

A vida na Terra mudou

O planeta Terra já não é mais o mesmo. Ele foi castigado durante séculos por humanos inconsequentes que poluíram a água, o ar e desmataram a natureza, sem se importar com o próximo, muito menos com o planeta onde viviam. O planeta estava muito doente, mas a gota d'água foi no ano de 2074. A vaidade de líderes da humanidade causou a Terceira Guerra Mundial, guerra essa catastrófica, com a qual a vida na Terra foi praticamente dizimada. Dos quase dez bilhões de humanos que viviam nesse planeta, menos de 1% sobreviveu, e essa parcela, por sua vez, teve que se adaptar. O planeta passou quase um ano na mais completa escuridão; plantas e animais que não se adaptaram foram extintos, então novas espécies apareceram, a geografia do planeta mudou, e tudo está diferente. Já não existem mais os benefícios que a eletricidade proporcionava, nem mesmo a energia elétrica. Carros não andam, não existe mais gasolina ou petróleo. Os poucos humanos que sobreviveram voltaram a viver em uma época pré-revolução industrial e precisaram migrar para o campo, então as cidades estão desertas.

Essas pessoas que sobreviveram formaram pequenas aldeias, baseadas na ajuda mútua e, assim, facilitaram suas vidas e a dos próximos. Estavam formando uma pequena sociedade, mas as pessoas então estavam voltando e ser humanas.

Por todas as partes do planeta estavam surgindo essas aldeias, as pessoas migravam para perto de rios, lagos, e ali se instalavam. Algumas aldeias tinham pouca gente; outras chegavam a ter centenas de sobreviventes, mas, em todas elas, as pessoas agiam da mesma forma: alguns trabalhavam para o bem do grupo arando a terra, plantando, caçando, pescando, enquanto outros cuidavam da aldeia ou cozinhavam. Todos tinham uma função e trabalhavam sem reclamar, pois sabiam que era para o bem do grupo. Bem, pelo menos, imaginava-se isso.

Após quase um ano de completa escuridão, os primeiros raios de sol conseguem transpassar a grossa nuvem de poeira. As plantas que resistiram, agora podem florir novamente, animais saem das tocas para ver aquele que estava sumido havia um longo tempo.

Nas margens de um rio que ficava onde, antes da guerra, era o sul do Brasil, encontraram-se duas pessoas: uma jovem de, aproximadamente, 20 anos, e uma mais velha de seus 40 e poucos anos. Elas resolveram que ali iriam se fixar, pois havia uma cabana onde poderiam se abrigar. Com o rio próximo, água não seria problema e, como já haviam sobrevivido por um ano em condições realmente adversas, elas teriam tudo de que precisavam ali. Então, a senhora, de nome Isabel, e a moça, Karen, decidiram onde seria seu abrigo. Mal sabiam elas que, após alguns meses, o local se tornaria uma aldeia.

A cabana das duas mulheres se tornou o centro da aldeia, onde várias cabanas foram sendo construídas por pessoas que chegavam. Nessa aldeia, todos tinham suas funções, e, no final do dia, voltavam para lá para aproveitar o anoitecer, sentavam-se em torno de uma fogueira e conversavam, tomando uma bebida tradicional dessa região desde antes da guerra, o chimarrão. Esse ritual era sagrado, todas as noites eles se reuniam, mateavam e contavam como tinha sido o dia, além de histórias de épocas anteriores à guerra.

E é assim que começa nossa aventura...

CAPÍTULO 1

O INÍCIO

Após mais um dia de trabalho, quase todos já haviam voltado para a aldeia, faltava apenas uma pessoa, que tinha como sua obrigação do dia recolher folhas de erva-mate, pois o estoque da aldeia já estava acabando. Não demorou muito e ele chegou. Quando questionado sobre o porquê da demora, ele respondeu que estava observando alguns pássaros, pois estavam com um comportamento estranho; não cantaram durante o dia e estavam todos parados, mal se moviam para se alimentar, e olhavam para o mesmo lado, como se esperassem por alguma coisa que ia aparecer. Porém, como todos estavam esperando por ele para começar o ritual diário, ele se sentou em seu lugar em volta da fogueira.

Isabel, que é a matriarca da aldeia por ser a mais velha, com pouco mais de 60 anos, se põe a contar uma história:

— Quando eu era criança, meu pai me contou uma história, a qual, apesar de eu ter medo, adorava ouvir. "Em certas noites, quando a lua estava mais redonda que nunca, e sua luz fazia a noite parecer dia, um certo acontecimento assustava algumas pessoas. Diziam que a força da luz da Lua fazia com que certas pessoas se transformassem em um ser meio lobo e meio gente. Essas criaturas eram fortes e saíam às ruas para atormentar e assustar as pessoas. Ninguém sabe por que isso acontecia, mas a teoria mais aceita é que, em uma época antiga, uma família muito rica tentou expulsar de uma floresta quem diziam ser uma velha senhora que morava lá. Mas, como essa família tinha poder financeiro, pediram para as autoridades locais derrubarem o casebre da senhora e expulsá-la. E assim foi feito. Em uma manhã em que a senhora saiu para pegar algumas plantas e frutas, os encarregados puseram fogo no casebre, mas, ao sentir o cheiro de fumaça, ela voltou correndo. Ao chegar no local, viu sua casa ardendo em chamas, então ela se sentou e esperou. Os encarregados de expulsá-la ficaram olhando, com sorriso na cara, as lágrimas da velhinha. Quando o fogo diminuiu um pouco, a senhora se levantou e foi em direção ao que sobrou da casa. Quando foi questionada sobre o que ela estava querendo fazer, ela simplesmente respondeu que ia pegar uma lembrança e iria embora dali. Foi nos escombros, ainda em brasas, e pegou um livro grosso, com a capa preta e alguns detalhes em metal, virou as costas e saiu floresta adentro.

Os encarregados voltaram e deram a "boa notícia" aos patrões.

Naquela mesma noite, a Lua estava enorme, e já era quase meia-noite quando bateram na porta da família rica. Ao atender a porta, viram a senhora, mas, antes de expulsá-la dali, ela abriu o livro, repetiu umas palavras estranhas, e depois falou: 'Vocês e todas as suas gerações serão odiados, serão destruídos. Lobo que mata ovelha tem que ser sacrificado, pois não vai parar de matar até que seja morto'.

Depois disso, um uivo ensurdecedor ecoou por toda parte e, quando viram, a senhora havia sumido. Na noite seguinte, eles ouviram de novo o uivo e, ao procurar, encontraram um lobo enorme rondando suas terras, então saíram para caçá-lo. Encontraram-no, mas perceberam que, apesar de os tiros terem perfurado a carne, parecia que o animal nem sentia os ferimentos, mas, provavelmente, ficou acuado, e por isso correu em direção ao mato. Achando que tinham conseguido abater o lobo, os caçadores voltaram para sua casa. Ao amanhecer, sentiram falta de seu filho mais novo, ele não costumava perder o café da manhã e não havia saído do quarto. Ao ir até o quarto, viram que ele não estava lá. Apavorados, saíram à rua para procurá-lo, então, ao seguir a trilha de sangue da criatura que haviam acertado na noite anterior, encontraram seu caçula nu, com marcas de bala. Ele não estava morto, mas agonizava. Dizem que, desde então, em todas as gerações dessa família, pelo menos um dos filhos se transforma quando a Lua está cheia como naquela noite".

As pessoas prestavam atenção na história que Isabel contava, até que ela parou de falar e apontou para longe. Todos olharam e ficaram observando, após alguns segundos, burburinhos surgiram. Estavam olhando para uma luz muito forte no céu, que parecia crescer. Ela era muito forte, uma luz branca azulada, como estrelas, porém maior. Depois de mais algum tempo, notaram que essa luz não estava crescendo, mas, sim, se aproximando. Sentiram um arrepio subir pela espinha, um frio na barriga. O que era aquilo?

Ninguém conseguia desviar o olhar. Aquela luz ia iluminando os lugares por onde passava. Quando passou pela aldeia, todos viram que a luz estava bem baixa e quase cegava, mas, depois de mais alguns segundos, ela caiu. Prepararam-se, pois esperavam uma explosão, mas o que aconteceu foi um silêncio profundo, nem os insetos faziam barulho. Eles notaram que a queda aconteceu em uma clareira próxima à aldeia, lugar que todos conheciam, pois era onde estava o que sobrou de uma pequena cabana abandonada há anos, por ser precária e pelo risco de cair a qualquer instante.

Todos se puseram a correr para aquele lugar. Os homens jovens saíram na frente e, algum tempo depois, chegaram ao local e não viram nada. Os outros foram chegando aos poucos. A última a chegar foi Isabel, que, logo, perguntou se tinham encontrado algo, porém ninguém havia visto nada de diferente, até que um choro abafado chamou a atenção deles. Eles repararam que o choro vinha da velha cabana, então entraram lá e, para surpresa de todos, encontraram quatro crianças recém-nascidas. Elas ainda estavam sujas de sangue, mas não havia sinal de uma mulher ali. Isabel pegou uma delas no colo, Karen e outras duas mulheres pegaram um nenê cada. Enquanto isso, todos tentavam entender o que acontecera.

Ao saírem, Isabel viu todos reunidos em frente à cabana, mas o que chamou sua atenção foi que ela acreditou ter visto alguém entrando por entre as árvores. Ela avisou dois homens, que logo foram atrás da pessoa, mas não viram nada. Isabel, então, decide que deve voltar à aldeia, levando com ela as crianças encontradas. Todos estavam assustados, sem entender nada daquela situação, mas concordaram que não podiam abandonar as crianças ali.

Voltando para a aldeia, estavam em silêncio, pensativos, tentando assimilar a ideia de aqueles bebês terem aparecido ali, mas quem abandonaria as crianças? Onde estava quem as abandonou? Perguntas não faltavam, mas o silêncio dos pensamentos foi quebrado por Isabel, que pediu para que prestassem atenção, pois ela estava com a impressão de estar sendo observada. Todos ficaram atentos ao seu redor, mas nada viam.

Ao chegar na aldeia, Isabel pediu para as mulheres prepararem água para dar banho nos recém-nascidos. Todos ficaram ao redor dos bebês e, ao terminar de dar banho neles, Isabel e Karen notaram que, em três deles, havia marcas um pouco diferentes. Em um deles, havia uma marca semelhante a uma cicatriz de garras de animal em suas costas, essa marca era enorme e saía do ombro esquerdo e ia até a cintura do lado direito. Em outro, a marca que chamou a atenção era o formato de uma lua crescente centralizada na testa da criança. Na outra criança, a marca era diferente das anteriores; as outras pareciam cicatrizes, essa era como uma marca de nascença, mais escura na pele, assemelhando-se a uma tatuagem de dragão que ocupava todo seu braço, do ombro até o cotovelo. O único que não tinha marca nenhuma era o que parecia ser o menor deles.

Karen e Isabel já estavam muito apegadas a essas crianças. Apesar de estar com elas há poucos minutos, sentiam como se as tivessem carregado em seus ventres por meses. Podia ser instinto maternal; mesmo que, depois da guerra, poucas mulheres tivessem tido a sorte de engravidar, o instinto ainda estava à flor da pele e foi "reativado" com a chegada dessas misteriosas crianças.

As crianças acalmaram-se após o banho, mas ainda choramingavam. Podia ser fome, mas, como alimentá-las? Não havia nenhuma mulher que pudesse amamentar, leite era um alimento que eles não tinham lá, pois, apesar de, nas matas e em campos em volta da aldeia, existirem vacas, depois de tanto tempo sem contato com o ser humano voltaram a se tornar selvagens. Foi um erro, logo após a guerra, ninguém perceber que leite seria muito útil para a sobrevivência. Mas era tarde demais para pensar nisso. Isabel pensou e decidiu que, ao menos, por ora, ela podia fazer um suco de laranja com bastante água para alimentar as crianças até encontrar outra solução. Porém, a ideia parece ter sido horrível; talvez pela acidez, gosto forte ou outro motivo qualquer, as crianças se puseram a chorar a plenos pulmões. Elas estavam apavoradas, não sabiam o que fazer, até que uma das mulheres da aldeia deu a ideia de dar chá de camomila para que os bebês se acalmassem e parassem de chorar. Não era alimento, mas poderia ajudar as mulheres a pensarem sem o pavor de ouvir as crianças chorando, e assim o fizeram. Isabel, Karen e outras duas mulheres, cada uma com um dos bebês no colo, davam-lhes o chá que pediram para Téo, o responsável por chás e ervas, pegar em sua plantação e preparar para as crianças. Elas molhavam um pedacinho de tecido no líquido e, quando ficava encharcado, davam para os bebês sugarem. Não eram mamadeiras, mas, depois de alguns minutos, fez efeito e eles dormiram.

Fora da casa de Isabel, onde os bebês estavam, os cães começaram a rosnar e ficaram alertas, como se alguma ameaça se aproximasse da aldeia. Eles não rosnavam para um lado específico, até pareciam perdidos. Enquanto corriam a esmo ao redor das casas, só rosnando, todos saíram para procurar o que estava alertando os cães de tal maneira. Foram até onde a luz da fogueira iluminava, então Isabel disse para ficarem ali, apesar de não ser necessário, pois todos estavam com medo. O desconhecido assusta, eles não sabiam o que pensar, será que era alguém querendo reaver as crianças? Será que era algum animal de grande porte que estava se aproximando e deixando os cães daquele jeito? Que noite era aquela, uma luz misteriosa, bebês, cachorros enlouquecidos... O que mais podia acontecer?

Os cães que estavam ao redor da aldeia, rosnando, começaram a se aproximar de onde as pessoas estavam. Pareciam acuados e rosnavam com intensidade, mas recuaram para perto da fogueira. Seus pelos das costas estavam eriçados, os cães estavam sentindo alguma coisa, mas o que podia ser?

A tensão pairava no ar, todos com um nó na garganta. Ninguém conseguia falar nada, só procuravam com os olhos. Amontoaram-se perto do fogo, e até mesmo o estalar de uma das toras de lenha que estava no fogo foi suficiente para que alguns soltassem um "grito mudo" e as pernas amolecessem de susto. Mas, além dos rosnados dos cães e da fogueira, não havia um único grilo fazendo barulho.

Um dos homens da vila disse que ia procurar o que estava assustando os cães e a todos na vila, mas Isabel disse para ele ficar ali, que não era inteligente sair daquele lugar, pois um poderia proteger o outro, então eles estavam protegidos de alguma forma. E, se fosse algum animal, ficaria intimidado pela fogueira. Ele resolveu ficar ali, mas a situação não era agradável, afinal, estavam esperando o quê? E a sensação de impotência os estava deixando ainda mais assustados; como agir em uma situação como essa?

Após mais alguns minutos sem nada mudar, as pessoas da aldeia começaram a ficar inquietas, alguns queriam sair e ver o que estava acontecendo, e outros queriam ficar ali. Porém, de repente, os cães pararam de rosnar, mas pareciam procurar alguma coisa ao farejarem o ar. A tensão diminuiu, mas por pouco tempo.

Quando achavam que o mistério tinha acabado, um grito ecoou no ar; eram os quero-queros, conhecidos como guardiões dos campos, alguma coisa os incomodou, algo que estava perto da aldeia, mas o que era e onde estava? Novamente, os cães ficaram nervosos; dessa vez, não rosnaram, mas latiram, e começaram a avançar em alguma coisa que se aproximou. Todos os cães estavam latindo para uma das laterais da aldeia, onde existia um mato fechado. Era um local afastado das casas, então as pessoas pegaram lamparinas e tochas para iluminar e tomaram coragem, indo para perto de onde os cães estavam. Ao chegar, viram que os cães estavam avançando, mas não entravam no mato, pois alguma coisa os impedia de avançarem mata adentro, o que era muito estranho, pois aquela mata era conhecida pelo cães; eles a usavam de abrigo do sol, caçavam e brincavam naquela beira da mata, então alguma coisa muito esquisita estava acontecendo ali. Os latidos eram estridentes, ecoavam, mas já não eram mais o único som que se ouvia, pois, de dentro da mata, começou a sair o som de galhos se quebrando. No começo, estava longe, mas não demorou muito para se aproximar, parecia que estavam arrancando as árvores, o barulho estava a poucos metros deles. Os aldeões já nem ouviam mais os cães latindo, estavam focados no som se aproximando, o que podia estar quebrando tantas árvores? Um arrepio subiu dos pés à cabeça de alguns, outros tremiam e já nem sabiam mais o que era arrepio.

Finalmente, ou não, o barulho chegou à beira da mata. O que eles viram fez com que o coração de alguns parasse por um segundo. Dois olhos grandes refletiam a luz das tochas e lamparinas, os cães pararam de latir, as pessoas quase não respiravam, o silêncio era assustador. Lá estava aquele par de olhos encarando a aldeia e a aldeia encarando-os, ninguém se mexia. O que era, ou de quem era, aquele par de olhos?

O silêncio foi quebrado, alguns quase desmaiaram, outros saíram correndo e outros começaram a rir. Sim, começaram a rir, pois o silêncio foi quebrado por um alto mugido. O ser assustador era uma vaca que estava ali.

Depois do alívio inicial, por não ser nada de mais, todos se puseram a pensar:

Como assim, uma vaca?

Então, um dos homens foi, cuidadosamente, em direção à vaca, mas tamanha cautela não era necessária, já que ela era extremamente dócil e, talvez, por milagre, seu úbere estava inchado, sinal que tinha muito leite. Todos comemoraram este fato, pois agora teriam leite para alimentar as crianças. Muitos nem se deram conta de que era coincidência demais para se acreditar fácil assim. Após muitos anos morando ali, nunca conseguiram pegar uma vaca e, de repente, no meio da noite, como que por mágica, uma aparece na aldeia...

Isabel não engoliu a história, então, após pedir para levarem a vaca para o centro da aldeia e pegarem algumas tigelas para tirarem o leite, ela ficou mais alguns segundos encarando a mata e, sem saber o que pensar, simplesmente disse:

— Muito obrigada.

Assim, ao se virar de costas, ouve uma voz vinda do meio da mata, que parece dizer:

— Por nada, cuide deles...

Ela se volta para a mata, mas nada vê e, ao pensar em entrar lá para procurar quem podia ter dito isso, a atenção dela se volta para o choro de um dos bebês.

Prefere guardar em segredo o que ela ouviu, pois não queria assustar ainda mais os aldeões depois de uma noite tal qual essa que estavam passando, mesmo assim, pediu para dois homens da aldeia fazerem guarda durante a noite, com a seguinte desculpa:

— Vocês dois devem ficar revezando a guarda da aldeia durante a noite, pois, se outra vaca aparecer, não podemos perder a chance.

Os dois aceitaram e começaram a patrulhar a aldeia em turnos alternados durante a noite, porém, mais nada de estranho aconteceu.

Após tantos acontecimentos na noite anterior, o amanhecer foi diferente, pois, apesar de terem dormido tarde, todos da aldeia acordaram cedo para ver os novos habitantes. Antes mesmo de os bebês acordarem, todos já estavam ajudando com o leite morno, frutas frescas e arrumando água já na temperatura certa para dar banho neles. A chegada dos bebês conseguiu unir ainda mais aquele pequeno povo, assim, todos tinham um novo motivo para fazer as tarefas. Antes era apenas pela sobrevivência, agora tinham por quem se esforçar. Todos adotaram aqueles meninos como seus filhos, e cuidaram deles como tal. Então, resolveram que tinham que batizar as crianças, os nomes que seriam dados em uma cerimônia, pois agora seriam os filhos da aldeia e nada mais justo do que toda a aldeia decidir seus nomes. Isabel, então, pede que Bruce faça um grupo, eles deveriam arrumar uma grande caça, os melhores vegetais e frutas deveriam ser colhidos, pois, no dia seguinte, fariam uma festa para a escolha do nome das crianças.

Não demorou muito para os caçadores pegarem um grande javali em uma armadilha armada no meio da mata, então se apressaram para levá-lo para a aldeia e preparar a festa para o batismo.

Ao amanhecer do outro dia, já se podia sentir o cheiro da carne assando. Todos estavam sorridentes e trabalhando para deixar a festa impecável. A aldeia ganhou um brilho diferente, estava toda enfeitada com flores, e a felicidade dos aldeões era contagiante, eles sentiam algo diferente, uma motivação tomou conta de todos. O dia foi passando e todos ali sorriam e comiam, falavam, cantavam e se divertiam.

Então, Isabel pede a atenção para si:

— Estamos festejando a chegada de nossos quatro filhos, e eu queria saber se algum de vocês tem ideia dos nomes que podemos dar para eles. Vamos ver quais são suas sugestões.

Todos se puseram a falar ao mesmo tempo e, por questão de ordem, Isabel pediu para que se organizassem em grupos para discutirem entre si. Assim, ao chegarem a uma conclusão, deveriam falar para ela para que ficasse definido qual o nome seria dado a cada um dos bebês. E assim foi feito. Após algum tempo, Isabel ficou na frente do berço do único que não tinha marca nenhuma de nascença e perguntou:

— Pois bem, já discutiram por tempo suficiente. Qual nome vocês acham que deve ser dado a este bebê? Mas, antes que comecem todos a falar juntos, quero que somente uma pessoa de cada grupo fale.

E então, quatro escolhidos pelos grupos foram para perto do berço, assim Isabel perguntou o nome que cada um sugeria. O primeiro a falar disse que achava que o bebê se parecia com Jonas; outro, por sua vez, achava que o bebê deveria se chamar Rafael.

O terceiro nome a ser dito foi um pouco diferente, mas veio com uma explicação:

— Acho que o nome dele deve ser Polegar, o menor deles leva o nome do menor dos dedos.

E a mulher que sugeriu este nome se volta para o bebê e fala:

— Não é, Polegar? Esse vai ser teu nome, e todos podem te chamar de Poli como apelido.

Nesse momento, a criança começa a sorrir, então ela mesma escolheu seu nome, e ficou decidido que aquele, dali para frente, seria o Poli.

Então Isabel partiu para o próximo, o bebê com a cicatriz nas costas. O primeiro a sugerir um nome disse que devia ser Estéfano, pois era o nome de seu falecido avô, que, além de ser íntegro e sempre buscar fazer o certo, tinha várias cicatrizes. Outro achava que o nome deveria ser Daniel, outra achava que o nome deveria ser Giusepe, e o último a opinar diz:

— Acho que o nome dele deve ser forte, pois só sendo muito forte para ter uma cicatriz como essa e não morrer. Parece que ele foi atacado por lobos ou ursos.

Assim, uma pessoa diz:

— Ele deve ter sido marcado pelo lobisomem, igual na lenda que a Isabel contou na noite em que eles apareceram. Qual era o nome da lenda mesmo, Isabel?

Isabel responde:

— Se não me engano, essa lenda era de fora, algo como Lobo da Noite, mas em outro idioma, *Nightwolf*.

Nesse momento, o bebê também sorri, decidindo que o nome dele seria diferente, *NightWolf*. Aquele nome era estranho demais na opinião de todos da aldeia, então o nome que ficou foi simplesmente *Wolf*.

O terceiro para o qual seria escolhido o nome foi o bebê com a marca similar a um dragão no seu braço. Os nomes sugeridos foram Mário, Júnior e Eliseu, mas o último a falar disse que o nome do bebê tinha que vir de sua marca, então sugeriu que o nome deveria ser *Dragon*, também um nome diferente, mas de imposição. No mesmo momento, a criança começou a gargalhar, com risadas de bebê, por isso já se sabia que era esse o nome dela.

Por último, veio o bebê com uma marca de meia-lua na testa. Os nomes sugeridos foram Caio, Fernando e Souza, mas, antes que o último desse sua opinião, Isabel pediu a palavra e começou a falar:

— Essa marca que este bebê tem me fez lembrar de uma história que ouvi muito quando mais nova, a história de Joseph, mas que é mais conhecido por seu nome indígena, Sepé Tiaraju. Ele foi um herói de guerra, um guerreiro destemido que protegeu sua terra com todas as forças. Quando o exército estrangeiro tentou tirar a tribo de sua aldeia, ele pronunciou a frase que marcou essa guerra: "Essa terra já tem dono!". E assim ele declarou guerra contra os invasores. Então acho que o nome dele poderia ser Joseph.

Todos gostaram da ideia, inclusive o bebê, que mostrou aceitar o nome com um sorriso.

Então, voltaram às comemorações, agora com mais quatro aldeões participando. Poli, Wolf, Dragon e Joseph agora eram os filhos da aldeia.

***

Os quatro primeiros anos passaram-se voando. As crianças estão no auge de sua curiosidade. Isabel, sabendo disso, resolveu que era hora de passar para eles uma coisa que levariam para o resto da vida: ela queria começar a ensiná-los a ler e escrever. Para isso, pediu para que dois homens fossem até onde ficava a antiga cidade e pegassem alguns livros, revistas, cadernos. Os homens não gostam muito da ideia de ir até a cidade, pois, além de terem várias lembranças de antes da guerra, as cidades abandonadas se tornaram perigosas, tanto por estarem há anos sem manutenção, quanto por causa dos animais que a adotaram como lar. Isabel já sabia disso tudo, por isso disse para que eles não fossem até onde ficava o centro da cidade, mas, sim, para o lado oposto, onde ficava um antigo museu, que era mais perto e, como era por uma boa causa, valia o risco. Os homens saíram em direção à antiga cidade. A caminhada deles podia demorar um pouco, pois a cidade era um pouco afastada da aldeia, e eles não lembravam ao certo o caminho que deveriam seguir.

Depois de atravessar a mata que estavam acostumados a frequentar, passaram por uma mata fechada que há tempos não usavam. Tão logo entraram no terreno desconhecido, encontram uma clareira. Acharam estranho haver um descampado no meio do mato fechado, mas, como fazia muito tempo desde a última vez que tinham passado por ali, não deram muita importância e seguiram seu caminho.

Ao chegarem, novamente, à beira da floresta, viram que tinha uma trilha aberta. Não parecia ser de animais, pois não havia marcas de cascos, nem galhos quebrados, apenas uma trilha aberta. Mesmo receosos, entraram na trilha, pois seria muito difícil fazer o mesmo caminho pela densa floresta. Após alguns minutos dentro dela, perceberam que aquela trilha estava em linha reta, não havia nenhuma curva. Eles olhavam para trás e viam a trilha até onde os olhos alcançavam, e o mesmo acontecia olhando o horizonte à frente. Após andar mais alguns minutos, notaram que, ao longe, via-se o final da trilha, então aceleraram o passo e, quando chegaram ao final, viram um grande prédio, um museu. Será que era ali o lugar ao qual Isabel pediu pra eles irem?

Eles entraram no museu com pressa, pois queriam tentar voltar para a aldeia o quanto antes. Foram pela recepção do museu, através de uma porta de vidro que estava quebrada, pegaram alguns papéis, uns panfletos, e acharam também vários lápis e blocos de anotações. Deram muita sorte, pois tudo que Isabel pediu foi encontrado com facilidade.

Se eles se apressassem um pouco, poderiam voltar à aldeia ainda na mesma noite.

Ao saírem pela porta do museu, começaram a reparar em volta, eles até acharam estranho tamanha facilidade. Então, para a surpresa deles, o museu estava cercado de uma densa mata. Um deles pergunta:

— O museu era tão retirado assim?

O outro responde:

— Acho que não. Lembro de vir até o museu com a escola pouco tempo antes da guerra, tinha uma praça aqui por perto, e também havia casas e um estacionamento onde descíamos do ônibus da escola...

Mas o raciocínio dele foi interrompido por um relincho, o que os assustou. Ao voltarem a si, notaram que havia dois cavalos próximos a eles. Com certo receio de se aproximar, pois se lembravam de cavalos e, sendo alguns selvagens que sempre fugiam ao sentir a presença de qualquer humano, não sabiam como reagir. Demorou um pouco até eles tomarem coragem de se aproximar dos animais, mas eles, por sua vez, se mostraram extremamente dóceis, nem se moveram, pareciam estar gostando da situação, então um deles toma coragem e pergunta:

— Será que devemos tentar montar neles?

Mesmo sem nunca terem montado em um cavalo, eles tentaram subir. Para surpresa e alívio dos dois, os cavalos aceitaram ser montados e, mesmo sem rédea nenhuma, eles se puseram a andar em direção à trilha que levava à aldeia.

Os homens conversavam entre si:

— Você não acha que estamos com muita sorte? Esta trilha, tudo que precisávamos estava fácil de pegar, esses cavalos, e até mesmo a vaca que aparece do nada na aldeia... Parece que estamos sendo abençoados.

O outro diz:

— Será mesmo sorte? Não acha que é sorte demais? Eu estou começando a achar que existe alguma aldeia aqui por perto, isso poderia explicar os animais dóceis que, por algum motivo ou descuido, escaparam.

— Você pode ter razão. Também seria muito bom encontrarmos outra aldeia, pessoas diferentes. Mas acho difícil que seja isso, pois, mesmo que não saiamos muito de nossa aldeia, já teríamos reparado, em algum momento, que mais alguém estava por perto. Além disso, conhecemos os entornos da aldeia e, por vezes, saímos um pouco mais longe para caçar, então já teríamos visto, pelo menos, fumaça, pois não é possível sobreviver por muito tempo sem o fogo. Eu prefiro pensar que existe uma força maior que está nos abençoando, que está nos vendo e nos ajudando por sermos pessoas boas.

Nesse momento, ouviram, misturado com os sons da mata e o som dos passos dos cavalos, uma risada leve e prazerosa.

Um deles falou:

— Você ouviu isso? Parecia alguém dando risada...

Com tom debochado, o outro respondeu:

— E eu que sou louco. Primeiro acha que tem alguém olhando por nós no meio do nada, agora está escutando risadas no meio do mato... Qual vai ser o próximo passo? Vai ver vultos no meio do mato também?

Então um arrepio sobe pela espinha dos dois, pois veem alguma coisa que os está seguindo por entre as árvores. A reação dos dois foi a mesma: olhar para outra direção e parar de falar, então o resto da trilha foi feita no mais completo silêncio.

Ao chegarem na aldeia, Isabel mostrou-se curiosa para saber como eles conseguiram ir até a cidade e voltar tão rapidamente. Eles não comentaram nada sobre o que viram na mata durante o caminho de volta, mas mostraram os cavalos e todo o material que haviam pegado a pedido de Isabel. Ela pegou os materiais, agradeceu e pediu para eles ficarem alertas, para o caso de alguém chegar até a aldeia e reclamar a posse dos dois animais, pois ela não acreditava que cavalos treinados pudessem estar vivendo como selvagens e tornarem-se dóceis de uma hora para outra.

Os homens não deram muita atenção ao que Isabel pediu, e resolvem, então, construir uma cocheira para os cavalos. Assim, foram até Artur para pedir ajuda para construir, mas, principalmente, para cortar umas árvores para usar a madeira para construí-la.

Isabel, por sua vez, chama os quatro meninos para a sombra de uma grande figueira. Ela quer que eles prestem atenção nela para que ela possa, então, ensiná-los a ler e escrever, para isso pede para que eles se sentem para contar uma história a eles. Wolf, mesmo com sua inocência, pega cinco bancos rústicos feitos com toras de árvores e os coloca lado a lado, e um na frente de todos. Isabel, então, pergunta por que ele estava tirando os bancos dos lugares que formavam um círculo, e ele diz:

— É que, se você vai contar uma historinha pra nós, temos que te ver bem, e às vezes cansa ficar com o pescoço de lado pra te olhar.

Ela fica surpresa pelo grau de maturidade, inteligência e de estratégia do garoto.

Isabel começou a falar após todos se acomodarem em seus lugares:

— Pois bem, crianças, vocês já estão numa idade que acho ser a certa para ensiná-los a ler e escrever. Isso é muito importante, pois, foi por causa da escrita que conhecimentos antigos não se perderam no tempo. É muito importante para todos que vocês possam ler e escrever, para ficarem mais sábios e poderem passar seus conhecimentos adiante.

Os quatro meninos prestavam atenção em tudo que Isabel falava. Ela explicou o que eram letras, falou que juntando letras se formam fonemas, que, juntando com outros fonemas, formam palavras. Ela se esforçou ao máximo para que eles entendessem tudo, pois ler e escrever ela sabia, mas ensinar é diferente.

Depois de alguns dias, os meninos já estavam lendo com certa facilidade e já eram capazes de escrever frases e pequenos textos.

Isabel, então, pediu uma coisa diferente para eles:

— Vocês aprenderam muito rápido, estão de parabéns por isso. Mas agora preciso saber se, além de ler e escrever, vocês conseguem interpretar o que estão ouvindo e lendo, pois de nada adianta conhecerem as palavras se não fazem ideia do que se trata. Então, hoje, vou contar uma história para vocês e quero que, depois disso, escrevam o que entenderam. Tudo bem? Vocês concordam com isso?

Os quatro se mostraram curiosos e aceitaram o desafio de Isabel, que começou a contar a história:

— Essa história, eu me lembro, foi uma das primeiras que ouvi quando entrei na escola: *A Fábula do Coelho e da Tartaruga*.

"A lebre vivia a se gabar de que era o mais veloz de todos os animais. Até o dia em que encontrou a tartaruga. 'Eu tenho certeza de que, se apostarmos uma corrida, serei a vencedora', desafiou a tartaruga. A lebre caiu na gargalhada e disse: 'Uma corrida? Eu e você? Essa é boa!'. 'Por acaso você está com medo de perder?', perguntou a tartaruga. 'É mais fácil um leão cacarejar do que eu perder uma corrida para você', respondeu a lebre. No dia seguinte, a raposa foi escolhida para ser a juíza da prova. Bastou dar o sinal da largada para a lebre disparar na frente a toda velocidade. A tartaruga não se abalou e continuou na disputa. A lebre estava tão certa da vitória que resolveu tirar uma soneca. 'Se aquela molenga passar na minha frente, é só correr um pouco que a ultrapasso', pensou. A lebre dormiu tanto que não percebeu quando a tartaruga, em sua marcha vagarosa e constante, a ultrapassou. Quando acordou, continuou a correr com ares de vencedora. Mas, para sua surpresa, a tartaruga, que não descansara um só minuto, cruzou a linha de chegada em primeiro lugar. Desse dia em diante, a lebre tornou-se o alvo das chacotas da floresta. Quando dizia que era o animal mais veloz, todos lembravam de uma certa tartaruga."

— E então, meninos, o que vocês entenderam da história?

Eles se puseram a escrever e, depois de algum tempo, entregaram os pedaços de papel escritos para Isabel, que leu em voz alta o que eles escreveram. O primeiro papel que ela leu foi o de Dragon:

"A lebre achou que a tartaruga era lenta e que nem precisava se esforçar pra ganhar, por isso nem fez força pra vencer, e isso fez com que a tartaruga, que lutou com toda sua força, ganhasse a batalha."

Depois leu o de Joseph:

"Eu acho que foi injusto. A lebre é mais rápida e, portanto, se correrem de novo, é certo que ela ganha da tartaruga. Foi sorte da tartaruga, então acho que não dá pra falar que a tartaruga realmente é a vencedora, ela só ganhou uma vez."

Depois, leu o que Poli escreveu:

"A lebre é rápida, mas não é inteligente, ela confiou demais em si própria, e isso pode atrapalhar. A tartaruga, sim, foi esperta, pois sabia que o mais importante era não desistir, mesmo sabendo que a lebre era muito mais rápida do que ela e, no final, o trabalho duro da tartaruga foi recompensado com a vitória."

Por último, leu o que Wolf escreveu:

"A estratégia que a lebre adotou não foi nem um pouco pensada. Ela poderia muito bem ter vencido, mas fazer a escolha errada na hora de planejar leva à derrota. E a tartaruga mostrou que, por mais simples que possa parecer a tática adotada, se levada a sério e cumprida, leva ao caminho da vitória. Acho que a diferença de forças não decide uma disputa, mas, sim, a inteligência da estratégia, que é responsável pelo resultado final."

Isabel notou que eles, mesmo com interpretações um pouco diferentes umas das outras, entenderam o texto. Dragon visa mais a força utilizada; Joseph se mostra meio inconformado, pois a velocidade da lebre sempre vai ser maior que a da tartaruga, e que, se realmente quisesse, poderia ter vencido a tartaruga. Poli acha que todo esforço é recompensado e que desistir, mesmo sendo mais fraco, é a verdadeira derrota. Wolf é o mais estrategista, sabe bem da força, da coragem, mas, principalmente, que as escolhas feitas são o que realmente pode definir quem é o vencedor e o derrotado.

Isabel percebe que escrever e ler já não é mais um problema para os meninos, então decide que eles devem ter um pouco mais de cultura, assim, resolve começar a contar histórias e pedir a interpretação dos meninos em relação a elas. Após isso, vai arquivar os escritos, como se fossem álbuns ou livros para registrar o amadurecimento dos meninos, então combinou com eles o seguinte:

— Todos os dias, logo após o almoço, quero que venham aqui, pois vou contar muitas histórias. Vocês vão escrever o que entenderam, assim, na roda de chimarrão à noite, terão que contar as histórias com suas palavras.

Os meninos gostaram da ideia e ficaram empolgados.

Um pouco mais tarde, Isabel estava sentada na sombra da figueira, quando Karen chega e pergunta:

— Oi, precisa de ajuda no que está fazendo?

Isabel, com um sorriso no rosto, entrega os textos que os meninos haviam escrito sobre a interpretação da história que ela havia contado. Karen pegou os textos já guardados em algumas pastas, que haviam vindo com os materiais do museu, os lê e, com uma cara de espanto, perguntou:

— Foram os meninos que escreveram isto?

Isabel confirmou e, com um sorriso no rosto, perguntou o porquê do espanto de Karen, que responde:

— Essas respostas são de crianças muito acima da idade deles. Eu aprendi a ler quando tinha seis ou sete anos, e foi demorado, não em apenas algumas semanas, como eles aprenderam. E tem mais a interpretação de texto que, apesar da simplicidade das palavras, mostra que entenderam mesmo o que você contou. Na escola, se bem me lembro, chegávamos a um nível assim só depois de alguns anos de estudo.

Isabel, em tom irônico, diz:

— Vai ver eu tenho o dom de ensinar, e sou uma ótima professora.

Karen e Isabel dão risada.

Mas a questão que Karen tinha levantado também deixou Isabel curiosa e, no auge de sua experiência, sabia que aqueles meninos eram diferentes, especiais. Mas, como ela não sabia o porquê, mantinha esses pensamentos guardados, pois parecia que mais ninguém na vila lembrava que tais garotos apareceram do nada, no dia em que uma luz cortara o céu, e que, a partir disso, uma vaca e dois cavalos apareceram na aldeia, mas quem havia feito isso? E por quê? Isabel sabia que tinha a ver com os meninos, mas não sabia o motivo, e talvez nem quisesse saber. Se a verdade fosse que os meninos teriam que partir em um futuro próximo, então ela preferia aproveitar todo o tempo que tinha com eles, sem pensar no depois.

***

Como combinado com Isabel, os quatro estavam lá na sombra da figueira, a curiosidade estampada em seus rostos enquanto esperavam por Isabel. Ela chegou e entregou uma folha para cada um deles, mas, antes que ela pudesse falar qualquer coisa, Wolf fez a seguinte indagação:

— Por que fazemos a roda de chimarrão todas as noites? Nós quatro estávamos conversando e notamos que, apesar de gostarmos muito de estar lá para ouvir todos conversando e contando histórias, e também gostarmos muito do chimarrão, não sabemos por que fazemos esse "ritual".

Isabel deu um leve sorriso e disse:

— Pois bem, hoje eu ia contar outra história, mas, como vocês estão com essa curiosidade, creio que será melhor contar umas histórias sobre o chimarrão. Vocês estão prontos para começarmos?

Os quatro nem responderam, só ficaram prestando atenção.

Então, Isabel disse:

— O silêncio deve significar que vocês estão prontos. Eu conheço mais de uma história sobre a origem desse ritual, mas, o que devo dizer, antes de começar, é que essas histórias são lendas, e lendas são histórias muitas vezes criadas para explicar alguma coisa que ainda não tem explicação. Acredito que toda lenda tem um fundo de verdade, mas não quer dizer que realmente seja real, pois são histórias que atravessam eras sendo contadas por muitas pessoas, e cada uma dá um toque diferente à história. Hoje vou contar uma história que ouvi muitos anos atrás, então, provavelmente, não vou contar exatamente como ela foi contada para mim, é isso que faz as histórias das lendas mudarem um pouco. A lenda que irei contar é a do *Velho Guerreiro*.

A atenção dos meninos estava em Isabel, que começou a contar a lenda:

— Um velho guerreiro guarani morava em uma fazenda com sua filha, a mais nova de três filhas. Apesar de ser a mais bela dentre as filhas do velho índio, ela nunca se casou, para poder ficar cuidando de seu velho pai. Um dia, um viajante se aproximou da entrada da fazenda e chamou pelos donos, o velho guerreiro foi até o desconhecido, que pediu o seguinte para ele: "Senhor, eu estou de passagem, preciso de um lugar onde possa pernoitar e descansar antes de continuar minha jornada. O senhor se importaria se eu dormisse ali em seu galpão, junto de seus animais?". A resposta do velho foi: "Dormir junto com os animais? Não vou permitir isso. Venha e me acompanhe até minha casa, fico feliz em poder abrigar quem necessita, você é meu convidado". O forasteiro entrou e, ao chegar à casa do velho guerreiro, foi tratado com extrema cordialidade. O velho pediu à sua filha que apanhasse algumas frutas frescas e preparasse água para que o viajante pudesse se banhar e comer algo antes de descansar. E assim foi feito. Após o banho e enquanto se alimentava, o viajante pôde ouvir inúmeras histórias pelas quais aquele velho já havia passado. Depois disso, o velho o acompanhou até um quarto onde uma das filhas, que já não morava mais ali, dormia, e falou para o viajante dormir. Na manhã do dia seguinte, o viajante agradece ao velho, que diz: "A pressa é sua, minha casa está à sua disposição". Após isso, o viajante diz: "Não posso ficar, pois sou um enviado de Tupã, e tenho coisas para fazer. Mas, por conta de sua hospitalidade, eu te concedo um pedido, qualquer coisa que quiser, pode pedir que farei pelo senhor". O velho guerreiro diz: "Eu quero minhas forças novamente, pois, daí, poderei me cuidar sozinho e minha filha vai poder seguir com a vida dela". O viajante entrega para o velho um ramo de erva-mate e diz: "Beba a infusão dessa planta, pois isso lhe devolverá todo seu vigor e, enquanto beber dela, você nunca estará só". Então, o viajante se volta para a filha do velho guerreiro e diz: "E você, daqui pra frente, vai ser a Deusa da Erva-Mate". Desse dia em diante, todos os índios começaram a tomar essa bebida que, depois de um tempo, ficou conhecida como chimarrão. Dizem que todos que bebem sentem a força e o vigor aumentar, e que aqueles que se sentem sozinhos, ao tomar chimarrão, sentem um calor no peito, perto do coração, e dizem que isso é a presença da Deusa da Erva-Mate e, por isso, a solidão acaba. Desde então, aqui nesta região, virou costume tomar o chimarrão.

Logo que Isabel acaba de contar esta lenda, os meninos falam entre si e, depois desse pequeno debate, Dragon pergunta:

— O que é Tupã?

Isabel responde:

— Tupã é um Deus para os índios.

E Dragon continua:

— O que é Deus e índio?

Isabel, então, fica em silêncio por alguns segundos, pois não sabe como explicar para os meninos, então tenta da seguinte maneira:

— Índios eram pessoas que, muito antes de as cidades e aldeias se formarem, moravam nas florestas, com uma vida bem parecida com a nossa atualmente. E Deus é difícil de explicar, mas, por enquanto, vamos dizer que Ele é um ser muito importante para todos, pois muitos acreditam que foi quem criou tudo.

Novamente, os meninos debateram entre si, então Dragon tomou a palavra e disse:

— Nós achamos que entendemos, mas, se ele criou tudo, onde ele ficava antes disso?

Isabel, sem resposta, diz:

— Meninos, a melhor explicação sobre isso seria que Ele não existe, que esse ser foi criado na imaginação das pessoas para que, quando alguém tem medo, tenha onde se apegar. No momento de aflição, muitas pessoas pensam em desistir, mas, se podem acreditar que existe alguém poderoso para ajudá-las, elas podem continuar seguindo em frente. E o pior é que não há como saber se Deus existe mesmo ou não, pois é muito relativo. Mas façam o resumo da história que contei, pois hoje vocês vão ter que contar a lenda do velho guerreiro na roda de chimarrão.

Todos começam a escrever. Dessa vez, a interpretação de todos foi semelhante, e defendia que o chimarrão foi um presente e que era importante para as pessoas, pois, além de devolver o vigor, também não deixava que as pessoas se sentissem sozinhas. Eles concluíram que participavam da roda de chimarrão, todas as noites, para reforçar o laço do grupo, pois, além de reconfortante depois de um dia de trabalho, era prazeroso estar na companhia de pessoas de quem se gosta.

Naquela noite, os meninos contaram a história de forma semelhante à que Isabel contou. Não colocaram suas palavras na história, mas toda a aldeia gostou muito de ver aqueles que eram os seus xodós contando história para eles.

Esses fatos se repetiram inúmeras vezes. Todas as noites, os pequenos contavam a história que Isabel havia contado para eles durante a tarde. Depois de algum tempo, eles começaram a usar a sua linguagem, não repetiam a história do jeito que lhes foi contada, mas davam sua versão.

E foi assim durante mais de três anos. Quase todas as noites, os meninos contavam as histórias que Isabel lhes contava, sempre aprendendo algo. Com isso, Isabel contou e explicou a eles como era o mundo antes da guerra que quase destruiu tudo, contou sobre religião, esportes, lutas, tecnologia. Ela tentou passar tudo do que se lembrava para que eles pudessem imaginar como era a vida no passado. Foram anos em que aprenderam muita coisa sobre o mundo; mas não conheciam nada fora da aldeia, pois Isabel não permitia que acompanhassem os homens responsáveis por buscar os materiais no antigo museu, ou os caçadores, ou qualquer coisa que saísse do alcance dos olhos dela. A vida dos meninos se resumia em acordar, arrumar suas camas, comer, brincar, almoçar, ter aulas e esperar todos para que pudessem contar suas histórias na roda de chimarrão.

Mas isso estava prestes a mudar. Em uma manhã, ao raiar do Sol, Isabel acordou os quatro meninos. Eles estavam com sono e sem entender o que estava acontecendo para que ela os acordasse tão mais cedo do que o costume. Lavaram-se para acordar, arrumaram suas camas e foram até a rua onde Isabel os esperava na companhia de mais quatro pessoas, que eram os responsáveis, respectivamente, por caçar e vigiar a aldeia — Bruce —; plantar, construir e reparar a aldeia — Artur —; o coletor de plantas e chás, e também uma espécie de enfermeiro da aldeia — Téo —; e o responsável por trazer água tanto para beber quanto para regar as plantas, e também para os animais — Marcus. Ao chegarem onde eles esperavam, Isabel disse:

— Vocês aprenderam muito com as histórias que contei, mas minhas aulas acabaram. Vocês já têm idade para começar a ajudar na aldeia, então esses quatro homens vão ser seus novos mentores. As coisas não mudarão tanto assim, pois vocês agora vão fazer as histórias para contar. Vão trabalhar com eles durante o dia e, quando terminarem, devem fazer um texto de como foi seu dia para, depois, na roda de chimarrão, cada um contar como foi a experiência de trabalhar e ajudar a aldeia a evoluir.

Os meninos estavam experimentando, pela primeira vez, vários sentimentos. A princípio, gostaram da ideia, pois iriam conhecer um mundo diferente do que estavam habituados na aldeia, mas também estavam sentindo medo, ansiedade e várias outras emoções novas, porém aceitaram sem reclamar e, no mesmo dia, começaram a trabalhar com seus novos professores.

As duplas ficaram divididas da seguinte forma: Bruce escolheu Wolf, Téo escolheu Poli, Marcus escolheu Joseph e Dragon foi escolhido por Artur. Antes de sair para o novo trabalho, os quatro mentores pediram a atenção e começaram a falar.

O primeiro foi Téo:

— Bom dia, meninos. Não somos estranhos para vocês, pois nos conhecem e nós ajudamos a criá-los desde quando eram bebês, mas não quero que este fato seja usado como motivo para não nos respeitarem. Vocês têm que nos ouvir e obedecer, porque, apesar de estarmos sempre juntos, ainda há riscos envolvendo o trabalho que executamos.

Nesse momento, Artur toma a palavra e diz:

— Vocês ainda não foram na floresta e não conhecem nada lá, então devem prestar muita atenção para não se perder, e também na presença de animais que podem ser perigosos; tanto animais peçonhentos quanto animais um pouco maiores, como javalis, são perigosos em determinadas circunstâncias. Não é mesmo, Bruce?

Bruce respondeu:

— Sem a menor sombra de dúvida, animais encurralados são extremamente violentos, ou quando tentam defender suas crias, mas, além deles, temos que ter muito cuidado com animais pequenos, como abelhas, formigas, entre outros. E não podemos esquecer que plantas também podem ser perigosas, então, para evitar problemas, façam somente o que pedirmos, observem e prestem atenção para aprender, pois isso pode salvar a vida de vocês.

Marcus, que até então estava em silêncio, disse:

— Bom, só para acabarmos com essa conversa, nós todos trabalhamos muito duro, mas esse trabalho não é à toa, é pela aldeia. Tudo o que fazemos é de vital importância para que a aldeia tenha sempre água, fogo, para que as casas não desabem e para haver o que comer e beber. São coisas básicas, mas a aldeia depende disso. Para tudo funcionar bem, todos nós temos que trabalhar em harmonia, sem menosprezar nenhum serviço, pois nenhuma função é menos importante, todas são cruciais para nossa sobrevivência.

Após ouvirem as instruções dadas, os quatro meninos foram ao encontro de seu respectivo mentor. Eles sentiam que estavam preparados para aquele novo capítulo de suas vidas.

CAPÍTULO 2

TRABALHO

Após a conversa que tiveram, todos saíram para trabalhar, cada um para um lado diferente. Marcus e Joseph foram para o lado oeste da aldeia, onde está o rio, para pegar água. Téo e Poli foram para o leste, pois é onde está a plantação de ervas e chás que Téo fez algum tempo atrás, e ele queria mostrar para Poli. Para o sul foram Artur e Dragon, porque Artur precisava levar lenha para a aldeia e ele sabia que lá havia lenha seca. Bruce e Wolf foram para o Norte, pois Bruce conhecia o lugar onde se encontram algumas tocas de lebre e de tatu, e esses animais são facilmente capturados com armadilhas simples, então seria o local mais adequado para ensinar o básico para Wolf caçar e montar armadilhas.

O dia passou rápido para os meninos, que nem notaram que já estava acabando. Ao retornarem para a aldeia, eles traziam no rosto sorrisos estampados misturados com o cansaço, mas foram se lavar, pois estavam apressados para escrever como tinha sido seu dia. Por isso, assim que se banharam, pegaram suas coisas e escreveram tudo antes mesmo de comer.

A hora da roda de chimarrão chegou, e era visível no rosto dos quatro que estavam ansiosos para contar à aldeia o que aprenderam e pelo que passaram durante o dia.

O primeiro a falar foi Poli:

— Hoje foi meu primeiro dia de trabalho. Ajudei Téo a cuidar das ervas e chás que ele plantou; ajudei a colher uns ramos de erva-mate, que agora estão secando para, depois, moermos para nosso chimarrão; colhi algumas frutas e coletei sementes, mas isso nem foi tão importante. O que realmente gostei foi das explicações e lições que o Téo me passou. Eu nem imaginava que as plantas eram tão importantes para nós, pois, além de comida, elas podem ser remédio, e podemos fazer desde cordas até cestas e outros utensílios. Também aprendi que existem plantas muito venenosas, e agora sei que, se a seiva da planta for branca e leitosa, ela pode ser venenosa para nós. Estou muito empolgado para aprender cada vez mais, quero, quem sabe, aprender tudo o que as plantas podem nos ofertar...

Poli se sentou e Joseph começou a contar sobre seu dia:

— Eu ajudei Marcus a trazer água para a aldeia. Nunca tinha pensado em como é trabalhoso ter essa água. Sempre usei, mas nunca imaginei que teríamos que carregar vários baldes de água em uma carroça e trazer até aqui para encher nosso reservatório, que serve tanto pra beber e fazer comida quanto para encher o reservatório que tem no chão, que também é para os animais beberem e para molhar nossas plantas. Mas o que mais me surpreendeu foi que, no passado, nem carroça tinham, era tudo no balde e no braço. Marcus me contou que só começaram a usar a carroça poucos dias depois de nós nascermos, pois, nesse mesmo dia, uma vaca apareceu aqui na aldeia, e já estava dando leite. O que ele achou mais estranho foi que, apesar de existirem algumas vacas e touros soltos pelos campos depois da floresta, nenhum era dócil e, dificilmente, conseguiam chegar perto. Daí, além de usar o leite da vaca, construíram uma carroça para que ela pudesse puxar a água, facilitando o serviço. Fiquei curioso e quero ouvir mais histórias sobre nossa aldeia, pois elas fazem com que eu nem note que estou trabalhando e fazendo força. Apesar de o meu balde ser menor que o do Marcus, ainda pesa bastante...

Alguns risos foram soltos na roda de chimarrão. Então, Dragon e Wolf se levantaram para contar como foi o dia, mas Dragon cedeu a vez, deixando que Wolf falasse primeiro:

— Hoje saí com o Bruce, que me mostrou várias coisas, como rastros de animais, pegadas de animais diferentes, tocas, armadilhas, muita coisa interessante. Tô ansioso pra ver, amanhã de manhã, se pegamos alguma caça nas armadilhas que armamos. Mas, assim como Joseph falou, também não sabia que era tão difícil caçar pra ter carne nas refeições. Apesar da fartura de animais que existe nas matas, capturá-los exige bastante do caçador. Tanto a inteligência quanto a paciência são exigidas aos montes, e de nada adianta ter tudo isso se não tiver a estratégia certa, pois, numa armadilha pra pássaros, você nunca vai pegar um javali, por isso tem que saber o que, como e onde caçar. Mas, pegando mais uma vez o que Joseph falou, Bruce também falou que, antes de nascermos, era bem mais difícil a situação, porque havia bem menos animais para serem caçados e, depois disso, ele notou que apareceram mais javalis, mais lebres, tatus, entre outros animais. Porém, mesmo com esse aumento do número de animais, ainda é bem difícil conseguir caçar algum animal, tanto que, mesmo com o Marcus e os outros caçando, já houve dias em que não conseguiram pegar nada...

Agora Dragon falou como foi o primeiro dia dele de trabalho:

— O Artur e eu fomos até um lugar onde tem várias árvores já secas, que dão uma ótima lenha. Ele me mostrou como se usa um machado para derrubar árvore seca. Mesmo ele não deixando eu usar o machado, por ser muito novo e por ser perigoso, me emprestou esse facão, e disse que era dele antes da guerra, e que o usou para muita coisa até chegar na aldeia. Nós carregamos a lenha na carroça, que é puxada pelos cavalos, que, assim como a da vaca, foi uma história estranha, pois ele falou que os cavalos apareceram no final de uma trilha que leva até o lugar onde pegaram os cadernos e as outras coisas que usamos para escrever nas aulas da Isabel. Perguntei pro Artur onde ficava esse lugar, e ele disse que é longe, e que fica perto de uma antiga cidade. Quero saber ainda mais sobre essa cidade, pois, nas histórias que a Isabel nos contou, sempre falava de cidades, mas nem consigo imaginar o que é isso. Artur disse que amanhã vamos escolher madeiras para arrumar as cocheiras dos cavalos. Ele vai me ensinar como usar outras ferramentas e me contar um pouco sobre a cidade. Apesar de não lembrar de muita coisa daquela época, vai me contar o que ainda lembra.

Dragon voltou para seu lugar e se sentou e, nesse momento, Isabel chamou atenção para si:

— Muito bem, meninos. Vocês estão se mostrando interessados, isso é muito bom, então, como recompensa, vou falar um pouco sobre as cidades.

Os meninos e o resto da aldeia ficaram atentos ao que dizia Isabel:

— As cidades eram os lugares onde a maioria das pessoas vivia. Lá tu podia achar de tudo, coisas boas e coisas ruins. Se você tivesse fome, podia ir até um mercado, onde teriam várias opções de alimentos, mas, para poder pegar esses alimentos, era preciso ter dinheiro. Não é como aqui na aldeia que, se vocês têm fome, vão até a árvore e colhem o que querem comer, teria que ter um pedaço de papel que tinha valor para trocar por alimento. As pessoas que moravam lá quase se matavam trabalhando, mas, diferente daqui, onde trabalhamos para o bem de toda a aldeia, lá as pessoas eram gananciosas, trabalhavam só pensando em ter o dinheiro para si. Por isso, quem tinha mais dinheiro achava que era mais do que os que tinham menos dinheiro. E esse deve ter sido um dos motivos pelo qual aconteceu a guerra que fez com que quase todas as pessoas do mundo desaparecessem.

Nesse momento, Dragon perguntou:

— Mas quantas pessoas existiam?

Isabel respondeu:

— Muitas. Tantas que foi preciso construir edifícios e arranha-céus gigantescos em quase todas as cidades do mundo. Antes que perguntem o que é isso, vou explicar: imaginem um lugar onde muitas pessoas precisam de casa, daí construíram muitas casas, mas cada vez mais pessoas queriam morar ali, então tiveram a ideia de fazer uma casa sobre a outra. Mas ainda mais pessoas chegaram, então eles fizeram esses prédios com muitos andares. Eram enormes, com quase cem casas uma sobre a outra.

A expressão dos meninos não escondia que estavam bobos com isso. Tentavam imaginar como eram essas coisas que Isabel estava contando.

E ela continuava a falar:

— E nessas casas viviam, ou trabalhavam, muitas pessoas. Não quero exagerar muito, mas acho que o número de pessoas que viviam em nosso planeta era maior que o número de folhas das árvores daqui até os campos abertos. Agora não sei quantos ainda restam, porque, quando a guerra começou, muitas pessoas morreram. Achei que só eu havia sobrevivido porque, durante o ano da escuridão, vaguei pelas cidades e sobrevivia comendo o que tinha nesses mercados. Fiquei na cidade e, quando a água estava acabando, lembrei que, anos antes, meu pai havia me levado até uma cabana que ficava perto de um rio onde ele pescava, e vim pra este lugar. Foi quando encontrei Karen e, de lá pra cá, todos que estão aqui foram chegando, todos vindo atrás da água do rio. No começo, fomos até a cidade para buscar comida, roupas e ferramentas, mas, já naquela época, estava perigoso, pois animais haviam tomado conta de tudo, os cachorros que não morreram se tornaram animais perigosos; por serem muito territorialistas, eles atacavam todos que iam até lá. Alguns prédios, mesmo pouco tempo depois da guerra, começaram a cair por não ter a manutenção necessária, então resolvemos pegar o máximo de coisas que pudéssemos de uma vez e só voltar se fosse realmente muito importante. E as coisas que trouxemos são usadas até hoje, temos, ainda, um pouco de roupas guardadas que ainda nem usamos. Essa roupa que vocês estão usando, meninos, é da cidade, trouxemos em uma das vezes que fomos até lá.

Os meninos estavam curiosos e queriam ouvir ainda mais sobre a cidade, mas Isabel disse:

— Está na hora de vocês irem dormir. Amanhã conto mais um pouco sobre a cidade para vocês.

Os quatro saíram sem resmungar, estavam cansados e logo dormiriam, mas, sem dúvida, todos da aldeia sabiam com o que os pequenos iriam sonhar.

***

A noite passou rápido e, com a sensação de não terem dormido o suficiente, os meninos foram acordados por Isabel para o segundo dia de trabalho. Eles, apesar de ainda estarem cansados, levantaram sem reclamar, se prepararam para mais um dia em que o trabalho seria puxado, mas passaria rápido, pois estariam distraídos ouvindo como eram as cidades de antigamente. E o dia de trabalho de cada um começou.

Dragon saiu com Artur para recolher lenha para estocar na aldeia. Joseph e Marcus continuaram a coletar água para a aldeia, pois queriam deixar os reservatórios cheios. Wolf e Bruce foram olhar se conseguiram pegar alguma coisa em suas armadilhas. E Poli e Téo foram para dentro da mata, pois Téo queria mostrar para Poli algumas plantas venenosas e coletar algumas frutas e sementes para a aldeia. Em todos os casos, os adultos, além de ensinar as artimanhas do trabalho, contaram o que se lembravam das cidades antes da guerra. À noite, os meninos mal falaram o que tinham feito de trabalho, mas, sim, exaltavam as histórias a eles contadas por seus mentores. Então as noites foram passando, e as situações iam se repetindo, dia após dia, noite após noite.

Certo dia, eles conversavam entre si no quarto, e Wolf disse:

— Estou ansioso hoje, Bruce disse que vamos sair em campo pra caçar. Vamos procurar alguma trilha para ir atrás da presa e, se não conseguirmos apanhá-la com armadilhas, ele vai usar armas. Eu o vi com uma lança e com um arco e flecha, por isso estou ansioso pra aprender como se usa essas armas e também pela caçada.

Dragon também falou:

— Que legal! Artur me disse que o que estou fazendo é um ótimo treino, pois já faz algum tempo que ele me ensinou a usar o machado para cortar a lenha, e que isso é útil se eu precisar me defender. Contou que, logo que começaram a arrumar a aldeia, eles tinham que cortar muita madeira e que, por isso, ele ficou forte. Tão forte que, uma vez, um leão-baio apareceu nessas áreas, talvez pelo cheiro de comida ou por causa do movimento de pessoas que podiam ser presas fáceis para ele e, com um único golpe, ele o matou. Será que o Bruce não quer me levar junto?

Joseph, então, disse:

— Eu também quero participar. Isso vai ser muito legal e sei que posso ajudar vocês na caçada, tanto pela prática que tenho em encontrar água como porque consigo acender uma fogueira com facilidade, tanto que até o Marcus ficou espantado com a facilidade que tenho para lidar com o fogo.

Então Poli disse:

— Também quero participar. Sei que posso ajudar todos vocês, pois aprendi muita coisa que pode ajudar na caçada.

Wolf comentou:

— Vou conversar com o Bruce e ver o que ele acha. Vou lá agora.

E, antes mesmo de Isabel chamá-los, eles já estavam fora de suas camas se aprontando, apressados, para conversar com Bruce e com os outros para que todos participassem da caçada. Ao irem ao encontro de Bruce, os quatro estavam eufóricos e, chegando na porta da casa onde Bruce morava, deram de cara com Artur, Téo e Marcus. Eles não sabiam por que estavam todos ali reunidos, e então Dragon perguntou:

— O que todos estão fazendo aqui?

A resposta veio de seu mentor Artur:

— Estávamos combinando com o Bruce sobre a caçada.

Os olhos de todos os meninos brilharam. Naquele momento, notaram que todos iriam participar da aventura, mas Artur não havia acabado de falar, e continuou:

— Então, como nós pretendemos sair daqui a dois dias, temos que nos organizar. Não podemos deixar a aldeia sem frutas, água, comida e lenha, então precisamos trabalhar dobrado para abastecer a aldeia em um dia e, no outro, temos que preparar nossos mantimentos e todo o resto para a caçada.

Os meninos aceitaram sem falar uma palavra e, antes de seus mentores saírem, eles já se encaminharam a seus trabalhos. Todos já sabiam o que deveriam fazer, e estavam com motivação extra.

O dia de trabalho deles rendeu e, antes mesmo de o Sol pensar em se pôr, a aldeia já estava abastecida com alimentos, água e lenha que, sem dúvida, eram o suficiente para mais de dez dias. Os meninos se desdobraram nesse dia, todos trabalharam duro e nem mesmo quiseram escutar as histórias que seus mentores contavam. Naquela noite, na roda de chimarrão, os meninos não contaram história nenhuma, pois Isabel disse que contaria o que eles estariam indo caçar. Então ela começa a contar:

— Bom, meninos, o que vocês estão indo caçar é um porco, mas não é um porco normal. Bruce, nos poucos momentos de folga, está seguindo a trilha deixada por esse porco. Por onde este porco passa, deixa um rastro enorme, muitas vezes maior que rastros normais de porcos. Esse animal que vocês vão caçar deve ser, pelo menos, dez vezes maior que um porco selvagem ou javali que vocês estão acostumados a ver. Mas vou deixar que Bruce conte mais detalhes sobre ele.

— Muito bem. Eu estou seguindo esse rastro há algumas semanas. No começo, estava longe da aldeia. Descobri o rastro, pois, em uma de minhas expedições a cavalo para procurar novas caças, encontrei alguns porcos machos machucados, outros já estavam mortos, e a marca do ferimento que os matou era típica das presas de javalis, que são muito afiadas. O estranho é que, normalmente, essas presas cortam e machucam, mas os animais atacados podem sobreviver. O que vi, porém, foram animais com as marcas desses cortes, mas que iam até os órgãos internos. Os ossos das costelas desses animais foram cortados por essas presas com extrema facilidade. Então, comecei a procurar mais rastros. O que me fez querer caçá-lo, agora, é que os rastros dele estão se aproximando de nossa aldeia, e ele pode ser muito perigoso para nós, então vamos atrás dele antes que chegue até aqui. Antes que alguém pergunte ou fique contra a ideia de os meninos nos acompanharem nessa caçada, quero explicar que, se nós fossemos e não os levássemos, eles, sem a menor sombra de dúvida, nos seguiriam. Apesar da pouca idade, são responsáveis e muito bons no que fazem, então vamos levá-los porque, além de nos apoiar na caçada, eles estarão sob nossa supervisão. Eu, antes de qualquer coisa, conversei com Isabel, que concordou com tudo. Então não quero que fiquem preocupados, pois a situação foi toda planejada, e vamos voltar a salvo.

Aquela noite tinha um clima diferente no ar. Para os meninos, havia a euforia misturada com o nervosismo e a ânsia por chegar o dia seguinte para se prepararem para a caçada; e, para o resto da aldeia, havia a preocupação de seus "filhos" saindo para uma caçada que podia ser muito perigosa. A roda de chimarrão continuou, e a cuia foi passando de mão em mão. A conversa e a cumplicidade da aldeia estavam intocadas, apesar de estarem temerosos. Sabiam que podiam confiar em todos que estavam à sua volta e que, se Bruce, Artur, Téo e Marcus estão cuidando da situação, dificilmente algo de errado aconteceria.

A noite passou e todos foram dormir. No amanhecer do dia seguinte, todos na aldeia trabalharam para ajudar nos preparativos para a caçada, assim, tudo ficou pronto rapidamente e, antes mesmo do meio da tarde, tudo já estava pronto. Os meninos, ansiosos, queriam sair naquele momento mesmo, mas, como o combinado foi partirem no dia seguinte, resolveram, então, descansar o resto do dia. A ansiedade dos quatro meninos não deixava que eles ficassem parados, então Isabel conseguiu convencê-los a descansar, assim, mais um dia se passou na aldeia.

Mal sabiam eles que, da caçada, trariam mais que uma simples caça para a aldeia...

CAPÍTULO 3

A CAÇADA

O dia tão esperado chegou com o Sol saindo por detrás das copas das árvores. Por mais incrível que possa parecer, os meninos já não tinham aquela ansiedade, estavam tranquilos como se aquilo fosse uma coisa habitual.

Ao sair da casa de Isabel, os quatro se depararam com seus mentores sentados tomando chimarrão perto da fogueira, aquecendo-se do frio da manhã. Viram que duas carroças estavam prontas com tudo o que eles haviam preparado no dia anterior. Agora nada podia lhes impedir de sair para aquela tão aguardada aventura. Eles se aproximaram, puxaram os bancos rústicos feitos em toras de madeira e se sentaram. Não tinham pressa para sair, pois sabiam que, ao raiar do Sol, a caçada já havia começado. Eles já tinham entrado no clima e se contagiado com a energia que pairava no ar. Já estavam aproveitando a caçada, mesmo sem terem saído da aldeia. A reação dos meninos deixou os adultos abismados, eles nem pareciam mais aquelas crianças ansiosas do dia anterior, foi como se, ao dormir, tivessem amadurecido anos e se transformado em adultos que estavam saindo para mais uma caçada. Nenhum dos adultos quis comentar nada, pois achavam que a tranquilidade dos garotos podia ser uma forma de nervosismo, e qualquer comentário podia trazer à tona todo o temor dos meninos. Mas os adultos estavam errados, os meninos realmente estavam tranquilos e aproveitando todos aqueles segundos que passavam sem parar.

A cuia de chimarrão passou de mão em mão e, depois de alguns minutos, Isabel sai de sua casa, que era o que todos esperavam para saírem rumo à caçada.

— Achei que vocês iriam sair ao raiar do Sol — disse Isabel depois de um bocejo.

A resposta que ela ouviu não a surpreenderia em outros casos, mas ouvir em coro de todos que ali estavam, adultos e crianças, mestres e alunos responderem em sincronia, não era esperado, nem por ela nem por eles.

— Estávamos esperando por você...

Foi isso que todos disseram. Não queriam que Isabel fosse junto, porém queriam se despedir daquela que era, não por imposição, nem por eleições, mas, sim, pelo carisma e sabedoria, a matriarca daquela aldeia.

Isabel disse:

— Fico lisonjeada por ver todos esperando por mim para partir em uma caçada que vai proteger a aldeia...

Isabel foi caminhando em direção a eles, que se levantaram. Ela se despediu de um por um, como uma mãe que abençoa os filhos, abraçando-os, e disse:

— Confio em vocês, então só posso desejar que tenham sorte em sua caçada!

O abraço de Isabel inebriou todos, que agora sentiam mais confiança em si mesmos e naqueles que os acompanhavam. O sentimento que pairava no ar era intenso e acolhedor, então os oito que iam para a caçada tomaram seus lugares nas carroças e saíram, sem olhar para trás, pois sabiam que não havia motivo. Isabel, por sua vez, acompanhava o percurso deles até perdê-los de vista por causa da mata que ia escondendo, cada vez mais, as carroças.

Na carroça que fazia a frente iam Bruce, Téo, Wolf e Poli. Os outros iam na segunda carroça. Essa divisão não foi feita à toa, pois deixaram, na primeira carroça, o caçador que conhecia o caminho, seu pupilo, e os dois que mais entendiam de plantas, pois, além de poderem explorar, também saberiam se alguma planta poderia causar algum risco a eles.

Não demorou muito para que as duas carroças chegassem até o limite da mata fechada que circundava a aldeia. Depois vinha uma planície que antecedia uma floresta, na qual poucos se arriscavam a entrar, mesmo entre os adultos que ali estavam, apenas Bruce já tinha ido. Ao longe, do lado esquerdo do local que passavam, todos avistaram um casebre em ruínas. Os jovens sentiam que conheciam aquele local, era um sentimento estranho, mas acharam que fosse por causa da aventura, pois qualquer coisa diferente que vissem traria um sentimento diferente. Mal sabiam eles que aquele foi o local onde foram encontrados.

A grama da planície era fina, e estava baixa. Nela, havia pequenas flores brancas que, quando eles passavam ou o vento soprava um pouco mais forte, soltavam pequenas plumas brancas que voavam conforme o vento, causando um efeito visual muito bonito. Os meninos estavam encantados antes mesmo de atravessarem a planície, com as belezas que nunca haviam visto, mesmo não estando muito longe do alcance deles.

Wolf quebrou o silêncio da viagem chamando a atenção de Bruce e falando baixo, mas com volume suficiente para que as pessoas da segunda carroça também ouvissem:

— Olha lá, Bruce, o que é aquilo? — disse isso apontando o dedo para o lado direito.

Bruce olhou e respondeu:

— São apenas algumas vacas pastando. Por que a pergunta? Não conhece mais as vacas?

Wolf, sem entender, disse:

— Não estou falando das vacas, e sim daquilo que estava atrás delas...

Bruce olha novamente, mas nada vê além das vacas que pastavam tranquilas, mas Wolf insiste que havia alguma coisa diferente lá.

Então, Bruce disse:

— Wolf, essas vacas são selvagens. Se tivesse alguma coisa lá, elas dispararíam correndo para fugir. O que quer que você tenha visto, deve ter sido outra vaca ou, quem sabe, um cavalo que passou perto delas. Não existe mais nada nessa planície além de vacas, touros, cavalos, algumas aves e, às vezes, algum porco que sai do mato e vem até a planície. Não existem outros animais de grande porte por essas áreas, e esses animais só tem como inimigos naturais pumas que, raramente, vêm para estes lados, e alguns cães que se tornaram selvagens depois da guerra. Mas duvido muito que algum cão esteja caçando vacas nesse horário, ainda mais sozinho.

Wolf se mostrou frustrado, pois sabia de tudo o que Bruce acabara de falar, pois não esqueceu o que ele lhe ensinou sobre essa região. Realmente viu alguma coisa diferente, mas resolveu não falar mais, pois não tinha como provar, e aquela conversa não levaria a lugar nenhum. De qualquer forma, ficou mais atento a tudo que acontecia em sua volta, o mesmo aconteceu com todos, que estavam mais atentos para não deixar passar nenhum detalhe que pudesse acontecer em sua volta.

Depois de alguns minutos andando na planície, chegaram às margens da floresta que tinham que explorar. As árvores ali eram enormes, e então Téo perguntou para Poli se ele saberia dizer quais eram aquelas árvores, e Poli, prontamente, respondeu:

— Já estava observando de longe, essa não é uma mata natural, é uma plantação enorme de eucaliptos. Este tipo de floresta foi plantada para se utilizar a madeira muitos anos atrás. E, se me lembro bem das lições que você me deu, mestre, isso é bom para nós, pois poderemos seguir com as carroças pelo meio dessa mata, pois, para plantar essas árvores, era respeitada uma certa distância entre uma e outra, então não teremos muitos problemas para passar entre elas.

Téo, com um olhar orgulhoso de seu pupilo, concorda, mas completa:

— Temos que ter certo cuidado, mas, normalmente, a vegetação por entre essas árvores é apenas pasto e brejo, o que não deve ser problema para os cavalos e para nossas carroças. Só devemos ter cuidado para não cairmos em algum buraco e quebrar uma roda de nossas carroças, pois essa vegetação, apesar de não apresentar muita resistência, pode esconder algumas armadilhas.

Com isso, Artur e Dragon se olharam, e Dragon disse:

— Quebrar uma roda pode até nos atrasar, mas nada além disso, pois, com essa quantidade de madeira aqui, eu e meu professor podemos consertar as rodas com facilidade.

A confiança estava em alta entre os caçadores, e então Bruce tomou a palavra:

— Bom, meninos, agora vai começar a caçada mesmo. Os passos que vamos seguir são os seguintes: vamos atravessar esse mato de eucaliptos, diminuir um pouco nosso ritmo e montar acampamento em uma clareira. Não podemos ir muito devagar, pois temos que chegar antes do anoitecer até lá, mas ela é um pouco afastada daqui.

Todos os meninos acenaram com a cabeça em concordância sobre essa parte, então Bruce continuou:

— Nós, adultos, vamos andando, para abrir o caminho para evitar qualquer contratempo com a carroça e com os cavalos, então vocês que estão nas carroças devem estar atentos para tudo que acontecer em sua volta. Não preciso dizer que, quanto menos barulho fizerem, melhor para a caçada. Se virem alguma coisa, nos avisem, mas só se realmente souberem o que viram, e se for algo importante. Poderemos passar por alguns animais, mas lembrem-se do que estamos caçando, então vamos manter o foco, entenderam?

Todos os quatro acenaram com a cabeça novamente.

***

Assim que Bruce terminou de dar as instruções, eles se puseram a entrar na mata. Téo ia abrindo o caminho no meio da vegetação e Bruce puxava o cavalo a cabresto na primeira carroça, tarefa essa feita por Artur na segunda carroça, enquanto Marcus ia acompanhando atento andando ao lado de Artur. Os meninos mal piscavam para não perder nenhum detalhe daquela mata de eucalipto, que se transformou em uma floresta fechada após alguns metros. Eram poucos os raios de sol que conseguiam atravessar as folhas dos frondosos eucaliptos.

A primeira coisa que chamou a atenção dos meninos foi a diminuição da temperatura, pois, assim que entraram na mata, a temperatura caiu bastante, não chegava a fazer frio, mas notava-se que era grande a diferença de um ambiente aberto com sol, como a planície, e aquela mata.

Após alguns minutos andando na floresta, os meninos não deixavam escondidas as caras de maravilhados. As árvores eram enormes e lindas. A cada lado que olhavam ficavam bobos com os mosaicos formados pelas sombras dos galhos com os raios de sol que conseguiam atravessar até o interior da mata. Eles estavam atentos, nem precisaram combinar para que cada um cuidasse do lado em que se encontrava na carroça; na da frente, Poli ia cuidando de seu lado esquerdo, e Wolf do lado direito; na segunda, Dragon olhava para a direita enquanto Joseph cuidava do lado esquerdo. A concentração deles era incrível, às vezes chegavam a imaginar se quem estava do seu lado não iria ouvir seu pensamento, tamanho era o silêncio que fazia. Silêncio esse só quebrado pelos passos dos cavalos e o som das oito rodas das carroças que abafavam os passos dos adultos.

Marcus, que tinha só a incumbência de ficar atento ao seu redor, também estava atento ao meninos, e viu que eles estavam maravilhados, seus rostos não escondiam a animação e a felicidade que estavam sentindo por participarem daquela caçada.

Depois de mais algum tempo andando na trilha por entre as árvores na plantação de eucalipto, Bruce parou a primeira carroça, o mesmo foi feito por Artur. Todos redobraram a atenção, pois não sabiam por que estavam parando ali. Artur entregou o cabresto da carroça para Dragon e foi em direção a Bruce, mas não precisou nem chegar até lá para entender o motivo de terem parado. Um pouco à frente, do lado direito de onde estavam, havia um pequeno açude formado por uma vertente que era antiga, e havia uma pequena construção semelhante a uma pia onde a água da vertente passava até encher esse local antes de cair no açude. Era o local perfeito para uma pausa para descanso e para fazer um lanche antes de completarem o percurso que estava por vir.

Todos desceram da carroça, pois já estavam ansiando por essa parada para esticar as pernas, então, ainda sem fazer barulho, todos se reuniram entre as duas carroças.

Bruce disse:

— Vamos descansar um pouco, dar água para os cavalos e comer alguma coisa antes de continuar. Estamos indo mais rápido do que eu esperava, então acredito que chegaremos cedo até o local onde montaremos acampamento.

E se ele dizia que acreditava que chegariam mais cedo, é o que realmente aconteceria, pois, como caçador, não se perderia naquela trilha que percorreu poucos dias antes.

Eles pararam, pegaram algumas frutas para comer e levaram os cavalos para tomar água no açude formado pela água da fonte. Então, como estavam com um pouco de tempo, decidiram fazer um chimarrão, mas nem precisaram falar duas vezes. Ao terminar de falar, Joseph tirou do bolso um pedaço de corda e disse que acenderia o fogo. Procurou e logo encontrou quatro peças de madeira para conseguir fazer o fogo; uma base de onde ele tirou uma lasca fina com uma faca, um eixo redondo não muito grosso, um pedaço maior para fazer um arco e outro para a parte de cima onde ele faria força no eixo. Com extrema habilidade, Joseph se agachou, juntou algumas folhas secas e alguns gravetos, posicionou a base logo acima das folhas secas e gravetos, sendo que a lasca que tirou ficava bem no centro desse montinho de folhas e galhos, e a firmou com seu pé, ainda agachado. Ele colocou o eixo na parte de cima da base onde havia aberto a lasca; amarrando as duas pontas da corda que tinha nas extremidades do galho, fez um arco; com a corda, ele deu uma volta no eixo, laçando-o. Então, com uma mão, empurrava o eixo para baixo, forçando-o contra a base, e com a outra mão ele fazia um movimento de vai e vem com o arco, fazendo, assim, o eixo girar, criando atrito entre a base e o eixo, que logo fez aparecer fumaça, então, com apenas um assopro, o fogo apareceu nas folhas e nos gravetos. Após isso, ele só precisou colocar mais madeira para manter o fogo aceso, o que não foi problema, pois, quando Dragon viu que Joseph faria fogo, logo se prontificou para pegar um pouco de lenha.

Com a fogueira já pronta, eles pegaram um pouco de água em uma panela que levavam na carroça e a colocaram para ferver, pois, apesar da aparência limpa da água, poderia estar contaminada, isso lhes foi ensinado por Isabel. Assim, logo que a água ferveu, eles se prontificaram a passar para uma cambona, objeto utilizado há muitas gerações para esquentar água para o chimarrão, e esperaram a água esfriar. Após isso, colocaram-na perto do fogo novamente, mas não para ferver, e sim para esquentar até uma temperatura ideal, pois sabiam que, com água fervida, o chimarrão não fica bom e perde muitas de suas propriedades.

Após terminarem os preparos, sentaram-se e começaram a matear... A primeira conversa que surgiu foi quando Wolf perguntou a Bruce:

— Bruce, é impressão minha ou nessa mata, até agora, não apareceu nenhum animal?

— Também notei isso. Pode ser que o barulho e a movimentação estranha na mata tenham assustado os animais, mas devo dizer que esse fato é estranho.

Contudo, apesar de ser estranho, eles não se preocuparam muito com o fato, então, após quase uma hora de descanso, encilharam os cavalos nas carroças e partiram em direção ao local onde Bruce queria montar a base do acampamento para a caçada.

Ao subirem nas carroças para sair, o rosto dos meninos já transmitia a sensação de alegria por estarem naquela situação. Tudo era novidade, o brilho nos olhos deles era indescritível. Quem os observou ao saírem foi Marcus, que, novamente, andava entre as carroças observando tudo em sua volta.

Alguns minutos depois de saírem, notaram que a vegetação mudara um pouco, mas, apesar disso, as carroças não enfrentavam dificuldade para seguir. Agora não havia só eucaliptos, mas algumas árvores frutíferas, como laranjeiras e bergamoteiras. Além de, em alguns pontos, ser possível ver algumas árvores não muito altas cheias de espinhos e folhas pequenas, a maioria que estava perto deles era ainda eucalipto.

Marcus olhou novamente para os meninos e notou que seus rostos já não demonstravam encantamento, e sim uma seriedade não vista por ele antes. Eles estavam com uma feição concentrada, como se procurassem algo. O próprio Marcus começou a olhar em sua volta, procurando por algo mesmo sem saber o que era, só sabia que os meninos haviam visto alguma coisa. Marcus não entendia o motivo para eles ficarem daquela forma, e também não sabia por que ele ficava tão desconfortável com aquela situação, pois não viu nada de mais enquanto andava. Não havia motivos para os meninos ficarem daquele jeito, podia ser por ser a primeira vez que estavam saindo da aldeia, mas Marcus pensava nisso sem acreditar em seu próprio pensamento, pois sentia que alguma coisa estranha estava acontecendo. Continuou andando sem chamar a atenção de ninguém, no entanto, redobrou a atenção que dava aos meninos e deixou um pouco em segundo plano a observação na mata.

Havia uma tensão no ar, os meninos estavam atentos a qualquer movimento. Depois de mais alguns metros, começaram a aparecer alguns animais, aves que se embrenhavam por entre as árvores, alguns pequenos roedores nos troncos de outras, e também alguns insetos. Ouviam-se sons típicos de cigarras, e outros sons que insetos fazem. Esses barulhos pareciam incomodar os meninos, pois tirava a atenção deles, mesmo assim, continuavam a procurar algo. Seus olhos varriam cada centímetro da mata e, às vezes, parecia que viam alguma coisa, mas logo que focavam a visão em tal ponto, nada viam de concreto. Essa situação estava enlouquecendo Marcus, que tentou colocar um pouco de juízo em seu pensamento. Assim, ao observar os meninos e buscar pelo que olhavam na mata e nada ver, se acalmou e viu que aquela tensão podia ser normal, pois, apesar de qualquer outro fato, eram ainda crianças aqueles que mostravam uma expressão preocupada, por isso ele deveria ficar firme e apoiá-los, e não ficar assustado com a preocupação deles. Marcus sorriu para os meninos, que nem notaram tal fato. A jornada até o local de acampamento continuou ao som de insetos mata adentro.

***

Após pouco tempo, eles avistaram o local onde Bruce queria montar o acampamento, e logo entenderam o porquê. Viram uma frondosa figueira centenária, a base de seu tronco era muito grossa. Eles faziam a comparação pela carroça, e nem o tamanho dela era suficiente para cobrir todo o tronco da árvore. Mas ela precisava ser assim, pois, a partir dela, brotavam muitos galhos, mais grossos que muitas árvores, para todas as direções. Tais galhos formavam uma copa incrivelmente grande. Se aquela árvore estivesse na aldeia, ela cobriria grande parte das casas.

Era visível que aquele lugar era especial para fazer o acampamento, pois, abaixo dessa figueira, além da sombra, o chão era plano e livre de mato, então não precisariam de muito trabalho para montar tudo ali. Ao chegarem mais perto, notaram que, próximo à frondosa árvore, havia um córrego, que se formava em uma elevação. Essa elevação era grande, pois podiam ver que ali era o pé de um pequeno monte, ou seja, eles saíram da planície onde havia árvores plantadas e chegaram a um ambiente com o solo com depressões. O que importava era que aquela água era limpa e vertia em grande quantidade, pois, se seguissem com os olhos o córrego, logo veriam que ele se tornava um arroio, provavelmente deveriam existir outras vertentes que abasteciam o arroio, mas a que eles viam no acampamento era a que lhes importava.

Chegaram e começaram a descarregar as coisas para montar o acampamento. Os meninos ficaram com a carroça que vinha na frente, pois era a mais leve e que tinha os materiais mais fáceis para descarregar, enquanto os adultos se reuniram na segunda carroça, mas, antes de começar a descarregar, Bruce chamou os outros três adultos para conversar e disse o seguinte:

— Não quero assustar os meninos, então falem baixo.

O semblante de todos ficou sério, e Bruce continuou falando:

— Durante todo o caminho, prestei atenção e notei que havia pouquíssimos animais nesse mato, o que realmente é muito estranho, pois, da última vez que passei por aqui, a quantidade era grande: havia ratos, coelhos, porcos, cobras, lagartos e até mesmo algumas galinhas, mas hoje não havia praticamente nada além de alguns pássaros e insetos. Não sei o que pode ser, desconfio de algum grande predador que afugentou todos os animais ou, quem sabe, até mesmo a nossa caça pode ter esse como seu território, o que é extremamente perigoso, pois, se for isso, não vai aceitar nenhum outro macho por perto e vai vir para nos tirar daqui.

Após alguns segundos para absorver as informações, os outros três adultos olham para os meninos e, com feição preocupada, se puseram a perguntar.

O primeiro foi Téo.

— Você acha que é isso mesmo? Durante todo o caminho, eu vinha reparando na vegetação, e não vi marcas de nada, nem mesmo as plantas rasteiras derrubadas para algum animal de grande porte passar, nem árvores descascadas, porque, onde existem porcos, algumas árvores servem de "coçadores", e estas árvores ficam. Não existe, nem ao menos, uma trilha, que esse animal usaria para andar por dentro dessa mata.

Bruce ficou sem resposta, pois sabia de tudo aquilo que Téo acabara de falar, porém não conseguia imaginar o que poderia ter feito os animais debandarem daquele local.

Então foi a vez de Artur perguntar:

— Então, o que faremos?

E, antes mesmo de alguém responder, Artur continuou falando:

— Acho que o melhor a se fazer é acampar aqui mesmo, pois estamos em um local onde podemos ver toda a volta, além de estarmos protegidos de um lado por essa elevação. Se montarmos algumas armadilhas, nem que seja só para fazer barulho, poderemos nos defender. Então, na minha opinião, ficamos aqui e revezamos a guarda durante a noite, sem sairmos sozinhos. Vamos ficar sempre em duas duplas com dois adultos e dois garotos.

Pela expressão de todos, parecia que eles haviam concordado com a ideia. Foi então que olharam para os meninos, que já haviam descarregado tudo da carroça e estavam conversando, muito compenetrados no que falavam, tanto que nem notaram que os adultos se aproximaram. Bruce foi o que chegou mais perto e pôde ouvir um pedaço da conversa. O que ele ouviu foi Wolf falando o seguinte:

— Sei que o que falei parece loucura...

E nesse momento Dragon disse:

— Não é, não! Eu também vi, e sei que o Joseph também viu, eu e ele não comentamos nada, mas pude notar que ele também viu. Tô errado?

— Não falei nada porque, apesar de ver, não sei o que era, e se mexia rápido demais por cima das árvores. Não tem como um animal tão grande se movimentar assim — Joseph comentou.

— Todos vimos, mas como será que eles não viram? — Poli perguntou.

Então, Bruce interrompe a conversa deles:

— Não vimos o quê?

Os meninos se assustaram, pois não esperavam que ele estivesse ali.

— Nada, não. Ainda estou falando sobre aquilo que achei ter visto antes de entrarmos na mata, atrás das vacas que estavam pastando. Nem precisa perder teu tempo se importando com o que falamos aqui — respondeu Wolf.

Bruce resolveu ignorar o que os meninos falaram, pois sabia que a cabeça de uma pessoa assustada pode imaginar coisas que, na realidade, não estão acontecendo, ainda mais dentro de uma mata, que pode causar várias ilusões de ótica: o que parece um braço fazendo sinal para você se aproximar pode ser, na realidade, só um galho solto balançando com o vento. A inexperiência dos meninos pode ter causado a ilusão do que achavam ter visto. Mas, com este pensamento, veio uma preocupação, pois, se os meninos já estavam assustados, se algo mais acontecesse durante a noite, eles poderiam piorar.

Mal sabia Bruce que esses seus pensamentos estavam completamente equivocados.

***

Antes de a noite cair, o acampamento já estava pronto. As barracas foram feitas de galhos e cobertas com folhas rústicas, mas eficientes como abrigo. A lenha para manter o fogo durante a noite toda já fora separada, a água já estava fervida para preparar o chimarrão, havia algumas frutas para serem comidas antes do jantar, que já estava sendo preparado. Estavam cozinhando em uma panela de ferro alguns itens retirados da horta da qual Téo tomava conta na aldeia, panela essa encontrada por Isabel na cabana que deu origem à aldeia. Ela estava suspensa por uma trempe (utensílio formado por três braços de ferro presos por uma argola, também de ferro, com um gancho entre os braços. Ao cravar os três braços no chão formando um tripé, o gancho serve para pendurar a panela acima do fogo), que também estava na cabana, como um conjunto, que era muito útil.

Naquele momento, Téo ficava no acampamento com Poli para preparar tudo, enquanto os outros seis saíram para montar armadilhas em torno do acampamento. Estas armadilhas não eram para prender ou capturar algum animal, mas, sim, para alertar que o acampamento estava sendo invadido por alguma coisa. O que eles fizeram foi simples: deixaram cipós pendurados, em uma ponta ficava o gatilho que ativa a armadilha, na outra ponta do cipó prenderam galhos grossos o suficiente para irem até o chão fazendo um barulho bem específico. Deu um pouco de trabalho, mas acabaram antes de escurecer por completo.

Todos se reuniram em torno da fogueira. Téo já havia preparado o chimarrão, então começaram a matear. Por alguns minutos, o silêncio predominou, o som que se ouvia era apenas o estalar da madeira no fogo. Depois de terminar uma cuia de chimarrão, Dragon quebrou o silêncio perguntando:

— Vocês estão preocupados com alguma coisa?

A pergunta não era esperada por ninguém ali, então ele continuou:

— Vocês estão estranhos. Desde que chegamos aqui, estão mais cuidadosos conosco, não desgrudam da gente. Tem alguma coisa errada?

Quem respondeu foi Marcus.

— Não tem nada de errado, não. Mas estamos, sim, preocupados com a segurança de vocês. Não é só a primeira vez de vocês na mata, mas a nossa também. Já saímos para caçar, mas é diferente com vocês junto, então temos que ter cuidado extra.

Essa resposta não foi bem aceita pelos meninos.

Dragon foi quem continuou a falar após ouvir Marcus:

— Vocês não precisam se preocupar assim, sabemos nos cuidar...

Dragon estava irritado, não diferente dos outros três meninos.

Mas Wolf tomou a palavra:

— Entendo a preocupação de vocês, mas também entendo a irritação de Dragon. Viemos até aqui para sermos úteis e não para atrapalhar a caçada. Se nos trouxeram foi porque sabiam que poderíamos ajudar, então confiem mais em nós e no que nos ensinaram.

Bruce deu um sorriso e disse:

— Pois bem, já que vocês notaram nossa preocupação vou explicar o motivo.

A atenção dos meninos se voltou para os adultos naquele momento.

— Estamos preocupados com o fato de não termos visto muitos animais no caminho até aqui. Não sei o que pode ter causado a debandada deles, pois, quando vim até aqui, havia muitos animais, de vários tipos e tamanhos. Estamos com medo de que algum grande predador seja dono deste território, e que, por isso, todos os outros animais estejam evitando este lugar. Nunca vi nada parecido, por isso esse receio, pois, se realmente for um predador, logo irá perceber que estamos invadindo seu território e virá para defender o local dos invasores, assim, eu e os outros estamos tomando mais cuidado com vocês.

As palavras não chegaram a assustar os meninos, só serviu para aumentar a atenção deles, mas nada além disso. Eles ficaram em silêncio por mais um tempo, trocaram olhares e, mesmo sem falar uma palavra sequer, entenderam que não era o momento de falar sobre o que tinham visto. Não sabiam por que não deveriam falar, mas sabiam que não era o momento.

A roda de chimarrão prosseguiu. Bruce disse que a fogueira no meio do acampamento ajudava a espantar alguns animais, e isso era mais uma proteção que tinham, e falou isso para tentar deixar os meninos mais confortáveis. Esse método, apesar de ser verdade, não mudou nada o que os meninos estavam sentindo. Naquele momento, parecia que os adultos estavam muito mais preocupados e assustados do que os próprios meninos.

Depois de um bom tempo mateando, Téo resolveu que estava na hora de todos jantarem, então terminou de fazer a comida que estava preparando. O que estava na panela cozinhando era feijão. Ele sabia o que estava fazendo, então refogou cebola e alho em banha de porco, depois acrescentou o feijão e água, deixou cozinhando e acrescentou algumas ervas, que, como todos os ingredientes que ele tinha trazido, eram de sua horta na aldeia. Quando o feijão estava quase pronto, pegou outra panela e nela fez o arroz que, para eles, era especial, pois era muito difícil manter uma plantação de arroz, e igualmente difícil era a colheita — preparado só com alho e banha. Quando estava quase tudo pronto, Téo colocou uma panela rasa diretamente sobre as brasas, adicionou novamente banha e, quando esta estava bem quente, ele completou o banquete colocando quase uma dúzia de ovos para fritar na panela. No momento em que as claras do ovo começaram a esbranquiçar, ele tirou a panela das brasas e disse que o jantar estava pronto e que daria força o suficiente para a caçada do dia seguinte.

Todos começaram a se servir. Ao comer, se deram conta de que estavam famintos, que o feijão com o caldo grosso, o arroz branquinho e aquele ovo que deixava escorrer a gema ainda líquida por entre o arroz formavam um manjar. Era uma das melhores refeições que eles já haviam provado, era incrível como os alimentos se completavam. Eles comiam e sentiam a energia voltando aos seus corpos.

Mas não foram só os oito que estavam no acampamento que ficaram com água na boca por causa da comida feita por Téo. Quase não deu tempo para que eles terminassem o primeiro prato que haviam servido, e uma das armadilhas disparou. Um frio subiu pela espinha de todos no acampamento, pois ninguém esperava por aquilo. Estavam distraídos comendo quando se pôde ouvir o despencar de uma tora, que estava na armadilha que ficava atrás da figueira, lado mais escuro do acampamento.

Artur e Bruce pegaram, cada um, uma tocha que haviam feito com mato seco e banha e deixado próximo ao fogo para situações como aquela, e acenderam-nas. Artur empunhava um longo facão que, costumeiramente, ficava preso em seu cinto, e Bruce pegou um pedaço de lenha que servia perfeitamente como arma. Fizeram sinal para que todos ficassem em silêncio e parados ali, então foram em direção à armadilha que havia sido disparada.

Todos ficaram atentos. Wolf ficou cuidando para onde os dois foram; Dragon ficou do lado direito de Wolf, olhando para algumas árvores em direção ao local da vertente; do lado de Dragon, ficaram Joseph e Poli, cuidando da parte da frente do acampamento, o lado oposto onde a armadilha disparou; e os outros dois adultos cuidavam do lado por onde haviam chegado. Eles formavam quase um círculo, um de costas para o outro, tendo olhos observando em todas as direções. Todos estavam tensos, não sabiam o que havia disparado a armadilha.

Artur e Bruce foram com cautela, atentando para qualquer movimento que pudesse acontecer ali por perto, pois não sabiam o que esperar, estavam preparados para qualquer coisa. Chegaram na armadilha, não viram nada. Bruce tentou ver se havia alguma marca, pegada ou qualquer outra pista que pudesse indicar quem ou o que disparou a armadilha e onde estava, mas nada encontrou. Mesmo assim, ele e Artur fizeram uma pequena busca no entorno da armadilha e, por não verem nada, disseram com a voz alta o suficiente para que os que estavam no acampamento pudessem ouvir:

— Deve ter sido um alarme falso...

Com isso, todos relaxaram um pouco, mas, quando estavam se virando para voltar a comer, Dragon cutucou Wolf e olhou fixamente para um ponto quase na copa de uma das árvores perto da vertente. Wolf olhou e ainda conseguiu ver, de relance, que uma sombra saltou daquele galho, indo em direção à mata que ficava no local onde antes

Poli e Joseph observavam. Mas, além de escuro, alguns galhos da própria figueira que os abrigava atrapalhava a visão da tal sombra.

Após isso, Dragon e Wolf se entreolharam e voltaram a se sentar e comer, mas estavam com um semblante sério, preocupado.

Joseph e Poli notaram e se aproximaram dos dois.

— O que foi? — Poli perguntou.

— Vocês viram aquilo novamente? — Joseph completou.

Eles responderam positivamente acenando a cabeça, pois notaram que Téo e Marcus estavam olhando para eles.

Os meninos começaram a se questionar em pensamento o que poderia ser aquilo que tanto os seguia, mas não dava as caras. O que era? O que queria? Mas tentavam não demonstrar nada para os adultos, com receio da reação que eles poderiam ter.

A armadilha foi rearmada, e Artur e Bruce voltaram para o acampamento. Todos já tinham voltado para os lugares que ocupavam antes de a armadilha disparar. Com um sorriso no rosto, tanto Artur quanto Bruce pareciam aliviados por ter sido um alarme falso.

Então, como se quisesse confortar os meninos, Bruce disse:

— Deve ter sido algum animal pequeno atraído pelo cheiro da comida ou, talvez, a curiosidade, mas não foi nada de mais. Podemos relaxar e voltar a comer.

Eles voltaram a comer, mas os meninos não conseguiam relaxar. Estavam curiosos e com algum receio, mas pensavam que se aquilo, seja lá o que fosse, quisesse atacá-los, já o teria feito... Ou será que não?

As ideias dos meninos já não tinham um rumo, imaginavam inúmeras coisas. Algumas eram mais sem noção; outras, até bem plausíveis, mas eram só ideias, pensamentos.

Foi então que Bruce disse:

— Pois bem, já nos alimentamos, agora vamos descansar. Quero que vocês quatro durmam e não se preocupem, pois nós vamos revezar a guarda do acampamento.

Os meninos se olharam e se aproximaram, formando uma "roda" para que os adultos não ouvissem o que eles falavam.

O primeiro a falar foi Dragon.

— O que faremos? Vamos contar a eles? Ou também montaremos guarda e revezaremos durante a noite?

— Falar para eles acho que não devemos, pois não sabemos o que é. Vou bolar um plano para descobrirmos o que é isso. Mas, por enquanto, vamos vigiar o acampamento com eles. Tenho certeza de que não vão querer que fiquemos com eles de guarda, então não daremos escolha. Cada um de nós fica até mudar o turno, quando isso acontecer, um de nós vem e acorda o outro para vigiar também. Vocês concordam com isso? — Wolf sugeriu.

Todos concordaram. Wolf disse para os adultos que ficariam fazendo guarda também. Para sua surpresa, nenhum dos adultos se opôs a isso, então Téo se dispôs a começar. Perguntou se Poli se importava com essa escolha, mas Poli concordou e, com isso, os outros foram se deitar nas barracas.

Eles revezaram durante a noite, mas nada de diferente aconteceu até o raiar do dia. Não dá para dizer que os meninos não gostaram daquela noite, a emoção e a adrenalina de estarem naquela situação, tendo que vigiar e, de certa forma, proteger todos que ali estavam, era uma sensação que eles adoraram.

***

O Sol raiou. Quem estava fazendo a guarda eram Artur e Dragon. Antes dos outros levantarem, Artur decidiu fazer um café da manhã, então ele deixou o chimarrão pronto, colocou a panela onde Téo havia feito o feijão na noite anterior no fogo e cortou uma cebola em pedacinhos bem pequenos para misturar ao feijão. Quando o feijão estava aquecido, ele começou a colocar uma farinha que eles prepararam na aldeia, feita com aipim ralado bem fino e depois torrado. O feijão, então, começou a engrossar até ficar no ponto. Pelo menos foi isso que Artur disse, e nem precisou chamar os outros para o desjejum, pois o cheiro de comida acordou todos.

Alimentados e já prontos para o dia que começava, Bruce chamou todos para combinar como seria a caçada:

— Bom, agora realmente vamos começar a caçada ao nosso alvo. Primeiro temos que encontrar os rastros. Então acredito que, se nos separarmos, cobriremos uma área maior. Mas, como existe uma chance de este animal estar por perto, vamos nos separar, mas sem ficar a uma distância muito grande uns dos outros.

Apesar de meio confusa a explicação de Bruce, todos entenderam o que ele queria, e concordaram. Sabiam que ficariam em duplas e que estariam andando a uma distância segura uns dos outros. Caso acontecesse algum problema, todos estariam perto e prontos para agir rapidamente.

Mas, antes de partir, Bruce continuou falando:

— Estive prestando atenção em porcos do mato por muito tempo. Sei que, na realidade, eles não são territorialistas, só atacam se ameaçados ou para proteger sua fêmea no cio e sua prole. Então não sei se o que assustou os animais foi este porco ou algum animal predador realmente territorialista.

A informação que Bruce deu deixou todos ali meio confusos, pois dizia o contrário do que ele explicou em outra oportunidade. Mesmo assim, nada mudou no pensamento dos meninos, pois, na realidade, o interesse era descobrir o que os estavam seguindo e cercando o acampamento. Os adultos ficaram confusos, mas não reclamaram, pois quem entendia de caçadas era Bruce.

Com essas informações, todos ali estavam cientes de que a caçada trazia muitos riscos, mas o ânimo não diminuíra por isso. Antes de sair, Téo foi guardar o que havia sobrado de comida, e as sobras de comida que ficaram nos pratos. Ele acendeu o fogo, pois não queria que animais invadissem o acampamento atrás de comida e achou que essa seria a solução, mas o que ele conseguiu, naquele momento, foi uma grande nuvem de fumaça, nuvem essa que, além de irritar a garganta e os olhos, era escura e ofuscava a visão de todos ali.

Após a fumaça baixar, todos saíram para começar a buscar algum rastro de um porco muito grande.

Bruce deu a dica por onde começar.

— Porcos são animais que, durante o dia, são mais calmos. Eles costumam andar mais durante a noite, preferem andar em campos e planícies, e entrando nas matas durante o dia para fugir do calor e do sol. Eles gostam de lugares com água para seus banhos de lama, então temos algumas vantagens sobre eles no momento. Sugiro subir nesse monte e ver o terreno lá de cima, quem sabe, assim o encontramos mais rápido.

Então eles subiram no monte e, ao chegar no topo, puderam notar que lá em cima havia outra planície, mas a vegetação era diferente: não possuía aquelas gramas com plumas brancas, mas, sim, alguma planta rasteira com folhas não muito grandes e que tinha flores brancas e cobriam grande parte da planície. Téo olhou e pareceu não acreditar. Aquilo era uma enorme plantação de batatas, parecida com uma grande fazenda, como se alguém tivesse plantado.

Téo, então, disse:

— Estamos com sorte! Isso é uma grande plantação de batatas. Se existe algum porco com fome é certo que ele vai encontrar essa plantação, pois tem comida em abundância aqui.

Téo começou a retirar um pouco de terra do entorno da planta com as mãos e, com um pouco de dificuldade, retirou uma grande batata. Poli fez o mesmo e colheu outra batata. Eles se distraíram fazendo isso repetidas vezes e acabaram colhendo batatas o suficiente para fazer algumas refeições, por isso nem notaram que todos os outros saíram de onde estavam. Quando se deram conta, Téo e Poli olharam para o lado esquerdo do lugar de onde chegaram e viram que todos olhavam para o mesmo lugar. Foram ao encontro deles e logo souberam o porquê: a alguns metros de distância havia uma parte dessa plantação amassada e com a terra revirada.

A adrenalina subiu nesse momento. Aquele podia ser o rastro que eles queriam encontrar e a pista que eles buscavam para montar uma estratégia de como caçar o porco.

— Artur, tá com teu facão aí? — Bruce perguntou.

— Nunca saio sem ele, e também trouxe um machadinho...

— Então me empresta um deles, e vamos lá ver esse rastro. Como ele parece ser recente, o porcão pode estar...

O raciocínio de Bruce foi interrompido por uma risada de Joseph. Joseph tentou se segurar, mas não conseguiu, e caiu na gargalhada, fazendo com que os outros começassem a rir de seu comportamento. E, a partir daquele instante, só o que Joseph fazia era rir e repetir, em vários tons de voz, a palavra porcão.

Depois de alguns minutos, conseguiram fazer com que Joseph parasse de rir. Bruce, irritado com a situação e com medo de que aquelas risadas pudessem ter espantado qualquer coisa que pudesse ter feito aquele rastro, diz:

— Artur, vamos lá, com cuidado, e sem fazer barulho, para ver se aquele rastro é recente e se tem alguma pista que indique para onde o animal foi. E vocês, quero que fiquem em silêncio, e vão para a beira desse monte. Caso o porc... o animal apareça por aqui e tente atacar vocês, se atirem nessa grande lomba para baixo, pois é só grama. Por maior que seja o animal, ele não vai conseguir correr muito e, com certeza, não vai alcançar vocês lá embaixo.

Marcus não gostou nem um pouco da ideia de se atirar lomba abaixo, mesmo sendo grama; ele acreditou que Bruce só tivesse falado isso porque seu pupilo Joseph o irritou, e ele não estava pensando direito.

Enquanto os dois andavam em direção ao rastro deixado, os outros dois adultos prestavam atenção naqueles que iam até o rastro. Wolf, então, chamou os outros três meninos e disse que teve uma ideia para tentar descobrir o que era aquilo que viram, mas que precisaria da ajuda dos três para dar certo. Todos concordaram, então Wolf diz que, mais tarde, quando tivessem tempo longe dos adultos, ele explicaria melhor o que cada um deveria fazer para colaborar com o plano.

***

Tanto Artur quanto Bruce estavam tensos. Cada passo que eles davam parecia fazer tremer o chão, ao menos era isso que achavam. Olhavam para a terra revirada e procuravam alguma trilha que pudesse mostrar onde a caça deles podia estar à espreita. O caminho se tornou longo, pois eles se moviam de maneira que não pudessem ser notados, tentavam não fazer som algum.

Depois de mais alguns passos, chegaram ao local onde a terra estava revirada. Bruce sentiu um certo alívio, a terra tinha sido revirada há pouco tempo, mas não havia sinal de que o animal se mantivera ali até aquele momento. Eles deduziram que o grande porco esteve ali na noite anterior e que, provavelmente, voltaria ali durante a noite para aproveitar a grande oferta de alimentos daquele campo de batatas.

Artur e Bruce encontraram marcas de pegadas do porco em direção ao oeste, ou seja, à esquerda de onde eles vieram. Buscaram com os olhos, rapidamente, pela mata que tinha naquela direção e, logo de cara, notaram uma trilha de galhos quebrados. A tensão voltou no momento que, sem dizer nenhuma palavra, Bruce fez um sinal e ambos andaram na direção da mata. Eles tentavam ficar atrás das árvores para, no caso de o animal sair da trilha de surpresa, eles conseguirem se esconder ou se proteger nessas árvores.

Chegaram na margem da entrada da trilha, um de cada lado, espiaram e puderam notar que ela entrava vários metros na mata, também notaram que havia lama seca nos galhos quebrados e derrubados na trilha. Isso significava que o animal, provavelmente, encontrou uma poça que fazia de "ninho" durante o dia. Então, se eles seguissem aquela trilha, encontrariam um terreno molhado e de difícil locomoção para os homens, mas no qual os porcos têm facilidade, por isso Bruce fez sinal para voltarem para junto dos outros.

Já com os outros, Bruce disse o seguinte:

— Encontramos a trilha que o porco, que comeu estas batatas, usou para chegar aqui, e acredito que ele voltou pela mesma. Deu para reparar isso por causa da posição dos galhos, então temos grande chance de capturá-lo. É arriscado demais o enfrentarmos cara a cara, então sugiro que façamos uma armadilha para prendê-lo e, depois que estiver exausto, o matamos. Antes que digam que isso pode ser cruel, pensem que ele é um animal muito grande, então acho que uma armadilha para tentar matá-lo não seria efetiva e, se o machucarmos, provavelmente ele se enfurecerá e o risco de nos machucar será enorme.

Todos tentavam assimilar as informações, mas, mesmo não concordando, nada mudaria, pois depois que Bruce botava uma ideia na cabeça, dificilmente algo o fazia mudar.

Foi então que seu discípulo, Wolf, disse:

— Quer dizer que, se a armadilha não der certo e ele se enfurecer, existem grandes chances de descer até o acampamento?

Eis o fato que eles ainda não tinham pensado, e todos olham para trás e viram a grande figueira que era a base do acampamento. Notaram, então, que o grande animal esteve a poucos metros deles enquanto eles dormiam na noite anterior, e bastava ele cair naquele barranco, que estaria praticamente dentro das barracas onde estavam dormindo. Essa ideia causou um calafrio generalizado.

Bruce se pôs a pensar, mas não pareceu abatido. O que ele fez foi perguntar o seguinte para Artur:

— Você consegue fazer lanças o suficiente para cercar uma parte desse campo?

E Artur respondeu:

— Sem problemas, até um pouco depois do almoço elas estarão prontas. Como você as quer?

— Precisamos garantir que, se o animal não ficar preso na armadilha, ele não chegue até aqui. Então, além de fazer a armadilha com cipós e cordas para prendê-lo, quero fazer outra que vai funcionar da seguinte maneira: vamos fazer, com essas lanças, uma espécie de cerca, que ficarão apontadas para dentro do cercado. Elas devem estar presas no chão e inclinadas para frente, pois, caso o animal venha correndo em nossa direção, as lanças vão se encarregar de pará-lo... — ele respondeu.

Mesmo com medo, continuou sua marcha em ritmo mais lento, então pensou: "Por que eles ainda não me alcançaram?". Então, quando foi se virar para olhar para trás, ouviu novamente um barulho no mato, que parecia estar seguindo-o. Joseph parou e se virou para trás, quando olha, vê Dragon, que vem correndo em sua direção dizendo:

— CORRE, CORRE...

Joseph se vira, mas, quando vai correr, suas pernas amolecem por causa do susto que tomou. Quando se virou, deu de cara com os dois adultos parados, ele não esperava isso. Seu coração disparou, seu rosto ficou completamente corado, e não sabia como xingar os três por terem aprontado esse susto para ele.

E, antes mesmo de ele conseguir se recuperar do susto, Marcus diz:

— Isso foi para você aprender que estamos aqui em equipe. Todos estamos próximos um do outro, e não é à toa, é para nos cuidarmos, então vê se aprende a lição. Nós que te demos o susto dessa vez, mas imagina se não fosse isso. Se, por causa de tua birra, ninguém viesse atrás de você, e você se perdesse nessa mata. Ou se o porcão viesse atrás de você. Você iria rir se ele estivesse correndo atrás de você para te atacar? Tome isso como uma lição.

Artur e Dragon ficaram sérios durante a bronca que Marcus deu em Joseph, mas estavam loucos para rir, pois a cara de Joseph assustado era uma imagem que jamais sairia da cabeça deles. Apesar da crueldade que fizeram, funcionou bem, pois Joseph nunca mais iria esquecer desta lição.

Enquanto isso, no meio da mata, no lado leste do acampamento, estavam os outros quatro. Foram, mais ou menos, uns trinta minutos de caminhada até encontrar alguns cipós úteis para a armadilha que Bruce queria montar. Téo e Poli iam na frente e, logo em seguida, vinham Bruce e Wolf. Até que Téo olhou no alto de uma grande árvore e viu um cipó de, mais ou menos, uns sete metros. Ele avisa Bruce que, prontamente, se põe a subir na árvore. Téo presta atenção em Bruce, pois, a qualquer deslize dele, pode acontecer uma grande queda, não que Téo pudesse evitar esse acidente caso acontecesse, mas sempre é bom estar atento nestas ocasiões.

Enquanto Téo e Bruce estavam atentos a este cipó, Wolf e Poli escutaram um barulho estranho no meio do mato, como se alguém estivesse caminhando e pisando em galhos secos. Wolf, em silêncio, sai se esgueirando por entre as árvores, para que, se houvesse alguma coisa ali, não percebesse sua presença, e é acompanhado por Poli nessa ação. Eles andaram uns dez metros para o norte de onde estavam e pararam. O que viram causou arrepios: uma pessoa com uma roupa cobrindo todo o corpo, dos pés à cabeça, carregando um grande livro. Puderam ver que o livro tinha uma capa negra e, nele, havia dobradiças e fechadura de ferro, havia alguma inscrição feita em letras de difícil entendimento na cor dourada. Wolf, depois do susto inicial, que causou alguns segundos de paralisia, tentou ir ao encontro de tal criatura, o que foi em vão, pois a criatura se movia tal qual o vento por entre as árvores, e desapareceu. Wolf olha para Poli, tentando ver se ele tinha visto aquilo também, o que nem precisou perguntar, pois o rosto de Poli dizia tudo o que sentia no momento: surpresa, dúvida e até mesmo um certo medo.

Os dois meninos ficaram parados ali, só pensando. A visão daquela pessoa marcou os dois, eles não falaram nada, ficaram parados até o momento em que Téo, ao longe, gritou:

— Poli, Wolf, onde vocês estão?

Poli diz com uma voz não muito alta:

— Aqui.

Téo, então, segue a voz de Poli e logo os encontra. Quando estava pronto para dar uma bronca por eles terem saído de perto, ele olha para frente e passa reto pelos dois, motivo esse que deixou todos sem reação. Bruce achou que ele daria uma bronca nos meninos, e não entendia por que ele passara reto por eles. Os meninos achavam que ele poderia ter visto alguma pista do que haviam presenciado pouco tempo antes, pois Téo foi direto até o local onde aquela aparição tinha acontecido. Quando chegou no exato lugar onde aquela pessoa esteve quando os meninos a viram, ele se virou e disse:

— Não precisamos mais procurar nada.

Realmente aquilo não era esperado, ninguém entendia nada, então Bruce perguntou:

— O quê? Do que tu tá falando?

— Agradeça aos garotos aí. Eles encontraram uma mata com várias árvores de imbira. Essas árvores, apesar de terem as folhas venenosas para a criação de gado, sempre foi muito benquista entre pessoas que moravam no campo antigamente, pois, com a fibra que existe na sua casca e na entrecasca, se faz cordas há gerações. Ou seja, nossa busca acabou. Com essa quantidade de imbira que existe aqui, podemos fazer vários metros de corda sem matar as árvores, pois não precisamos tirar toda a casca, mas apenas um pouco de cada, e assim essas árvores nos podem ser úteis no futuro.

Os meninos não faziam ideia de que as árvores eram úteis assim. Estavam ali não porque as viram, e sim porque aquela coisa os tinha atraído até ali.

O susto de Joseph passou. Eles estavam indo em direção ao local onde a pessoa apareceu. Os dois meninos seguiam Artur e Marcus, faltavam poucos passos para chegarem ao ponto onde aquela pessoa apareceu. Os dois meninos torciam para que houvesse algum rastro deixado por tal ser, mas, quando chegaram ao local, só o que viram foram inúmeras árvores perfeitas para virarem lanças. Havia centenas de lanças só esperando para serem cortadas, carregadas e afiadas.

***

Um pouco antes de o Sol atingir o meio do céu, Bruce, Téo e os meninos voltaram ao acampamento carregando grande quantidade de cascas de imbira enroladas nos ombros. Ao chegarem, notaram que os outros não estavam ali, mas viram uma grande pilha de madeira, então entenderam que eles estavam trazendo as madeiras para ali fazer as pontas e transformar aquela madeira nas lanças.

Não demorou muito para que todos se reunissem no acampamento. Todos traziam feixes de madeira para as lanças. O que chamou a atenção foi que tanto os meninos quanto os adultos carregavam feixes muito grandes. No total, eles trouxeram, aproximadamente, 150 lanças, sem contar o restante da madeira que já haviam trazido na primeira viagem: três varas com cinco metros e outras duas menores, com cerca de três metros.

Enquanto Téo, Poli, Bruce e Wolf iam trançando as fibras para fazer cordas mais fortes, Artur e Dragon iam fazendo as pontas nas lanças. Eles, com quatro golpes de facão, faziam pontas afiadas capazes de furar facilmente o couro do porco. Além disso, Artur mostrou a Dragon que deveria fazer mais dois cortes, não para fazer como na ponta, mas, sim, três centímetros antes da ponta, sem afiar, deixando as lanças com fisgas. Isso serviria para que, quando a lança penetrasse no couro do animal, não saísse com facilidade. Apesar de ser cruel, eles estavam se defendendo, e seria muito mais fácil escapar de um animal com uma lança cravada do que fugir de um animal furioso e machucado. Marcus e Joseph se prontificaram a trazer água para todos, pois, mesmo que tivessem cumprido suas tarefas dentro da mata com certa facilidade, ainda foi muito desgastante para eles, então Marcus e Joseph tinham uma função tão importante quanto aprontar as armadilhas.

A agilidade com que preparavam as lanças e as cordas era de impressionar, ainda mais depois que saciaram sua sede. Então, Marcus disse que ia preparar aquelas batatas que Téo e Poli colheram anteriormente. Para isso, Marcus pediu para Joseph acender o fogo, e ele pegou a panela na qual, na noite anterior, foram feitos os ovos fritos, acrescentou mais banha e a deixou esquentando. Enquanto a banha esquentava, descascou as batatas e Joseph as cortou em fatias bem fininhas para que, quando a banha estivesse bem quente, pudessem fritá-las. Com certeza, elas iriam repor toda a energia que tinham perdido até então.

Nem mesmo terminaram de fritar as batatas e as cordas estavam feitas e as lanças, afiadas. Dragon foi limpar o local onde estavam as lascas de madeira, as juntou e ia atirá-las no fogo, mas Téo disse:

— Deixe essas lascas e cascas de eucalipto aí. Caso apareçam mosquitos essa noite, tocamos essas madeiras no fogo, e a fumaça que levantar vai espantá-los.

Wolf ouviu a conversa e perguntou:

— Por que essas lascas de madeira levantam fumaça?

— Não são as lascas em si, mas, sim, o fato de estarem ainda verdes, pois elas têm umidade e resinas que, quando queimadas, soltam fumaça — respondeu Téo.

Wolf, então, faz um gesto de entendimento com a cabeça, mas faz mais uma pergunta:

— Então, se queimar folhas verdes vai levantar muita fumaça?

— Sem dúvida! Se queimar as folhas verdes, elas vão levantar muita fumaça. Mas por que a súbita curiosidade?

— Por nada, só curiosidade, pois, se eu vir mosquitos, saberei como afastá-los.

A desculpa foi aceita por Téo, mas os meninos notaram que aquelas perguntas não tinham sido feitas em vão.

Todos resolveram esperar para almoçar e depois montar as armadilhas. Então, naquele momento de descanso até o almoço ficar pronto, os meninos conseguiram o tempo que precisavam para conversar entre eles sem que os adultos estivessem prestando atenção.

Os quatro se dirigiram para o lado onde foi combinado que seria o banheiro, um lugar pouco afastado de onde os adultos estavam fazendo o almoço e descansando. Ficava do lado direito da figueira, numa trilha mais ao lado das que alguns seguiram para buscar cordas anteriormente.

Ao se afastarem um pouco do acampamento, todos falaram ao mesmo tempo:

— Eu vi!

A surpresa deles era muito grande, então Dragon começa falando:

— Andamos por um bom trecho, daí o Artur parou para cortar umas lanças, e então Joseph e eu estávamos conversando quando o vi parado a alguns metros de nós. Pude ver que ele vestia uma roupa que o cobria por inteiro e tinha um tipo de livro nas mãos.

— Sim, nós o vimos também. Era exatamente assim que ele estava — Poli disse.

Wolf ficou pensando enquanto os outros falavam, então disse:

— Cheguei a pensar que poderia ser mais de um nos seguindo, mas estavam exatamente iguais. Será que é a mesma pessoa? Qual distância vocês andaram?

— Mais ou menos uns trezentos metros. Andamos um pouquinho a mais ou a menos. Sei que a distância pode enganar dentro de uma mata fechada, mas acho que foram uns trezentos metros, sim, por quê? — respondeu Dragon.

— Então pode ser que seja o mesmo que nós vimos, pois andamos bastante. Não sei dizer ao certo, mas ficamos caminhando bastante, acho que quase um quilômetro.

— Não lembro bem dessa lição de distância que Isabel nos deu, mas sei que foi mais de trezentos metros, bem mais, pois fui contando as árvores no início do caminho, e só de eucaliptos contei até 350. E, pelo que o Téo me falou, essas árvores eram plantadas com a distância de mais de um metro uma da outra, então andamos, sim, muito mais de trezentos metros — concluiu Poli.

— Por que tu foi contando as árvores? Tu é louco? — Joseph perguntou.

— Não. Se nos perdêssemos, eu sabia que, depois de voltar esses 350 eucaliptos, tínhamos que estar no acampamento. Caso isso não acontecesse, estaríamos no caminho errado e poderíamos procurar o caminho certo para não nos perder ainda mais.

— O assunto que importa não é esse, e sim do cara que nós vimos. E eu achei uma coisa estranha, pois, quando dei a ideia e fomos até o lugar onde ele apareceu, encontramos muitas árvores perfeitas para fazer as lanças, parecia que ele queria nos mostrar que elas estavam ali — Dragon disse.

— Com a gente aconteceu o mesmo, pois esse cara mostrou as árvores de imbira que serviram para fazer as cordas para a armadilha — Wolf informou.

— Então vocês acham que ele quer nos ajudar? — Joseph perguntou.

— Não sei se ele quer ajudar ou não, mas sei que ele me assusta. Acho que, se quisesse fazer algum mal, já o teria feito, mas é assustador uma pessoa vestida daquele jeito nos seguindo no mato. Não estou tranquilo com isso — confessou Poli.

Nesse momento, ouviram que Bruce e Artur se aproximavam deles, então encerraram o assunto e começaram a fazer o caminho de volta até o acampamento.

***

Estavam todos no acampamento, almoçando as batatas fritas. Todos conversavam entre si, mas os meninos não tocaram no assunto do estranho que estava na mata próximo a eles. Apesar do medo por não saber o que aquele sujeito queria, era uma coisa muito estranha, e eles não tinham como contar sem passar por loucos, pois só eles haviam visto, nenhum adulto viu, nem notaram nenhum rastro. Mesmo porque, se tal sujeito houvesse deixado algum rastro, era praticamente imperceptível para todos que ali estavam. Depois de almoçarem, Téo deu para todos algumas laranjas.

Enquanto eles estavam comendo, Artur perguntou:

— Me diz, o que você vai fazer como armadilha, Bruce?

— Pretendo fazer laços, que serão ativados no momento em que ele passar por cima dos gatilhos e, assim, tentar prendê-lo, pois tenho medo de fazer alguma armadilha que possa matá-lo. Porque, se ao invés de ele morrer, ficar ferido e muito irritado, pode acabar chegando até aqui e se tornando um grande risco para nós. Ou pode fugir, fazendo com que não consigamos mais encontrá-lo, e depois voltar e ficar muito mais perigoso.

Então Artur dá a seguinte ideia:

— Se acha que não podemos deixá-lo fugir, para que servem as lanças? Não é mais fácil fazer um cercado para prendê-lo?

— É o que faremos. Se ele escapar dos laços, só vai poder voltar pela mesma trilha que veio, e assim não virá até nós. E se vier, vai bater de frente em uma cerca feita de lanças e, se ele investir contra as lanças vai ser perfurado...

— Mas assim ele pode fugir, mesmo ferido. Acho que, já que estamos aqui, vamos capturá-lo. Faz os teus laços e uma armadilha que, quando ele passar pela entrada do trilho, levante também uma cerca. Já que vou cercar o resto com as lanças, o prendemos nesse cercado e o atacamos de longe com outras lanças. Ficamos a uma distância segura para que, se, por uma tragédia, ele conseguir escapar, nós possamos ter tempo de fugir também.

— Esse plano é muito arriscado, temos as crianças aqui. E se ele se enfurece e encurrala os meninos ou mesmo um de nós? — disse Bruce.

— Acho que laços não serão o suficiente para prender um animal tão grande quanto o que você falou, Bruce. Sinto que também acha isso. Sei que está preocupado conosco, mas, caso alguma coisa aconteça, subimos na figueira, pois estaremos aqui no acampamento — Wolf tentou tranquilizá-lo.

— Não sei se é seguro vocês ficarem aqui... — disse Bruce ainda relutante.

— É seguro, sim. Se ficarmos atentos aqui, podemos ouvir quando ele cair na armadilha, então vamos para o ponto onde o atacaremos — disse Marcus.

— Não gosto desse plano... — Bruce ainda não estava convencido.

Mas, antes que pudesse terminar a frase, Téo falou:

— Acho que assim estaremos todos juntos e seguros cuidando uns dos outros e, se ele tentar atravessar a cerca, vai ficar com lanças cravadas em seu corpo. Então, se não for abatido com isso, não poderá fugir com as lanças atrapalhando sua locomoção.

— Já vou dizendo que não gostei desse plano. Tenho que admitir que não estou convencido de que podemos capturar esse animal, mas, se todos querem fazer isso e todos prometem que não vão tentar nada de arriscado, concordo em colocá-lo em prática.

Então todos concordaram que isso seria feito, e foi isso que foram fazer. Sem muito barulho, subiram com as cordas e as lanças, cravaram no chão as bases para prender as varas que iam escorar as lanças.

Artur, em poucos minutos, deixou a cerca pronta, uma cerca com mais de uma centena de lanças afiadas esperando por uma vítima. Não foi diferente com Bruce, pois ele também fez com excelência as armadilhas com laços. Por último, Bruce e Artur armaram a armadilha com a qual fechariam o trilho com as lanças por onde o animal passou na outra noite. As armadilhas estavam prontas. Então eles cobriram tudo com folhas dos pés de batatas que arrancaram longe dali.

A qualquer momento, podiam capturar aquele porco, pois a armadilha estava pronta para capturar qualquer coisa que passasse por ela. Todos voltaram para o acampamento, ainda era cedo, mas eles já estavam espreitando para ver e ouvir os sons da armadilha sendo desarmada.

***

Na aldeia, Isabel e Karen estavam à margem do rio, onde elas, costumeiramente, lavavam roupas. Ambas conversavam como se estivesse tudo normal, mas sentiam um aperto no peito, por causa dos meninos, que as incomodava. Não só a elas, como também a todos da aldeia. Não sabiam como reagir em relação à saída de seus "filhos" de casa, mas tentavam não demonstrar.

Karen perguntou:

— Como será que estão os garotos?

Isabel, segurando um pequeno recipiente que parecia um balde feito de madeira, cheio de água, que usava para enxaguar as roupas, respondeu:

— Estão bem...

Foi só isso que ela falou, então se pôs a pensar nos meninos, olhando fixamente para o pote cheio de água. Depois de algum tempo mentalizando isso, ela se pegou vendo umas imagens um pouco distorcidas na água do pote. Ela não sabia se era sua imaginação ou se estava ficando louca, mas conseguia ver imagens, e não era reflexo das coisas que estavam a sua volta.

Isabel olhou atentamente para aquelas imagens que estavam começando a se organizar com o movimento da água. Depois de alguns segundos, ela pôde ver os quatro meninos em um lugar escuro, como se fosse uma caverna. Podia ver algumas tochas que os iluminavam, junto deles havia outra pessoa que ela não reconhecia, mesmo porque seu rosto estava semicoberto por um capuz. Seu coração começou a bater mais forte, Isabel estava com medo. Viu que os meninos estavam com o semblante sério, mas não com medo. Estavam dispostos em um círculo e, ao longe, no centro, estava o ser com o capuz.

À direita, estava Dragon e depois Poli; no lado esquerdo, estava Wolf e depois Joseph. O homem com o capuz falou alguma coisa, mas Isabel não podia ouvir nada, só via o movimento da boca dele. Depois disso, todos deram as mãos, fechando o círculo; nesse momento, o livro que estava no chão, na frente do homem de capuz, começou a levitar e se abriu. Uma luz branca forte surge em suas páginas, e então luzes apareceram dentro do círculo formado pelos cinco. Uma luz branca saiu do homem de capuz e foi até Joseph, de onde saiu uma luz amarela até Dragon, de Dragon saiu uma luz azul-escura até Wolf, de Wolf saiu uma luz verde até Poli, e de Poli saiu uma luz vermelha até o homem de capuz. Essas luzes formavam uma estrela dentro do círculo. Com isso, as luzes começaram a ficar mais fortes e deixaram Isabel quase sem conseguir enxergar por causa de sua intensidade. Quando, de repente, a luz se apaga, ela pode ver uma fumaça negra derrubando os cinco que estavam ali, e indo para a direita, como se aquela fumaça tivesse vontade própria. Todos estavam deitados, mas não conseguia ver se eles estavam bem, pois seu "transe" foi quebrado por Karen, que a chamava insistentemente:

— Isabel! Isabel! Você está bem? Você está pálida, o que aconteceu? Está passando mal?

Isabel parecia desorientada. Não sabia se deveria contar o que acabara de ver, mas pensou e achou melhor não falar nada para não haver preocupação. Aquilo só pode ter sido uma peça que sua imaginação estava lhe pregando.

— Tô bem, só estou um pouco cansada, pois não dormi direito pensando em como os meninos estão — Isabel disse.

— Todos estamos assim. Mas eles estão com seus professores, que, obviamente, não deixarão nada acontecer.

Isabel, normalmente, se acalmaria ao lembrar que Artur, Bruce, Marcus e Téo estavam com eles, porém, nessa visão que teve, nenhum deles estava presente.

As duas voltaram para a aldeia, pois, logo, escureceria.

***

No acampamento, já era noite. Os oito estão sentados em torno da fogueira, tomando mate e jogando conversa fora. Falavam em um tom de voz mais baixo do que o normal, pois estavam atentos aos sons que poderiam vir da armadilha.

Horas se passaram e nada de a armadilha se desarmar.

Então, Bruce disse:

— Acho melhor nos dividirmos. Duas duplas descansam e duas ficam alertas, o que vocês acham?

Todos concordaram, mesmo sabendo que dormir seria difícil por causa da agonia da espera. Mas se todos estivessem cansados, seria mais difícil pegar o porco que caçavam, foi então que decidiram que Téo, Poli, Marcus e Joseph iriam descansar, e os outros tomariam conta do acampamento e cuidariam da armadilha. Bastou que os quatro entrassem em suas barracas e se deitassem para que ouvissem o som das armadilhas disparando e o grunhido de um grande animal assustado.

A adrenalina subiu no sangue de todos. Depois de uns cinco segundos de bobeira, os quatro adultos pegaram o rumo para onde deixaram lanças e pedras para abater o grande animal e pediram para que os meninos tivessem cuidado e subissem na figueira até que eles voltassem. Os meninos obedeceram sem fazer perguntas, então subiram na árvore e, ao alcançarem um ponto onde se consideravam seguros, deram-se conta de que estavam arrepiados, sentindo uma emoção que não conheciam.

Os adultos subiram pelo monte até o local onde deixaram as lanças que usariam para atacar o animal que caísse na armadilha. Apesar de a Lua cheia iluminar quase tudo em sua volta, eles não contavam que a armadilha poderia ficar em um lugar escuro, o que dificultou enxergar o animal. Eles podiam ver que o animal estava tentando se livrar do laço que prendeu sua pata traseira direita. Puxava a perna, tentando se soltar, mas, quanto mais ele puxava, mais o laço apertava e isso o deixava cada vez mais irritado.

O primeiro a atacar o animal foi Artur que, mesmo sem ter como mirar direito, arremessou uma pedra. Isso foi precipitado, pois acertou a lateral do animal e só o irritou ainda mais. Então Bruce e os outros começaram a arremessar as lanças, mas não surtiu efeito, pois, apesar de estarem afiadas, elas não tinham força o suficiente para cravar no couro do velho porco, o que só o irava ainda mais. Depois de mais um golpe de pedra, dessa vez dado por Bruce, o porco, muito bravo, conseguiu arrebentar a corda do laço e tentou sair em disparada em direção aos caçadores. Isso era justamente o que os quatro esperavam. O porco esbarrou nas lanças que estavam camufladas com as folhas, e pelo menos três delas penetraram embaixo do pescoço do porco. Ele recuou, as lanças estavam preparadas para isso e ficaram cravadas no animal. Talvez por dor ou desistindo de lutar, o porco tombou. Caiu por debaixo das lanças que protegiam o barranco que dava direto no acampamento.

Os quatro adultos comemoravam, gritavam e riam, então os meninos ouviram a comemoração e acharam que poderiam descer até o acampamento para esperar os adultos. Mas o animal não se deu por vencido e, buscando forças para sobreviver, tentava se levantar, mas não conseguia, pois derrubava todas as lanças e começava a cair barranco abaixo. O som dos gritos do porco desabando pelo barranco, dos gritos dos adultos assustados com o gigantesco animal indo parar no acampamento, tudo isso fez com que os meninos tentassem subir novamente na árvore, mas não houve tempo. Quando viram, estavam frente a frente com um porco enorme. Ele tinha duas lanças cravadas em seu peito, sua respiração era ofegante, mas não era isso que chamava mais a atenção dos meninos, e sim o fato de aquele porco ser diferente dos outros, não só no tamanho. Suas presas eram enormes e em forma de foice voltadas para cima, seu pelo era grande e grosso na cor marrom. Apesar do tamanho, ele não aparentava ser gordo, e sim forte, aquele animal parecia ter só músculos. Os meninos ficaram imóveis, só encarando o animal, que parecia estar tomando fôlego para acabar com qualquer coisa que ficasse na sua frente. Estavam a menos de dez metros de um animal que queria acabar com eles. Quando deram por si, o animal deu duas patadas no chão como se estivesse avisando que iria disparar na direção deles. Naquele instante, as duas lanças que estavam cravadas nele nem pareciam fazer cócegas, então ele começou a correr em direção aos meninos. Aquele parecia ser o fim, os meninos não tinham reação.

Faltando poucos passos para o encontro entre aquele animal gigante sedento por sangue e os meninos indefesos, surge o homem que viram mais cedo, saltando de cima da árvore onde eles estavam, caindo em pé sobre uma das lanças e forçando-a no chão. Com a força aplicada pela corrida do animal, a lança levantou a parte da frente do porco, que foi empalado. A lança o atravessou e, pela quantia de sangue que saiu e escorreu pela lança, ela havia atravessado seu coração.

O estranho já ia se retirar, mas Dragon e Wolf o seguraram pelos braços, e ele nem tentou se desvencilhar. Ao invés de qualquer pergunta, os quatro meninos só olharam nos olhos do sujeito e agradeceram.

O sujeito disse:

— Não tenham medo. Quando for a hora de eu me apresentar a todos, eu o irei fazer. Não quero que os adultos que estão com vocês façam mau juízo de mim.

E nisso eles ouviram:

— E por que faríamos isso com quem salvou a vida de nossos meninos? — Era Artur fazendo essa indagação.

Percebendo que não tinha mais como se esconder, ele disse:

— Pelo fato de eu estar seguindo vocês, e estar fazendo isso há muito mais tempo do que possam imaginar. Vocês nunca notaram que eu existia. Os primeiros a notarem minha presença foram os meninos, agora na caçada.

Os adultos, que desciam pelo barranco, refletiram sobre aquelas palavras, mas, mesmo sem entender muito bem, Artur foi em direção ao tal sujeito e lhe estendeu a mão.

— Não sei o que você fez nos seguindo, mas tenho que agradecer. Você salvou todos nós, então acredito que seja uma pessoa boa, e eu sou profundamente agradecido por isso.

E ali eles selaram uma nova amizade, com um aperto de mão que pareceu sincero de ambas as partes.

Artur sempre teve a impressão de que sua intuição nunca o deixava na mão. Desde antes da guerra, ao bater o olho numa pessoa, se a pessoa fosse de boa índole, ele sentia isso, e o contrário também acontecia. Com aquele sujeito não era diferente, e ele sentiu que aquela pessoa, apesar de misteriosa, não tinha maldade nas intenções. Sentiu que ele não queria o mal de ninguém.

Assim, todos eles se reuniram e se apresentaram ao "estranho", que, por sua vez, se apresentou:

— Fico grato por estarem com a cabeça aberta para mim, que apareci do nada e disse que estou seguindo vocês.

— Realmente esse fato é, no mínimo estranho, porém se não o estivesse fazendo, os meninos não estariam mais aqui conosco — Marcus comentou.

E, nesse momento, Marcus apontou para o lado onde os quatro meninos estavam sentados.

— Isso eu nunca deixaria acontecer! — argumentou o estranho.

Essa frase marcou os adultos.

— Estamos conversando há um tempo, mas nem sequer sabemos o nome de quem devemos agradecer por seu ato heroico — disse Bruce.

— Que falta de educação a minha. Me chamo Alben — informou o estranho.

Todos ali escutaram e, apesar de ser um nome estranho, ninguém falou nada, pois isso podia explicar por que ele falava a mesma língua que eles, mas de modo diferente, pois tinha um sotaque que não lembravam se já haviam escutado antes.

A apresentação continuou, e o acampamento ganhou um novo integrante.

— Mas nos conte mais sobre você, Alben... — Téo pediu.

— Se não se importarem, prefiro não contar nada para vocês neste momento. Irei contar todos os porquês, mas quero que todos estejam juntos para ouvir, principalmente a matriarca da aldeia de vocês, a Isabel.

Ninguém falou nada, mas o fato de Alben mencionar o nome de Isabel fez todos refletirem, pois nunca haviam mencionado nada sobre a aldeia e Isabel. Alben falava com tamanha naturalidade que parecia conhecer profundamente sobre o que falava, isso incomodou todos ali, inclusive as crianças. Ninguém falou nada porque Alben, logo que apareceu, havia falado que outra hora se apresentaria, pois não queria que fizessem mau juízo dele por os estar seguindo. Então, essas coisas que ele mencionou sobre a aldeia e Isabel só comprovavam que ele já fazia isso há um certo tempo.

Após alguns segundos de reflexão e expressão fechada, todos voltaram ao normal e a conversar. A noite continuou passando e o cansaço bateu em todos, então combinaram de acordar cedo para arrumar tudo para o retorno para a aldeia, que não demoraria muito a acontecer.

CAPÍTULO 4

A IDEIA

O nascer do dia na aldeia veio com um clima diferente. Um vento frio trazia nuvens carregadas, que insistiam em deixar o céu escuro. Elas estavam prontas para derramar suas águas em uma forte chuva, mas isso não era o motivo da tensão no ar. O que motivava aquela tensao era a saudade, a falta que os filhos estavam fazendo deixava toda a aldeia cabisbaixa, com um clima melancólico tomando conta da alma de todos.

Isabel, ao ver o tempo feio, preparou um chimarrão e chamou Karen para acompanhá-la no mate. Elas sentaram-se na frente da casa, em uma pequena área que havia sido feita para evitar que, em dias de chuva, a água molhasse a entrada de sua casa. Apesar de o telhado dessa área ser de madeira e folhas apanhadas na mata, era firme e já havia passado por algumas tormentas sem ter nenhuma goteira.

O tempo se fechava cada vez mais, as nuvens ficavam mais pesadas e alguns trovões começavam a ecoar por toda a aldeia. Em dias iguais àquele, ninguém saía da aldeia, ficavam em casa e achavam afazeres para que pudessem evitar a chuva. Isabel e Karen ficaram ali sentadas observando o céu e conversando, a cuia ia e voltava. Às vezes, entre estas passagens do chimarrão, o silêncio aparecia, e era justamente quando a conversa anterior era sobre os meninos. A saudade era grande, o vazio no peito não era preenchido nem mesmo pelo calor e aconchego daquela areazinha com chimarrão e boa companhia.

De repente, a chuva caiu, e veio com vontade. Parecia que o céu estava desabando, a chuva vinha torrencialmente e Karen, assustada com a quantidade de chuva, disse:

— O que vamos fazer? E os meninos, como será que estão? Temos que fazer alguma coisa...

No auge de sua experiência, Isabel, sorrindo, disse:

— Pode se acalmar, os meninos estão bem, eu sei, sinto isso.

Ao falar isso, Isabel fechou um pouco sua expressão, pois se lembrou da visão que teve, que até então não havia entendido, e não sabia o que era, se era um sonho, uma miragem, uma alucinação. O fato era que ela nem queria se lembrar daquilo.

Karen, ao ouvir as palavras de Isabel, tentou pôr os pensamentos em ordem e notou que realmente não havia com o que se preocupar, pois os meninos estavam com seus tutores, que eram quem mais se sentiam responsáveis por eles, por isso nada de ruim aconteceria, pois a chuva faria com que os tutores cuidassem mais dos meninos do que de si próprios.

Interrompendo o raciocínio de Karen, Isabel começa a falar:

— E outro motivo que você tem pra se acalmar é porque chuva não traz o mal, muito pelo contrário...

Esse comentário prendeu a atenção de Karen, e então Isabel serviu o chimarrão para Karen e começou a contar:

— Dias como hoje fazem eu me lembrar de meu pai. Eu, quando bem nova, tinha muito medo de temporais e chuva, e superei isso por causa de uma coisa que ele me disse...

Karen estava tão concentrada que bastou Isabel começar a falar para ela começar a imaginar. E não era difícil, para ela, imaginar Isabel como uma criança pequena, talvez pelo convívio ou, quem sabe, pela imaginação mesmo. O fato era que ela ia criando um filme em sua cabeça conforme Isabel ia falando.

E Isabel continuou:

— A história foi mais ou menos assim: eu estava brincando no pátio de minha casa, era um domingo... E eu sei que era domingo, pois era uma tradição do meu pai, todo domingo, ir para o galpão dele, onde tinha uma fogueira e um fogão de campanha, aqueles de tijolo com uma chapa grossa de ferro em cima, e vários bancos feitos com toras de madeira com pelego de ovelha como assento. Ele ligava o seu rádio e ficava lá assando uma carne para o almoço ou só mateando e escutando rádio. Mesmo que só para fazer isso, ele sempre usava uma bombacha bonita e bota de couro. Muitas vezes me perguntei o porquê, e entendi depois de um tempo, mas essa é outra história. Mas, como estava falando, eu estava distraída brincando na rua e, de repente, notei que o tempo fechou. Nossa, que susto tomei. Muitos trovões clareavam o céu e iluminavam ainda mais o dia, então corri para dentro do galpão de meu pai, me escondi atrás dele, ele até se assustou com a velocidade que entrei correndo, e me perguntou o que havia acontecido. Eu, com os olhos lacrimejando de medo, disse: "Está chovendo muito, e fico com raiva porque isso faz barulho pra me assustar". Ele, com um grande sorriso no rosto, me falou com a voz grave, mas afável, que aquilo era uma bênção e que não deveríamos ter medo. Eu não sabia o que falar, então ele me pegou pela mão e fomos até o limite do galpão, até onde as telhas ainda nos protegiam da água, e disse: "A chuva é uma maneira que a natureza tem de lavar as coisas ruins, ela nos dá a chance de sermos purificados, lava nossa alma".

Isabel não escondia a emoção em contar essa história. Uma lágrima correu pelo seu rosto, mas parou logo no seu sorriso, e prosseguiu a história:

— E, quando ele terminou de falar, me pegou no colo e saímos na chuva. Lembro que a água, que eu achava ser gelada, era bem agradável. Eu olhava pra cima e podia ver as gotas caindo até senti-las em meu rosto. Sentia-me segura, pois os braços de meu pai me seguravam e me faziam sentir em uma fortaleza. Nós dois ríamos, aquele momento foi mágico. Eu podia sentir o coração de meu pai pulsar, e uma alegria vibrava nesse pulsar. Ainda me lembro da voz dele, entre sorrisos, me perguntando se tinha alguma coisa para se temer em uma coisa tão gostosa e natural. Lembro que ficamos lá, sorrindo e brincando na chuva por horas. Meu pai parecia nem se importar com suas pilchas, como eram chamadas as vestimentas tradicionais do gaúcho, só o que importava ali éramos nós dois rindo e curtindo aquela chuva. Lembro que, depois de um tempo, senti um cheiro bom no ar. Quando olhei para a janela de casa, estava minha mãe nos olhando, disse que tinha feito pipocas para comermos com o chimarrão, mas viu que estávamos nos divertindo tanto que não quis atrapalhar, nem nos chamar. E, apesar daquele aroma delicioso da pipoca convidar para ir comê-las, a alegria que sentia no momento foi maior que a fome, então conseguimos convencer a minha mãe de que aquela chuva era ótima, e acabamos os três sentados no chão olhando para o céu, sentindo a água que nos caía sobre o rosto limpar nossa alma. Depois de mais um tempo, a chuva se foi, então vimos um arco-íris, que era simplesmente maravilhoso e que acabava bem sobre o galpão. Meu pai disse: "Dizem que sempre se acha, no final do arco-íris, o seu pote de ouro, e o meu realmente é aqui:

meu tesouro é minha família reunida neste galpão, que um dia já serviu de casa para mim".

Karen sentiu um arrepio percorrer seu corpo. A emoção de Isabel era tanta que parecia que estava pairando no ar e que era possível tocá-la. Karen sentia que, ali onde estavam sentadas, havia algo maior que elas, maior que a aldeia, maior que tudo em sua volta. Sentia que ali havia se formado o novo pote de ouro de Isabel, que antes era o galpão de seu pai, mas agora era ali na aldeia, com aquela família, onde as duas chegaram e, sem perceber, formaram uma aldeia que se uniu muito, a ponto de se considerarem todos irmãos de sangue. O tesouro que ela e Isabel ganharam foi a aldeia.

Naquele momento, Karen levanta, olha para Isabel e a pega pela mão. Isabel dá um sorriso ainda maior e as duas vão para o meio da aldeia, na chuva torrencial, ficam encharcadas, mas não se importam. Elas se abraçam, num abraço que lembra aquele que pai e filha outrora já deram. Todos na aldeia saem de suas casas e vão até as duas. Sentem a energia boa que brota e transborda delas, e sentem que suas aflições, preocupações e medos começam a sumir. Aquela chuva estava lavando a alma de toda aquela aldeia, lavando a alma de toda aquela família.

***

A chuva, que insistia em cair desde o momento em que desmontavam acampamento, não impediu que partissem no seu caminho de volta para a aldeia. A chuva até tornava o caminho mais interessante, porém atrasava bastante o retorno. O aguaceiro tomava conta de toda a mata onde eles estavam. Mesmo sendo uma planície onde outrora foram plantadas árvores, havia algumas depressões no terreno, nas quais a água formava piscinas, algumas podendo ser perigosas, então a atenção era grande. Todos, dessa vez, estavam caminhando ao lado das carroças, pois em uma delas foram colocados todos os equipamentos do acampamento e mais algumas batatas colhidas onde foi feita a armadilha, e na outra estava somente aquele porco gigante. A carroça não era grande o suficiente para conter o corpo do animal, que, muito custosamente, foi colocado dentro dela com a parte traseira para a frente da carroça e, mesmo assim, a cabeça e uma pequena porção da dianteira do animal ainda ficavam para fora. O animal foi preso com as mesmas cordas feitas para a armadilha.

Depois de uma grande parte do trajeto feita, eles resolveram que, tanto eles quanto os cavalos precisavam descansar um pouco. Então avistaram um eucalipto que havia caído e ficara escorado contra outro há algum tempo, pelo que podiam notar. O fato é que, mesmo caída, a árvore brotou, e suas folhas e galhos se misturaram com as da árvore ainda de pé, formando uma espécie de abrigo da chuva. Eles pararam ali, e Joseph não demorou muito para começar a limpar uma pequena área, que não estava encharcada, para tentar acender uma fogueira. Tentou, mas, como tudo estava muito encharcado, não conseguia fazer o fogo, o que o estava deixando completamente frustrado. Alben, vendo a dificuldade de Joseph, se afastou um pouco do abrigo onde pararam. Dragon e Wolf estranharam e ficaram observando disfarçadamente o que Alben faria.

Alben, depois de alguns passos, olhou para o lado onde todos estavam. Ele não reparou que Wolf e Dragon estavam observando suas atitudes, então pegou algo de dentro de sua roupa que cobria o corpo todo. Até então, eles não viam mal algum nisso. O detalhe foi que, com o objeto na mão, Alben se distraiu, juntou um chumaço de folhas que estavam no chão molhadas e, nessa distração, revelou para os meninos que o que ele segurava era o livro que viram anteriormente com ele dentro da mata. Alben juntou as folhas e as prendeu em um galho, formando uma espécie de tocha, mas que, obviamente, não acenderia. Ou pelo menos era isso que Dragon e Wolf pensavam, pois viram o exato momento em que Alben abriu o livro, leu uma pequena passagem e, após isso, notaram que do livro emanou um pequeno brilho, como uma luz. Depois viram Alben soprando ar com a boca para a tocha, que, como mágica, acendeu. Aquela tocha de folhas molhadas queimando deixou os dois meninos atônitos. Quando Alben voltou para onde eles estavam, eles tentaram disfarçar sua surpresa, então ele chegou até onde Joseph tentava fazer a fogueira e lhe entregou a tocha.

— Como você conseguiu acender isso nessa chuva? — Joseph perguntou.

— Acendendo. Outra hora mostro para você e para os outros como faço isso — respondeu Alben.

E então, Dragon e Wolf trocam olhares e, sem saber interpretar o que viram, ficam em silêncio e preferem acreditar no que Alben diz.

***

A chuva insistia em cair, não dava trégua. Mas, após um período de descanso, tiveram que partir, pois queriam chegar antes de anoitecer na aldeia. O trecho a ser percorrido ainda era extenso, os percalços de viajar a pé em dias de chuva torrencial já são grandes e desafiadores, mais ainda tendo que acompanhar uma carroça com uma caça gigantesca como aquela.

O caminho se mostrava cada vez mais desafiador, mas a chuva devia servir para alguma coisa. Bruce, então, se deu conta de que tinha cometido um grande erro, pois ainda não havia limpado o animal e, se o tivesse feito, o peso diminuiria. Por sorte estava caindo aquela chuva torrencial, com isso, a temperatura não se elevaria, assim não perderiam a carne daquela caça.

Depois de muito caminhar, o caminho foi se tornando conhecido. Eles estavam chegando na aldeia, a chuva parecia dar uma trégua, e até alguns raios de sol já conseguiam atravessar a grossa camada de nuvens. Foi então que um vento soprando um pouco mais forte contra seus corpos molhados fez com que os pelos de todos se arrepiassem e todos olhassem para o horizonte. A visão que tiveram não podia ser mais bonita: dois arco-íris, um paralelo ao outro, estavam visíveis. Puderam perceber que aquela maravilha da natureza acabava exatamente na aldeia, que já podia ser vista ao longe. O coração de todos bateu um pouco mais forte, estavam sentindo alegria por voltar para casa, e como é boa a sensação quando se retorna com o sentimento de dever cumprido.

Na aldeia, todos viram que o arco-íris tinha sua ponta ali. Então, resolveram acompanhá-lo para ver aonde iria acabar e, ao saírem da aldeia e chegarem na planície que os separava da mata fechada, puderam ver que os caçadores estavam voltando, e a outra ponta do arco-íris estava próxima a eles. Porém, esta ponta não era a única, havia dois arco-íris. Um dos extremos dele acabava onde estavam os que saíram para caçar, mas o outro continuava, ele ia além da mata fechada, para longe, mas quase ninguém deu importância para tal fato. Na verdade, a única pessoa a dar atenção a isso foi Isabel, que sentiu um aperto no peito, e uma sensação de que aquilo significava que o tesouro dado à aldeia logo teria que partir para ganhar o mundo.

O resto da aldeia estava em êxtase, tudo parecia ser motivo para sorrir, e uma alegria sem tamanho recebia os caçadores de volta ao lar. E, após refletir um pouco, Isabel deixou de lado o semblante sério e reflexivo para abrir um largo sorriso por estar recebendo de volta seus filhos. Se não filhos de sangue, eram filhos de amor, de sentimento. Seus filhos que, sem dúvida, tinham um laço muito mais forte do que laços sanguíneos.

***

Os meninos pediram permissão, e foi só um dos adultos acenar positivamente para que os quatro largassem em disparada em direção às pessoas da aldeia que os esperavam. Corriam como nunca haviam feito antes. Já não importava se o chão estava encharcado pela água da chuva, não importava o cansaço causado pela jornada que tiveram, só queriam chegar e matar a saudade, sentimento este que nunca haviam experimentado antes. O brilho do olhar não esconde nada, ele demonstra, mais do que as palavras, o que sentimos, e não era diferente naquela cena: os olhos deles brilhavam de alegria, e ficaram ainda mais brilhantes ao se aproximarem e verem Isabel de braços abertos esperando por eles. O que já era uma corrida desenfreada, se tornou ainda mais rápida e competitiva. Todos queriam ser o primeiro a ganhar aquele abraço, mas, no final, os quatro chegaram juntos e abraçaram Isabel. Parecia que não teria espaço no abraço dela, mas teve, sim, então os quatro a abraçaram de uma só vez. Eles estavam com os olhos fechados, confortáveis naquele abraço acolhedor e, desta vez, o brilho era nos olhos de Isabel, que, de tamanha emoção, deixa lágrimas escaparem. A aldeia toda queria estar naquele abraço. Na realidade, o sentimento estava, mas queriam estar ali fisicamente. Ninguém sentiu ciúme da cena, apenas queriam partilhar daquele momento.

A comoção da aldeia impediu que eles notassem que, além dos quatro adultos e das carroças, mais alguém acompanhava o grupo. Detalhe esse que só foi notado quando chegaram até onde todos estavam. Muitos nem notaram, pois estavam mais ocupados observando os meninos, que, mesmo eles ficando fora por menos de uma semana, podiam jurar que estavam diferentes, maiores, entre outras coisas.

Porém, Isabel, quando notou o quinto adulto junto no grupo, chamou a atenção perguntando, de forma séria, até mesmo meio grosseira:

— Quem é você?

Nisso, Poli e Wolf, que estavam perto de Isabel, responderam:

— Foi ele quem nos salvou...

Falaram isso de uma maneira banal, como se não fosse nada, Porém, isso atingiu Isabel feito um coice de cavalo bravo. Então ela não perguntou nada, apenas ficou olhando para o grupo de cinco homens. Enquanto isso, seus pensamentos vagavam pelo fato de os quatro adultos deixarem os meninos em situação de perigo para que outro homem os salvassem, de onde saiu aquele homem, e vários outros pensamentos, que nublavam o raciocínio de Isabel.

Tudo mudou quando o estranho falou, com um sotaque diferente:

— Oi, eu sou Alben. Muito prazer em conhecê-la...

Nesse momento, um susto tomou conta de Isabel, porém não de uma forma ruim, mas de surpresa mesmo, pois ela sabia que já havia escutado aquela voz antes. Mesmo passados alguns anos, tinha certeza de que essa voz foi aquela que respondeu ao seu agradecimento quando uma vaca foi parar na aldeia.

Isabel ficou sem reação, ela não sabia como agir. Tinha muitas perguntas para fazer a tal desconhecido, porém não sabia se deveria falar ali na frente de todos, se devia se calar ou esperar que aquele tal de Alben falasse o porquê de tais fatos. Todos os pensamentos na cabeça de Isabel lhe tiravam as ações, foi então que ela pôde reparar que, mesmo a maioria notando que alguém diferente estava ali, a atenção de todos continuava nos meninos, que contavam a aventura que tiveram. Ela chegou a estranhar, pois sempre pensou que o fascínio seria maior se, por acaso, outro humano chegasse de fora. Talvez eles não tivessem notado o que realmente significava aquela pessoa aparecer ali, pois queria dizer que existiam mais sobreviventes, e que, por mais distantes que estivessem, existiam outras aldeias, vilas ou, quem sabe, até mesmo cidades iguais às que existiam na época pré-guerra. Novamente, ela se pegou pensando mais do que agindo. Nem mesmo ela sabia o que era, só estava especulando, e isso a deixava boquiaberta e chamava a atenção daqueles que nela estavam focados.

Então ela tomou o controle de si mesma e disse:

— Vamos para a aldeia, vocês devem estar cansados. Vão tomar banho e depois vamos nos reunir para podermos nos apresentar melhor para o senhor Alben.

Todos se puseram a andar em direção à aldeia, exceto Bruce e Artur, que ficaram para trás para limpar aquele enorme porco. Ao ver isso, Alben se ofereceu para ajudar, e os meninos, então, notaram que aquela era uma parte da caçada. Eles não queriam ter uma aventura pela metade, então buscaram lenha no galpão, pegaram também baldes e bacias. A motivação dos meninos contagiou mais alguns na aldeia a ajudar na tarefa. Esse fato fez com que a roda de chimarrão daquela noite fosse diferente, pois, ao redor da fogueira, em vez de todos ficarem sentados contando histórias e passando a cuia, estavam participando daquela história, todos trabalhavam e ajudavam no que podiam, e sempre com um sorriso no rosto, com prazer em poder ser útil. Alben, naquele momento, começou a entender o porquê de aquela aldeia ter sido a escolhida...

***

A noite foi trabalhosa, mas terminaram de limpar a caça. Algumas partes foram temperadas com os temperos da horta de Téo e Poli e foram levadas para uma casinha feita sem janelas, ela só tinha uma porta e uma pequena chaminé. Ao abrir essa porta, dava para ver que havia alguns pedaços de carne já pendurados ali, aquele era o defumador, pois, como não tinham mais eletricidade há anos, essa foi a forma que encontraram para conservar as carnes das caças que não eram consumidas imediatamente. Poli levou algumas toras de madeira, que não eram iguais às da lenha que usavam na fogueira, pois estavam mais cuidadas, então as utilizou para acender o fogo, mas com cuidado para que não fosse grande demais, e fechou a porta, deixando as carnes defumando.

Enquanto isso, Alben observava. Não se cansava de ficar admirando, pois agora o ponto de vista era outro. Antes ele, de longe, podia ver algumas coisas, mas agora estava dentro da aldeia. Além de ver, podia sentir, sentia que aquela era a aldeia certa que tanto ouviu quando ainda estava em sua aldeia no pré-guerra. Com isso, sentiu um arrepio, o mesmo calafrio que sentia quando ouvia as histórias de seu mestre, mas este era um arrepio especial, pois não ouvia nada de mais, mas vivia parte da história que outrora lhe foi contada.

Ele olhou à sua volta e percebeu que aquelas pessoas ali sabiam que tinham tarefas a fazer, e as faziam sem hesitar. Elas pareciam um organismo de um animal, pois todos faziam sua parte para que a aldeia não morresse. Ele viu que aqueles que não ajudavam na lida com a caça estavam fazendo outras coisas, como esquentar água, tanto para a lida quanto para que, após acabarem, todos pudessem se banhar. Alguns carregavam lenha, outros iam preparando a comida, pois, com certeza, após todo aquele trabalho, todos estariam com muita fome. O que ele achava mais fascinante era que ninguém precisava falar nada, as pessoas simplesmente sabiam o que tinham que fazer e, se não havia mais o que fazer em seu trabalho, elas procuravam outra atividade na qual pudessem contribuir com o todo.

Ao terminar todo o trabalho, as luzes que existiam eram somente as das tochas. O Sol já havia se escondido no céu, todos estavam já limpos e indo até a fogueira para comer alguma coisa, e também para conversar e tomar chimarrão. Alben observava meio afastado, então Karen começou a observar Alben, pois estava curiosa para saber de onde tinha saído aquele homem de, aparentemente, uns 40 anos, e como será que ele chegara até a aldeia. Karen se via curiosa, ela não sabia se essa curiosidade era por conta do fato de aquela pessoa ser diferente dos demais homens dali ou por ser outra pessoa que não aquelas com as quais convivia na aldeia, ou pelas duas coisas.

Ao ver Alben um pouco retirado, Isabel o chamou dizendo:

— Alben, você também deve estar cansado e, se continuar com essa capa molhada, vai adoecer. Venha comigo.

Alben a obedeceu e a seguiu. Ela o levou para dentro de sua casa, mostrou para ele o lugar onde podia se banhar, no qual já tinha uma bacia grande com água morna dentro. Então Isabel apontou para um baú com algumas peças de roupa dentro e disse:

— Você pode pegar uma roupa para você, mas devo lhe informar para ter cuidado com elas, pois essas roupas vieram da cidade na última vez que fomos até lá, e o resultado não foi muito agradável.

O tom com que Isabel falou isso foi pesado, não como xingamento, mas, sim, com pesar. Alben pôde sentir que alguma coisa deu muito errado naquela missão até a cidade, não quis ser indelicado perguntando o que havia acontecido, mas entendeu que aquelas roupas eram valiosas para a aldeia, e lembrou que todas as roupas dos aldeões eram sempre bem cuidadas. Agora sabia que não era à toa, e sim que aquelas roupas eram importantes, pois não tinham onde conseguir, ali na aldeia, roupas novas.

Isabel continuou falando com Alben:

— Deixe suas roupas sujas no balde que amanhã nós a lavaremos para você. Esse quarto onde você vai se lavar vai ser o quarto onde vai dormir, mas espero que venha se juntar a nós em nossa roda de chimarrão antes de dormir...

Alben ficou espantado com tamanho acolhimento. Mesmo ele sendo um estranho, já tinha até um lugar para dormir, dentro da casa de Isabel, mas esse seu pensamento foi interrompido por ela.

— Sei que deve estar pensando que sou louca por acolher alguém que não conheço dentro de minha casa, então tome isso como agradecimento pela vaca que mandou para nós...

Alben recebeu essa frase como um soco no estômago. Ela sabia que tinha sido ele e, novamente, Isabel não lhe dá tempo para pensar:

— Mas peço que a conversa sobre isso seja feita comigo antes do restante da aldeia. Posso confiar em você?

Alben, com cara de bobo, acenou positivamente com a cabeça e viu Isabel se virar para a porta para sair de sua casa.

Mas, antes de sair, ela ouve Alben perguntar:

— O que é esse ritual de vocês? O que é roda de chimarrão?

— Me pergunte isso hoje na roda de chimarrão que lhe responderei com o maior prazer — Isabel falou.

Após falar isso, Isabel saiu e Alben foi tomar banho.

***

Ao sair da casa de Isabel, Alben mudou o foco de todos, pois estava com uma camisa regata preta e uma calça de moletom da mesma cor. Foi a primeira vez que todos puderam ver Alben sem aquele manto com capuz, então notaram que, apesar de parecer esguio com o manto, ele tinha o corpo com músculos definidos e, apesar de seu tamanho pequeno, aparentava ser forte. Fora isso, outra coisa que chamou a atenção foi o fato de ele não ter barba nenhuma, não se parecia com os homens da aldeia.

Alben pôde observar mais de perto o ritual da roda de chimarrão. Ele via todos conversando, sorrindo, e estavam descontraídos e relaxados em um lugar onde se sentiam bem. Só de ver isso, ele já acreditava o quão válido era aquele ritual. Porém, a verdade ele ainda iria descobrir.

Ao se aproximar um pouco mais, ele se tornou o centro das atenções. Isso o deixou um pouco constrangido, mas, logo, Isabel o integrou na roda de chimarrão, chamando-o, puxando um daqueles rústicos bancos de tora de madeira que usavam e oferecendo ao convidado. Ele, ainda com um pouco de vergonha, se dirigiu até ela, pegou o banco e se sentou.

Naquele momento, Isabel diz:

— Pois bem, Alben, esta é a roda de chimarrão, você agora está fazendo parte dela. Tem alguma coisa que queira nos falar para que possamos conhecê-lo melhor?

Alben lembra que Isabel lhe pediu para que, antes de falar para a aldeia o verdadeiro motivo para estar ali, falasse primeiro para ela, então resolve ser curto nas respostas e não falar nada de mais, pelo menos por ora. Então Alben, que mal havia se sentado, se levanta e diz:

— Quero, primeiro, agradecer a vocês por tão caridosa recepção. Muito obrigado mesmo.

Essa frase não surtiu muito efeito, pois ninguém sabia agir de maneira diferente, ainda mais em relação a quem salvou um dos seus. Os aldeões não podiam ignorar tal fato, só seria diferente se, por acaso, alguém chegasse fazendo algum mal para algum deles; do contrário, seriam receptivos, pois todos, um dia, já foram estranhos chegando até a aldeia, mas foram bem recebidos por Isabel e pelos outros que ali já estavam.

Alben continuou falando:

— E também sinto que devo dizer que meu nome não é Alben. Alben é somente o apelido que meu mestre me deu. Meu verdadeiro nome é Albano Beira Neto, então meu mestre reuniu os três nomes e formou Alben.

Alben falou isso querendo fazer uma pequena piada, porém a reação da maioria foi fechar a cara e refletir. Alben não sabia, mas, ao falar seu nome e sobrenome, ele fez com que os outros lembrassem que um dia tiveram outros nomes, que tinham um sobrenome que mostrava de qual família eles vinham. Alben pôde ver alguns com sorrisos no rosto, outros com os olhos marejados, tudo por causa das lembranças que tinham de suas famílias. Essa não era a intenção, então ele voltou para o banco onde estava sentado. A questão era que aquela situação não o havia deixado triste só porque trouxe à tona saudades e lembranças, mas também porque isso lhe trouxe lembranças de seu mestre e do grupo com o qual vivia.

O clima ficou diferente, mas, percebendo isso, Isabel chamou a atenção para si, dizendo:

— Agora que já nos apresentamos, você pode também aproveitar e tomar nosso chimarrão...

Alben aceitou e, antes de a cuia chegar até sua vez, ele perguntou:

— Mas, Isabel, qual o motivo deste ritual? Já pude notar que isso os une ainda mais, que vocês se distraem e descansam com isso. Na minha opinião, já é motivo suficiente para fazê-lo, mas sinto que há algo mais. O que é esse algo a mais?

— Eu poderia te contar a lenda do chimarrão, poderia te contar a história toda, porém isso não vai te mostrar exatamente o que é isso. Existe uma explicação diferente, essa explicação é um poema antigo. Não sei dizer quem foi o verdadeiro autor, nem se foram estas as palavras originais, mas meu pai sempre falava isso, e eu entendi, então acho que vai entender melhor assim — respondeu Isabel.

Todos fizeram silêncio enquanto Isabel falava:

"Quem mateia.
Quem mateia não fica sozinho;
Quem mateia não tem pavor;
Quem mateia acha seu caminho;
Pois quem mateia é de si mesmo conhecedor!"

Isabel termina de recitar este pequeno poema, mas o silêncio dos demais continua. Todos haviam começado a pensar e, nesse mesmo embalo, a cuia chega até Alben, que, mesmo sem saber direito se tinha entendido o significado daquele poema, pega a cuia e encosta a bomba na boca. Ele sente o calor, tanto nos lábios pela bomba quanto nas mãos pela cuia, mas a verdadeira surpresa veio após o primeiro gole, que, mesmo cuidadoso por causa da temperatura, fez seu peito se aquecer muito mais que o calor sentido nas mãos e boca, e não era um calor por ter se queimado, mas, sim, um sentimento, uma emoção. O detalhe é que, ao sentir aquele aquecimento, ele se pôs a matear sem medo e, depois de um certo tempo, se pegou pensando em tudo que passou, no que deixou para trás e pelo que estava lutando. Ele encontrou forças onde antes tinha só uma preocupação.

Foi então que aquele poema começou a fazer sentido: o ritual do mate nada mais é do que nós mesmos, nossa alma, nossas motivações. Obviamente que, para esse ritual interno, não temos como guardar segredos, não podemos mentir para nós mesmos num momento de verdadeira reflexão, então não existem mistérios internos que quem mateia não saiba. Alben levantou os olhos e, ao olhar para todos os que ali estavam, se pôs a pensar que por aquela mesma cuia e bomba já haviam passado tantos sábios, que se pudesse passar tanto conhecimento para um livro, esse teria o poder de entender a tudo e a todos. O verdadeiro poder do mate está na possibilidade de autoconhecimento. Não é uma bebida mágica, porém seu poder e sua magia são inquestionáveis. Matear solitário não é matear sozinho, pois estará consigo próprio, e matear como naquela roda é repartir com o próximo todo o conhecimento de seu interior, todo seu autoconhecimento. A conclusão a que Alben chega é de que aquele ritual da roda de chimarrão era um dos grandes responsáveis por aquela aldeia ser como um organismo vivo, todos ali sabiam que eram unidos por aquele ritual e, ao participar dele, mesmo que há pouco tempo, ele já se sentia acolhido ainda mais pela aldeia. Alben estava concentrado em seus pensamentos enquanto mateava, mas esse transe foi quebrado pelo ronco da bomba na cuia indicando que aquele chimarrão havia acabado, e que agora era o momento de outro ali ouvir seu sábio falar.

Alben sentiu que aquela aldeia era a certa. Ele já havia pensado nisso, mas agora tinha certeza absoluta, pois aquela aldeia conseguiu o que Alben não esperava. Ele sentia que a profecia estava mais do que certa, e que tomara a decisão mais correta que podia ser tomada na posição em que ele se encontrava alguns anos atrás. A fé de Alben estava mais acesa do que nunca.

A noite passou rápido e, logo, todos partiram para suas casas. O silêncio começou a predominar, e os olhos pesados devido ao cansaço começava a levar todos para suas camas para descansar para o dia seguinte, que, por mais habitual que fosse, seria desgastante, pois não eram poucas as tarefas diárias. Alben entrou na casa de Isabel acompanhado dela, pediu licença e deu boa-noite, pois ia se retirar para o quarto a ele oferecido.

Mas, antes de ele se retirar, Isabel disse:

— Amanhã, peço que fique na aldeia. Quero conversar com você, então teremos tempo e privacidade para que possamos falar à vontade.

Alben acena positivamente.

— Boa noite, Alben — Isabel conclui.

Esse boa-noite foi de uma sinceridade e uma simplicidade tamanhas que Alben se sentiu ainda mais acolhido, como se fosse parte da família há muito tempo. Com um sorriso no rosto e um sentimento novo no peito, Alben foi dormir.

CAPÍTULO 5

AL BEN

Ao raiar do Sol, todos começaram a sair para o trabalho, menos os quatro meninos e seus tutores, que esperavam para ver se Alben queria ir com algum deles. Porém, como já havia combinado, Alben disse que ficaria na aldeia e Isabel confirmou isso, dizendo:

— Alben vai ficar para me ajudar a assar uma parte do pernil do porcão que vocês caçaram...

A fala de Isabel rendeu alguns risos. Ela ficou sem entender, mas não deu atenção, então os meninos se despediram e saíram com seus tutores para seus afazeres, deixando ali na aldeia somente Alben e Isabel.

Isabel não perdeu tempo e logo foi perguntando:

— Quem é você? Por que nos ajudou mandando aquela vaca?

Alben ficou surpreso e até foi conferir com os olhos se realmente já estavam sozinhos ali, se todos já haviam tido tempo para sair da aldeia. Após uma pequena observação, que serviu como um artifício para ganhar tempo para pensar por onde começaria a falar, ele, então, se encaminhou para perto do local da fogueira, pegou dois bancos de madeira e os colocou na sombra da mesma figueira que serviu de escola para os meninos. Isabel se sentou frente a frente com Alben, que estava com a cabeça baixa, pensativo. Ele procurava as palavras certas para que não fosse mal-interpretado, pois não queria que alguma coisa ocorresse de forma errada, então a procura fazia sentido para ele.

Após pouco mais de um minuto de silêncio, Isabel resolveu quebrar o gelo criado por aquela situação e disse:

— Não se preocupe, não vou me assustar com nada que você possa falar...

Alben, ainda na mesma posição, levantou somente os olhos para a direção de Isabel e perguntou:

— Tem certeza?

— Não sei, se quiser tentar, sou só ouvidos, mas peço que não invente, fale somente a verdade — falou Isabel com um sorriso desafiador.

— Tudo bem. Nunca pensei em mentir, mas o que vou lhe contar agora é fora da realidade da maioria das pessoas, por isso quero que ouça antes, sem preconceitos. Apenas escute e confie em mim, o que está prestes a ouvir pode lhe parecer loucura, porém, de antemão, te falo que é a mais pura verdade e terei como provar tudo no seu devido tempo.

A situação chegava a ser engraçada. Aquela que sempre contava as histórias e prendia a atenção das pessoas agora estava do outro lado e sua cara de curiosa mostrava que aquele forasteiro havia ganhado toda a atenção dela.

Alben, então, começou a falar:

— Pois bem, você perguntou quem eu era e por que ajudei vocês com a vaca. Eu sou Albano Beira Neto, levo esse nome em homenagem ao meu avô, o português Albano Beira, mas isso é outra história, que vou lhe contar quando for necessária para o entendimento do todo. Sobre a vaca, acho que é clara a minha intenção: queria ajudar na criação dos meninos. E antes que tu pergunte o porquê de eu querer ajudar os meninos ou o porquê de eu estar aqui para ajudar, deixe que eu conte a história toda, depois me pergunta o que não entender.

Isabel entendeu que não deveria interromper o que Alben ia começar a contar, então ficou em silêncio e Alben começou:

— Bom, venho do além-mar. Eu faço parte, ao menos fazia, de um grupo fechado, esse grupo se chamava Xià yīdài, algo como "A Próxima Geração" em seu idioma. Nesse grupo, havia sete mestres e também alguns intelectuais, outros com dom da magia, pessoas com "poderes", e até mesmo um profeta. Nós vivíamos reclusos em uma vila não muito maior do que a sua aldeia. Lá, estudávamos, treinávamos e tínhamos uma vida normal. Só saíamos de lá quando nosso profeta previa o surgimento de mais alguém que poderia nos ajudar em nossa tarefa, então formávamos uma equipe e tentávamos recrutar aquela pessoa especial.

Isabel mudou sua expressão por não acreditar no que Alben dizia, mas, antes que ela falasse, Alben continuou:

— Sei que parece mentira, que é difícil de acreditar, mas, antes de duvidar completamente de mim, quero que veja algo, mas não se assuste...

Alben, então, foi até o interior da casa de Isabel, dirigiu-se ao quarto onde ele dormiu e pegou um livro, então voltou para onde eles estavam e sentou-se novamente. Isabel não entende direito e chegou a pensar que aquele seria um álbum de fotografias, mas seria estranho um álbum com uma capa como aquela.

Então, Alben voltou a falar:

— Por acaso você já ouviu falar em Grimório, Isabel?

Isabel responde negativamente.

Então, Alben o segura como se entregando para Isabel o inspecionar. Ela aceita meio receosa, pega o tal Grimório. Então Alben fala, enquanto ela olha a capa e o restante do livro:

— Você se acha capaz de abrir e ler suas páginas?

Isabel, sem saber o que responder, tentou abrir o livro, porém a capa nem se mexeu. Parecia um bloco sólido. Ela olhou para Alben sem entender, já achando que era brincadeira de mau gosto, tanto aquele começo de história sem pé nem cabeça quanto aquele livro que não abria. Foi então que Alben se levantou e, com o Grimório ainda nas mãos de Isabel, abriu o livro só com dois dedos. Isabel não entendeu como ele fez aquilo, e olhou espantada para Alben, que pediu para ela:

— Agora que o livro está aberto, leia...

Isabel, então, abaixa a cabeça para tentar fazê-lo, porém, ao pôr os olhos no que tinha impresso nas páginas, ela se assusta, pois parecia que ela tinha dislexia. As letras que estavam ali paradas pareciam trocar de lugar. Ela levou as mãos aos olhos e os esfregou, achando que era com ela o problema, mas o ato não causou resultado algum e as letras ainda pareciam dançar em sua frente.

— O que é isso? O que está acontecendo? — ela perguntou.

Alben pegou de suas mão o livro e pediu para que ela observasse com atenção. Ele folheou o livro, olhou para Isabel e perguntou se ela precisava acender o fogo para o assado que iria fazer. Ela assentiu e, mesmo antes de conseguir falar outra coisa, Alben leu um trecho do livro e, com a mão direita espalmada, apontou para a fogueira, que, como por milagre, começou a arder em chamas; das brasas que sobraram da noite anterior se ergueram chamas de mais de dois metros de altura.

Isabel, novamente, ficou sem reação. Ela tentou buscar alguma lógica no que acabara de ver, porém, antes que pudesse raciocinar, Alben lê outra passagem de outra folha, e então as folhas das árvores começam a balançar com um vento completamente fora de contexto. Alben larga o livro e, com as duas mãos, começa a controlar aquele vento. Levanta as mãos e faz um gesto como se o empurrasse para frente, o vento, então, foi na direção em que Alben empurrou. Ele faz o vento passear pelas árvores, sacudindo suas folhas, e controla aquele balé com as mãos. Novamente, pôs as mão para cima e as desceu com violência, e o vento fez o mesmo.

Aquela demonstração, sem dúvida, fez com que Isabel acreditasse um pouco mais nele, porém agora havia mais perguntas do que em qualquer outro momento.

Alben sentou-se, o olhar de Isabel mostrava que ela procurava palavras, então Alben diz:

— Acredita agora que meu grupo era um pouco diferente da maioria das pessoas?

— Você faz parte de um grupo de magos?

— Pode-se dizer que sim, porém não exatamente. Existiam magos, mas também existiam bruxos, xamãs, profetas, intelectuais e pessoas com outros tipos de dons.

— Então todos tinham esse livro de mágica?

— Não este mesmo livro, cada um tem o seu. Este livro se chama Grimório. É um livro de conhecimentos mágicos, com anotações de práticas pessoais, ou seja, um diário mágico. Porém, cada Grimório é único, ele, em si, é mágico, por isso você não conseguiu abri-lo ou lê-lo, pois, além de você não ser iniciada em magia, esse meu Grimório já tem fonte de energia.

— Como assim fonte de energia?

— Todo Grimório é como se fosse um ser vivo. Por exemplo, este Grimório foi feito em meu ritual, então cedi a ele minha energia vital para que ele pudesse existir. Se eu morrer, essa fonte vai secar, então ele fica hibernando, e duas coisas podem acontecer: ele usar alguma pessoa somente para roubar sua energia vital, o que é extremamente perigoso, pois, se o Grimório for de uma pessoa mal-intencionada, ele vai sugar toda a energia e poderá levar sua vítima à morte; e a outra possibilidade é de o Grimório aceitar a pessoa como novo mestre, assim ele usa sua energia vital e, em troca, cede sua força para a pessoa, que, daí por diante, poderá agregar seus conhecimentos aos já contidos no Grimório.

— Então esse Grimório pode ser do mal?

— Sim, sem dúvidas que pode, se o seu criador for uma pessoa do mal, ele pode ir sugando energia de pessoas até dar um jeito de trazer seu dono de volta ou, então, achar outra pessoa que satisfaça seu desejo maligno.

— E como saber se o Grimório que você está usando não é do mal?

— Só pela confiança, pelo olho no olho. Não existe como diferenciar um Grimório sem ver os atos da pessoa que o usa. Mas, normalmente, Grimórios do mal deixam um rastro de energia negativa por causa de sua maldade.

— Tá, acho que entendi esse negócio de Grimórios. Não vejo maldade em seus olhos, pelo contrário, desde quando te vi pela primeira vez, senti que seus olhos brilhavam de esperança e alegria — comentou Isabel.

— Isso é verdade, eu estou cheio de esperanças, pois agora tenho mais certeza do que nunca de que estou cumprindo com a missão que meus mestres me deram no pré-guerra.

— Seus olhos brilham quando você fala em seus mestres. Onde eles estão e quem são eles? E que missão é essa?

— Eles devem ter falecido durante a guerra, pelo menos foi isso que o profeta viu, como ele nunca errou...

— Desculpe, não quis tocar nessas feridas, mas se esse profeta é tão bom, por que ele não evitou a morte de todos? — Isabel o interrompeu.

— Não é assim que funciona. Tudo o que ele vê se torna, de certa forma, real. Às vezes com palavras ou em situações um pouco diferentes, mas o destino é inevitável.

— Deixa eu ver se entendi: tudo o que ele vê acontece, mas pode ser que ele veja um pouco diferente do que realmente irá acontecer...

— Deixa eu te dar um exemplo: quase um século atrás, ocorreu um desastre que marcou a história do mundo na época. Foi um ataque em que dois aviões bateram em um prédio onde milhares de pessoas trabalhavam, e deixou um rastro de mortes e destruição enorme. Pois bem, lembro que, na época, a visão do profeta foi a seguinte: ele se viu chegando na cidade e vendo esses dois prédios, então ele viu dois seres alados, como se fossem dragões, cuspindo fogo nesses prédios. Esses prédios viravam pó, e ele via muitas pessoas chorando e muitas almas perdidas andando no meio dessa poeira, não sabendo o que havia acontecido, sem saber que já estavam mortas.

Isabel tem um arrepio e diz:

— Nossa, que coisa macabra!

E Isabel continua falando, mas com cara de deboche:

— Mas você disse que se lembra? Porém, se não me engano, esse ataque aconteceu há mais de cem anos, como pode se lembrar? Vai dizer que é um idoso centenário...

— Idoso? Não, tenho só 144 anos.

Isabel então ri e fala:

— Brincalhão você!

Alben fica sério olhando para ela, não entendendo o motivo dos risos de Isabel, nem por que ela o chamou de brincalhão. Isabel, então, nota que ele está sério demais para estar brincando e pergunta:

— Você tem 144 anos mesmo? Como isso é possível?

Então Alben se lembra de que, para a maioria das pessoas, atingir 100 anos era sinal de longevidade, diferentemente do grupo onde ele vivia. Então conta para Isabel o porquê de ele ter mais de 100 anos e aparentar não mais do que 30 e poucos.

— De onde venho, não sou, nem de longe, o mais velho. Alguns dos meus mestres têm mais de 400 anos. Antes de achar que isso é loucura, e eu sei que já está achando, quero que saiba que nós somos humanos iguais, a diferença é que venho de um grupo que foi formado por Li Ching-Yuen. Ele até foi um pouco conhecido, pois, certa vez, fizeram reportagens sobre ele, dizendo que ele tinha mais de 250 anos quando morreu, porém essa morte foi forjada, pois ele não queria fama nem muitas pessoas procurando por ele para descobrir essa fórmula de vida longa. Li Ching-Yuen dizia que, para viver muitos anos, era preciso ter sempre uma mente tranquila. Sentava-se como se fosse uma tartaruga, andava alegre como um pombo e dormia como um cachorro. Mas, na realidade, o que mais importava era a meditação, o autoconhecimento, os chás e, principalmente, o chá de *goji*, que tem muitas propriedades antienvelhecimento. Claro que esses fatores só ajudam na longevidade, mas não são os únicos, pois, além disso, quem fazia parte do grupo tinha que passar pela iniciação, e essa iniciação, quando completa, nos protege muito. A magia da vida é assim protegida em todos que de lá fazem parte.

Isabel não sabia se acreditava ou não naquelas palavras. Era tudo muito louco para ela, mas ela se esforçava para entender.

Então, perguntou:

— Quer dizer que vocês se tornam imortais?

— Não, longe disso, só que nosso corpo fica imune à maioria das marcas do tempo. Nós demoramos mais para envelhecer, mas não quer dizer que não possamos morrer de alguma doença ou que não possamos ser mortos, só ficamos mais resistentes ao tempo — Alben respondeu.

— E você pode fazer essa iniciação conosco aqui da aldeia?

— Infelizmente, não. Meu Grimório não possui esse conhecimento e, mesmo que possuísse, precisaríamos de, pelo menos, mais três pessoas com Grimórios para termos energia o suficiente.

— É uma pena! Mas outra dúvida que me surgiu agora: você conhece outras pessoas que usem Grimórios?

— Fora de meu grupo, não conhecia ninguém, porém sei que existem muitos Grimórios e, com certeza, muitas pessoas devem usá-lo.

— Muitas pessoas? Quantas pessoas sobreviveram à guerra?

— Realmente a guerra foi devastadora, como o profeta previu, mas sobreviveram muitas pessoas espalhadas pelo mundo. A população da Terra estava muito acima da capacidade do planeta e ainda mais em um final de ciclo, então era inevitável que uma grande aniquilação dessas acontecesse.

Antes que Isabel fizesse qualquer questionamento, Alben continuou:

— Acho que não ajudei muito com essa última resposta, mas vou tentar me explicar melhor. Primeiro, a população da Terra era acima da capacidade do planeta, assim, era cada vez mais difícil conseguir alimentos, água, entre outras coisas. Animais foram extintos para o benefício de outros que serviam de alimento, água potável era objeto de luxo, e então o planeta já não tinha mais a capacidade de fornecer o necessário para que todos que viviam sobre ele pudessem sobreviver. Segundo, o final de ciclo que falei é um fato que, mesmo sendo estudado por outros no pré-guerra, era um assunto pouco confiável, pois diz-se que a vida dos humanos na Terra não vem de doze mil anos atrás, mas, sim, de muito mais tempo. Porém, esses humanos chegavam no seu ápice e se destruíam... como posso explicar melhor?

Nesse momento, Isabel perguntou:

— Você quer dizer que a raça humana é muito antiga, mas que sempre que chegava num apogeu era destruída? Como assim?

— É exatamente isso, mas não destruída, se autodestruíam. A humanidade vem de milhões de anos, mas sempre se portou como um vírus. Nós começamos a usar um lugar, gastamos tudo que ele tem para nos oferecer e depois partimos para outro. Enquanto somos em pequeno número, o planeta dá conta de se recuperar, mas, assim como os vírus, nos procriamos como pragas e destruímos tudo ao nosso redor, até chegar ao ponto que a autossuficiência não é mais possível, e o planeta dá sinais de que vai acabar com este ciclo e começar outro. Alguns ciclos acabaram em eras glaciais, outros em dilúvios, outros em secas ou com meteoros. O fato é que nosso ciclo acabou com a guerra e os poucos humanos que restaram vão ser os responsáveis pelo destino que o nosso planeta vai ter. Esses humanos vão dar o destino do mundo como um todo, inclusive na magia. O mundo já foi dominado tanto por luzes como por escuridão, as pessoas que restam no planeta são as que decidirão como seguir.

— Como assim luz e escuridão? Você quer dizer, o bem e o mal batalhando?

— Não exatamente. O bem e o mal são apenas pontos de vista diferentes, o que pode ser o bem para você, pode ser um mal terrível para outra pessoa.

— E de qual lado seu grupo luta?

— Em nenhum deles. Nós não queremos que a história continue do jeito que está. Se a luz ou a escuridão vencer, o oponente se infiltra dentre as pessoas e o ciclo das pessoas, que podia ser longo e bonito, é destruído por pura ambição de uma das duas partes. Então, nosso grupo se formou com a ideia de nosso mestre de que nós, humanos, podíamos usar as forças da luz e da escuridão para, assim, formarmos um planeta equilibrado, e que seja, quem sabe, até eterno.

— Então quer dizer que você está aqui por causa dos meninos? Eles fazem parte dessa história?

— Sim, eles são a chave para que o ideal de nosso grupo se torne realidade.

— Então o profeta do qual você falou antes viu que eles ajudariam vocês?

— Não é exatamente isso. O profeta pode ver algumas coisas, mas, com os meninos, é diferente, pois eles são especiais. Eles são enviados direto das fontes de conhecimento, ou seja, vêm direto do criador de tudo. Vou lhe contar a profecia que nosso profeta criou, acho que facilitará seu entendimento.

***

Alben, então, começa a contar a profecia:

"Os filhos da luz: o Sol vai começar a brilhar diferente e, depois de pouco mais de um ano de lutas, ele se ofuscará. O Sol não brilhará nas terras de nossa Terra, tudo porque, nas lutas no ano de dois mil e setenta e poucos, a vaidade humana vai atravessar a continuidade.

Armas com poder de destruir tudo serão usadas, porém as menores serão as mais letais, tão letais que a praga que essas armas causam vão se espalhar por continentes, vão passar de pessoa a pessoa, poucos vão entender que aquela peste é parte dos ataques de guerra. Mas sabemos que esse ciclo vai acabar de qualquer jeito, então não importa se será com doenças ou com os gases mortais espalhados durante as batalhas. O fato é que o destino está traçado para a grande maioria dos humanos e, contra isso, não se pode lutar. O Sol se esconderá no desespero de homens vendo os seus padecerem. Não esperam ser entendidos, só esperam que não reste ninguém para compreendê-los. Querem que a tristeza acabe, mas não deixam de destruir tudo através de uma explosão de luz muito clara e forte. Nosso planeta é muito maior e mais forte do que todos imaginam, ele se reconstituirá, sempre vai renascer. E, quando ele renascer, os escolhidos estarão ainda andando sobre a Terra. Esses, não escolhidos por luz ou trevas, mas, sim, pela natureza, serão imunes às doenças que assolaram o planeta durante a batalha. Essa resistência vai tornar esses humanos responsáveis pela nova geração. Nem todos os humanos imunes se salvarão, pois muitos, assim como nós, serão destruídos pela falta de compreensão das pessoas que se dizem entendidas no comando das ações. Nossas esperanças não precisam diminuir, pois aquele que descende do homem animal vai estar na busca dos salvadores, e esse vai levar nossa sabedoria e tentará passá-la adiante. Mas não será para qualquer um. Pouco mais de vinte primaveras vão passar, e ele vai encontrar com os quatro elementos do criador, aqueles que vêm para dominar as luzes e as trevas e, se ele conseguir fazer com que esses elementos se tornem puros, tal qual o criador, a criação o ultrapassará. Eles são puros e chegarão aqui na luz, na mesma luz que, milênios atrás, levou os três reis de magia do mundo até sua esperança. Essa esperança era única, enfrentou muita coisa, por isso ainda é lembrada, mas era apenas uma. Agora os quatro elementos se completam. O destino não está escrito, pois os quatro elementos têm o poder de decidi-lo. Esses, que possuem destino incerto, são aqueles que o criarão. Esses que são filhos da própria luz e sombra do criador irão decidir quem irá tomar conta dos nossos destinos: a luz, a treva ou nós mesmos. A luz, desta vez, cairá no Sul, em um local onde ainda existe ar para ser respirado, pois ainda sobra um pouco do que antes chegou a ser o pulmão do mundo. Será bem ao Sul, nas terras onde outrora a tradição era passada de pai para filho. Esse lugar não foi escolhido ao acaso, muito pelo contrário: a escolha foi feita, pois ali os elementos encontraram um motivo para lutar por seus destinos, o que iniciou um novo ciclo. A nova geração está chegando, será uma nova era, mas que ainda não tem uma direção, pois faltam decisões a serem tomadas, que definirão o destino de um novo ciclo..."

Isabel ouviu a tal profecia, mas não estava crendo naquela história. Achava que essa história poderia ter sido inventada, então começou a confrontar Alben com perguntas:

— Essa é a profecia? E como descobriu que era aqui o local onde eles desceriam?

— É essa, sim. Também ficamos surpresos, pois, normalmente, ele tinha visões, mas, nessa profecia, ele só repassou o que disse ter ouvido de um ser de luz. Não sabíamos se aquela era, realmente, uma profecia. Só acreditamos nele quando, no meio de uma madrugada, ele acordou todos na vila e chamou os mestres para dizer que teve uma visão na qual a vila era invadida por soldados que estavam procurando alguma coisa que não encontraram, por isso acabavam matando todos e colocando fogo nas casas. Nesse momento, os mestres começaram um feitiço de localização e me mandaram para cá. Eles me deram dinheiro para que eu viajasse de avião até aqui, então fiquei por aqui, esperando.

— Você tá querendo dizer que está aqui há quase trinta anos esperando? — Isabel perguntou quase gritando.

— Pode-se dizer que sim, mas não fiquei aqui. Logo depois que o Sol voltou a brilhar, vi que você e Karen chegaram até essas cabanas, então fui deixando pistas e rastros para que outras pessoas que eu via andando sem rumo na floresta chegassem até aqui para formar uma aldeia. Depois que não tinha mais ninguém por perto, parti para encontrar novos conhecimentos e conhecer mais essa região. Assim, quando estava se aproximando o dia da chegada dos meninos, voltei para cá, e a história a partir disso você já sabe.

A cabeça de Isabel começava a doer pela quantidade de informações que ela recebia e tinha que processar. Não conseguia entender o porquê, mas estava acreditando nas histórias de Alben. Por mais absurdas que fossem, ela não via maldade nem mentira no olhar dele, mesmo assim, ainda havia muitas perguntas que ela queria fazer, mas tinha medo das respostas serem tão absurdas quanto as respostas que ele já dera.

A curiosidade, porém, foi maior e ela o questionou:

— Tá, mas por que você nunca apareceu? Por que não se juntou a nós?

A resposta de Alben, dessa vez, foi curta:

— Pois não queria atrapalhar o desenvolvimento de vocês.

Isabel tentava entender, mas não conseguia, então perguntou:

— Como assim?

— É simples, não queria interferir na forma como vocês se desenvolveriam. Acreditei que você era capaz de formar uma aldeia onde todos seriam pessoas boas e que, por isso, os meninos poderiam viver com vocês e se apegar para, assim, ter um objetivo pelo qual pudessem lutar.

— Não sei se agradeço ou se te xingo. Primeiro elogia, depois diz que nos usou por todo esse tempo...

— Não vejo como se estivesse usando vocês para algo ruim. Sei que pode parecer que vocês foram usados como ferramenta, mas acredito que, de qualquer modo, teriam a guarda dos meninos, pois eu estando aqui ou não, os meninos cairiam aqui e vocês cuidariam deles do mesmo jeito. Esse era o destino de vocês, e não há como mudar isso. Só o que acredito ter feito foi facilitar um pouco a vida de vocês e proteger a aldeia fazendo algumas coisas que impediriam vocês de serem localizados por outras magias e seres.

— Como assim nos protegeu de magia e de outros seres?

— Não é lógico? Esses meninos chegaram na Terra sem um destino, com uma carta branca do criador para seguir o caminho que bem entenderem, então, obviamente, tanto os seres de luz quanto os da escuridão estão atrás deles. E quem estiver do seu lado, sem a menor sombra de dúvidas, vai ter uma enorme vantagem para conseguir sua conquista deste ciclo. Eles são a chave para a conquista, então tanto luz como escuridão devem estar à procura deles. Não sei se eles sabem que esses meninos viriam logo ou se eles têm profetas que previram quando iriam chegar, o fato é que todos sabem que esse ciclo acabou, e a batalha para decidir quem toma conta do próximo já começou. Como em todo ciclo, a batalha pode ser ganha por aqueles que obtiverem os filhos da luz do criador, então, certamente, ambos os lados devem estar atrás deles. Só que, o que tenho certeza de que eles não esperam é que iremos formar uma terceira força nessa luta, o lado humano, e por isso sempre contei com você, Isabel.

— Contou comigo? Por quê?

— Você sempre demonstrou amar o próximo. Sua compaixão é perfeita para o motivo pelo qual queremos lutar. Você ama o próximo e faz com que se sinta amado e, para isso, nunca usou o nome de Deus ou de santos, ou seja, você acredita nos humanos, e é nisso que acreditávamos em nosso grupo.

— Sim, eu amo o próximo, mas muito disso é devido à guerra. Se não nos uníssemos, provavelmente, morreríamos, então não fiz nada de mais.

— Você que acha que não é nada de mais. Muita gente estava perdida, e você as trouxe para uma realidade onde se sentem bem, são úteis e usufruem do trabalho de outros, o que os humanizou. Muitas pessoas, em sua posição, se tornariam chefes autoritários e exigiriam que eles trabalhassem para que só você usufruísse, como se fossem seus escravos e não fizessem mais que a obrigação por estarem em seu território. É estranho, mas é assim que muitas pessoas com a mente desumanizada pensam e agem. Mas vi que você era a pessoa certa e, se tinha ainda alguma dúvida de que minha escolha foi correta, perdi completamente quando vim parar aqui na aldeia e vi que todos são acolhidos, não pela chefe ou matriarca, mas, sim, pela mãe deles, que é você, Isabel. Assim que me acolheu em sua casa, passei a sentir que também entrei para a sua família, senti que estava sendo acolhido por uma pessoa com os sentimentos mais belos do mundo. Agora, mais do que nunca, tenho certeza de que os meninos sabem o que são os sentimentos mais verdadeiros que existem e que somente pessoas amadas podem sentir de verdade.

Isabel ficou calada, talvez por não ter palavras para se expressar ou por ainda tentar entender tudo o que Alben estava falando. O fato é que ela ficou em silêncio, e Alben, que não sabia como agir também, ficou sem falar nada por alguns instantes.

***

O silêncio já se tornava constrangedor. Aqueles poucos minutos já pareciam dias para Alben, mas um movimento de Isabel quebrou aquele clima. Ela começou a se levantar do banco onde estava sentada, Alben se levantou e a ficou observando. Por sua cabeça passam ideias do que Isabel podia estar pensando sobre tudo o que ele havia acabado de contar. Alben estava trêmulo, pois aquele silêncio não dizia nada. Isabel não deixava nada transparecer em seu semblante, não era possível saber se estava feliz, triste ou preocupada, era uma expressão totalmente neutra, aquilo deixava Alben ainda mais nervoso e assustado.

Foi então que, com uma voz doce, Isabel disse:

— Alben, vá pegar lenha, pois temos que assar a carne que daqui a pouco todos começarão a chegar, e com muita fome.

Se Alben tivesse levado uma pancada na cabeça, não teria ficado tão tonto quanto como aquela frase o deixou. Ele nem pensou em falar nada, deu as costas para Isabel e foi em direção ao monte de lenha. Pegou algumas toras de lenha e, quando voltou, Isabel já não estava mais ali. Então, largou as toras de lenha próximas à fogueira na qual assariam a carne do porco, e procurou em sua volta. Viu Isabel tirando de sua casa os pedaços do pernil que não foram para o defumador, então ele foi até ela e a ajudou a carregar, mas não trocaram nenhuma palavra.

Ao chegar perto da fogueira, ele colocou a carne sobre uma pequena mesa feita de toras de madeira e perguntou para Isabel:

— Precisa de mais alguma coisa para o almoço?

— Você poderia pegar alguns espetos ali na mata? Eles precisam ser de uma madeira não muito grossa, mas fortes e retos. Você me faz esse favor?

— Claro!

Alben foi para a mata e começou a procurar pelos espetos. Na aldeia, Isabel estava com um semblante pensativo. Ela estava mexendo nos pedaços de carne já temperados com ervas no dia anterior, mas os olhos mostravam que realmente não estava ali, que estava bem longe em seus pensamentos.

Após alguns minutos, Alben voltou com os espetos. O rosto de Isabel já não estava mais neutro, apesar de não demonstrar nada de mais, suas feições eram naturais. Ao ver Alben, ela o chamou e disse para espetar logo a carne, pois aquele tipo de caça deveria ser bem assado para não fazer mal às pessoas.

Enquanto Alben ajudava Isabel, a curiosidade o estava corroendo. Ele não conseguia mais segurar, então acabou falando:

— Por que você não fala nada?

Aquela pergunta súbita deu um pequeno susto em Isabel, o que causou um sorriso amável depois de um pequeno pulo pelo susto. Com aquele sorriso amável, Isabel disse:

— O que você quer que eu diga?

Antes que Alben respondesse, ela continuou:

— Aceitei você aqui, aí peço para tirar minhas dúvidas e você me conta histórias que, ao invés de esclarecer as coisas, me fazem ter mais dúvidas. Então, como não sinto maldade em ti, resolvi que devo confiar, mesmo nessas histórias loucas. Sei que, com o tempo, vai poder me explicar melhor, mas tudo junto assim é muita informação para eu conseguir acreditar em você. Não que eu não tenha acreditado...

E, vendo que Isabel começava a se enrolar ao tentar se explicar, Alben sorriu, pois entendeu que foi aceito e que Isabel queria entender toda a história, porém era complicado compreender tudo de uma vez, então ele diz:

— Obrigado!

Isabel se calou, olhou para Alben e, como uma mãe que entende o que se passa na mente do filho, ela também sorri, vai até Alben e o abraça. Alben, mesmo não estando confortável, pois não era acostumado com o contato humano, levou um breve momento para se sentir bem naquele abraço.

Ele, então, falou ao pé do ouvido de Isabel:

— É por isso que sei que fiz tudo certo. Muito obrigado por mostrar que ter fé na humanidade não é um caminho perdido... Eu, com o tempo, vou te contar tudo, e prometo que nada de mau vai acontecer com ninguém desta aldeia.

— Você não precisa prometer nada, eu sei que você não deixaria nada de mau acontecer. Mas, agora, o que importa é você, se cuida um pouco. Eu nem consigo imaginar o quão difícil foi passar todo esse tempo sozinho...

Naquele momento, Isabel sentiu que Alben não conseguia segurar as lágrimas. Aquela situação pela qual estava lutando era verdadeiramente nobre, mas, para isso, ele estava vivendo sozinho e longe desse ideal, e isso já o afetava de tal forma que mesmo sua convicção de que isso estava certo não era absoluta. Isabel pôde ver que esse fardo que Alben carregava já estava ficando pesado demais para ele carregar sozinho. Agora já não estava mais sozinho...

***

As lenhas estalavam no fogo, e os pedaços de carne estavam espetados nos espetos cravados no chão na diagonal, com a carne ficando sobre o fogo. A cuia de chimarrão passava dele para Isabel, e o vento movimentava algumas folhas das árvores em volta da aldeia. Tudo parecia novo, Alben parecia estar conhecendo outro mundo. Ele, há anos, andava sempre preocupado, com medo e sozinho, e isso fazia com que não conseguisse ver a beleza das pequenas coisas. Ele, que podia se mover tal qual animais por meio das matas, não lembrava qual havia sido a última vez que escutara o canto de um pássaro, e agora estava sentindo coisas que há tempos não podia curtir. O aroma daquela carne assando no fogo fazia com que sua boca se enchesse de água, e não por causa do chimarrão, mas, sim, pela fome que sentia. Esse aroma ele nem sabia mais o que era, pois, mesmo comendo animais que caçava na mata, ele nunca podia parar para assar. Ia para longe da aldeia para não ser notado, assava só por tempo suficiente para matar alguns patogênicos que podiam existir, e saía comendo em direção à aldeia para vigiá-la novamente. Agora, Alben sentia-se mais leve e feliz.

Depois de tomarem algumas cuias de chimarrão, Isabel pediu a Alben para ir até a casa dela e pegar uma panela grande que lá estava e encher de água, pois ela iria até a horta de Téo e Poli para pegar umas espigas de milho verde para cozinhar. Cada um foi para um lado. Alben pegou a panela, foi até a caixa d'água, encheu-a e a colocou ao lado do fogo, então viu um suporte para colocar a panela sobre o fogo. Ele arrumou e deixou ali para a água já ir esquentando, enquanto isso, se sentou, pegou a cuia e continuou tomando chimarrão, mas se deu conta de que Isabel estava demorando um pouco e poderia precisar de ajuda para carregar os milhos que ia colher para o almoço, então resolveu ir até lá para ajudá-la.

Isabel chegou na horta e se sentiu tonta. Ela tentou se apoiar, mas não conseguiu e acabou caindo. Nesta queda, Isabel percebeu que não conseguia se mover direito, tudo parecia estar rodando, então viu o que parecia ser a luz de um trovão. Aquele clarão fez com que ela fechasse os olhos e, ao abri-los novamente, ela se viu dentro de uma caverna. Assustada, ela se sentiu leve, como se não tivesse corpo, então tentou olhar suas mãos, mas não viu nada, então levou mais um susto. Ela sentia que já tinha visto aquele lugar, e isso a deixa com medo. Não sabia como havia chegado lá, então ouve pessoas se aproximando. Ela podia ouvir os passos de mais de uma pessoa indo na direção de onde ela estava, então tenta se esconder, mas não tem mais tempo, pois já via uma pessoa com um manto escuro com capuz se aproximando, e podia ouvir que mais algumas vinham atrás dele.

Então, já que não podia fugir, resolveu encarar e, quando ela já estava frente a frente com ele, tentou conversar, mas foi inútil, pois aquelas pessoas não podiam vê-la. Quando o homem do capuz passou, ela se voltou para o lado de onde os outros estavam vindo. Ao ver quem estava vindo, seu coração disparou, então lhe veio à mente a visão que teve algum tempo atrás, pois quem estava seguindo aquele homem de capuz eram os meninos. Aquela cena era outro ângulo da mesma visão que teve há poucos dias, então decidiu ir atrás do homem de capuz para tentar ver quem era aquele que levou os meninos até a caverna e soltou aquela fumaça negra que ela viu anteriormente.

Ela não conseguia se locomover com facilidade, era estranho seu estado, pois parecia flutuar e não sabia direito como andar para ir atrás daquelas pessoas. Ela se locomovia lentamente, tanto que, quando os alcançou, eles já estavam dispostos dentro de um círculo, cada um em uma ponta de uma estrela desenhada no chão. Isabel foi em direção ao homem de capuz e tentou ver seu rosto, mas o capuz não permitia, então ela tentou chegar mais perto, mas, quando ia conseguir, foi puxada para fora do círculo. Ela não entendia o que estava acontecendo e, de repente, ouve seu nome sendo chamado, mas a curiosidade dela é maior, então tenta ir, novamente, em direção ao homem de capuz, quando vê um clarão. Ela sente que seu rosto está molhado, então abre os olhos e dá de cara com Alben, que está com os olhos arregalados, assustado. Ela se levanta e nota que está deitada em sua cama, parecia irritada, então pergunta:

— O que aconteceu? Por que estou aqui?

Alben, ainda um pouco preocupado, responde:

— Você foi pegar algumas espigas de milho verde enquanto eu pegava a panela que me pediu. Eu peguei a panela e fiquei te esperando, então, como demorou, fui atrás de você. Ao chegar na horta, me deparei com você desacordada no chão, te carreguei até aqui e, ao te colocar na cama, acordou.

— Tá, mas por que você jogou água em meu rosto?

— Eu não joguei água em você, até porque não tive tempo para isso. Isso encharcando o seu rosto é suor — explicou Alben.

— Quanto tempo fiquei desmaiada?

— Por pouco tempo. Só esperei um pouco até me dar conta de que você podia precisar de ajuda para carregar os milhos, então fui até lá e te carreguei até aqui.

Isabel estava inquieta, e Alben notou isso, mas não sabia como agir, então perguntou:

— Tem alguma coisa que eu possa fazer para ajudar? Quer que eu chame alguém?

Isabel se recompõe, pois não quer que aquele fato cause alarde entre as pessoas da aldeia. Então pediu para Alben:

— Se acalme, não foi nada de mais...

Isabel tentava, de todos as formas, *colocar panos quentes* sobre os fatos, mas Alben não conseguiu esconder a preocupação, andava de um lado para o outro, e então Isabel chamou sua atenção.

— Alben! Se aquieta, homem! Eu estou bem, não foi nada de mais, você está me deixando nervosa agindo assim!

Alben, então, sentou-se para tentar se acalmar, e Isabel se levantou. Alben a acompanhava com os olhos, ela tomou a direção da rua e ele se levantou e ficou ao lado dela. Ela foi até a fogueira, virou os espetos para que a carne assasse de maneira uniforme e, como sua sombra, Alben a acompanhou. Ela foi até a panela com água, que já começava a levantar fervura, então, para se livrar um pouco de Alben, pediu a ele que buscasse os milhos para serem cozidos. Ele foi, mas continuava preocupado em sair dali e deixar Isabel sozinha, porém não podia negar aquele pedido. No momento em que Alben sai do alcance de sua vista, Isabel vai até sua casa e pega um pequeno bloco de papel, começa a escrever rapidamente, termina o que estava escrevendo e esconde o bloquinho de papel atrás de sua cama. Ela sai de sua casa e dá de cara com Alben chegando com as espigas recém-colhidas. Ela o ajuda a limpar as espigas e as coloca na panela para cozinhar.

Então os dois sentam-se novamente, agora ambos mais calmos, e Isabel fala:

— Alben, primeiro, quero lhe agradecer. Muito obrigada por cuidar de mim.

— Não tem por que agradecer, fiz o que qualquer um faria...

— Mas então eu vou agradecer, e muito, se o fato ocorrido ficar somete entre nós...

— Por quê? Você tem que se cuidar, por isso acho que os outros deveriam saber, para que não a deixem sozinha, pois, se eu não ficasse aqui hoje, ninguém iria te ajudar.

— Concordo com você. Prometo que sempre ficarei com alguém perto de mim, mas acho que não há motivo para assustar o pessoal por pouca coisa.

— Pouca coisa? Acha que você é pouca coisa para essas pessoas todas? Você é o ponto de equilíbrio da aldeia, é o porto seguro de todos aqui, como pode dizer que é pouca coisa?

— Sei de tudo isso que acabou de falar e, justamente por saber o que significo para todos aqui, é que não quero assustá-los. Não acho justo chamar a atenção de todos para mim, e eu não estou mal. A primeira coisa que me aconteceu foi esse desmaio, não quero passar a ser um problema para nossa aldeia, então que isso fique entre nós. Posso confiar em você, Alben?

E talvez essa última parte da frase tenha sido responsável pela resposta de Alben, pois ele não queria trair a confiança de Isabel, por isso disse:

— Por ora, prometo não falar nada, mas você tem que jurar que não vai ficar sozinha em nenhum momento. E, por favor, Isabel, caso sinta-se mal e não queira falar com os outros, fale comigo, eu estou aqui para ajudar. E não se exponha a situações que possam agredir sua saúde.

— Pode deixar, Alben. Me cuidarei, sim, e obrigada por me compreender e me ajudar.

Pouco tempo após isso, todos voltaram para a aldeia para almoçar e descansar por algum tempo.

***

O almoço estava delicioso, talvez por isso todos tenham devorado até o último pedaço de carne assada. Depois, alguns entraram em suas casas, outros se deitaram à sombra de algumas árvores no entorno da aldeia, mas os meninos pareciam não estar cansados, então foram os quatro para perto de Alben, que estava sentado perto da casa de Isabel, como um cão de guarda.

Wolf, então, diz:

— Você e Isabel tinham muito a conversar, né?

— O quê? Por que você acha isso?

— Notei que, durante o almoço, você ficou falando com ela, e agora ela foi descansar e você tá aqui na frente da casa dela, parece que está esperando...

— Esperando o quê?

— Talvez para acabar a conversa que estavam tendo embaixo da figueira...

Alben, então, se perguntou se eles os tinham visto conversando, mas, ao se virar para o lado, vê que os bancos de madeira ainda estavam lá. Com um sorriso no rosto, diz:

— Parabéns, você é um ótimo observador.

— Alben, de onde você veio? E por que nos ajudou? — Dragon perguntou.

— Era disso que eu estava falando com Isabel, mas acho melhor eu contar tudo hoje à noite, assim não precisarei repetir essa história, pois todos ouvirão juntos na hora da roda de chimarrão. O que acham?

Mal sabia Alben que ele havia aumentado a curiosidade dos meninos. Eles guardaram as perguntas sobre esse assunto para obter as respostas à noite, mas bombardeavam Alben com muitas outras perguntas. Foi assim até o momento em que Karen chamou Isabel para irem até o rio para lavar louça e as roupas. Ao ver que Karen ficaria junto de Isabel, Alben esqueceu um pouco a preocupação e, naquele momento, os meninos se despediram, pois iriam chamar seus mestres para suas tarefas. Por mais que tivessem se preparado para sair para a caçada, muitos afazeres haviam se acumulado durante os dias em que ficaram fora, então ficariam ocupados por um bom tempo.

Não demorou muito para todos saírem da aldeia. Por último, quem deixou a aldeia para realizar suas tarefas foram Isabel e Karen, que, antes de sair, perguntou:

— Alben, você não quer vir junto?

Mas, antes que Alben pudesse responder, Isabel falou:

— Karen, deixe-o descansar. Amanhã ele se junta com algum dos homens no trabalho que se sentir melhor. Hoje ele merece descansar aqui na aldeia.

Alben notou que Isabel falou aquilo não com o intuito de que ele descansasse, mas para que não as acompanhasse. Ele achava aquilo estranho, mas não deu muito atenção, pois pensava que ela fosse comentar com Karen sobre o que ele lhe contou, então concorda, sacudindo a cabeça positivamente, e diz:

— Vou ficar aqui e descansar um pouco, depois vou ver se alguém precisa de minha ajuda.

As duas partem e Alben fica ali na aldeia. Ele espera algum tempo para que elas se afastem, então pega seu Grimório e olha novamente ao seu redor para se certificar de que não havia ninguém ali.

No caminho para o rio onde elas lavariam as roupas e a louça, Isabel estava calada, como se estivesse planejando alguma coisa. Karen até tentou puxar assunto, mas Isabel nem a ouviu, fato esse que fez Karen desistir de tentar conversar e ficar intrigada com o jeito com que Isabel se comportava. O que será que ela e Alben teriam conversado durante a manhã toda que a deixou assim?

Na cabeça de Isabel, as ideias giravam sem parar, e ela tentava imaginar o que poderia fazer. Ela estava buscando alguma explicação, mas não conseguia entender nada. O que será que a fazia ter aquelas visões? Então, as duas chegaram ao rio e começaram a lavar a louça, mas, então, Isabel olhou para Karen e disse:

Karen, esqueci de trazer o cesto de roupas lá da minha casa, trouxe só algumas trouxas de roupas dos outros, mas esqueci das minhas. Tem como ir lá buscar pra mim?

— Claro que posso. Mas antes, Isabel, me diga, está acontecendo alguma coisa? Eu vinha conversando contigo e você nem me deu ouvidos, e agora esqueceu suas roupas. Você está bem?

— Estou, sim. Só estou pensativa, pois nunca havia pensado que fora da nossa aldeia ainda existissem outras pessoas. Na realidade, eu até sabia disso, mas não queria pensar, pois acreditava que todas estivessem longe. Se não fosse Alben, algo ruim poderia ter acontecido com os meninos, então fiquei assim, pensando em como devem ser as outras aldeias ou, quem sabe, até cidades, como no pré-guerra...

— Alben te falou isso?

— Não, não falou nada disso. São só coisas em que ando pensando, por isso estou tão distante. Mas não se preocupe, eu estou bem.

Karen vai para a aldeia buscar o que Isabel tinha esquecido lá. Enquanto isso, Isabel sente um aperto no peito por ter mentido para Karen sobre o que estava pensando, mas não saberia como explicar para ela que, já por duas vezes, teve visões, e que eram sobre os meninos. Então ela tentou se lembrar do que estava fazendo quando as visões aconteceram. Lembrou que a primeira visão começou enquanto estava sentada na margem do rio com um pequeno pote de água em suas mãos, e que conseguiu ver dentro do pote, como se ele fosse uma tela. Assim, ela encheu novamente um pote de água e ficou ali olhando para ele, porém nada aconteceu. Assim, tentou se lembrar do que fazia enquanto ia buscar os milhos de manhã quando começou a ter a visão, mas não vinha nada na cabeça. Ela respirou fundo e, ainda olhando para o pote, esvaziou sua mente. Estava mais cansada do que de costume, não sabia se era por causa do desmaio que teve durante a manhã, mas sentia que estava cansada, então continuou ali sentada, tentando ter novamente uma visão, mas sem sucesso.

***

Karen estava chegando perto da aldeia, quando, de repente, um vento estranho passa por ela. Foi tão forte que balançou suas roupas e fez com que seus cabelos se esparramassem em sua cabeça. Mas esse vento era bem diferente de qualquer brisa que passava por ali, era forte e soprou em Karen de lado, como se viesse da esquerda para direita, mas como se fosse um sopro, como se o vento fosse um animal que passou correndo por ela. Quando isso aconteceu, ela sentiu um arrepio em todo o seu corpo. Não pensou muito, e um certo temor fez com que ela começasse a correr para a aldeia. Ao chegar lá, viu Alben parado bem no centro da aldeia, com alguns objetos em sua volta e um grande livro aberto na sua frente. Observou aquela cena escondida atrás de uma árvore e notou que Alben estava no centro de um círculo, em sua frente havia o livro, do seu lado direito havia um frasco com água, atrás dele havia uma vela queimando, e do lado esquerdo estava um objeto de oito lados, como se fosse uma pirâmide sobre outra, mas que girava conforme a brisa soprava. Finalmente, mais atrás de Alben, havia, sobre um pequeno monte de terra, um cubo, que Karen não sabia se era feito de pedra ou de argila.

Karen observava enquanto Alben fazia alguns gestos com os braços, como se levantasse alguma coisa pesada. Ele fazia isso e lia algumas palavras no livro que estava a sua frente, mas ela não conseguia ouvir o que ele falava. Quando Alben parou de falar e terminou de fazer o gesto de levantar os braços, Karen pôde jurar que viu os objetos levantarem alguns centímetros do chão, mas, após isso, em um movimento brusco para baixo, Alben fez brotar do círculo uma rajada de ar que criou uma onda de poeira, que ia crescendo e se propagando rapidamente. O ar passou novamente por Karen, que se arrepiou e ficou sem saber o que pensar e sem entender o que estava acontecendo. Ela saiu daquele lugar sem que Alben percebesse que esteve ali, então, após alguns passos de mansinho para não ser percebida, Karen começou a correr. Ela estava confusa e com medo, não sabia o que era aquilo e, como todos os humanos, temia o desconhecido.

Isabel estava sentada, tentando ter novamente as visões que havia tido anteriormente. Quando estava quase desistindo, pois não conseguia se concentrar e não sabia qual era o gatilho para as visões, começou a pensar nos meninos. Tentava entender o que significava aquela visão, então se pegou pensando profundamente no que podia acontecer com eles, e começou a imaginar aquela visão. Enquanto isso, sentia um aperto no peito ao imaginar aquelas cenas e, quando deu por si, percebeu que sua visão estava embaçada ou sobreposta. Assim, percebeu que estava quase conseguindo ter aquela visão novamente, então começou a se esforçar para conseguir ver aquilo, mas não conseguiu focar nem na paisagem daquela margem de rio nem na visão que achava ser premonitória. Isabel fechou os olhos novamente e, quando os abriu, em vez de olhar para a paisagem em sua volta, concentrou o olhar no pequeno balde com água, e ali as imagens recomeçaram a tomar forma, então ela sentiu que iria conseguir rever aquela situação em que esteve antes...

E é quando Karen, correndo apavorada, grita:

— Isabel!!! Isabel!!!

E a imagem que Isabel estava prestes a ver desaparece, ela então olha para Karen com uma cara de desaprovação e pergunta:

— O que foi, mulher?

Mas, ao perceber a cara de pavor de Karen, Isabel se preocupa de verdade e diz:

— Calma, se acalme e me diga o que te deixou assim...

Karen gaguejava, e seu fôlego não permitia que ela falasse direito. Isabel, então, ajudou Karen a se sentar e esperou que ela se recompusesse um pouco.

— O que aconteceu?

Karen, sem saber como explicar, diz:

— O Alben estava fazendo alguma coisa na aldeia. Não sei o que era, mas me deu muito medo. Ele fez alguma coisa que estava lendo em um livro...

— O Grimório...

Karen, olhando para Isabel sem entender, perguntou:

— Você sabe o que é aquilo? Como?

E Isabel explica que confia nele e que Alben havia demonstrado o poder que o Grimório pode ter. Karen disse que não era exatamente aquilo que ela viu, mas a explicação de Isabel fez com que se acalmasse um pouco, porém ainda sentia um pouco de medo do que havia visto.

Isabel sentia-se ainda mais cansada e, com aquele susto de Karen, decidiu não tentar novamente ter as visões naquele dia. Estava esperançosa, pois achava que tinha entendido como voltar a ter aquelas visões, então elas continuaram a lavar as coisas para voltar logo para a aldeia.

***

O final da tarde estava se aproximando. As pessoas iam chegando cansadas de seu dia de trabalho, indo direto para suas casas para se lavar e, já de banho tomado, voltavam para a rua para sentarem-se em torno da fogueira e botar para esquentar a água para o chimarrão. Tudo caminhava dentro da normalidade, tudo acontecia sem problemas, assim como em todos os dias anteriores. Mas será que continuaria assim após Alben se apresentar de verdade?

Aos poucos, a luz do sol ia se escondendo atrás das copas das árvores, e cada vez mais os aldeões chegavam para a roda de chimarrão, que estava quase completa. Alben sentia-se nervoso, não sabia qual seria a reação das pessoas quando ele contasse o real motivo por estar ali. Enquanto isso, Isabel saiu de sua casa, o que acalmou Alben um pouco, já que ela tentou entendê-lo e o aceitou.

Mas, quando Isabel passou por Alben, comentou em seu ouvido:

— Não sei o que você fez hoje de tarde aqui na aldeia, mas Karen viu e se assustou muito. Ela está com medo de você!

Alben não sabia como lidar com a situação. Depois de muito tempo sozinho na mata, falar para muitas pessoas havia se tornado algo que ele realmente temia, rezava para algo acontecer para que ele pudesse escapar daquela tarefa.

Algo realmente aconteceu, não para ele fugir, pelo contrário: os meninos chegaram e já foram anunciando para que todos ouvissem.

Quem falou foi Poli:

— Ei, pessoal, vamos ficar quietos porque o Alben quer contar para nós de onde ele veio e por que está aqui.

No mesmo momento que Poli falou isso, todos os olhares se voltaram para Alben, que sentiu seu rosto esquentar de vergonha. E, mesmo sob a luz da fogueira, podiam notar que Alben ficara vermelho.

Isabel, vendo que Alben estava travado, chamou a atenção para si quando disse:

— Alben tem muita coisa para contar para vocês, mas ele está um pouco assustado, pois passou muitos anos na mata, então vamos entender o lado dele.

Então se virou para Alben e falou baixinho para que só ele escutasse:

— Você não precisa entrar em tantos detalhes como falou para mim hoje de manhã, mas não pode deixar de explicar tudo hoje, pois isso pode fazer com que Karen fique ainda mais apavorada. E se ela contar para os outros, será que não vai ser pior para explicar?

Alben olhou para aquelas pessoas sentadas em círculo no entorno da fogueira, pegou a cuia de chimarrão, tomou um gole, olhou para Isabel, suspirou e começou a falar:

— Bom, pessoal, como vocês já sabem, meu apelido é Alben, meu verdadeiro nome é Albano Beira Neto. Tenho esse nome por causa de uma homenagem que minha mãe quis fazer ao meu avô, que se chamava Albano Beira. Não conheci meu avô, mas dizem que ele era uma pessoa fenomenal e, graças à linhagem sanguínea dele, pude entrar para um grupo muito especial, que se chamava, na língua de vocês, algo como "A Próxima Geração". Esse grupo era uma sociedade secreta que recrutava pessoas com dons especiais para que elas pudessem, quando necessário, salvar a Terra de um ciclo inacabável de guerra entre a luz e as trevas. Sei que vocês têm muitas perguntas, e vou tentar responder todas, mas peço que não me julguem pelo que vou dizer aqui.

Alben viu que todos olhavam fixamente para ele, nem burburinho existia, e continuou:

— Antes que perguntem qual era o dom de meu avô que permitiu que, tendo o mesmo sangue que ele correndo nas veias, pudesse entrar em um grupo como este, vou logo explicar. Meu avô nasceu em uma época bem antiga, era conhecido como homem animal. Isso acontecia porque, quando ele completou oito anos, começou a ter uma espécie de ataque, e nesses ataques ele agia como um animal. Corria com as mãos e pés no chão, e alcançava velocidades incríveis; subia em árvores, casas e postes com uma facilidade que nem mesmo um macaco teria; dava saltos completamente impossíveis para qualquer humano. No começo, esses ataques eram involuntários. Com o passar do tempo, depois de já adulto e com duas filhas, meu avô conseguia dominá-los, assim, podia, digamos, ativar essa técnica quando quisesse. Dizem que meu avô nunca se machucou, que nunca derramou nenhuma gota de sangue, então isso chamou a atenção de pessoas com intenções não muito nobres, foi então que alemães sequestraram meu avô. Dizem que ele conseguiu fugir e ficou alguns anos morando escondido em uma floresta no continente africano, mas não sei se isso realmente é verdade. O que sei é que, depois desse sequestro do meu avô, outros interessados apareceram, e um desses era o mestre Lee, que conseguiu convencer minha mãe a se juntar ao grupo A Próxima Geração. Quando ele a levou para lá, minha tia sumiu sem deixar muitos vestígios. Tínhamos a informação de que ela estava vivendo em um asilo e que estava com problemas mentais, mas fizemos uma busca, e a pessoa que dizia ser ela não era. Até hoje não sei o que pode ter acontecido.

Os olhos de todos mostravam que estavam longe dali, imaginando como era o senhor Albano Beira. Os meninos eram os que mais tinham brilho nos olhos, pois se imaginavam correndo e subindo nas árvores como animais, e estavam achando aquela história incrível.

Alben esperou alguns instantes antes de continuar, mas, como ninguém fez pergunta, resolveu continuar a contar sua história. Agora já estava mais calmo, a única coisa que o deixava preocupado era o olhar que Karen insistia em fixar nele.

Mas continuou:

— Eu, infelizmente, não herdei de meu avô o dom dele, mas consegui desenvolver, com a ajuda de meu Grimório, outras técnicas.

Nesse momento, Alben mostra o seu Grimório a todos, que olham sem entender o que o livro tem a ver com toda a história contada até então.

— Grimório é um livro mágico. Nele, todo mago, bruxo, xamã ou qualquer pessoa que estude magia, guarda seus conhecimentos. Mas esse não é um livro normal, pois somente o dono é capaz de abrir o próprio Grimório e também de o ler.

Alben largou o Grimório na mão de Artur, que era quem estava sentado ao lado de Isabel, e pediu:

— Tente abrir. Se não conseguir, passe adiante para que o próximo tente.

E assim foi feito. Passou na mão de todos, mas ninguém conseguiu abri-lo. Alben foi até Karen, que era quem estava com o Grimório nas mãos e, com dois dedos, o abre. Karen não entendia o porquê disso, então Alben pediu para que tentassem ler o livro, e novamente ninguém conseguiu ler sequer uma palavra. Dessa vez Alben não foi até o Grimório, ficou parado e esticou o braço direito, e então o Grimório, que estava passando de mão em mão, saiu flutuando e foi parar na mão de Alben. Todos olharam, uns com medo, outros encantados, mas a surpresa era de todos.

Alben sabia que isso estava chamando a atenção, mas que explicava muito pouco, então continuou:

— Pois bem, agora que vocês já viram um Grimório, posso continuar a explicar o que faço aqui. Nesse grupo, onde eu vivia, existiam pessoas com vários dons diferentes: umas eram extremamente fortes, outras podiam correr super-rápido, algumas tinham o dom para a magia, e existiam outras com dons igualmente fascinantes. Um que se destacava era o Profeta, ele nunca errou uma previsão, foi então que previu que nosso ciclo estava acabando...

O semblante das pessoas estava ficando confuso, pois todos, a não ser Isabel, estavam se perguntando o que seria esse ciclo. Notando isso, Alben deu uma pequena explicação antes de continuar:

— Ciclo da Terra é quando os humanos que vivem sobre ela gastam todos os recursos e o planeta se "reinicia". Ou seja, o planeta dá um jeito de causar a extinção de quase todos os humanos, então se reconstrói e dá origem a um novo ciclo.

O rosto das pessoas da aldeia não mudou muito. Antes não entendiam, agora não acreditavam muito naquelas palavras, nem imaginavam que essa era a parte menos fabulosa da história.

Alben prosseguiu com suas explicações:

— Esses ciclos já vêm de muitas eras. Não somos os primeiros humanos a andar sobre a Terra, e não seremos os últimos. Vários ciclos ainda virão, e o importante é que estes ciclos não possuem tempo determinado, mas uma coisa que está encurtando esses ciclos é uma luta que sempre existiu: a luta entre a luz e as trevas. Essas duas forças batalham para tentar se impor e dominar o ciclo, o que resulta em mais força. É errado pensar que elas representam o bem e o mal, pois ambos os lados só lutam pelo seu interesse, e o seu interesse é dominar a humanidade para que seu lado ganhe poder o suficiente para alcançar o criador. Nosso grupo nunca conseguiu entender o porquê dessas forças nunca evoluírem sozinhas e sempre tentarem dominar o ciclo dos humanos. Mas o fato é que nosso grupo surgiu para acabar com essa batalha entre os dois lados. Lutamos para ser outra força batalhando, pois acreditamos que uma sociedade tal qual essa em que vocês vivem pode ser longa e próspera, se não tiver influência de forças lutando entre si e não deixar a humanidade ser destruída pelo fogo cruzado entre as duas partes.

Alben ganhou a "plateia". Todos, sem exceção, estavam atentos na história que ele contava.

Ele continuou:

— Nosso profeta previu que os filhos da luz cairiam aqui nessa região, então elaboramos um projeto, e demos a ele o nome de Projeto Grimório. O Projeto Grimório consiste, primeiramente, em fazer com que os escolhidos tenham um motivo para lutar pelas pessoas, não por luz ou escuridão, mas, sim, pela humanidade. O segundo passo é treiná-los para usar Grimórios, para que possam saber técnicas, tanto da luz quanto da escuridão, e assim poder usar para seu próprio benefício as armas que o inimigo usa desde sempre. O próximo passo, depois do treino, será sair pelo mundo em busca de conhecimentos, magias e tudo o que possa ser útil no dia em que a batalha começar de verdade. O Projeto Grimório é uma grande jornada de autoconhecimento que, no final, fará com que os Filhos da Luz possam decidir o destino que nosso planeta vai ter.

Aos poucos, as pessoas começavam a se dar conta de quais eram os Filhos da Luz a que Alben se referia: os meninos da aldeia. Não demorou muito para que alguns burburinhos começassem a ecoar. Alben, então, se sentou e só observou, ele sabia que era um assunto delicado, e que era melhor deixar que as pessoas refletissem antes de tentar explicar qualquer outra coisa.

Então, Isabel, que estava ao lado de Alben, diz para ele:

— Você não tinha me contado esses detalhes, nada sobre esse projeto, nem nada disso. Se tivesse me falado, teria te avisado para não falar assim de súbito, e poderia ser mais fácil para você, pois eu tentaria te ajudar a dar essa notícia. Todos nós amamos esses meninos como se fossem nossos filhos, e duvido muito que a aldeia aceite que eles saiam daqui...

Então Wolf, Dragon, Poli e Joseph se aproximaram. Eles estavam com um olhar sério, e Dragon perguntou:

— Alben, nós somos os tais Filhos da Luz que tu falou?

Alben olha para os meninos e, sem dizer nada, confirmou para eles. Dessa vez, quem falou foi Joseph:

— Então quer dizer que vamos poder fazer mágicas igual a que tu fez com esse seu livro?

Alben, agora, deu um pequeno sorriso sem graça e, antes que falasse, Wolf se pronunciou:

— Joseph, é um Grimório e não só um livro... Mas, Alben, você tá querendo dizer o que com tudo isso que tu disse?

— Meninos, o que eu quero dizer é que vocês são especiais, que podem fazer com que o mundo todo viva em harmonia igual à aldeia de vocês. Poderão ser aqueles que, finalmente, vão equilibrar o mundo que, até então, andou fora de prumo.

Aquelas palavras pareciam não fazer sentido para os meninos. Talvez por não conhecerem o mundo ao seu redor e só conhecerem a aldeia. Mas a curiosidade deles com o Grimório era visível, então Dragon falou novamente:

— E esse Grimório, o que ele realmente pode fazer?

— Praticamente não tem limites. Todo conhecimento do mundo pode ser introduzido em um Grimório, e esses conhecimentos podem ser de magia, alquimia, medicina, controle de energia, evocações, entre outras coisas. Isso depende muito de quem é o proprietário do Grimório. A energia de alguns tende a levar o conhecimento do Grimório a um rumo específico, ou seja, alguns poderão usar mais magia, outros poderão ganhar energia para lutar ou conhecimentos médicos avançados, mas toda forma de conhecimento pode ser usada. Um usuário de energia pode ter poder de cura, e um Grimório de medicina pode ter ataques, tanto de magia como corporais.

Os meninos, dessa vez, se interessaram de verdade pelas palavras de Alben, e ficaram imaginando tudo o que poderiam fazer.

A noite acabaria com um clima estranho. Os burburinhos quase se tornavam discussão, os ânimos estavam alterados e as coisas podiam acabar virando discussão. Só não acabou assim, pois Isabel chamou a atenção para si e, com a autoridade que tinha, disse:

— Gente, acalmem-se. Não há motivos para esse alarde todo, Alben está aqui para ajudar. Tudo isso que ele falou é estranho, mas o fato é que, se quisesse fazer algum mal, por que ele mandaria para a aldeia uma vaca e os cavalos? Ou então, por que salvaria os meninos na caçada? Vocês ouviram o que ele falou, então raciocinem antes de criar um debate.

As pessoas voltaram a sentar em torno da fogueira e o silêncio agora predominava. Mas não por muito tempo, pois Karen o quebrara perguntando exaltadamente:

— O que era aquilo? Eu vi, ninguém me contou, vi você fazendo bruxaria na aldeia quando todos nós estávamos trabalhando. Me explica o que era aquilo, então...

Alben olhou para Isabel, que, com um aceno de cabeça, mostrava que deveria contar a todos.

— Aquilo era uma magia de proteção. O que você viu, e se estava perto deve ter sentido, eu chamo de gaiola de vento. Ela protege a aldeia de invasores indesejados, somente humanos e animais podem passar. Se alguma entidade, tanto de sombra como de luz, tentar entrar, o vento irá impedir sua passagem. Usei essa magia para completar a proteção, pois, no entorno da aldeia, já fiz outras de ocultamento, assim nenhuma entidade vai poder encontrar vocês com magias de busca e, caso alguém se aproxime agora, não poderá entrar na aldeia.

Karen, olhando fixamente, resmungou algo:

— Realmente senti um vento soprar...

Alben continuou:

— Mas, como já disse, somente entidades são bloqueadas por essa proteção. Não vai afetar em nada a entrada e saída tanto das pessoas da aldeia quanto dos animais.

Isabel, então, perguntou:

— Sem querer ser paranoica, mas se as pessoas podem entrar, será que não pode passar por sua barreira uma pessoa com más intenções?

— Sim, até poderá passar. Mas, sinceramente, Isabel, duvido muito que outra pessoa se aproxime. Não existem muitas pessoas aqui por perto, e não tem como pessoas mal-intencionadas saberem que os meninos estão aqui.

Alben, para acalmar todos, diz:

— Pessoal, só estou fazendo isso como uma proteção extra. Vocês não têm com o que se preocupar. Nada de ruim está atrás de vocês ou da aldeia, só acredito que é melhor prevenir do que remediar.

A noite estava estranha para todos. Aquelas conversas estavam sobrecarregando os pensamentos das pessoas, então Alben resolve que é melhor continuar explicando o restante outra hora para que todos conseguissem assimilar o que foi dito. Assim, a noite passou, e todos foram dormir.

***

O Sol nem tinha saído ainda e Alben já estava na rua. Na frente da fogueira, ele olhava a madeira queimar, como se estivesse em transe. Aquilo lhe fazia pensar em tudo o que estava fazendo e em como seria a reação de todos da aldeia para com ele depois do que contara na noite anterior. Seu transe foi quebrado pelo chiar da cambona, mostrando que a água estava no ponto para seu chimarrão. Ele faz o chimarrão com um sorriso no rosto, pois pensava que aquele ritual que as pessoas faziam e ele achava tão estranho, agora lhe parecia um vício. Aquele rito parecia fazer parte de sua vida desde sempre, então sentou-se de frente para o fogo novamente e, com o chimarrão na mão, se pôs a pensar novamente, pois queria saber o que o sábio que vive dentro dos mates tinha para lhe dizer.

Alben estava concentrado, seu pensamento estava longe. O ronco do final do chimarrão o fazia voltar para a aldeia, mas era o tempo de servir-se e voltar para a sua viagem. Mas daquela vez foi diferente, pois a cuia roncou, ele se serviu e, quando ia tomar mais um gole, uma voz diz, assustando-o:

— Não passa essa cuia?

Alben olhou rápido, pois estava tão concentrado que nem percebeu que Karen tinha se aproximado e sentado ao seu lado. Alben não disse nada, simplesmente passou a cuia para Karen, que tomou um gole, e então falou:

— Alben, desculpa por eu ter me assustado. Não sei de onde você veio, não sei nada sobre você, e te vi fazendo coisas que nunca imaginei existir.

Alben olhou para Karen e disse:

— Não se preocupe, não tem motivo para se desculpar. Errei em não falar nada para ninguém sobre o que queria fazer, mas não falei por medo de vocês se assustarem com toda a história de magia, Grimório e todo o resto. Eu tinha medo de não saber me explicar e, no fim, piorei toda a situação...

Karen sorriu e disse:

— Realmente a explicação não explicou coisa nenhuma, mas confiamos em você, então não precisa se culpar por nada também.

Alben agradeceu e os dois continuaram a matear até o Sol nascer.

Alben até pensou em fazer alguma magia para mostrar a Karen, mas achou que aquele não era o momento certo para isso. Com o nascer do Sol, os aldeões começaram a sair de suas casas, e alguns até pararam e tomaram umas cuias de chimarrão com Alben e Karen, o que, de certo modo, surpreendeu Alben, pois ele não acreditava que a reação deles seria assim.

Aos poucos, os aldeões iam saindo da aldeia para realizar seus afazeres, e Alben não sabia se ia atrás de alguém ou se esperava por Isabel para ver onde ele podia ser útil. Isso nem chegou a acontecer, pois, no mesmo instante em que os meninos saíram da casa, foram direto até Alben.

Dragon, novamente, saiu na frente e falou:

— Alben, nós já estamos prontos, vamos começar nosso treinamento?

Antes de Alben falar qualquer coisa, Joseph se atravessou:

— Quero só ver o que vamos aprender hoje. Será que vamos fazer coisas voar igual ao que Alben fez com o livro?

— O treinamento começa com vocês cumprindo suas tarefas. Depois que acabarem, vamos até a figueira, então começarei a explicar algumas coisas para vocês. E mais, não esperem que irão começar a usar magia logo, pois isso vai levar tempo. Então não se enganem e nem desanimem com o andar das coisas até vocês estarem prontos para ter seus próprios Grimórios.

Os meninos não esconderam a decepção por não começarem imediatamente a usar a magia, e ainda teriam que ir trabalhar como nos dias anteriores. As horas de sono que perderam durante a noite, imaginando as mágicas que iam fazer, pareciam ter sido em vão.

Nesse momento, Isabel chega até Alben e pede para ele ajudar Téo e Poli, pois eles iriam começar a fazer uma nova horta, o que era trabalhoso, então, se ele os ajudasse, o trabalho renderia mais. Alben sentiu-se bem com aquilo, pois assim ele seria útil para a aldeia. Nem esperou e já foi com os dois para essa tarefa. Os outros três meninos não gostaram de saber que Poli passaria o dia com Alben, achando que, assim, ele iria aprender coisas antes deles. Esse ciúme era controlável, mas só se acalmaram quando Alben prometeu que não iria usar nada de magia para fazer esse trabalho, que o faria manualmente, e que não falaria nada sobre magia enquanto não estivesse na presença de todos os meninos.

***

Na aldeia, agora, só estavam Karen e Isabel. Elas eram as responsáveis pelo almoço. Enquanto Karen ia arrumando e limpando a aldeia, Isabel foi até sua casa, pegou algumas panelas e as colocou próximas à fogueira. As trempes já estavam postas para o que elas iriam cozinhar, então foram até o defumador, pegaram a carne para cozinhar, mesmo que tivessem de fazer mais de uma viagem carregando as carnes, pois, para alimentar a aldeia inteira, não podia ser pouca comida. Depois de colocar as carnes para cozinhar, elas foram para uma mesa onde separaram os grãos de feijão: aqueles com algum defeito, elas colocavam de lado, e só os grãos bons deixavam para cozinhar com as carnes.

Quando terminaram de escolher os feijões, Isabel disse:

— Karen, temos que colocar cebola e alho para o feijão ficar saboroso, mas temos pouco aqui na aldeia. Tem como ir até Téo e buscar para nós?

Karen saiu para buscar o que Isabel pediu, e isso era exatamente o que Isabel queria, pois, apesar de não ser muito tempo, ela teria alguns instantes sozinha e, assim, poderia tentar ter aquelas visões que já teve antes. Isabel sentou-se em um banco sob a sombra de uma árvore próximo à fogueira, fechou os olhos e se concentrou nos meninos. Ela começou a imaginar os meninos fazendo aquilo que Alben havia mostrado para ela no dia anterior.

Dragon e Joseph acendiam o fogo com magia, enquanto Wolf e Poli faziam com que o vento dançasse movendo folhas e galhos das árvores. Ela estava imaginando isso com um sorriso no rosto, então abriu os olhos, e o que ela viu era a aldeia, mas se via sentada. Demorou um pouquinho para entender o que via, então se deu conta de que, daquela vez, a visão era diferente, pois se via sentada, com cara de preocupação. Ela tentou se aproximar daquela cena, mas, ao chegar perto, notou que estava sozinha, e isso a incomodava tanto como a imagem que ela via. Sentia um aperto no peito como se algo ruim fosse acontecer.

Então viu que a Isabel que ela via levantou-se e foi até sua casa, no quarto onde os meninos dormem, pegando uma peça de roupa de cada um deles e voltando a sentar-se onde ela estava anteriormente. O aperto no peito aumentava, pois aquela imagem mostrava um rosto aflito, e a sensação de se ver aflita e não saber o porquê era muito mais angustiante do que o normal. A imagem que Isabel viu era dela mesma sentada com as roupas dos meninos, e largou as roupas no colo, pousando as mãos sobre elas, então fechou os olhos, parecendo o que Isabel acabara de fazer para conseguir ver aquilo. Assim, ela se aproxima novamente e, quando chega bem perto de sua imagem, notou que abria os olhos, porém já não tinham cor. Havia pupilas, íris, mas tudo era branco, o que assustava Isabel. Mas ela quase não tinha tempo de se preocupar, pois sentia que seu corpo que estava ali observando, estava sendo transportado para outro lugar, todo o cenário em sua volta se tornava borrões, até que ela para, abruptamente, dentro daquela caverna onde já estivera por outras duas vezes. Percebe que, no chão, estão as marcas do ritual que ela viu outras vezes, então entende que, agora, ela estava no momento após o ritual ser feito. Viu marcas de passos no chão de entrada e de saída de cinco pessoas. Ela não sabia o porquê de ela estar no lugar certo, mas não no momento certo, então resolveu seguir aqueles passos, para ver para aonde levavam. Ela começou a andar seguindo os passos e percebeu que o lugar era uma grande caverna, pois andou bastante e não conseguiu ver a saída. Todo o caminho era iluminado por tochas, e isso a fazia conseguir ver as pegadas deixadas e as paredes da caverna, que parecia ser um túnel escavado, diferente do local onde estava antes, que era uma caverna natural. Naquele caminho, havia algumas toras de madeira nas paredes e no teto para conter a terra, como se ali fosse uma mina abandonada, porém não podia afirmar se realmente era isso.

Depois de andar muito, ela começou a ver a luz da saída da caverna, e ali escutou alguns sons de animais, pássaros cantando, e outros sons naturais de uma floresta. Tentou aumentar a velocidade e, quando estava bem próxima à saída, notou que os sons pararam, o silêncio era total, e ela não conseguia ouvir absolutamente nada, então acelerou para chegar na saída da caverna.

Ao sair, sua visão ficou ofuscada por alguns momentos por causa da diferença de luz, mas, no instante em que a visão de Isabel voltou ao normal, o que ela viu não foi nada agradável: vários animais mortos, todos com a garganta cortada. Morcegos, pássaros, cães, gatos e até alguns animais maiores, como ovelhas. Ao fundo, no centro dessa imagem, a alguma distância dela, estava um ser todo preto, imóvel. Isabel estava chocada, não conseguia mover um músculo. O silêncio continuava. A cena era aterradora, muito sangue derramado pelo chão, os animais todos degolados e aquela figura parada. O ser tinha mais de dois metros de altura, mas, da distância em que estava, Isabel não conseguia distinguir se aquilo era um animal, um homem diferente ou uma ilusão. O fato é que estava lá, imóvel. Isabel tentou criar coragem para se aproximar ou, ao menos, sair dali, mas estava paralisada, então tentou voltar, mas não conseguiu sair do lugar. Estava agoniada, olhava em sua volta e o que via não era nem caverna, nem floresta, parecia ser uma cidade, pelo menos as ruínas de uma.

De repente, talvez por algum espasmo muscular ou por um restinho de vida que ainda tinha, uma ave bateu as asas. Isabel olhou para aquela cena e ficou ainda mais chocada com tudo aquilo, mas, quando olhou novamente para frente, percebeu que aquele ser começou a se movimentar vagarosamente. Isabel sentiu o corpo todo estremecer, então fechou os olhos, tentando sair daquela visão, e demorou um pouco para abrir, mas, quando o fez, o ser estava a um palmo de seu rosto. Ela pôde ver dois enormes olhos vermelhos frente a frente com ela, então, com um grito ensurdecedor, esse ser abriu duas asas negras e levantou voo, como em um salto gigante, chegou ao céu. Isabel sentiu suas pernas moles, então tudo escureceu. Acordou na aldeia sentada no mesmo lugar, mas estava assustada, e até um pouco desorientada. Não sabia quanto tempo tinha se passado naquela visão, seu coração ainda batia forte. Sabia que a visão não era real, mas o susto foi de verdade e a deixou com muito receio.

Isabel levantou e olhou a sua volta. Percebeu que Karen ainda não havia voltado. Então, começou a cozinhar e fazer outras coisas para que, quando ela voltasse, não percebesse nada de diferente, mesmo que Isabel estivesse bem impressionada com tudo o que acabara de ver a ponto de sentir-se arrependida de ter forçado aquela visão.

Karen voltou com tudo o que Isabel pediu e não notou nada de diferente nela. Pelo menos por enquanto, Isabel se safou de ter que dar explicações. O almoço se passou sem nada de especial, apenas os meninos não queriam descansar após almoçar, para conseguir terminar o que tinham para fazer mais rápido e, o quanto antes, ter as lições com Alben.

CAPÍTULO 6

LIÇÕES

O dia passou se arrastando. Os meninos mal podiam controlar a ansiedade que sentiam para que o tempo passasse e eles pudessem ter a primeira aula de magia com Alben. Um pouco antes do horário normal de voltar para a aldeia, os meninos já estavam sentados, de banho tomado, esperando para que Alben começasse suas explicações. Estavam sentados no mesmo local onde tinham aula com Isabel, mas, como não sabiam se a aula iria demorar ou não, Wolf e Dragon prepararam um monte de lenha numa fogueira, e Joseph e Poli prepararam algumas tochas para que, caso a aula demorasse, era só acender as tochas e a fogueira para ter luz, e assim não perderiam tempo. Alben chegou e viu o que haviam feito. Percebeu que os quatro meninos traziam em seu olhar uma vontade de aprender, absorvendo cada detalhe do que acontecia em sua volta. Alben não teria dificuldade em explicar nada para eles.

Alben chegou e perguntou:

— Algum de vocês tem alguma pergunta a fazer antes de começarmos?

Apesar de terem várias dúvidas, os meninos acreditavam que elas seriam todas explicadas durante as aulas de Alben, então nada responderam. Alben tomou isso como resposta e começou a falar.

— Pois bem, meninos, não sei se sou um bom professor, mas vou me esforçar para conseguir passar para vocês os conhecimentos necessários para que possam ser usuários de Grimório. E não só isso, tenho, também, de preparar vocês para o que vão começar a ver a partir de hoje. O mundo como veem não é exatamente como ele é, pois há muitas coisas que não podem ver. Assim que forem iniciados, vão começar a ver, sentir e pressentir coisas que, hoje, não são capazes.

Alben olhou para os meninos e teve uma sensação boa. Sentiu como é bom poder passar seu conhecimento adiante, mesmo que, naquele momento, mal houvesse começado a fazê-lo, e já podia ver que os meninos haviam captado tudo o que ele queria dizer. Agora entendia o porquê de seu mestre sempre ter um sorriso no rosto quando ia dar alguma lição a ele e aos outros habitantes de sua antiga aldeia. Naqueles momentos, o mestre apresentava uma paz de espírito que poucas vezes se via nele.

Alben continuou com sua primeira lição.

— Meninos, vou ser sincero. Não me lembro exatamente de como foram as aulas que tive com meu mestre, pois aprendíamos muitas coisas que só fui entender de verdade depois que comecei a usar o Grimório. Por isso, vou explicar a vocês o básico, para que, quando pegarem seus Grimórios, tenham noção do que estão lendo e, então, começaremos com lições mais aprofundadas.

No momento em que Alben falou em pegar seus Grimórios, os meninos chegaram a suspirar. Não conseguiam esconder a vontade de ter seus livros com eles, mesmo sem saber direito o que eram. Sentiam que era algo indispensável.

Alben continuou:

— O que vocês devem saber desde o princípio de suas vidas é que devem viver equilibradamente, com mente, corpo e alma em sintonia. Lembro de uma frase que meu mestre repetia muitas vezes, que era mais ou menos assim, em sua língua: "Seu corpo, mente e alma são um só. Se algum deles se destaca é porque está dando atenção demais a ele". Vocês não podem fazer nada se não estiverem com corpo, mente e alma saudáveis. Nessa primeira lição, quero que tenham em mente que devem manter o equilíbrio em todos os aspectos de suas vidas. Trabalhem para exercitar seus corpos, meditem e estudem para exercitar suas mentes, vivam felizes e façam atividades de que gostam para exercitar seus espíritos. O segredo para evoluir é se equilibrar.

Ao terminar de falar, Alben esperou alguns segundos para ver se algum dos meninos fazia um comentário, mas se surpreendeu quando, em vez disso, os meninos tiraram de seus assentos pequenos blocos de notas, nos quais anotaram tudo o que achavam importante. Alben os observou escrever em silêncio e, então, disse:

— Fico feliz que considerem o que eu disse importante o bastante para ser escrito. Porém, gostaria que, mais que uma frase escrita nesse bloco, a lição que acabei de dar a vocês se torne uma lição de vida. Que vocês a sigam, pois pouco vale aquilo que se escreve, pois é jogado de lado e esquecido.

Nesse momento, os meninos olham para Alben e largam seus blocos. A lição que ele deu foi entendida.

— Algum de vocês tem alguma pergunta?

Dragon levanta a mão e Alben faz um gesto para que ele fale:

— Quando pegaremos nossos Grimórios?

Essa pergunta era a que todos os quatro queriam fazer, e Alben respondeu:

— Tudo a seu tempo. Quando achar que vocês estão devidamente preparados, faremos o ritual de iniciação.

Desta vez, quem pergunta é Joseph:

— Além de equilíbrio, do que precisamos para ficarmos prontos?

— Muitas coisas. Mas, principalmente, de paciência...

É a vez de Poli fazer uma pergunta:

— Alben, nós somos mesmo diferentes dos outros? Por quê?

— Poli, vocês não são diferentes de ninguém. São humanos, iguais a mim ou a qualquer outro, mas são especiais, pois seu destino ainda nao está traçado. Depende somente de vocês, de suas escolhas. Não sei lhe explicar certo o porquê, mas vamos descobrir juntos. Meu destino é segui-los.

Wolf fica quieto por um tempo. Pensava no que perguntar. Depois de um tempo, ele diz:

— Queria perguntar muitas coisas, mas não sei se é a hora certa de saber a resposta de todas elas... Então, Alben, me responde só uma coisa: por que acredita que essas crianças especiais somos nós?

Alben novamente se surpreende com os meninos. Aquele grau de maturidade não correspondia ao tamanho das crianças que estavam à sua frente. Ele notou que, apesar de muito jovens, já não eram tão inocentes quanto achou que seriam.

— A princípio, porque o profeta de minha antiga aldeia previu isso. Mas agora não é apenas por isso. Agora acredito que a educação que Isabel deu a vocês serviu para torná-los humanos de verdade. E, mesmo se não fossem os escolhidos, sei que lutariam para salvar o amor que a Isabel deposita na humanidade, assim como ela lutaria pelo amor que deposita em vocês. Sua aldeia é única, pois, nela, vemos que o ser humano pode ser mais que egoísta e ganancioso. Mas esse é assunto para quando conhecerem o mundo fora daqui.

Os meninos nada dizem, e Alben não sabe se deve continuar com outra lição ou se acaba a reunião nesse ponto. Então ele vê que o Sol vai se pôr e que, pouco tempo depois, todos voltarão para a aldeia.

Antes que isso acontecesse, Alben pegou seu Grimório e disse:

— Essa foi a lição de hoje. Vamos acabar a reunião aqui, mas, antes disso, quero mostrar algo para motivar um pouco mais vocês.

Motivação não faltava aos meninos, mas reforçá-la nunca era demais, desde que com certo equilíbrio.

Alben abriu o Grimório e o deixou sobre o banco em que estava sentado. Abriu uma página e a leu em voz baixa. Uniu as mãos durante a leitura, então as abriu um pouco, como se segurasse algo entre elas. Do nada, entre suas mãos, surge uma pequena esfera vermelho-alaranjada. Alben tira a mão que estava por cima e a esfera começou a queimar como que em uma fogueira pequena e controlada.

— Essa magia se chama orbe de fogo. Ela é muito útil. Vejam... — ele disse.

Alben esticou o braço devagar e, com a mão espalmada na direção da fogueira que haviam deixado pronta para acender, tocou aquela chama no monte de madeiras, estas entraram em combustão no mesmo momento e começaram a queimar como se o fogo tivesse chegado a seu ápice.

— O orbe de fogo é uma magia que pode ser usada para acender fogueiras. Pode ser usada para iluminar o caminho, como uma tocha, e até como arma em uma batalha. Porém, por ser uma magia de iniciante, pode ser facilmente defendida por qualquer usuário de Grimório — Alben explicou.

Os meninos estavam extasiados. Mal podiam esperar pela hora em que seriam capazes de fazer o mesmo.

Os aldeões começaram a voltar para casa e, com isso, Alben acabou com aquela lição e todos foram para a roda de chimarrão.

***

O Sol já havia aparecido. O trabalho de Dragon e Artur era apenas cortar e recolher lenha. Eles desejavam um estoque de lenha pronta e seca para possíveis momentos de necessidade, mas, como não era algo urgente, os dois trabalhavam em ritmo um pouco mais lento que o normal e conversavam bastante. A conversa abordava vários assuntos, mas o que predominava era Artur respondendo às perguntas que Dragon fazia.

— Se as cidades mantinham tantas pessoas assim antes da guerra, por que hoje temos que manter certa distância delas?

— Antes era mais fácil morar nelas. Elas dispunham de tudo. Não existiam hortas, como as do Téo e do Poli, ou árvores frutíferas, mas era possível encontrar frutas, verduras e legumes em mercados. Porém era preciso comprar...

Dragon interrompe Artur e pergunta:

— Comprar? Como assim? O que é isso?

Artur praticamente tinha esquecido que aqueles meninos nunca haviam ouvido falar em comércio.

— Comprar é trocar dinheiro por algum produto. Dinheiro era um objeto de troca em forma de papel com valor simbólico. Em vez de trocar um produto por outro, trocava-se um produto por dinheiro, e esse dinheiro poderia ser trocado por qualquer outra coisa. O mundo, antigamente, era movido pelo dinheiro, pois era necessário trabalhar para ganhá-lo e ele era usado para comprar as coisas de que você precisava. Assim, era preciso trabalhar feito louco para ganhar o dinheiro necessário para comprar tudo que é vital para sobreviver.

Dragon pensou por alguns instantes.

— Então é melhor hoje... Mas isso não pode ser o que nos afasta de lá, certo?

— Não é que não possamos ir, mas é perigoso. Fomos lá algumas vezes. Essas roupas que usamos, as ferramentas que possuímos e várias outras coisas que temos na aldeia vieram da cidade, mas, da última vez em que estivemos lá, vimos que estava muito perigoso. Isabel aconselhou evitarmos ir até a cidade e, desde então, tiramos da natureza tudo o que precisamos.

— Mas por que é perigoso?

— Bom, vou te contar toda a história daquele dia, mas não comente na aldeia. A Isabel nos pediu para não falar nada. Não sei o porquê disso. Talvez tenha sido o susto ou o que ela viu e não nos falou, mas esse assunto é difícil para ela.

— Tudo bem. Não vou falar nada.

Artur começou a contar aquela que, até então, era uma história esquecida pela aldeia.

— Já havíamos ido outras vezes à cidade para pegar comida, ferramentas, roupas... mas sabíamos que havia mais coisas que nos poderiam ser úteis. Decidimos voltar à cidade depois de descansar da viagem anterior. Esperamos várias noites antes de combinar quando iríamos. Talvez já soubéssemos que não deveríamos voltar e, por isso, aguardamos bastante tempo. Mas, depois, esquecemos e já estávamos empolgados para voltar, pois tínhamos a cidade inteira só para nós. Podíamos pegar o que quiséssemos sem problema algum. Fomos Isabel, Karen, Bruce, Marcus, Téo e eu. Havia mais gente que queria nos acompanhar, mas achamos melhor diminuir o grupo. Se não voltássemos em uma semana, outro grupo partiria em uma missão de resgate. O dia mal havia amanhecido e nós saímos. Fomos pelo mesmo caminho já marcado em outra excursão para a cidade. A trilha ia direto para o centro comercial. Conhecíamos aquele caminho, então achamos mais prudente tomá-lo. A trilha era longa: levava mais ou menos dois dias para completar. Caminhamos a primeira noite e paramos em uma clareira, na qual já havíamos acampado antes, e que havíamos deixado preparada para quando voltássemos. Arrumamos os abrigos de madeira para a noite e sentamos em volta do fogo. Começamos a conversar e, logo, notamos que Isabel estava mais quieta que o normal. Perguntamos a ela o que estava acontecendo.

Artur deu uma pausa para se lembrar e continuou:

— Ela disse: "Estou com uma sensação estranha. Meu peito está apertado. Precisamos tomar cuidado...". Aquilo nos deixou mais atentos. Todos nós nos preocupamos e, então, redobramos os cuidados, mas nada de estranho aconteceu naquela noite. Quando o Sol iluminava o suficiente a trilha, saímos para percorrer o caminho até a cidade. Chegaríamos a ela perto do anoitecer, mas havíamos deixado um acampamento pronto. Dessa forma, podíamos chegar e logo descansar para que, no dia seguinte, pudéssemos pegar tudo o que procurávamos na cidade. Saímos e, logo, as coisas começaram a ficar estranhas. Isabel estava inquieta. Ela olhava para todos os lados, como que procurando por alguém ou por algo. Aquilo nos deixava preocupados. Depois de mais um tempo seguindo a trilha, começamos a ouvir, ao longe, alguns uivos e latidos. Ficamos atentos, pois, em nossa viagem anterior à cidade, alguns cães domésticos que haviam sobrevivido e tornaram-se selvagens tentaram nos atacar, mas não chegaram a tanto.

Dragon nem se movia, só prestava atenção na história.

— Andamos mais um pouco, e as coisas ficaram mais tensas, pois começamos a ouvir sons na mata ao nosso redor, e os uivos estavam mais perto. Pareciam vir de todos os lados, como se estivessem nos cercando. Não queríamos demonstrar medo, mas todos ali estavam muito assustados. Não sabíamos se eram os mesmos cachorros. Pensamos que pudessem até ser lobos, pois Bruce falou que esse era o método de caça deles: cercam as presas e, quando elas dão algum sinal de fragilidade, atacam a mais fraca, e depois que eles atacam é praticamente impossível de se salvar. Imagine como estávamos. A tensão, a preocupação... quando, do nada, Isabel dá um grito de susto. Nisso, percebemos que o que nos seguia fugiu para longe de nós. Olhamos novamente para Isabel, e ela estava atônita, apontando com uma das mãos para a frente, acima das copas das árvores. Quando olhamos, só pudemos ver uma sombra se afastando, mas seu tamanho era notável. Perguntamos a Isabel o que ela tinha visto. Ela disse que era um bicho diferente, uma ave toda preta e enorme, mas não sabia dar mais detalhes, pois só vira a tal criatura alçando voo. O caminho dali até a cidade seguiu normal. Chegamos ao acampamento próximo da cidade. Ele ficava em um estacionamento. Eu e Téo fomos até os carros para ver se algum ainda funcionava ou se podíamos aproveitar alguma coisa deles, mas, como das outras vezes em que tentamos, isso se mostrou inútil. Nada nos carros funcionava. Tentávamos achar algum que tivesse ao menos a bateria funcionando, pois, com ela, poderíamos ter uma fonte de luz que não as tochas. Todas essas tentativas foram em vão, nem mesmo lanternas que encontramos pela cidade funcionavam.

Então, Artur respirou e continuou:

— Voltamos ao grupo acampado. Estávamos muito cansados, então, logo, todos foram dormir. Eu fui o primeiro a ficar de guarda, mas não notei nada de estranho, e assim foi a noite toda. Ao amanhecer, Isabel e Karen nos orientaram a ir primeiro a uma loja de roupas, que era a mais próxima do acampamento. Dessa forma, podíamos carregar bastante coisa e já deixar tudo pronto no acampamento, podendo buscar mais itens depois. O fato é que as lojas já não tinham mais muitos artigos em seu interior, pois houve muitos saques enquanto acontecia a guerra, mas, mesmo assim, ainda conseguimos muitas roupas, além de mochilas, nas quais podíamos carregá-las. Voltamos ao acampamento carregados de coisas. Depois de descarregar as roupas, partimos para o centro da cidade, para garimpar mais utensílios. No começo, fomos com muito cuidado, mas, depois de algum tempo sem ver nada suspeito, nos distraímos, talvez por a cidade ainda nos parecer tão familiar. Mas, mesmo familiar, a cidade vazia é um pouco assustadora.

Artur ficou pensativo, mas, depois, continuou:

— Estávamos menos preocupados até chegarmos perto de onde outrora fora uma escola, onde pudemos ver grandes aves rodeando-a no céu. Depois de mais alguns passos, começamos a sentir um cheiro que começou fraco, mas se tornou praticamente insuportável depois de pouco tempo. Entramos na escola para ver o que estava fedendo tanto, e não demoramos muito a encontrar o que era. Logo na entrada do pátio da escola já podíamos ver uma grande quantidade de urubus. Esses animais pareciam ser bem maiores que antigamente, mas não demos muita importância a esse fato, mas, sim, para o que trazia aqueles animais ali. No meio do pátio todo calçado estava a carcaça putrefata de dois cavalos enormes. Mais à frente, podíamos ver montes de ossos. Aquela situação era muito estranha. Por que cavalos iriam ali para morrer? Não havia pasto, não era campo, por que aquela escola era o lugar à qual eles foram para morrer? Mas não tínhamos resposta. Bruce chegou a dizer que algum predador podia tê-los arrastado até aquele local, mas não existia nenhum animal grande o suficiente para isso. As aves carniceiras que ali estavam agiam de maneira atípica, pois não pareciam dar importância à nossa presença. Chegávamos bem perto, mas elas não demonstravam medo algum. Aquela cena era sinistra, pois aquelas aves, aquele cheiro, tudo era esquisito demais. Isabel pediu para sairmos dali, pois estávamos perdendo tempo. Fomos em direção a um mercado da cidade, mas lá só pegamos os carrinhos de compra, pois os alimentos há tempo já haviam apodrecido, e enlatados e outros alimentos que poderiam ainda estar bons certamente haviam sumido das prateleiras logo no início da guerra. Munidos dos carrinhos, começamos a procurar por tudo que poderia ser útil. Andamos, entramos em algumas casas e encontramos alguns calçados, algumas ferramentas, mas estranhamos que, daquela vez, até então, não havíamos visto nenhum outro animal por ali. Na outra vez em que estivéramos na cidade, havia vários gatos e cachorros que, quando não eram agressivos, se mostravam extremamente assustados, e fugiam correndo. Desta vez, no entanto, nada.

Artur lembrava-se muito bem da história.

E continuou:

— Foi então que também nos demos conta de que em nenhuma vez que estivéramos na cidade víramos corpos de pessoas, nem dentro das casas, nem em lojas, em lugar nenhum. Isso, mesmo sendo estranho, nos fazia bem. Acho que seria muito desconfortável andar em meio a um mar de cadáveres humanos. O tempo passou rápido e nossa excursão, até então, não havia angariado nada de muito valor, que não as roupas, então não queríamos voltar para o acampamento, mas algo nos fez mudar de ideia. Estávamos revirando uma casa bem grande. Deixamos os carrinhos de compras na rua e entramos. Ouvimos um grunhido muito alto, saímos todos para a rua e pudemos ver que todas as aves que estavam na escola que visitáramos mais cedo estavam alçando voo em todas as direções, como que fugindo. O grunhido se repetiu, com um volume ainda maior. Nem precisamos falar nada. Cada um pegou um carrinho e voltamos para nosso acampamento a passos largos. Nem imaginávamos o que poderia ter originado o som, mas resolvemos que a guarda da noite seria feita em duplas, e assim fizemos, mas nada de incomum aconteceu durante a noite. Amanheceu o dia. Estávamos tomando chimarrão antes de sairmos, quando Isabel diz: "Estou com vontade de ir embora. Sonhei muitas coisas estranhas". Perguntamos a ela sobre seu sonho, e ela relutou um pouco antes de falar, mas disse o seguinte: "Sonhei que estávamos andando pela cidade, e não víamos ninguém, nem nada de anormal. Mas sentíamos que estávamos sendo observados. Parecia haver muitos observadores. O Sol começou a se esconder atrás de nuvens e, quando isso aconteceu, conseguimos ver vários olhos brilhando: atrás dos carros, nas sombras, em árvores, nas janelas das casas. Estávamos agoniados. Queríamos fugir, mas, por mais que tentássemos correr, não saíamos do lugar. Nossas vozes estavam abafadas, como se não conseguíssemos nos comunicar que não de perto, então nos aproximamos. Pusemos nossas costas umas contra as outras, para que, assim, pudéssemos olhar em todas as direções. Parecia que a escuridão começava a tomar conta de tudo e, com ela, vinham os olhos que víramos, acompanhando aquelas sombras. As sombras nos cercaram, e só restava luz no círculo que formávamos. Do meio do breu, uma figura se destacou. Era uma ave enorme, de olhos vermelhos. Ela se aproximou de mim e pareceu olhar dentro de meus olhos. Pude ouvir, dentro de minha cabeça, a ave falar: 'Tem coisas que é melhor não ver. Se puder, feche os olhos, para não correr o risco de destruir seu coração'. Então a ave abriu suas grandes asas e alçou voo, com um grunhido igual ao que ouvimos ontem. Milhares de aves levantaram voo com ela. A escuridão parecia composta daqueles pássaros negros... Acordei com o coração apertado e com medo".

Dragon estava admirado.

Artur continuou:

— Não posso negar que, enquanto Isabel narrava seu sonho, sentia meus pelos do corpo se eriçarem. Me imaginava naquele sonho, e podia sentir tudo o que ela falava. Pela expressão no rosto dos outros integrantes, eles podiam sentir o mesmo. Mas, mesmo com isso, não mudamos de ideia. A contragosto, Isabel nos acompanhou e, para motivar nosso grupo, ela disse uma frase típica sua: "Quem quer fazer arruma um jeito, quem não quer arruma uma desculpa... aquilo foi só um sonho. Devo estar impressionada pelo que vimos ontem. Aquela cena dos urubus com as carcaças dos animais me deixou assustada". Assim, resolvemos partir, naquele dia, por um caminho diferente. Em vez de seguirmos para o centro da cidade, fomos para o lado oposto, procurar mantimentos em lugares que ainda não havíamos visitado. Seguimos por uma pequena rua residencial. Podíamos ver que não eram casas muito grandes. Estávamos onde antes era uma área popular. As casas pequenas e construídas perto umas das outras davam a sensação de que, a qualquer momento, sairia alguém de alguma delas. Andamos um pouco e, antes de começar a caça por itens, acabamos por achar alguns objetos úteis, como ferramentas tal qual enxadas e pás. Acho que, naquelas casas, moravam pessoas que trabalhavam com obras, construindo residências e prédios. Já havíamos encontrado, em outras idas à cidade, ferramentas do tipo, mas sempre é bom encontrar algo que possa ser útil. Quase enchemos um carrinho inteiro com as ferramentas, então fiquei com um machado e, Marcus, com um facão. Deixamos o carrinho parado na rua, pois não precisávamos levar conosco aquele peso extra, que iria apenas nos atrasar. Continuamos nosso caminho e, depois de pouco tempo, pudemos ver que Isabel havia parado. Olhamos para ela: seus olhos estavam voltados para nosso lado esquerdo. Olhamos na mesma direção e notamos que, por cima dos telhados das casas, podia ser vista uma alta torre com uma grande cruz no topo. Era a principal igreja da cidade. Ao olharmos novamente para Isabel, podíamos ver que ela estava emocionada ao ver a edificação, então eu disse a ela: "Vamos até lá?".

Artur suspirou e continuou:

— Ela acenou positivamente com a cabeça, e fomos em direção àquela igreja. Isabel disse que, lá, podia haver velas que poderíamos usar, mas era fácil perceber que era uma desculpa. Ela queria mesmo era simplesmente ir até lá, pois ainda existia, nela, uma faísca de fé. Não paramos em nenhuma casa no percurso até a igreja. Ao chegarmos lá, para decepção geral, mas, principalmente, de Isabel, além de fechadas, as portas estavam lacradas. Procuramos por alguma entrada, mas foi em vão. Não encontramos nada. Foi quando perguntei a Isabel se ela queria que eu abrisse a porta com o machado. A resposta dela foi: "Não podemos fazer isso. Esse é um lugar sagrado. Não podemos quebrar nada aqui. Vamos procurar um pouco mais, para ver se achamos alguma entrada". Àquela altura, sabíamos que procurar por uma entrada ali era um exercício de futilidade, mas não queríamos contestar Isabel. Rodeamos a igreja novamente e, ao chegarmos à porta lateral, Isabel parou e disse: "Bem, esta não é uma entrada principal... Então acho que você pode abrir, Artur... mas com cuidado".

Artur deu uma risada discreta.

E continuou:

— Era um pouco irônico. Como poderia ser delicado com um machado? Analisei a porta. Onde achei ser o ponto mais fraco e que seria mais eficiente para abrir, dei um golpe seco. Para minha surpresa, a porta mal se mexeu. Só saiu uma lasca da lateral, onde eu a golpeara. Isabel disse, depois disso: "Já é o suficiente. Eu consigo passar por essa fresta". Olhamos para ela sem gostar da ideia. Ela, se encolhendo um pouco, até conseguia passar. Mas, nós, não. Caso houvesse algo perigoso no interior, ela estaria sozinha. Mas ela insistiu, dizendo: "Vocês não precisam se preocupar. Esta é a casa de Deus. Ele nos protege e, além do mais, a igreja está toda fechada. Posso passar por aqui e abrir a porta para vocês entrarem também". Com essas palavras, ela nos convenceu. Ela entrou e, em pouquíssimo tempo, ouvimos um grito dela. Ouvimos um barulho estranho. Os sons eram de Isabel correndo em direção à porta principal da igreja. Eu, Karen e Téo fomos para a frente da igreja, enquanto Marcus e Bruce ficaram ali, esperando e tentando abrir aquela pequena porta, que insistia em não ceder sequer um milímetro. Estávamos chegando à porta principal quando ela se abriu e, junto de Isabel, saíram muitos morcegos voando. Ela fechou a porta novamente. Ao alcançarmos Isabel, notamos que estava atônita. Não conseguia falar. Tentei abrir a porta, mas foi inútil. Ela parecia abrir somente por dentro. Me aproximei de Isabel e perguntei: "O que aconteceu?". Ela só me olhou e, com muitas lágrimas nos olhos, desmaiou. Aquilo me assustou, mas não tive muito tempo para me recuperar do susto, pois, naquele momento, saíram Marcus e Bruce em disparada da lateral da edificação. Eles olharam para onde estávamos e, então, vieram em nossa direção. Bruce pegou Isabel no colo e saiu correndo, chamou Téo e Karen, enquanto Marcus me disse: "Ferrou! Vamos ter que segurá-los para que os outros fujam".

Artur estava com cara de confuso, lembrando-se da cena.

Continuou:

— Não entendi direito, mas, quando o segui até a lateral da igreja, compreendi o que ele estava querendo dizer. Da rua ao lado vinham, pelo menos, vinte cães, todos enormes, negros, com detalhes marrons. Se não me engano, o nome da raça desse tipo de cão é *rottweiler*. Mas os cães que eu conhecia dessa raça de antes da guerra eram grandes, porém não tanto quanto aqueles. Meu coração disparou. Senti que os outros dependiam de nós. Chamamos a atenção dos animais, que andavam em nossa direção com todos os dentes à mostra, querendo nos intimidar. Eles pretendiam defender seu território. Um deles disparou, vindo em nossa direção. Marcus tentou golpeá-lo com o facão, mas o cão desviou e veio para cima de mim. Tive que golpeá-lo. O machado entrou em seu crânio, fazendo jorrar sangue. Fui coberto de sangue. Podia sentir seu gosto ferroso. Isso fez com que mais animais corressem em nossa direção. Começou, então, uma batalha por nossa sobrevivência: eu podia ver, entre uma machadada e outra, que Marcus também estava coberto de sangue. Cheguei a temer que aquele sangue não fosse dos cães, mas não podia me distrair, pois eles continuavam avançando. Eu golpeava com o machado e, antes de conseguir levantá-lo outra vez, já tinha que afastar outro cão a chutes. Não sei o que aconteceu ao certo, mas, em um momento, senti os dentes do cão passarem rente em meu rosto. Minha visão ficou turva. O que me lembro foi Marcus me chamando. Depois de arrancar o machado que estava na cabeça de um daqueles cachorros, pô-lo no ombro e correr como louco até onde estava Marcus, voltamos correndo até o acampamento. O caminho até o acampamento foi estranho. Não consigo me lembrar de nada. Só me recordo de correr e olhar para Marcus, avançando lado a lado comigo. Ao chegarmos, vimos que Isabel tinha acordado. Estavam todos estarrecidos. Suas expressões de pavor ainda estão marcadas em minha memória. Marcus e eu pudemos ver o estado em que estávamos: além de cansados, cobertos de sangue e muito ofegantes. Sentamos um pouco. Achávamos que tínhamos despistado os cães, mas a realidade nunca é como nós esperamos e queremos. Voltamos a ouvir rosnados, que, mesmo ainda ao longe, fizeram com que só pegássemos as mochilas com as roupas e saíssemos dali o quanto antes. Deixamos o acampamento e andamos rapidamente pela trilha. Sinceramente, não posso te dizer se alguma coisa aconteceu no caminho de volta. Só lembro de chegarmos ao acampamento no meio do caminho de volta à aldeia, acendermos uma fogueira por conta da noite e eu dormir encostado em uma árvore. Só acordei quando Téo me chamou para ajudá-lo a fazer um abrigo para a fogueira, pois o tempo se preparava para chuva. Ajudei-o e, quando terminamos, começou a chover. Chamei Marcus e ficamos em meio às pesadas gotas, que pareciam não apenas limpar nosso corpo, mas trazer, também, um alívio. Ao voltarmos para o acampamento, esquentamos água e tomamos um chimarrão. Foi quando nos lembramos de nos analisarmos para descobrir se havíamos nos machucado na luta com os cães e, mais por sorte que por juízo, escapamos somente com alguns arranhões. Não demorou muito para que todos acordassem. Isabel chamou todos e disse: "Esta foi a última vez que fomos até a cidade. É muito arriscado. Não vamos voltar mais àquele lugar". Todos concordaram e, antes que alguém tivesse tempo de falar qualquer coisa, Isabel disse: "E mais: nunca falaremos sobre o que aconteceu. Diremos que simplesmente foi uma viagem na qual pegamos tudo o que nos era útil e que não há motivos para voltarmos".

Artur respirou fundo e continuou:

— Ninguém estava em condições de discutir sobre o assunto, mas Karen decidiu perguntar: "Tudo bem, não falaremos nada. Mas o que aconteceu dentro da igreja? O que viu que fez você ficar naquele estado?". Os olhos de Isabel se encheram de lágrimas, e ela se alterou um pouco. Respondeu rispidamente: "Ninguém precisa saber! Tem coisas que é melhor não ver!" Aquela frase... a mesma frase que ela disse ter ouvido em seu sonho... Por mais curiosos que estivéssemos, ninguém questionou mais nada. Então Isabel falou: "Bruce, consegue caçar alguma coisa? Vamos ficar aqui até amanhã, para conseguirmos voltar dentro do prazo que marcamos. Dessa forma, ninguém desconfiará de nada". Bruce disse que ia ver o que podia fazer, mas estranhou. Por que caçar? Tinham levado mantimentos suficientes. Karen disse: "Eu joguei a carne que tínhamos para o lado contrário de nossa trilha, tentando criar uma distração". Até então ninguém poderia dizer se fora por isso ou não, mas fato era que havíamos despistado os cães. Voltamos à aldeia no dia seguinte e, desde então, nunca mais ninguém havia tocado nesse assunto.

Ao terminar de contar a história, Artur olhou para Dragon e pôde ver um brilho em seu olhar. Uma emoção. Talvez, com aquela narrativa, Artur tenha acendido em Dragon a vontade de viver uma aventura.

Então eles continuaram seu trabalho, que acabaria um pouco mais cedo, para que Dragon tivesse tempo para as lições que Alben passaria a ele e aos outros meninos.

***

Alben, Téo e Poli conseguiram acabar a nova horta e chegaram cedo ao acampamento, e ficaram conversando. Não demorou para que os outros chegassem e, então, Téo deixou aos pés da figueira somente Alben e os quatro meninos.

Logo, a lição começou.

Alben falou:

— E então, meninos, como vocês estão hoje?

— Não sei os outros, mas hoje me sinto bem. Eu trabalhei, conversei e, agora, vou aprender. Acho que esse é o equilíbrio de que nos falou ontem. Estou certo? — Wolf respondeu.

— Sim, é equilíbrio. Você está fazendo certo, se está se sentindo bem. Porém, Wolf, haverá dias em que você não vai conseguir fazer tudo o que fez hoje. E isso não pode desanimá-lo. Você tem de conhecer a si mesmo para saber qual é seu ponto de equilíbrio. Entendeu?

— Sim. Quer dizer que temos de agir normalmente. Se estivermos em equilíbrio, estaremos bem e, se estivermos fora de equilíbrio, vamos notar. Então poderemos nos observar e saber o ponto em que devemos melhorar... não sei se me fiz entender, mas acho que é isso.

— Temos de ser nós mesmos. Não se pode forçar equilíbrio. Se trabalharmos o dia todo, vamos estar fisicamente cansados, mas a roda de chimarrão que dura pouco pode ser o suficiente para ganharmos o conhecimento e, ainda, a diversão para nos fazer equilibrados. A quantia não importa. O que importa é a qualidade — Dragon comentou.

— Exatamente. Os dois estão certos, e sei que Joseph e Poli também entenderam isso — concluiu Alben.

Apesar de terem entendido a explicação, certamente demoraria algum tempo até que os meninos conseguissem colocar o conceito em prática.

Alben, então, começa a lição:

— Meninos, como já disse antes, não sou professor. Não sei se terei condições de passar a vocês meu conhecimento, pois não tenho o dom do ensino, mas quero que saibam que vou me esforçar para que tenham o que é necessário para seguir o destino que almejarem.

Os meninos não sabiam o que falar a Alben, então só olhavam para ele e, em seus rostos, demonstravam que isso não lhes causava nenhuma preocupação. Eram inteligentes o suficiente para entender muita coisa, mesmo se explicada, às vezes, de maneira um pouco atrapalhada.

— A lição que vou passar agora é tão importante quanto a anterior. Meu mestre me ensinou isso com muita dedicação, mas demorei um pouco a entender. Quando peguei meu Grimório, entretanto, pude entender de fato de que se tratava. Vocês estão prontos para aprender esta lição? — Alben seguiu falando.

Os quatro consentem.

— Por que vocês existem?

Eles não entenderam a pergunta.

Ele continua:

— Por que existem árvores, animais? Por que existem seres vivos?

Esta é uma pergunta geradora de muita discussão e debates filosóficos, mas não era isso que Alben procurava demonstrar. Os meninos começaram a pensar, mas Alben não lhes dá tempo.:

— Por que será? Isso não intriga vocês? A mim, intriga, e muito. Por que existem seres vivos, morte, evolução, o que será?

As palavras de Alben deixaram os meninos com muitas perguntas.

— Pois bem, para dizer a verdade, ninguém tem certeza absoluta sobre o porquê de tudo isso existir. Mas existe uma coisa em comum em todos os seres vivos que não se encontra em nenhum objeto inanimado. Vocês sabem o que é?

Joseph diz, arrancando risos de todos ali:

— Os seres vivos estão vivos...

Alben ri e diz:

— Além disso, alguém arrisca um palpite?

O silêncio dos meninos, ainda com sorriso no rosto indica que, depois daquela resposta, mesmo se tivessem um palpite, eles não o dariam.

E Alben diz:

— Aura. É isso que todos os seres vivos têm. Todos os seres vivos possuem uma energia, uma luz que os faz viver.

Os meninos não tinham muito conhecimento para compreender o que Alben queria dizer.

Ele prosseguiu:

— Existem vários nomes, diferentes religiões e artes marciais que tratam disso. Uns a chamam de alma, de chacra, de *ki*, de energia. Mas, apesar de usar nomes diferentes e haver algumas divergências no conceito, fato é que falam sempre da mesma coisa. Todos os seres vivos possuem essa aura. É o que nos diferencia das pedras.

— Mas o que é isso? Como assim, nos diferencia das pedras? A diferença é gritante — Dragon perguntou.

Alben, então, diz:

— Tudo é feito de uma mesma base. Tudo que conhecemos é feito de carbono. Claro que são formações diferentes, mas o que causou essas diferenças? Por que somos diferentes? A aura ainda não é explicável, mas ela existe. Em alguns, ela mal aparece. Em outros, mesmo sem querer, ela transborda. Meu mestre disse certa vez que a aura é a responsável não só pela vida, mas, também, pela criatividade, inteligência, pelo instinto e por tudo o mais que torna a vida tão diferente. Ele me falou, também, que grandes artistas têm sua aura mais desenvolvida. Alguns mestres de artes marciais têm uma aura tão poderosa que são capazes de sentir outras por perto. Outros conseguem contagiar pessoas à sua volta e, assim, fazê-las sentir ou até mesmo agir conforme a aura da pessoa. Mas a maioria desses casos é de pessoas que nascem com um dom, não estudam para evoluí-lo, somente fazem uso desta aura naturalmente um pouco superior e, assim, se destacam.

— Então você está dizendo que nossa energia vital é esta tal de aura? — perguntou Wolf.

— Exatamente.

— Mas que, além de nos dar vida, essa aura pode ter outras funções?

— Não é a aura que pode fazer isso, mas, sim, a pessoa que evolui.

— Mas, Alben, se não me engano, você disse que o destino de todos está traçado. Então como alguém pode tentar evoluir sua aura se isso não estiver em seu destino? — questionou Dragon.

— Boa questão, Dragon. O destino está traçado, mas não funciona como se esperaria. Imagine o destino como uma história. Nessa história, o final já está definido, assim como alguns fatos importantes, mas todo o resto é você quem escreve. Entendeu?

— Sim. Mas existe algum modo de alterar o destino? — perguntou Dragon.

— Sinceramente, não sei. Acredito que sim. Mesmo meu mestre acreditava que podia modificar seu destino, mas, para isso, seria necessário evoluir a alma a um ponto ao qual ninguém jamais foi capaz de chegar. Isso, é claro, é apenas especulação.

— Alben, para usar um Grimório, é preciso ter uma alma evoluída? — questionou Poli.

— Estamos chegando ao ponto. Para poder ter um Grimório, a pessoa precisa ter a aura um pouco evoluída, pois o Grimório usa sua aura como fonte de poder.

— E isso não é perigoso? — Poli argumentou.

— Sim, e muito. No momento em que um Grimório consumir por completo a aura de alguém, essa pessoa morre. Mas isso não é motivo para vocês se preocuparem. Grimórios só sugam a energia completamente quando seu verdadeiro possuidor já morreu. Ou seja, Grimórios de outras pessoas podem fazer mal, mas apenas caso eles precisem de energia para se manterem vivos ou completarem uma magia.

— Deixe eu ver se entendi. Se eu tiver um Grimório, ele vai usar minha aura como fonte de energia, mas não vai me matar. Por outro lado, se eu morrer e outra pessoa tentar usá-lo, ele pode matá-la? — Wolf comentou.

— Quase isso. Seu Grimório usa sua força, mas nunca o mataria. Mas, se morrer, seu Grimório não necessariamente mataria alguém, pois você não o teria criado para sugar vida. Todo Grimório é feito com uma intenção. Se o seu Grimório tiver sido feito para uma causa justa, ele nunca vai matar. Ele vai se abrir apenas para alguém que tenha, em sua aura, a mesma intenção que você. Infelizmente, pessoas gananciosas, más e sem caráter, fazem Grimórios para causas injustas. Essas, sim, são perigosas.

— Mas, Alben, como vamos saber se um Grimório é do bem ou do mal? — Dragon perguntou preocupado.

— Pela aura. Nossa aura reflete o que somos. Se estamos felizes, nossa aura está feliz, e vice-versa. Com um pouco de treino, logo poderão saber se algo é do bem ou do mal. Vocês não se lembram do dia em que os ajudei na caçada, quando, mesmo aparecendo do nada e dizendo que estava seguindo vocês há muito tempo, Artur me olhou nos olhos e apertou minha mão, agradecendo? Acho que ele sentiu que eu não tinha maldade alguma e, então, me aceitou. Não que ache que Artur possa ver minha aura, mas que, involuntariamente, ele possui o dom de sentir a intenção da aura das pessoas, e isso não é muito raro. Muitos dizem que têm pressentimentos, mas eles traduzem a sua aura sentindo o ambiente ao redor. Se algo ruim está prestes a acontecer, a aura pode sentir. Dessa mesma maneira, vocês poderão diferenciar o que pode lhes fazer mal do que faz bem.

Os meninos, como em todas as aulas, estavam concentrados e fascinados com mais esse conhecimento que Alben lhes passava. Ele continuou a lição por mais algum tempo, até o momento em que disse:

— Bem, meninos, espero que tenham entendido a lição de hoje. Agora quero fazer uma pequena demonstração.

Ao dizer isso, Alben pegou seu Grimório, abriu-o e começou a ler. Os olhos dos meninos não perderam nem um movimento sequer. Então Alben fechou os olhos e continuou a repetir algumas palavras. Os quatro não conseguiam ouvir o que ele estava falando.

Alben, então, se cala, abre os olhos, e diz:

— Vocês não estão sentindo nada de diferente?

Eles se entreolham e, mesmo sem entender, dizem que nada sentem. Alben dá um pequeno sorriso, folheia um pouco seu Grimório, mas, desta vez, não diz nada. Apenas lê em silêncio. Aos poucos, o rosto de Alben começa a mudar de expressão. Antes calmo, ele começa a enraivecer-se. Alben fecha os punhos como se fosse golpear algo, então contrai os músculos. Os meninos começam a sentir calafrios, começam a ficar com medo de Alben. Acreditam que, a qualquer momento, ele vai atacá-los. Quando estavam quase fugindo, Alben se acalma e começa a rir. Nesse momento, ele pergunta:

— E então? Sentiram alguma coisa diferente?

Pela feição deles, Alben pôde notar que sim. Por isso nem esperou resposta e foi logo falando:

— Sentiram um medo diferente, não? Com alguns arrepios, provavelmente.

Eles concordaram, e ele prosseguiu:

— O que acabei de demonstrar a vocês foi apenas um pouco de aura com raiva. Usei uma magia que aumenta a presença da aura e, logo depois, li uma passagem que me irrita um pouco... Puderam notar que eu estava bravo, certo?

— Sim. Deu para sentir. Foi um pouco assustador, pois não sabíamos o que estava acontecendo — Dragon falou.

— Vocês se assustaram porque a magia que usei é feita para afastar animais. Ela faz a aura parecer muito maior e mais raivosa do que realmente é. Isso é muito útil para intimidar animais e pessoas despreparadas. Mas é preciso ter cuidado ao usá-la, pois, se demonstrar medo, o efeito será contrário e, ao invés de afastar os animais, intimidando-os, vai atraí-los, pois predadores tiram proveito do medo para caçar.

Os meninos estavam encantados com as aulas que recebiam. E esse encanto se repetiu por muitos dias. Sempre, depois das lições, Alben mostrava alguma coisa de seu Grimório, o que motivava cada vez mais as crianças. Quanto mais eles teriam de aprender antes de Alben considerá-los preparados?

***

A roda de chimarrão já havia acabado, mas Isabel ainda estava na rua, sentada, observando a fogueira.

Ainda a incomodava a lembrança da cena bizarra que tivera em sua última visão. Sonhava com aquela cena quase todas as noites. Aqueles olhos vermelhos, os animais mortos pelo chão, a agonia que sentira se repetia em todos os sonhos. O pior era que não tinha ideia do que era aquilo. Por vezes chegara a pensar em tentar ter outra visão, mas tinha medo de que pudesse ver algo ainda pior. Apesar dessa possibilidade, o fato de ter os pesadelos estava deixando-a exausta.

Ao notar que Isabel ainda não entrara em casa, Alben foi até a porta da casa e viu Isabel sentada sozinha. Ele saiu e se sentou ao lado dela. Isabel olhou para ele, meio sem graça, pois não sabia o que responder, caso ele perguntasse o porquê de ela ainda estar ali. Mas, para sua surpresa, Alben não fez aquela pergunta.

— Você anda cansada ultimamente. Esteve desmaiando de novo?

Isabel nem se lembrava mais de tal incidente.

— Não. Estou bem de saúde. Quer dizer... tirando a insônia, estou bem.

— É só isso que a está incomodando, Isabel?

— Sim, filho. É só isso. Acho que, se eu conseguir uma boa noite de sono, vou melhorar.

— Se é só isso, vou resolver seu problema. Tenho em meu Grimório a sua solução. É uma pequena magia, mas garanto que funciona. E é bom que esteja bem descansada, pois logo os meninos vão conseguir seus Grimórios, e você vai precisar de energia e paciência para aguentá-los lhe pedindo para observar suas mágicas — Alben disse sorrindo.

— Vou adorar ver meus meninos fazendo mágicas. Mas você tem de cuidar para que não se machuquem. — Isabel sorriu.

— Vou preparar a poção de proteção do sono para você. Você vai dormir e ter sonhos bons a noite toda. Eu lhe garanto — Alben disse, levantando-se.

Então ele sai em direção à casa de Isabel e pega uma pequena panela de ferro. No arvoredo próximo às casas, pega sete folhas de um limoeiro e, perto da horta, apanha uma rosa vermelha. Mistura água com os ingredientes e ferve tudo na panela. Depois disso, espera esfriar e coa a mistura.

Vai ao quarto de Isabel, espalha a solução por tudo e diz:

— Essa solução vai criar uma camada de energia positiva em seu quarto. Isso vai ajudá-la a ter bons sonhos.

Isabel, apesar de não acreditar muito em Alben, agradece. Resolve se deitar, e não deu tempo nem de Alben sair do quarto para que ela adormecesse. Depois, ele saiu e fechou a porta.

***

Isabel está em sua casa e olha pela janela. A visão que tem é de uma fogueira e, mesmo sendo dia, ela vê toda a aldeia sentada à volta. Todos conversam, riem, estão felizes. Ela sente um profundo conforto em seu peito. Sente-se feliz. Apenas observa a união de todos os presentes. Depois de algum tempo observando, Isabel consegue entender perfeitamente o que Alben dizia sobre a aldeia poder trazer de volta a humanidade às pessoas. Ela estava emocionada, pois nunca havia se dado conta de que a aldeia que ajudou a levantar estava seguindo um caminho certo, mesmo que o destino final fosse desconhecido. Saber que está traçando o caminho certo faz com que sinta uma alegria e motivação extra, que faz com que tenha ainda mais força para continuar e segui-lo.

Sabendo que o que estava presenciando era, na realidade, seu sonho, Isabel decide que está na hora de se levantar e, como se pudesse controlar o sonho, ela murmura:

— Me aguarde sonho, pois voltarei aqui...

E, como se refletisse um pouco mais sobre o que via, Isabel dá um suspiro e deixa uma lágrima descer delicadamente do canto de seu olho direito. Fecha os olhos e, quando os abre, já está de volta a seu quarto, mas com as energias repostas. Aquela noite de sono recarregou a energia de Isabel.

Ela se levantou da cama e, com um grande sorriso no rosto, foi se lavar. Saiu à rua com um sorriso que há muito tempo não surgia em seu rosto. Viu que o Sol estava começando a surgir por detrás das copas das árvores. Ainda era bem cedo.

Alben surge a seu lado e pergunta:

— Como foi sua noite de sono?

Isabel, com um sorriso no rosto, o abraça, e diz:

— Muito obrigada!

— Ah, Isabel, não precisa agradecer por uma coisa tão simples.

— Mas não é só por isso que estou te agradecendo. Claro que essa noite de sono foi maravilhosa. Para dizer a verdade, não sei dizer quando foi a última vez que dormi tão bem. Mas também quero agradecer por ter vindo até aqui e, mesmo sem saber se o que está fazendo vai trazer algum retorno, ter se arriscado e passado tanto tempo sozinho na mata para cuidar de nós. E, ainda, quando chega aqui na aldeia, me mostra que eu fiz e faço parte de um lugar onde muitos bons exemplos podem surgir para a humanidade — disse Isabel com o mesmo sorriso no rosto.

Alben ficou encabulado, sem saber o que dizer. Ele nunca havia pensado a fundo como havia se sacrificado por tudo aquilo, e agora aquele abraço fazia com que se sentisse feliz por ter feito tudo que fez. Encheu-se de orgulho e motivação.

— Isabel, também tenho que agradecer a você. — Ele faz uma pequena pausa, como se buscasse as palavras certas, e depois continua: — Esta aldeia cada vez me surpreende mais. Não tenho palavras para expressar o quanto sou feliz por esta aldeia ser como é. Este lugar tem tudo para não dar certo, mas os aldeões fazem de tudo para que dê. Vocês que devem receber os meus agradecimentos.

Isabel e Alben se calam e olham ao seu redor. Outras pessoas acordaram e saíram de suas casas. Todas se cumprimentavam antes de partir para seus afazeres com prazer. Tudo funcionava bem. Todos pareciam satisfeitos. A união e fluidez da aldeia faziam a sociedade do pré-guerra parecer ridícula.

Alben olhou para Isabel e disse:

— Eu queria ter dito ontem à noite, mas, como você estava cansada, resolvi esperar para falar agora. Acho que vou fazer o ritual com os meninos.

Aquelas palavras fizeram o sorriso de Isabel desaparecer.

— Ritual? Como assim? O que você vai fazer?

— Vou iniciá-los no mundo da magia, Cada um deles obterá seu Grimório. Mas, antes de fazer isso, preciso de sua autorização.

Isabel fica pensativa por alguns instantes.

— Isso pode fazer algum mal a eles?

— Não posso mentir a você. Depois de iniciados, eles começarão a ver o mundo de um jeito diferente, vão ser capazes de ver coisas que, até então, sequer haviam imaginado existirem, e isso pode ser um pouco perigoso. O deslumbre pode transformar as pessoas. Depois disso, também não serão mais os menininhos que vocês conhecem. Terão algumas coisas que ninguém mais aqui vai ter.

— Como assim, "algumas coisas que ninguém mais aqui vai ter"?

— Não é exatamente essa a palavra, mas, na falta de uma melhor... eles terão poderes. Serão capazes de usar a magia, e isso pode fazer com que se sintam acima das outras pessoas... — Alben tem dificuldade de esclarecer as frases que diz, mas continua: — Depois de iniciados, serão capazes de escolher seus rumos. Serão fortes o suficiente para fazer o que bem entenderem...

Isabel, vendo que Alben estava se atrapalhando nas palavras, o interrompe, e diz:

— Você está querendo dizer que os meninos, depois do ritual, podem deixar que esse "poder" suba à cabeça e, assim, se achem superiores? Se é por isso, pode fazer o ritual. Os meninos são espertos e amam a aldeia tanto quanto qualquer outro morador daqui.

— Mas e se algum deles tentar se rebelar? O que pode...

Isabel o interrompe novamente, dizendo:

— Se rebelar? Eles são irmãos. Se um tentar se rebelar, os outros vão trazê-lo de volta e, depois, eu dou um puxão de orelha nele...

Alben percebe que, como ele, Isabel confiava nos meninos. Ele se sentia na obrigação de comunicar aquilo a Isabel. Como ela concordou, só faltava a oficialização.

— Então posso iniciar os meninos?

— Sim, é claro!

Nesse momento, os quatro meninos, que escutavam a conversa, saem correndo e abraçam Isabel. Eles a enchem de beijos e agradecem por dar autorização para que fossem iniciados.

Passado o susto de Isabel e Alben pelo ataque inesperado, ele diz:

— Bom, meninos, vocês evoluíram muito nos últimos dias. Aprenderam muita coisa nas lições que passei. Devo dizer que até me surpreendi com sua evolução. Amanhã partiremos para começar o ritual, de forma que possam ter seus Grimórios.

Os meninos concordam.

— Vamos avisar nossos mestres. Depois voltamos aqui para os preparativos — disse Dragon.

Os outros assentem e vão até onde estavam seus tutores.

Alben observa a cena e, depois que eles partem, diz a Isabel:

— Nem parecem crianças. Eles amadurecem rápido demais...

— Não me surpreendo com isso. Desde pequenos, eles sempre foram muito inteligentes. Não sei se é impressão minha, mas sempre os achei muito mais inteligentes que crianças normais. Contudo, não posso comparar. Desde a guerra, nunca mais vi nenhuma criança... — Isabel disse.

— Sem dúvida, eles não são normais. São especiais em todos os sentidos. E, se a profecia estiver certa, eles não têm um limite. Podem ser o que bem entenderem.

Os meninos logo estavam de volta, com seus respectivos tutores. Alben pergunta o porquê de estarem todos ali, e a resposta é de que todos querem ajudar nos preparativos.

— Não precisamos de muitos preparativos. Só vamos precisar de um facão e um pouco de água — disse Alben.

Ninguém entende direito, e se surpreendem mais quando Alben diz:

— Vamos sair em uma jornada de alguns dias, mas temos de nos virar sem ajuda. Seremos apenas nós e a natureza.

E então resolveram tirar o resto do dia para descansar. Toda a aldeia fez o mesmo. Todos confraternizaram, pois aquele era o último dia de um ciclo. O dia e a noite foram alegres e com muita comida e suco. Quando Isabel se dá por conta, os quatro meninos dormiram encostados à sua volta. Então, com a ajuda de seus tutores, foram postos em suas camas. Isso fez Isabel refletir que, mesmo sendo meninos muito maduros, ainda eram crianças. Mas isso nada mudaria em relação ao dia seguinte.

CAPÍTULO 7

A JORNADA

O dia ainda não havia amanhecido. Alben e os meninos se preparavam para o início de uma aventura.

Alben chama os quatro e, antes de partirem, dá a eles uma pequena explicação:

— Meninos, vamos partir em uma jornada transformadora. Quando voltarem, vocês não serão mais os mesmos. Estamos partindo para uma aventura, mas quero que tenham em mente de que o faremos como parte das lições. Cada um aprenderá a seu tempo e todos terão suas conquistas. Mas, como eu já disse, tudo a seu tempo. Peço para que evitem reclamações, pois o que, de uma forma ou de outra, for de seu merecimento, responderá a seu chamado. Às vezes as coisas demoram pois a alma precisa testá-los para saber se são capazes de conduzirem os próprios destinos.

Essas palavras marcavam o início de uma nova fase. Tanto na vida daqueles que ali estavam envolvidos, como para todo mundo. Começava a ser traçado o destino de toda uma nova era.

***

"Não se preocupem. Saímos antes de o Sol raiar, para evitar despedidas desnecessárias. Logo voltaremos."

É o que estava escrito no bilhete que Alben deixou sobre um dos bancos da aldeia.

Depois de pousar o bilhete sobre o banco, Alben e os meninos saíram da aldeia. Ele ia à frente. Seguiam a trilha que levava ao ponto do rio no qual os aldeões lavavam as roupas. Ao perceber isso, os meninos cochicharam entre si e, então, Dragon perguntou a Alben:

— Nós vamos seguir o rio, nessa aventura?

— Não. Nós vamos atravessar o rio.

— Atravessar o rio? Mas nunca fomos para o outro lado. Isabel diz que é perigoso. Quando tomávamos banho de rio, não podíamos passar para o outro lado de jeito nenhum.

— O perigo do lado de lá é o mesmo do lado de cá. A única diferença é que a aldeia fica do lado de cá. Se vocês fossem para o outro lado e corressem algum risco, o socorro demoraria a chegar.

A resposta acalmou qualquer preocupação que aqueles meninos pudessem ter com relação a atravessar o rio. Chegaram à margem do rio. Alben, então, sequer fez menção de parar e entrou na água, se pondo a nadar para o outro lado. Os meninos fazem o mesmo, também sem dar importância à água, nadando em direção à outra margem.

Eles atravessaram e, na chegada, puderam perceber que aquele local era diferente daquele do lado da aldeia. Aquela margem era muito diferente. Não havia trilhas: somente árvores e muito mato. Apesar de separadas por poucos metros, as margens pareciam mundos diferentes.

— Tomem muito cuidado. Vamos entrar nessa mata sem deixar rastros. Se alguém na aldeia vir que tomamos este caminho, pode querer nos seguir. Não deixem nenhuma marca. Vamos entrar na mata sem derrubar nenhum galho.

Os meninos obedeceram e, mesmo com alguns arranhões, abriram caminho sem se queixar.

Tendo andando uma distância razoável na mata, Alben diz:

— Muito bem, agora que estamos aqui, me deixem perguntar: vocês prestaram atenção a alguma coisa no trecho que andamos?

Os meninos se entreolharam e fizeram sinal negativo.

— Essa é uma lição das mais importantes que vocês vão receber. Olhem para o galho daquela amoreira, à esquerda de vocês.

A luz do sol ainda não iluminava muito bem a mata, e eles demoraram um pouco para perceber. Mas, ao verem a que se referia Alben, tomaram um susto enorme. No galho da amoreira, havia uma enorme cobra, que talvez só não tivesse atacado ou se movido por seu sangue estar frio em decorrência da noite anterior.

Alben chama os meninos e diz:

— Sempre, toda vez que andarem em um local desconhecido, prestem o máximo de atenção possível. Ainda mais em lugares como este, em que as ameaças se camuflam em meio a tantas distrações.

Eles seguem em frente, mas, depois de mais alguns metros, a paisagem mudou um pouco. A vegetação rasteira que existia por entre as árvores diminuiu; talvez por conta da pouca luz, os raios de sol não conseguiam penetrar as copas das árvores. A pouca luminosidade deixava o trecho um pouco assustador. O lugar era sombrio. A visão não alcançava muito além de poucos metros, pois troncos de árvores e sombras não deixavam que enxergassem. O lugar era úmido, com cheiro estranho. Podiam ouvir muitos sons que tiravam a atenção e o foco deles, mas todos se esforçavam para manter a concentração. Depois de mais algum tempo andando pela floresta, Alben parou novamente, para mostrar outra coisa aos meninos.

— Vocês já devem ter notado que andar por uma mata como esta é um tanto quanto complicado. Não precisamos de muito para nos perdemos, então tenham em mente de que tudo que fizerem para facilitar sua localização é útil. Por isso, vamos marcar algumas árvores no caminho. Assim podemos voltar por ele ou encontrar algum de nós que possa ter se perdido. Além disso, temos de prestar atenção em outro detalhe: se fizermos uma marca qualquer, poderemos permitir que alguém nos siga. E ser seguido nunca é bom. Por essa razão, temos de definir uma marca específica que apenas nós conheçamos e, assim, despistar qualquer pessoa que tenha interesse em nos seguir.

Os quatro prestaram atenção, mas não chegaram a opinar. Não sabiam bem o que fazer.

Então Alben diz:

— Vamos combinar o seguinte: nossa marca vai ser uma seta. Mas com uma diferença: vamos para o lado contrário ao que a seta indicar e, para despistar um pouco mais, se a seta estiver acompanhada de uma marca reta, seguimos a direção da seta.

Para confirmar com os meninos, Alben desenhou no chão.

→, "Vamos para o lado contrário ao que a seta indica";

I→, "Vamos para o lado que a seta indica".

Ele pergunta se entenderam. Após a confirmação, Alben apaga o desenho e diz:

— Outro detalhe é que precisamos conseguir ver essa marca. Então façam sempre em locais visíveis.

— Não seria melhor esconder essas marcas? Assim, se alguém quiser nos seguir, teria mais dificuldade em nos achar — perguntou Wolf.

— Wolf, seria melhor, sim, mas isso é algo que usaremos por

pouco tempo. Depois de terem seus Grimórios, essas marcas serão inúteis. Servirão apenas para despistar quem não tem Grimório.

— Mas, Alben, por que vamos fazer essas marcas, se não vamos usá-las? — perguntou Wolf novamente.

— Vocês ainda não têm seus Grimórios. Caso algum de vocês se perca antes de pegá-los, saberá para onde estamos indo ou onde estamos. E, depois, quando saírem para suas jornadas, usar marcas deste tipo pode ser útil, caso não possam usar seus poderes. É melhor defini-las, mas não usar, do que precisar delas e não tê-las.

Assim, eles tiveram mais uma lição muito valiosa. A jornada mal havia começado, mas os meninos já se mostravam surpresos pela quantidade de informações que precisavam absorver, que ia muito além do que Alben dizia. Tudo ali ensinava um pouco a eles: a mata, tentando desorientá-los; os sons, que só faziam aumentar a confusão; o clima úmido e quente, que fazia todos suarem muito. A aventura já mostrara que, fora da aldeia, os meninos dificilmente teriam alguma chance de sobreviver sem ajuda. De qualquer forma, estavam ali também para isso, aprender como sobressair naquela e em muitas outras situações.

***

Depois de andarem mais um bom trecho, fizeram algumas marcas em árvores, mas o caminho continuou a surpreender os meninos. Por mais que andassem, as árvores sempre fechando o Sol com suas copas e o clima úmido e quente os faziam perder a noção de tempo e espaço. Eles se mostravam exaustos.

Alben pegou uma garrafa plástica que era herança do pré-guerra e disse:

— Hoje vamos passar a noite aqui. Temos de construir um abrigo. O abrigo deve ser acima do solo para evitarmos incômodos, como escorpiões, formigas, aranhas e outros insetos, além de outros animais que caçam à noite. Além disso, precisamos de uma fogueira para ter um pouco de luz e para o caso de conseguirmos alguma caça para comer.

Após isso, os meninos se entreolharam e combinaram algo, deixando Alben só olhando. Dragon pediu a Alben o único facão que tinha e, enquanto Dragon se apossava do facão, Joseph já recolhia alguns galhos secos pelo chão. Wolf e Poli procuraram por cipós que pudessem servir de corda, tanto para montar o abrigo como para fazer alguma armadilha. Alben observava, surpresa à reação do meninos, e então começou a ouvir golpes de facão contra madeira. Dragon cortava varas com cerca de dois a três dedos de diâmetro.

Ele se surpreende e pergunta:

— Você sabe como montar um abrigo?

— Sim. Vou usar quatro árvores como base de um quadro com madeira mais grossa. Depois prenderemos essas varas com cipó. Assim ficaremos longe do chão. E, para nos protegermos da chuva, acho que usarei as árvores para fazer um telhado inclinado com galhos e folhas.

Alben ficou em silêncio, sorrindo. Os meninos, apesar da pouca idade, têm conhecimentos preciosos passados tanto por ele quanto por seus tutores e Isabel. Mas o que mais surpreendia Alben era que aqueles meninos não hesitavam. Botavam a mão no trabalho e, sem dúvida, não deixavam a desejar. Se havia limitações por sua idade, eles a superavam com vontade e criatividade.

Assim, o dia foi passando. Poli e Wolf acharam as cordas de que precisavam. Poli ajudou Dragon e Alben a amarrarem o abrigo. Joseph continuou a juntar lenha para a fogueira. E Wolf saiu para procurar por rastros de animais ou alguma toca, buscando alimento para o grupo.

Alben notou que, se antes pareciam assustados com o cenário à volta, passaram a vê-lo com naturalidade após começarem tarefas que costumavam fazer na aldeia. Pareciam até conhecer bem aquele local. Não que se descuidassem. Estavam atentos a tudo que haviam aprendido pouco tempo antes, mas o faziam de modo quase automático.

O raciocínio de Alben foi interrompido por um grito de Wolf.

— Venham aqui, rápido!

Todos largaram o que estavam fazendo e foram atrás de Wolf.

***

Na aldeia, Isabel e Karen conversavam:

— Ah, Isabel... eu queria ter me despedido deles...

— Todos queríamos. Foi por esse motivo que decidiram sair antes do raiar do dia. A despedida geraria uma carga emocional muito grande, o que poderia distrair os meninos. Eles vão ficar bem. Você não tem por que se preocupar, Karen.

— Será? Confio no Alben, mas ele chegou há pouco tempo à aldeia, e... não sei. Seus papos estranhos e as coisas que ele faz, tudo me assusta um pouco.

— Mas não há motivos para se preocupar. Alben é uma pessoa do bem. Ele veio até aqui para nos ajudar. Se não confia nele, confie em mim. Sei que logo voltarão sãos e salvos.

Mas, por mais que Karen confiasse em Isabel, ela sentia medo. Tinha uma sensação ruim a respeito do fato de Alben ter levado os meninos. Talvez o problema nem fosse Alben. Ela simplesmente achava que alguma coisa ruim pudesse acontecer.

***

Alben e os três meninos correram na direção de onde Wolf gritou. Eles não sabiam o que esperar. Correram desviando de galhos no chão e no alto, o que atrapalhava um pouco, mas, mesmo assim, todos se deslocavam rapidamente. Eles viram Wolf parado um pouco mais à frente. Alben fez um sinal para que parassem de correr e fizessem silêncio. Seus corações estavam em disparada. A corrida lhes exigira bastante, mas os corações batiam forte pelo susto e pela dúvida do motivo pelo qual Wolf os havia chamado.

Alben andou cuidadosamente em direção a Wolf, e os três meninos foram atrás. Alben tentava ver alguma coisa, o que poderia ter feito Wolf chamá-los, mas não via nada incomum. Ele continuou se aproximando e, quando estavam próximos o bastante, Wolf apontou para a frente. Por trás de alguns galhos, viram um brilho intenso, cuja fonte não estava visível, pois havia muitas árvores e arbustos no caminho. Eles andaram com cuidado em direção à claridade e chegaram perto de um grande arbusto, que acreditaram ser o esconderijo ou a fonte daquela luz. Eles descobriram, porém, que estavam enganados. A luz vinha cortando a mata de algum lugar mais distante.

— Acham que vale arriscar ir até essa luz, em vez de construir o abrigo ou caçar? — disse Alben.

Os quatro meninos foram unânimes na resposta:

— Vamos arriscar!

Alben concordou, mas por achar se tratar do reflexo de algum vidro ou espelho e, se esse fosse o caso, trataria-se de algum local habitado antigo, de antes da guerra, que poderia lhes dar abrigo, e no qual poderiam passar a noite. Caso não houvesse abrigo algum, ele acenderia uma fogueira e passariam a noite no entorno dela.

Seguiram em frente, e todos sabiam que estavam cada vez mais longe da aldeia. Não tinham uma noção exata de quanto haviam penetrado na mata, mas isso não era importante. Marcavam o caminho a cada quinze árvores.

Alben começou a estranhar por terem andando bastante, mas não verem sinal da fonte daquele reflexo. Ele começava a duvidar da ideia de seguir aquele feixe de luz.

Depois de marcar mais duas árvores, viram uma parede verde de galhos e de brejo. Do meio dela saía a luz, mais intensa naquele ponto. Eles chegaram bem perto e Alben então pôde ver o que causava o reflexo, mas deixou que os meninos abrissem caminho e matassem sua curiosidade. Depois de pouquíssimo tempo, atravessaram o brejo e deram de cara com algo que, para eles, era uma novidade: um carro. Eles já haviam ouvido falar a respeito, mas nunca haviam visto um.

O automóvel estava muito deteriorado pelo tempo. A porta estava entreaberta, o que fazia com que o espelho retrovisor refletisse os raios do sol. Mato crescia no interior e na carroceria do carro. Eles puderam ver que havia espaço apenas para dois ocupantes. Sem contar o mato que tomava conta, o carro estava vazio.

— Bem, meninos, em breve perderemos a luz do sol. Precisamos achar um lugar para passar a noite — disse Alben.

Poli, que estava à frente do carro, andou um pouco mais e conseguiu vislumbrar uma casa, escondida por grandes árvores, diferentes das que viram na mata até então. Indicou a casa para os outros, e eles foram até lá.

Ao se aproximarem, puderam ver que a casa, apesar do tempo, aparentava estar bem conservada. Não havia problemas graves aparentes. O mato tomara conta de todo o entorno, mas era bem mais baixo que o que enfrentaram até então. Viram que, nela, tanto portas quanto janelas estavam fechadas.

— Vocês esperam aqui. Vou descobrir se há algum risco nesta casa — pediu Alben.

Os meninos assentiram.

Alben tentou abrir uma porta, mas, como já esperava, estava trancada. Arrombou a porta com um chute com a planta do pé. Entrou, tomando cuidado com possíveis ameaças, além de verificar se, no interior, havia corpos de pessoas que pudessem ter morrido por conta da guerra. Felizmente, não havia corpos, nem nenhuma ameaça.

A casa tinha quatro cômodos. Um era grande, com uma lareira rústica, bancos de madeira, uma grande mesa e um armário grande. Outro cômodo era o banheiro, e os outros dois eram quartos vazios. A casa estava tomada por teias de aranha e poeira.

Alben voltou ao lado de fora e viu Dragon, Poli e Joseph fazendo sinal para ficar quieto. Ele procurou Wolf com os olhos. O menino encurralava, contra a parede da casa, uma grande ave. Era grande o suficiente para uma refeição para os cinco. Alben olhou para os outros três meninos e fez sinal para que ajudassem Wolf, para que a ave não fugisse. Este viu que os outros se aproximavam, então esperou para dar o bote na ave.

Os quatro fecharam o cerco contra a ave. A princípio, ela não parecia disposta a fugir. Parecia curiosa em saber que criaturas eram aquelas, mas, quando se viu emboscada, ficou nervosa. No entanto, não teve tempo para agir, pois, quando tentou sair para um lado, Dragon a barrou; quando ia voltar, Wolf apertou um laço em volta do pescoço do animal; Joseph também agarrou a ave por trás das asas. A refeição estava garantida para aquela noite.

Depois que a ave estava presa e sem chances de fugir, Wolf perguntou:

— Que bicho é esse, Alben?

Alben riu, pois achou engraçado eles terem se esforçado para capturar algo que nem mesmo sabiam de que se tratava.

— Isso é um peru.

— E se limpa igual a uma galinha? — Wolf perguntou.

— Pode ser limpo igual a uma galinha, sim. Mas temos de economizar água, então vou coureá-lo. Antes disso, entretanto, temos de deixar o sangue escorrer — Alben respondeu.

Alben tinha certo receio, pois não sabia qual seria a reação dos meninos ao saberem que teriam que degolar aquele animal para o sangue escorrer. Mas, quando se deu conta, Dragon e Wolf se afastaram da casa. Ao chegar a uma distância razoável, pararam e, com o facão, Dragon limpou o chão, deixando um galho um pouco mais forte exposto. O galho ficou um pouco acima da altura deles. Ele usou um pedaço de corda para laçar os pés do peru. Os dois o penduraram no galho.

Wolf esticou a cabeça do peru para baixo, puxando na direção do tronco da árvore. O animal batia as asas rápido. Com um golpe seco, Dragon acabou com o sofrimento do animal, cortando-lhe certeiramente o pescoço, decepando a cabeça. O animal bateu as asas por mais um pouco de tempo, um reflexo muscular.

A cena deixou Alben ainda mais abismado. Ao ver aquilo, se perguntou o que eram aqueles meninos. Ele temeu que ficassem chocados com o jeito que tinha de ser morto o peru, e quem acabou ficando chocado foi ele com a naturalidade com que mataram o animal. Pareciam não sentir nada. Como se matar fosse algo banal para eles.

Os dois meninos se afastaram alguns passos do animal, que ainda se debatia. Alben e os outros dois se aproximaram deles.

— Nossa! Não imaginei que vocês matariam tão facilmente esse animal. Achei que sentiriam pena... — Alben comentou.

— Não estamos matando por matar. Estamos buscando alimento, então não há razões para ter pena. Esse animal teve uma morte respeitosa e por um bom motivo — Dragon argumentou.

Alben, então, percebe que aqueles meninos já viram e talvez até fizeram isso antes, na aldeia. Sabem que, na natureza, é assim que funciona. Alguns têm de ser sacrificados para que outros resistam.

Depois de alguns minutos observando o peru sangrar, Dragon e Wolf voltaram a ele.

— Deixem que eu limpo. Vou coureá-lo, assim pouparemos água e tempo — disse Alben.

Os meninos observaram Alben limpar o animal. Depois de algum tempo, Joseph falou alguma coisa com Poli e Dragon, e eles contornaram a casa. Então foram para os fundos, e Wolf começou a ouvir o som de galhos quebrando. Ele espiou para ver o que estava acontecendo, e viu os três carregando galhos secos de uma árvore caída.

Depois de três ou quatro viagens carregando galhos, Dragon foi até Alben e disse:

— Alben, recolhemos lenha e deixamos na frente da casa. Também encontramos outra coisa, que não sabemos o que é. Você pode vir comigo, para tentarmos descobrir de que se trata?

Alben acenou com a cabeça, e Wolf o acompanhou até os fundos da casa. Joseph e Poli estavam ao lado de uma pequena parede, de centímetros de altura. Ao se aproximar um pouco mais, Alben reconhece aquilo como sendo um poço.

— Isso é um poço. É um buraco muito profundo, por meio do qual podemos tirar água do subsolo — disse Alben.

— Então há água aí dentro? Como podemos pegá-la? — perguntou Wolf.

— Precisamos de um balde e de corda suficiente para alcançar o fundo. E temos de torcer para que a água esteja limpa. Se não me engano, tem um armário dentro da casa. Talvez haja um balde ou outra coisa que possa nos ajudar.

Joseph se prontificou a tentar encontrar alguma coisa e, antes mesmo de chegar à casa, ele voltou correndo com um balde, achado ao lado da residência abandonada. Wolf amarrou as cordas que separavam as armadilhas na alça do balde. Ele largou o balde no poço e, para a surpresa de todos, logo se pôde ouvir o som do balde contra a água.

Eles puxaram a corda, mas o balde subiu sem água nenhuma. Alben prendeu uma pedra na alça do balde e jogou novamente no poço. Desta vez, o balde veio carregado. A água aparentava ser limpa, sem sujeira ou cheiro, mas, mesmo assim, podia ser perigosa.

Eles decidiram acender uma fogueira, percebendo que o dia estava acabando e que não dispunham de muito tempo de luz do sol. Joseph se apressou para acender o fogo, mas Alben tirou seu Grimório de dentro de sua roupa. Joseph se afastou e observou, assim como os outros meninos.

Com um encantamento, Alben acendeu a fogueira na frente da casa. Em seguida, pegou algumas toras de lenha e levou até o interior, acendendo também a lareira. Enquanto o peru assava na fogueira externa, eles se sentaram e conversaram em volta da lareira.

— Bem que podíamos ter trazido erva e cuia para tomar um chimarrão aqui — disse Dragon.

A frase fez com que Alben desse um pequeno sorriso e pegasse novamente seu Grimório.

— Olhem bem, meninos. Esta vai ser mais uma lição — disse Alben.

Então eles o olham. Alben abre seu Grimório nas páginas finais e as mostra para os meninos. Eles só veem a página dividida em inúmeros quadrados e, dentro de cada um deles, um desenho que não entendem. Alben, com um dedo, encosta em um dos quadrados, e diz:

— Sair!

Surge uma luz no Grimório, e se materializa uma cuia na mão de Alben. Os quatro ficaram espantados, apesar de imaginarem que Alben teria um truque na manga, considerando-se que haviam saído da aldeia apenas com facão e água. Ainda assim, não sabiam que sairia do Grimório essa surpresa.

Com a cuia na mão, Alben diz:

— Além de todas as outras coisas possíveis através do Grimório, ele também pode servir como uma espécie de mochila. Essa magia é muito simples, mas útil. Não me lembro de seu nome oficial, mas eu a chamo de "estoque". Com ela, pode-se carregar várias coisas. A quantidade vai depender do nível de magia contida em seus Grimórios. Eu já a uso há muito tempo, então posso carregar uma grande quantidade. Cada quadrado que existe nela é um espaço vago em que posso carregar um item. Por exemplo: essa cuia ocupou um quadrado, assim como esse pacote de erva, que é muito maior e mais pesado que a cuia. Cada espaço pode carregar um item, contanto que esse item não seja mais pesado que a capacidade do Grimório. É um pouco complicado de explicar. Mas, resumindo, quanto mais magia e conhecimento vocês trazem em seu Grimório, maior a capacidade dele em carregar itens no estoque.

Os quatro apenas olham para Alben, mas, em suas cabeças, imaginavam tudo que seria possível quando tivessem seus Grimórios em mãos.

Depois disso, Alben retirou a erva, a bomba e uma chaleira de ferro de outros três quadrados, e eles prepararam o mate para a noite, que chegou depressa.

***

A noite caiu e, com ela, tudo mudou de cor. O que antes era uma grande árvore verde tornou-se uma enorme e assustadora sombra. No entorno da casa, o brejo era alto, mas ficava um pouco distante da mata fechada e deixava espaço para que a luz da lua formasse sombras onde, na realidade, nada existia.

Os meninos ficaram impressionados com tudo à volta, mas nem por isso deixaram de conversar entre si e comer a carne do peru, que, mesmo sem tempero, parecia ser a melhor comida que já haviam provado. Depois de comer, sentiam-se exaustos. Começaram a combinar quem iria tomar conta do acampamento durante a noite, mas Alben os interrompeu:

— Hoje não precisam se preocupar com isso. Podem dormir tranquilos.

Ao falar isso, eles se deram conta de que, apesar de terem um teto, não tinham nada que pudesse ser chamado de cama.

Alben, então, pegou o Grimório novamente e disse:

— Quase me esqueci de entregar isso a vocês.

Alben abriu o Grimório nas páginas finais, e duas luzes seguidas apareceram. Cada uma delas era um grande pacote. Alben disse para abrirem os pacotes. Dentro de cada um, um grande saco, no qual cabiam dois deles. Eles não entendiam direito de que se tratava, e Alben disse:

— Esses sacos de dormir são ótimos. Passei anos usando. Comprei assim que cheguei nesta região, antes de a guerra começar.

Os meninos não deram muita importância para o que Alben disse, pois estavam tentando entender como aquilo funcionava. Alben abriu o zíper e disse para entrarem no saco de dormir. Eles o fizeram e perceberam que o saco era confortável, então não demoraram muito para dormir. Alben tirou de seu Grimório um cobertor, no qual se deitou para dormir também.

O sono deles não demorou muito para ser interrompido. Todos acordaram ao ouvir alguma coisa rodeando a casa. Ouviram os passos do que parecia ser um grande animal, e a respiração ofegante de alguma coisa grande. Eles não sabiam o que era, então Alben fez sinal com um dedo na frente da boca, para os meninos ficarem em silêncio. Ele se levantou sem fazer barulho, mas, quando estava quase em pé, um baque seco na porta da frente da casa quase fez Alben cair, e os meninos tomaram um grande susto. Seja lá o que estivesse ali, não havia se importado com a fogueira na frente da casa, pois havia batido, ou se atirado, contra a porta com a violência de um touro.

Alben foi em direção à porta, com o Grimório em mãos, mas, naquele momento, já não ouviam mais nada além do som da respiração de cada um. Alben abriu o Grimório e se preparou para alguma coisa. Abriu a porta e saiu rapidamente, fechando-a. Os meninos se levantaram e ficaram esperando que Alben voltasse. Não falaram nada para não fazer barulho, pois queriam ouvir tudo e não chamar a atenção.

Pouco tempo depois, começaram a ouvir passos, que ficaram mais próximos, então a porta se abriu. Alben entrou na casa perplexo, pois não conseguiu ver nada quando estava lá fora, nada de pegadas ou rastros no brejo, nem no entorno da casa.

— Vão dormir. Eu ficarei acordado para caso isso aconteça novamente — disse ele.

Mas o susto tirou o sono dos meninos, então Dragon perguntou o que todos os meninos queriam saber:

— O que você viu lá?

— Nada! Absolutamente nada!

Essa resposta de Alben não agradou aos meninos, mas ele continuou a falar:

— Não sei se foi algum animal atraído pra cá pelo cheiro do sangue do peru. Se fosse isso, haveria rastros. Além do mais, por que algo bateria na porta assim e sumiria?

Essas falas de Alben pareciam mais seu raciocínio do que uma conversa com os meninos. Alben continuou pensando e os meninos o observavam. Foi assim por um tempo, mas o cansaço fez com que os meninos caíssem no sono novamente. Alben passou o resto da noite em claro, mas nada aconteceu. Ele esperava que o Sol iluminasse tudo fora da casa para que pudesse procurar alguma marca ou rastro que explicasse o que aconteceu.

***

O Sol chega e, com ele, os meninos acordaram e viram Alben saindo da casa. Ele, antes de sair, diz:

— Vou procurar por rastros do que pode ter feito aquilo ontem à noite. Venham comigo, mas cuidado como vocês andam, pois qualquer passo errado pode destruir uma evidência.

Os meninos se juntaram a Alben e andaram com todo cuidado para não perderem nada que pudesse explicar o que tinha acontecido na noite anterior. Fizeram uma observação detalhada, mas nada encontraram, nem na porta nem no entorno da casa. Então eles expandiram a área de investigação, mas parecia que, ali, também não haveria nada que pudesse ajudá-los. Alben foi até o local onde havia limpado o peru, afastado da casa, mas não parecia ter nada de especial ali, à primeira vista. Depois de uma segunda observação, notou que haviam sumido algumas penas do couro do peru. Não deu importância, pois ainda restavam alguns órgãos do animal, então não parecia ser o que atraiu o que rondou a casa na noite anterior.

Alben, depois de ser malsucedido na busca, não tinha outra escolha, pois não queria forçar algo que o levaria a nenhuma solução. Ele chamou os meninos, que se reuniram, e disse:

— Fiquem bem atentos. Não faço ideia do que andou por aqui ontem à noite. Não existem rastros, nem mesmo uma pista, mas que existe alguma coisa por aqui é certo. Então, não baixem a guarda, não andem sozinhos e nunca saiam da vista um do outro.

Os meninos consentem, e Alben muda um pouco a sua expressão. Ele quer contar o porquê de estarem fazendo aquela jornada.

— Meninos, não é à toa que estamos nesta jornada. Estamos aqui, preparando vocês, para que possam pegar seus Grimórios.

Isso os meninos já sabiam, não havia informação nova. Estavam cientes de que saíram da aldeia para isso, mas Alben continuou:

— Para conseguirem seus Grimórios, existe uma pequena exigência: precisam estar preparados, suas almas devem estar elevadas para que possam fazer o ritual.

Essa frase já chamou um pouco mais a atenção dos meninos, mas, como ainda faltavam informações, ficaram em silêncio, esperando Alben completar o que estava dizendo.

— Existem várias maneiras de as almas ficarem prontas para o Grimório. Há aqueles que nascem com um dom, que podem fazer o ritual aos poucos, escrevendo seus conhecimentos em um caderno ou livro, que, com o passar do tempo, vai recebendo energia vital da pessoa, o que cria, naturalmente, o Grimório. Outra maneira é estudar: magos buscam, em conhecimentos antigos e também na natureza, energias e magias, que se transformam em Grimórios, intencionalmente ou não. Existem muitas outras formas, mas a única que nos interessa é a seguinte.

Os meninos redobraram sua atenção, pois perceberam que aquela era a forma pela qual iriam ganhar seus tão esperados Grimórios.

— Ritual de iniciação.

Os meninos nem piscavam, estavam completamente focados em Alben, que parou um pouco, olhou para os meninos, então começou a explicar como funcionava:

— Eu, quando ainda era aluno, fiz desta maneira, e acho que será a maneira mais adequada para vocês. Receberão os Grimórios, mas eles estarão quase sem informação. Faremos um Grimório através de suas forças vitais, mas, para isso, vocês precisam estar com a alma em um nível mais alto do que o atual. O pouco conhecimento que possuem eleva a alma, mas ainda lhes falta muita experiência, assim, a alma de vocês não está preparada para o ritual.

Aquelas palavras poderiam ter desanimado os meninos, mas, antes de desanimar, Dragon pergunta:

— Então estamos aqui para elevar nossas almas?

E, antes da resposta de Alben, Wolf questiona:

— Você sabe como elevar nossas almas mais rapidamente, né? É por isso que estamos aqui?

— Sim, eu sei como fazer isso, mas tenho que admitir que estou um pouco apreensivo — confessa Alben, aguçando a curiosidade dos meninos. E logo continua: — Para elevar as almas, precisaríamos de muito estudo e dedicação. Ainda assim, às vezes, não se consegue alcançar o nível certo. Por isso, meu mestre fazia de um jeito, digamos, forçado. Esse modo consiste em elevar a alma para sobreviver. Ele dizia que, apesar dos riscos, essa maneira é bem eficaz, pois, quando uma pessoa se encontra em perigo, libera poderes e forças ainda desconhecidas, o que faz com que a alma se eleve por um tempo. Espero que esse tempo seja o suficiente para o ritual.

Os meninos tentam entender. Reúnem o fato de estarem ali, com as informações que Alben acaba de lhes passar, e não demoram muito para formar suas opiniões e ideias. O primeiro a se pronunciar, desta vez, é Wolf, que diz:

— Você nos trouxe para a floresta para nos fazer passar por situações extremas a fim de elevar nossas almas?

— Sim, era essa a minha intenção. Eu iria fazer vocês agirem por instinto e passar por algumas provações para elevar a alma, mas até um limite. Eu não deixaria nada acontecer com vocês, estaria controlando tudo, pois acreditava conhecer tudo o que existia nesta floresta. Mas o que aconteceu ontem à noite me deixou muito preocupado. Não sei o que pode ter feito aquelas coisas, então o risco aumenta muito. Não quero desanimar vocês, mas acho muito arriscado continuarmos com o plano. Acredito que o melhor a fazer é voltar para a aldeia e tentar de outra forma.

Os meninos se reuniram, e Dragon disse para os outros:

— Acho que tudo isso é parte do plano de Alben. Ele não faria todo esse esforço para voltarmos para a aldeia.

— E se não for? Alben parecia realmente assustado ontem à noite. Arriscaremos a chance de conseguir os Grimórios depois desse caminho que percorremos? — argumentou Wolf.

— Esse caminho não foi nada. Mesmo que consigamos os Grimórios, ainda teremos muito a trilhar. Acho que pode ser um teste do Alben — conclui Poli.

Joseph continua o que Poli dizia:

— Também acho que ele está querendo testar nossa coragem e, se quisermos voltar agora, iremos falhar no teste.

A discussão prosseguiu por alguns instantes, até que Dragon olhou para Alben e disse:

— Alben, achamos que devemos continuar com o que planejou. Não vamos voltar para a aldeia sem os nossos Grimórios. E, se algo está atrás de nós, é melhor descobrirmos o que é do que voltar e arriscar levar isso até a aldeia.

A firmeza com que Dragon falava fez Alben confiar que alcançariam seus objetivos, mas, ao mesmo tempo, ele temia. Era o responsável pelos meninos e sabia que não podia deixar nada de mal acontecer com eles.

— Vocês têm certeza disso? Os riscos são grandes e, sinceramente, temo que não consiga salvar todos vocês se algo de ruim acontecer.

Dragon, desta vez sem consultar nenhum dos outros, diz:

— Alben, prosseguindo ou recuando, o perigo será o mesmo, então achamos que é melhor continuarmos até nosso objetivo. E, apesar do que você pensa, também sabemos nos cuidar, pois passamos muito tempo dentro do mato fazendo nossas atividades. Mas, se deixarmos nossos medos nos controlar, nunca teremos nada, então queremos continuar. Além disso, vamos nos cuidar muito e sabemos que você não deixará nada de ruim acontecer com a gente.

— Claro que nunca deixaria nada de ruim acontecer, mas e se acontecer alguma coisa e eu não conseguir ajudar?

Desta vez, Wolf tomou a palavra:

— Alben, confiamos muito em você, mas isso não quer dizer que não possamos nos cuidar e que vamos depender de você para tudo. Apesar de estarmos em um lugar diferente, sabemos o que é perigoso ou não. E, mesmo que você queira voltar para a aldeia, sabe que seu destino é nos ajudar a evoluir, e que vai dar tudo certo.

Alben não aceita esses argumentos, mas percebe que de nada vai adiantar querer argumentar, então decide ficar, mas não sabe ao certo o que fazer. Ele fica pensando e começa a lembrar do seu passado, então toma a decisão.

— Vamos combinar o seguinte: essa casa será nossa base. Vamos protegê-la e, depois que estiver segura, vamos começar a explorar essas matas em nossa volta. Para fazer o ritual do Grimório, vou precisar de um lugar com muita energia, o que pode ser um pouco demorado, mas sei que existem lugares por aqui com potencial para isso. Meninos, tenham todo cuidado do mundo, vocês não podem se descuidar, nem mesmo por um milésimo de segundo.

Os meninos aceitaram sorrindo. Ouviram atentamente as instruções que Alben começou a passar para eles.

— Vamos limpar um pouco esse brejo ao redor da casa, depois vamos montar algumas armadilhas para fazer barulho caso algo caia nela, parecidas com aquelas que montaram no acampamento onde estavam caçando.

Eles entraram na casa e foram até o velho armário, que ainda não haviam aberto, pois parecia que iria desabar se alguma coisa encostasse nele. Alben, com todo o cuidado, levantou uma madeira que servia de tramela e as portas se abriram, mas só havia alguns pratos, talheres e travessas de metal.

Usaram tudo o que podiam para montar as armadilhas, e as construíram onde não poderiam ser desarmadas por qualquer animal. No entorno da casa, Alben cortou o brejo e deixou tudo limpo. Ele fez uma vassoura de guanxuma e varreu tudo na volta, assim, se qualquer animal pisasse ali, deixaria sua pegada. O dia se passou e eles se recolheram para a casa, onde tomaram chimarrão e comeram o que havia sobrado do peru assado do dia anterior.

***

A noite começou com certa tensão no ar, pois todos queriam ver se o animal que os visitou na noite anterior voltaria. O tempo passou, mas nada aconteceu. Alben ia dizer para que ficassem de guarda. Mas, pelo fato de que chegaria uma hora em que teria que dormir e os meninos ficariam acordados sozinhos, ele acabou desistindo. Resolveu que todos podiam dormir, pois, se algo aparecesse, eles iriam notar. E foi o melhor a fazer, pois nada de estranho aconteceu naquela noite.

Ao acordarem, Alben disse que eles teriam que buscar comida, e que o dia seria para isso. Os cinco saíram para caçar animais e procurar frutas e legumes. Foram para o lado do poço, onde pegaram água e seguiram por uma pequena trilha que Alben foi abrindo com o facão.

Depois de um tempo de caminhada, encontraram uma clareira. Na realidade, ela podia ser chamada de campo, pois era bem extensa. Eles viram, ao longe, as árvores de um capão, o campo e a mata fechada novamente. Essa área lembrava as proximidades da aldeia, mas, nela, podiam ver o solo, que era arenoso. Havia um pouco de vegetação, mas, por baixo dessa vegetação rasteira, o solo parecia areia compactada. O que chamava a atenção deles era que não viam nenhum animal por ali. Continuaram andando em direção ao capão, pois havia grandes árvores que faziam sombra, e poderia haver alguma caça se escondendo.

Ao chegarem, avistaram uma árvore pequena com vários frutos vermelhos. Alben se aproximou, colheu alguns frutos e os comeu, os meninos fizeram o mesmo. Era um pé de pitanga, uma pequena fruta, mas muito saborosa. Eles comeram até estarem satisfeitos e, depois de algum tempo, alguns sabiás se aproximaram e também começaram a comer aquelas frutinhas. Esse fato chamou a atenção de Poli.

— Estranho os pássaros comerem aqui. Deve estar difícil encontrar frutas aqui por perto, caso contrário, não viriam tão perto de nós.

— Você está certo, mas somente em parte, Poli. Quem te falou isso só pode ter sido o Téo, pois seria muito estranho na época antes da guerra. As aves, raramente, se aproximavam tanto das pessoas, pois eram maltratadas e colocadas em gaiolas. Agora isso pode ser normal, pois elas não nos veem como ameaça, e não conhecem pessoas. Viram que estávamos comendo frutas e imaginaram que somos como elas, por isso não oferecíamos nenhuma ameaça — confirmou Alben.

— Sim, foi o Téo. Ele disse que, mesmo dentro das cidades, havia aves, e que algumas se acostumaram com os humanos, mas nunca os deixavam chegarem perto demais.

Enquanto estavam tendo essa conversa, algo chamou a atenção de Alben. Ele fixou o olhar em um ponto e não prestou mais atenção no que Poli estava falando. Poli ainda falava quando Alben se levantou e saiu andando. Os meninos não entenderam direito o que estava acontecendo. Ele andava para a direção contrária da qual vieram, os meninos só o acompanharam e não falaram nada, pois não sabiam o que Alben tinha visto. Ao chegar no final do capão, Alben se abaixou e pegou aquilo que era o motivo pelo qual foi até lá: algumas penas de peru. Não sabia se eram as mesmas que haviam sumido do peru que ele limpou dias atrás, mas ficou muito intrigado. Notou que eram poucas pena, comparando com as que faltavam no couro do peru. Ele começou a procurar, olhando em todas as direções, e os meninos, ainda sem saberem direito como agir, apenas observaram Alben.

Várias coisas passaram pela cabeça de Alben, mas nenhuma delas explicava o porquê daquilo. Ele não conseguia entender quem ou o que faria aquilo. Sabia que, dificilmente, algum animal o teria feito, pois nenhum deles pegaria somente as penas e as deixaria em um local visível. Além disso, ele já havia andado por muitos anos, se não ali, bem próximo, e, se houvesse qualquer pessoa naquele local, teria reparado nos indícios.

Alben começou a se arrepender da escolha de continuar ali com os meninos e se perguntou se não seria melhor ter voltado para a aldeia. Contou para os meninos o que o estava incomodando e pediu para que tivessem a atenção redobrada.

Ele nem terminou de falar, e Joseph disse:

— Olha lá! — Ele apontou para o lado contrário de onde chegaram.

Alben olhou e viu outro aglomerado se destacando do solo e da vegetação. Ele podia jurar que olhou naquele ponto e não viu nada, então pegou seu Grimório, foi naquela direção, e procurou outro monte, mas não viu nada. Os meninos procuraram também, mas não encontraram nenhuma pista.

Alben estava estressado, não sabia direito como agir. Aquilo estava completamente fora do seu controle. Começou a pensar no que podia estar provocando aquilo, mas sua cabeça não conseguia achar uma resposta. Enquanto tentava raciocinar, distraído, os meninos estavam atentos. Assim, quando o vento soprou, fazendo muitas penas voarem, notaram que, na entrada da mata fechada havia uma trilha pequena, que parecia ser de algum animal pequeno. Era a melhor chance que tinham, então Dragon chamou a atenção de Alben, mostrou a trilha e Alben foi naquela direção, sempre na frente dos meninos. Ao se aproximarem mais, notaram que não era uma trilha, mas, sim, o início de uma vertente. O terreno, dali por diante, tinha uma pequena inclinação, e o que parecia ser uma trilha formava um pequeno córrego, que cortava um caminho por entre as árvores. Alben nem se deu conta do contraste que era aquele solo de areia seca possuir uma fonte d'água. Ele não pensou nisso, pois estava observando a fonte criando um córrego, que servia de fonte de água para vários animais que deixavam seus rastros entre as árvores. Alben tentou pôr a cabeça no lugar, descobrir a razão daquilo, e se algum daqueles rastros os levaria ao encontro do responsável pela "brincadeira" com as penas. Aquele córrego parecia ser formado por mais vertentes, pois ganhava força depois de alguns metros.

Aquele cenário era diferente, possuía uma aura estranha, era um pouco assustador. Nenhum deles sabia explicar o motivo pelo qual sentiam arrepios, nem por que sentiam uma vontade de sair de lá. Ninguém comentou isso, pois não queriam demonstrar que estavam com medo.

Andavam seguindo o curso do córrego e notaram que a floresta ficava mais fechada. Quanto mais fechada a mata, mais sombrio ficava o local. Tentavam avançar sem fazer barulho, mas não era possível, pois eram necessários alguns tapas para afastar o enxame de mosquitos, que insistiam em sugar o sangue deles. Quando estava se tornando impossível suportar o ataque dos mosquitos, Alben usou seu Grimório para formar o Orbe de Fogo. A chama espantou um pouco os mosquitos, mas não foi o suficiente para aliviar o ataque a todos. Poli pegou umas folhas, ainda verdes, de algumas árvores, fez duas tochas e pediu para que Alben as queimasse lentamente. Ao começar a queimar, Alben notou que a fumaça das tochas espantava os mosquitos e, assim, podiam continuar. O problema, agora, era que a fumaça impossibilitava que enxergassem direito, os olhos ardiam e a visão, que já não é boa em uma mata fechada, agora era mais um empecilho para que continuassem.

Alben, então, diz:

— Vamos continuar seguindo o córrego, assim não nos perdemos.

Os meninos acataram a decisão. Achavam que aquilo estava ficando muito perigoso. Não o desobedeceram, mas acreditavam que aquela não era a melhor escolha a se fazer naquela situação. Eles prosseguiram no caminho por mais algum tempo e, mesmo com a fumaça os prejudicando, notaram que, à frente deles, havia um monte, um morro. Alben continuou caminhando, mas logo parou e olhou para o Grimório.

— Meninos, vamos subir naquele morro, assim teremos uma visão mais ampla do terreno onde estamos e poderemos ver o que mais existe nesta mata.

Os meninos se entreolharam. Não entenderam o que Alben quis dizer com "o que mais existe nesta mata", mas agora já não tinham mais escolha, já estavam ali e Alben tinha tomado a decisão, então continuaram seguindo-o. Repararam que Alben andava sem tirar os olhos de seu Grimório. Queriam saber o porquê, mas não havia clima para perguntas, pois Alben estava focado e aparentava uma certa tensão.

Aos poucos, a luz do sol voltava a iluminar a mata, e eles puderam ver que o trecho mais sombrio já havia passado. Depois de andarem mais algum tempo, viram que a mata se transformava em um lugar mais aberto e até convidativo. Viam-se muitas árvores com frutas e, por causa delas, era grande o número de aves de várias espécies que ali estavam. E não era só isso: outros animais, de porte maior, também andavam por ali. Viram algumas cabras pastando, enquanto galinhas e perus ciscavam por perto. Essa era a primeira vez que viam tantos animais juntos. Centenas de animais vivendo em harmonia naquele lugar.

Ainda meio embasbacados, olharam à sua volta, e só o que viram foi uma área cheia de árvores frutíferas. Todas elas estavam em meio a um verde gramado onde os animais pastavam e ciscavam, era lindo de se ver a forma como andavam livres. O que os deixou mais encantados foi o fato de os animais não darem importância para a presença deles. Só olhavam para eles e continuavam comendo e vivendo suas vidas sem temer aquela invasão, talvez por desconhecer o perigo por não haver nenhum predador por ali. Eles não tinham como deduzir isso, pois não conheciam o lugar. Era um lugar diferente, sentiam que ali existia alguma coisa, uma aura.

Alben observou e, depois um tempo, deu um sorriso e disse:

— Sei que vocês também já sentiram que esse lugar tem energia. Vamos dar uma olhada ao redor e, quem sabe, já pegamos nosso jantar por aqui mesmo.

Os meninos nada falaram, apenas acompanharam Alben, olhando encantados para aquele lugar. Alben estava, agora, com um semblante menos sério do que antes, mas em seus pensamentos o que mais assurgia eram dúvidas do que os tinha atraído para aquele lugar.

***

Eles andaram mais um trecho e notaram que todo o entorno da montanha era igual, com árvores frutíferas, animais e nada mais. Então continuaram a andar, até que, na base da montanha, viram uma abertura, a entrada de uma caverna. Alben queria investigar a caverna, mas, antes disso, disse para os meninos que deveriam ter cuidado e que, antes de entrar, deveriam saber que cavernas podem esconder muitos perigos, desde um esconderijo para animais até armadilhas naturais, como buracos e penhascos. Além disso, poderia acontecer algum deslizamento de terra e bloquear as passagens.

Alben pediu para que montassem algumas tochas e deixassem preparadas algumas cordas, as mesmas que usaram para as armadilhas, pois elas sempre podiam ser úteis. Eles obedeceram e não foram muito longe para encontrar tudo o que precisavam.

Quando todos estavam preparando as coisas para entrar na caverna, Dragon olhou para a montanha e tomou um susto, pois, no alto, avistou um grande ser alado, negro, com olhos grandes e com um brilho vermelho. Chamou a atenção de todos, que olharam para o local e viram uma criatura grande já alçando voo.

— Vocês viram aquilo? — Dragon perguntou assustado.

— Aquela grande ave? Sim, eu vi — disse Joseph.

— Não era uma ave! Eu a vi antes de abrir as asas. Aquilo parecia uma pessoa, nunca vi nada parecido... — argumentou Dragon.

O jeito que Dragon ficou desconcertado com aquela situação chamou a atenção de todos. Para tentar acalmar um pouco os ânimos, Alben diz:

— Dragon, acredito em você. Mas pode ter se enganado, pois a montanha é alta demais, e isso pode causar algumas ilusões. Acho que vi uma grande ave voando. Pode ser que ela estivesse espreitando para caçar algum animal que está aqui comendo. Não se preocupe muito com isso, mas todos temos que ficar atentos, caso aquilo que você viu volte a aparecer.

Mesmo com Alben falando, Dragon afirmava que aquilo não era uma ave. Mas, como todos estavam atentos, e aquele ser foi embora voando, continuou a ajudar nos preparativos para a incursão para dentro da caverna. Mas sentia que aquilo que acabara de ver ainda iria aparecer. Não sentia medo, mas, sim, uma impressão de que era algo importante.

Depois de um tempo, eles estavam prontos para entrar na caverna. A entrada era grande, mas muito escura, e dava a impressão de ter sido escavada, pois era arredondada. Da entrada, era possível ver que a caverna seguia em um declive, não muito acentuado, mas assustava um pouco. Alben disse para andarem um atrás do outro, para não se perderem de vista. Ele também insistiu para andarem em grupo, para cuidarem uns dos outros.

Antes de entrar na caverna, Alben diz:

— Vamos entrar para explorar, então lembrem que temos que nos cuidar. Só estou fazendo isso, pois acredito que essa experiência pode ser útil para vocês conseguirem o que é necessário para o ritual dos Grimórios e, pelo que pude ver, essa caverna tem o que precisamos para isso. Mas devemos tomar todo cuidado, afinal, é um território desconhecido. Vamos entrar?

Os meninos não esconderam a empolgação pela aventura que ia começar, e também por saberem que Alben não deixaria nada de mal lhes acontecer. Confirmaram que queriam começar, Alben deu o primeiro passo para dentro da caverna e os meninos o acompanharam.

***

A aldeia estava triste. As atividades continuavam sendo executadas, mas faltava alguma coisa. As refeições eram feitas em silêncio, até mesmo a roda de chimarrão estava mais quieta e reflexiva. Todos estavam preocupados e com saudade dos meninos que tinham como seus filhos. Isabel, Karen, Artur, Marcus, Bruce, Téo e todos os demais ficavam pensando em como estariam os meninos. Alguns aldeões até saíam da roda de chimarrão sem ter pronunciado uma palavra.

Após o almoço, depois que todos haviam saído da aldeia para retomar seus afazeres, Isabel ficou sozinha. Ela estava terminando de varrer e limpar o entorno das casas da aldeia, juntava as folhas e as colocava nas brasas que ainda estavam ardendo, criando fumaça. Foi até um banco afastado e ficou olhando fixamente para a fumaça, então começou a pensar nos meninos, e assim ficou por algum tempo. Até que fechou os olhos e, quando os abriu, se deu conta de que já não estava mais na aldeia, mas em um lugar com pouca luz e tomado por fumaça.

Ela tentava enxergar, porém a fumaça não permitia, então ela se abaixou até próximo ao chão, um chão de terra batida, da mesma cor das paredes do lugar, onde a fumaça não prejudicava a visão. Com isso, percebeu que havia pessoas saindo do lugar por uma passagem pequena na parte de baixo de uma das paredes, se arrastando pelo chão. Isabel tentou ir até a passagem que avistou, mas não a alcançou, pois sentiu que alguém se aproximava dela. Ao olhar para trás, notou uma mulher em pé, um pouco desorientada, então pensou em se aproximar dela, mas a mulher se transforma. Primeiramente, parece estar pegando fogo, mas, depois de instantes, esse fogo diminui e se transforma em uma salamandra de fogo, algo parecido com um lagarto. Ela vai, rapidamente, para a passagem e, por onde ela passa, deixa a marca das pegadas em chamas. Tenta acompanhar, mas não consegue, e logo já está em outro lugar.

Ela vê os meninos, o que faz seu coração disparar. Tenta ir até eles, mas parece que alguma coisa a bloqueia. Vê a salamandra de fogo se aproximar dos meninos, o que a deixa com muito medo, então tenta ir até eles novamente, mas não consegue se mover, nem sequer um passo. A salamandra volta à forma de mulher e fala alguma coisa com os meninos. Isabel repara que os meninos não estão com medo, mas tranquilos. Ela começa a observar em sua volta e percebe que aquele lugar se assemelha muito à caverna das suas visões anteriores, mas não sabia se era exatamente o mesmo local.

Ela se deu conta de que Alben não estava por perto, então ficou ainda mais assustada, tentou se mover, fazia força, mas nada acontecia. Quando tentou novamente, acordou de sua visão, sentada na aldeia. Um aperto no peito a deixou muito assustada, e ela começa a chorar por sentir-se impossibilitada. Queria proteger os meninos, mas não sabia onde eles estavam. Tentou se acalmar, começou a pensar e percebe que nenhuma de suas visões aconteceu de fato, então era bobagem ela ficar se preocupando, pois, provavelmente, o que ela via era sua mente lhe pregando peças.

Ela continuou seu trabalho, o aperto no peito ainda a incomodava, mas ela fazia força para acreditar que os meninos estavam bem, e que essas visões eram suas preocupações passando em sua cabeça como um filme, e reforçava isso, pensando:

Onde já se viu uma pessoa se transformando em um lagarto?

CAPÍTULO 8

SAL AMIA NCA

Eles já haviam entrado na caverna, já estavam longe da entrada, e a única luz que tinham era a que a tocha produzia. Era um lugar assustador, escuro, até os passos ecoavam lá dentro. O caminho havia se estreitado, agora eles passavam por corredores naturais, em linha reta, que iam longe e eram altos, por isso não se tinha uma noção exata do quanto já haviam penetrado na caverna, apesar de já andarem há um bom tempo.

Avistaram que o corredor estava levando para outro lugar, e a pouca luz fazia acreditar que o corredor tinha fim, mas não conseguiam identificar o que havia depois. Eles começaram a andar mais rápido, e com mais cuidado, pois não sabiam o que os esperava depois do corredor. Os passos eram carregados de curiosidade, mas também tinham um pouco de receio. A luz da tocha iluminava o caminho até que chegaram ao fim do corredor. Ficaram surpresos com o que viram: uma enorme galeria, com muitos metros de altura. A luz da tocha não era suficiente para ver o outro lado. Depois de alguns segundos embasbacados observando o local, os meninos voltaram sua atenção para Alben, que também se mostrava surpreso. Ele estava imaginando se seria o centro da montanha, o que faria aquela área ser oca, mas, logo, seus pensamentos voltaram aos meninos.

— Meninos, olhem isso, são estalagmites... — Com a tocha, ele iluminou a formação cônica no chão e continua falando: — Elas se formam muito lentamente. Até chegar a esta altura, passam-se milênios. Surgem a partir das estalactites, que são essas formações no teto da caverna. Ambas se formam através dos minerais que escorrem com a umidade, então imaginem o quanto demora. Vocês devem ter cuidado, pois essas formações são delicadas e podem quebrar facilmente, mas também podem ser letais. Apesar de serem delicadas, possuem pontas afiadas que podem cortar a pele ou perfurar alguém que caia nelas.

Os meninos estavam imaginando como e quanto tempo demorou para as formações ficarem daquele tamanho. Uma coisa interrompeu a concentração deles. Parecia uma voz ao longe, e eriçou os pelos de todos, inclusive de Alben. Ficaram em silêncio e prenderam a respiração para não fazer barulho e tentar descobrir o que acabara de acontecer. Não demorou muito para que o som se repetisse e deixasse todos arrepiados novamente, com um calafrio na coluna que bambeava as pernas dos meninos. Alben fez um sinal para que eles ficassem atentos, então tirou seu Grimório de baixo das suas roupas e viu um ponto de luz, que conseguia identificar como sendo artificial, vindo de uma tocha.

Fez um sinal para mostrar aos meninos o que ele viu, mas eles não sabiam como agir, e Alben também não. Ele não sabia se existiam outros humanos por perto, se eram pessoas boas ou alguém recluso na caverna, ou... Mais uma voz quebrou o raciocínio, mas, desta vez, eles ouviram melhor, parecia uma voz de mulher, mas não conseguiram identificar o que dizia. O fato de a voz ser feminina não serviu para acalmá-los, pois ainda era assustador. Os meninos estavam paralisados, e o único movimento eram das pernas bambas. Alben começou a dizer algo, quando a voz falou novamente.

Dessa vez, mais audível, ela dizia:

— É você, amor?

Alben ficou sem saber como responder. Olhou novamente e percebeu que a luz só poderia ser uma tocha, pois estava se aproximando. Ele pensou em falar alguma coisa, mas a voz se repetiu, cada vez mais próxima e mais clara.

— É você, amor?

Alben pensou em responder, mas ainda não sabia o que estava acontecendo. Ele duvidava que alguma pessoa pudesse estar vivendo dentro da caverna e não tivesse deixado nenhum rastro por onde eles passaram. Não conseguia deixar de imaginar que quem estava ali era um sobrevivente e, se não fosse, o que poderia estar falando com eles, um fantasma? Ele já ouvira falar que eles existiam, mas nunca havia presenciado uma aparição. O que poderia ser? Alguma entidade? Mas qual entidade? O que faria essa pergunta?

Notou que a luz estava bem próxima a ele e sentia culpa por não saber o que estava acontecendo. Já se questionava se entidade e fantasma eram a mesma coisa, então se perdeu em seus pensamentos, e a luz continuou se aproximando. Alben sentiu uma pressão, o que o fez lembrar do tempo em que estava na vila dele e seu mestre o forçava a entender coisas que não conseguia assimilar direito. Alben estava se distraindo novamente, o que acabou quando a voz foi ouvida mais uma vez, agora era como se estivesse ao lado deles. Se ele quisesse fugir ou ter qualquer outra reação, já não tinha mais tempo.

Ele viu a luz, que se aproximava, se apagar, então começou a ver uma mulher se aproximando. Ela usava um vestido vermelho na altura do joelho, e ele notou que seu corpo era bonito. Tinha pernas grossas, quadril desenhado, cintura fina e belos seios. Observou a mulher andar, aproximando-se ainda mais, então pôde ver seus longos cabelos negros, mas ainda não conseguia ver seu rosto.

Mesmo assim, Alben resolve falar:

— Oi, tudo bem?

Alben queria cumprimentá-la para ouvir o que ela falaria, mas a resposta não foi a que ele esperava:

— É você, meu amor?

Estava repetindo o que disse antes. Alben observou, sem falar nada e, quando ela chegou ainda mais perto, Alben, com seu Grimório nas mãos, pergunta:

— Quem é você?

A mulher continuou andando e não respondeu nada. Alben perguntou novamente, então, sem resposta, abriu o Grimório e fez, com uma das mãos, dois orbes de fogo, jogando-os na mulher para iluminar seu rosto. No momento em que os orbes iluminaram a mulher, ela levantou seu rosto e Alben notou que seus olhos eram chamas. Ela mostrou uma cara de irritação e absorveu os orbes apenas olhando para eles.

Alben folheia o Grimório, então diz para os meninos:

— Fiquem encostados em mim. — Ele lê uma passagem e diz: — Escudo de ar.

Os meninos sentem uma energia em sua volta. Olham para a mulher, que continua se aproximando e perguntando:

— É você, amor?

Alben tentava entender o que estava acontecendo, então se lembrou de uma passagem de seu Grimório que nunca soube o que era, uma página que vem no Grimório, onde só diz nome e história. Alben tentou escrever seu nome, mas não conseguiu e, quando perguntou, seu mestre disse que era um identificador. Até então ele não tinha precisado usar, mas agora fazia sentido.

Ele folheou e encontrou a página, que agora estava diferente do que ele vira anteriormente. A página estava indicando o seguinte:

Nome: escudo de ar.

História: magia que cria uma cúpula de defesa que protege de ataques diretos, nenhuma energia entra nessa cúpula. Útil por pouco tempo, depois de muitos ataques se quebra.

Classe baixa e média.

Alben, então, se dá conta de que aquilo, que antes acreditava ser inútil, ajuda muito, mas, para isso, o Grimório tem que estar sentindo a energia do que ele quer identificar. Alben esticou o braço para fora do escudo de ar, e a escrita no Grimório muda.

Nome: Salamanca do Jarau.

História: Princesa que, amaldiçoada por um demônio, se transforma em salamandra de fogo. Ela busca seu verdadeiro amor, amor esse que padres condenaram. Para ela rever seu amor, alguém tem de passar por sete desafios. Se conseguir passar, a Salamanca encontra seu amado e a pessoa tem o corpo protegido, assim como sua alma.

Classe baixa.

Missão que visa proteção e elevação da alma. Para iniciá-la, responda a questão dizendo que não é o amor dela, mas que vai buscá-lo, assim, ela o encontrará.

A mulher com olhos em chamas continuava se aproximando, ela era assustadora, simplesmente demoníaca. Como não tinha muitas escolhas, Alben olhou para os meninos, que estavam assustados, mas não fugiriam se tivessem oportunidade. A mulher perguntou novamente, mas não calmamente como antes, e sim com gritos, demonstrando uma ira sem tamanho:

— É VOCÊ, MEU AMOR?

— Não, não somos seu amor, mas estamos aqui para buscá-lo, assim você vai encontrá-lo....

Mal Alben havia acabado de falar e as chamas nos olhos da mulher cessaram, e o que antes era uma mulher demoníaca agora se transformava em uma moça atraente, que, com uma voz meiga, diz:

— Me desculpem se assustei vocês... Não sou eu... É que... Bem, me desculpem!

Alben e os meninos apenas observaram. A mulher estava com uma cara de envergonhada, como se não quisesse ter feito aquilo, como se não pudesse deter aquele demônio que a fazia ter olhos de fogo. Alben e os meninos não tinham uma resposta para aquela situação, mas queriam continuar ali. O Grimório havia informado que aquela era uma "missão" que tinham de cumprir para suas almas ficarem protegidas e elevadas, então esse talvez fosse o local onde seria possível desenvolver o ritual dos Grimórios para os meninos.

Alben não tinha muito tempo para refletir e perceber que estava tudo muito fácil, como se eles estivessem sendo atraídos para aquilo, mas por quem e por quê?

Alben, então, diz:

— Claro que a perdoamos. Mas, nos diga, como podemos ajudá-la a encontrar aquele que amas?

Neste momento, a mulher dá um sorriso e diz:

— Siga o caminho de luz. Os desafios que vão enfrentar são sete, no momento que um se completa, o próximo se faz presente. Não será fácil atravessar o caminho, mesmo porque não poderão usar da magia para traçar seus passos. Os desafios podem variar de ordem, mas não importa por qual vocês passem, eles provam que a coragem, a determinação e a superação fazem de vocês merecedores...

Como se fosse interrompida no meio da frase, a mulher se cala, levanta um de seus braços e aponta para o lado oposto ao que eles estavam na caverna, e começa a desaparecer, como se evaporasse no ar. Eles ficaram surpresos, mas não por muito tempo, pois olham para o local para o qual a mulher apontou e veem uma pequena bola de fogo se mover, parecendo viva, e andando em ritmo de passos. A bola estava rente ao chão e, após se deslocar por alguns metros, para e parece levitar. Ao atingir, mais ou menos, a altura de um homem de pé, ela cresce, causando um clarão de luz muito intensa. A visão de todos fica um pouco embaçada e, quando volta ao normal, entendem qual era o caminho de luz que eles deveriam seguir.

***

O que eles viam era, literalmente, um caminho de luz. Aquela pequena bola de fogo acendeu uma trilha de tochas, que formavam uma estrada iluminada em meio àquela caverna escura. Era uma visão bela, mas assustadora. As tochas iluminavam somente o caminho no meio do breu. Como eles tinham interesse em completar aquela missão, e o fato de o Grimório indicar uma missão de classe baixa, deixou Alben mais tranquilo, apesar de nunca ter visto nada do tipo antes. Classe baixa só podia indicar que não teriam muita dificuldade em passar por ela.

Eles começaram a traçar o caminho pela estrada de fogo, observavam tudo à sua volta. Não sabiam o que os esperava, então prestavam atenção para não serem pegos de surpresa.

Andaram por um longo trecho sem que nada acontecesse, até que avistaram uma passagem, onde a estrada de fogo acabava. O coração de todos começou a bater mais forte, eles tinham medo da surpresa, não sabiam o que esperar. Diminuíram o ritmo de seus passos, redobraram a atenção e, ao se aproximarem um pouco mais do fim do caminho de luz, começaram a ouvir uma discussão entre dois adultos.

Ao se aproximarem da passagem, viram que ela servia de entrada para uma galeria, que, assim como a anterior, era redonda, mas muito menor. Dentro dessa galeria, viram as tochas iluminando o seu entorno, nela não existiam estalactites nem estalagmites, e o chão era de terra. Eles tentaram ver quem estava discutindo, mas parecia não haver ninguém lá dentro, só as vozes brigando entre si. Eles entraram na galeria, a discussão parou, e eles sentiram o chão tremer; logo, a passagem por onde eles haviam entrado estava bloqueada, sem chance de voltarem atrás.

Além disso, nada aconteceu, então Alben pegou o Grimório para abri-lo, mas a voz feminina que ouviram na entrada da galeria diz:

— O caminho deve ser feito sem o auxílio de magia... Só assim sua alma realmente vai se elevar. Vocês acabam de chegar à primeira sala, os brigões. Somente após derrotarem-nos, seu caminho poderá ser continuado...

Novamente, começaram a ouvir duas vozes discutindo, mas não entenderam o que estavam falando. Procuraram por toda a galeria, mas não viram nada. A tensão aumentou, pois sabiam que quem estava brigando estava com raiva. Perceberam que as vozes estavam vindo do chão, de baixo, então começaram a procurar alguma passagem ou buraco. As vozes começaram a falar mais baixo, porém se tornaram mais claras, assim eles conseguiram entender o que falavam:

— Eu vou!

— Não! Eu vou primeiro!

— Não, não e não! Por que sempre você tem que ir primeiro?

— Porque eu sou o mais forte!

— Quem disse? Quero te ver ganhar de mim depois que acabarmos com esses que estão aqui...

— Cala a boca, idiota! Estamos aqui sem fazer nada há muito tempo, e agora que vem alguém, tu quer acabar com eles pra depois ver quem é mais forte. Além de fraco, tu é burro...

E assim continuavam a discutir. Aquela situação começou a se tornar extremamente chata. Todos começaram a se irritar. Alben, Wolf e Poli eram os que estavam mais concentrados na busca. Joseph já tinha desistido de procurar a passagem para o local onde os brigões estavam e ficava andando de um lado para o outro, esperando algo acontecer.

Dragon estava impaciente, suas mãos suavam, e ele não sabia o porquê, mas aquela espera o estava deixando irritado como nunca. A discussão contribuía para deixar Dragon ainda mais bravo. Ele olhava os três procurando, e aquilo também o estava deixando mais irritado.

Chegou um ponto em que Dragon não conseguiu mais segurar a raiva e explodiu em um grito:

— CALEM A BOCA! APAREÇAM LOGO, SEUS COVARDES!

Um silêncio tomou conta de tudo, depois disso, o chão começou a vibrar, e, bem no centro da galeria, surgiram dois homens por uma passagem que se abriu. Eles pareciam ser gêmeos, pois eram iguais: não muito altos, cabelos negros não muito longos, usavam apenas calça, eram homens normais. Ambos estavam voltados para onde estavam Alben, Wolf e Poli, encarando-os. Ninguém tinha reação, o silêncio só foi quebrado quando os dois homens começam a falar.

— Para passarem, terão que nos derrotar... — o primeiro disse.

Foi interrompido pelo outro:

— Vocês só passam quando nos derrotarem...

Outra discussão foi formada.

— Eu já disse isso. Por que você tem que se intrometer?

— Deixa de ser chato, eu devia ter falado porque vou lutar primeiro e vou derrotá-los...

— Eu vou lutar contra todos eles, e depois vou te dar uma lição...

A discussão entre os dois continuava, e a irritação de Dragon aumentava no mesmo ritmo. Como os gêmeos estavam mais preocupados em discutir, não perceberam que Dragon pegou uma das tochas que tinham levado de reserva e, silenciosamente, tirou da ponta os tufos de palha com resina das árvores, que usavam como combustível, ficando com um bastão na mão. O olhar de Dragon era sinistro, ninguém o tinha visto daquele jeito.

Alben tentava fazer sinais para que Dragon não fizesse nada, mas, mesmo que tivesse visto, Dragon já tinha decidido o que faria, e nada podia mudar isso. Wolf mostrou alguma coisa para Joseph, que acenou positivamente, então fala algo a Poli.

Alben continua a tentar impedir Dragon de seguir com o que quer que esteja pensando. Os gêmeos continuam gritando um com o outro, até o momento em que Dragon não aguenta mais e grita:

— EU MANDEI CALAREM A MERDA DA BOCA!

Dragon corre e dá um golpe comparável à força de uma machadada que traz sozinho uma árvore ao chão. Acertou a cabeça de um dos homens, que caiu. Joseph corre com uma corda na mão, o segundo homem tenta golpear Dragon, sem sucesso. Joseph lança a ponta da corda e, do outro lado, Poli a agarra e estica. Em uma sincronia perfeita, Wolf se joga contra o homem, que ainda tentava golpear Dragon, e que cai dentro do alçapão pelo qual entrou, com a corda enrolada em suas pernas.

Dragon se apressa em empurrar a tampa do alçapão. Eles puderam ver que o homem que acabara de cair já não era mais o mesmo: seus olhos estavam completamente negros; seu corpo, antes normal, se tornara bem maior e mais forte. Apesar de não conseguirem observar por muito tempo, ficaram abismados com a transformação. Bateram a tampa do alçapão e correram ao outro homem desacordado. Pegaram a corda para amarrá-lo, mas, do mesmo modo que a mulher sumiu quando dava informações a eles, o homem desacordado também sumiu.

Tudo vibrou novamente, e uma nova passagem se abriu na galeria, para que eles continuassem.

Eles saíram da galeria. A estrada de fogo continuava, e eles a seguem.

Alben pensa:

O que aconteceria se os meninos não tivessem agido? Se aquele sujeito chegasse a se transformar... será que teríamos alguma chance?

O raciocínio de Alben foi cortado por Dragon, que diz:

— Desculpem se me irritei demais. Não sei o que aconteceu comigo. Sei que a violência não resolve nada, mas sabia que devia agir assim. Eu sentia que tinha de fazer aquilo.

Mesmo sem saber se deveria falar alguma coisa, pois não ajudara os quatro na galeria anterior, Alben diz:

— Desta vez deu tudo certo, mas precisamos tomar cuidado...

As palavras de Alben saíram quase confusas, pois ele sentia que aquilo era apenas o começo. Não sabia se teriam sorte nos desafios seguintes. Alben mal conseguia acreditar o quão tranquilos os meninos aparentavam estar, apesar do que haviam acabado de passar.

Eles seguiram a estrada de fogo até a galeria seguinte. Venceram o primeiro desafio e, exceto por Alben, todos estavam animados e curiosos. Talvez a juventude ou a inocência os deixasse daquela maneira. Eles estavam gostando do desafio, mas não havia como prever qual seria o próximo.

Eles avistavam ao longe o que acreditaram ser a entrada para o desafio seguinte. Apesar de pensamentos ferverem dentro de suas mentes, nada do que pensavam poderia ajudar a descobrir o que estava por vir. Não tinham pressa: pareciam estar curtindo a curiosidade e expectativa.

Antes de chegar à entrada, Alben diz:

— Meninos, precisamos ter cuidado! Não podemos depender da sorte, como no desafio anterior. Não se precipitem. É melhor planejar o que fazer, desta vez.

As palavras de Alben foram ouvidas, mas não totalmente assimiladas. Para os meninos, o desafio anterior não foi vencido na sorte. Em sua opinião, tudo deu certo porque eles simplesmente agiram. Se não o tivessem feito, o resultado poderia ter sido outro. Apesar disso, ficaram quietos e decidiram que era melhor descobrir o que os aguardava, antes de discutir por motivos que sequer entendiam direito.

Eles chegaram à galeria. Ao entrarem, a passagem se fecha, como antes, mas, desta vez, logo ficou claro que o desafio era diferente.

No outro lado da galeria, surgem três enormes jaguares, de pelagem dourada com manchas negras. Eram animais lindos, mas assustadores ao mesmo tempo. Possuíam grandes dentes e garras não menos assustadoras. Os animais encararam os invasores. Os meninos estavam fascinados com o quanto um ser vivo é capaz de ser tão lindo e ameaçador ao mesmo tempo.

No momento em que Alben fez menção de falar, os animais saíram da posição que estavam e começaram a andar pela galeria como se quisessem encurralar os cinco. Os meninos e Alben, por sua vez, também começaram a andar, e eles contornaram a galeria, olhos nos olhos, enquanto pensavam em como passar pelo desafio.

— Provavelmente, teremos de vencer uma luta contra esses jaguares para passarmos. Quero que fiquem atentos, pois, se tentarmos atacar um deles, os outros podem nos atacar. Não me sinto bem precisando tomar essa decisão, mas vamos ter de fazer o seguinte: Dragon e Poli formam uma dupla, Joseph e Wolf, outra. Cada uma das duplas tenta distrair um deles, enquanto eu tento derrotar sozinho o que sobrar. Mas não devemos nos separar muito. Temos de ter cuidado alertou Alben.

— Alben, eles não são tão ameaçadores assim — Joseph disse.

— Também não estou com medo deles. Eles não parecem querer nos machucar — comentou Dragon.

— Concordo. Não me parecem animais maus — argumentou Wolf.

Quando Poli começa a falar, Alben o interrompe:

— Passei anos na floresta, e sei que animais podem ser muito traiçoeiros. Confiem em mim.

Eles circularam a galeria em um ritmo mais lento. Os animais acompanharam a mudança. Então Dragon parou de andar e Poli também. Wolf entendeu o que Dragon pretendia e andou mais rápido, carregando Joseph consigo. Alben analisava a situação: só restava a ele avançar para o centro da galeria.

Um dos jaguares seguiu vagarosamente na direção de Dragon e Poli. Outro ficou para trás e volta-se para Joseph e Wolf. O último virou-se na direção de Alben.

Alben sentiu seu coração disparar. Suas mãos ficaram geladas, as pernas tremeram. Ele foi tomado pelo medo e, quanto mais medo sentia, mais agressivo parecia ficar o jaguar que ia em sua direção.

Ele olhou para os lados e viu os meninos tranquilos, olhando para seus adversários jaguares. Mas estes parecem muito menos assustadores que o que sobrou para Alben. O animal parecia ser muito maior que os outros dois. Seus caninos eram maiores e mais afiados, suas garras, mais fortes, e ele era mais agressivo, andando em uma velocidade maior que os outros. E estava prestes a atacar.

Alben ficou paralisado. Queria fugir, mas suas pernas não o obedeciam. O jaguar estava perto o bastante para que pudesse ouvir sua respiração ofegante, de um animal prestes a abater uma presa. Ele encara o jaguar, que se abaixa, como que se preparando para dar o bote.

Seus olhos falham e sua visão escurece. Ele sentiu que ia desmaiar. Suas pernas amoleceram e ele começou a cair. Na queda, olhou para o lado e notou que Joseph estava a centímetros do jaguar, com o braço esticado, como se quisesse que o animal sentisse seu cheiro e confiasse nele. Alben caiu sentado no chão e, esquecendo por instantes que estava em perigo, virou-se para Dragon e Poli. A dupla fez o mesmo gesto. Ele não entendia.

A dúvida fez com que se esquecesse do medo que sentia. Ao olhar para o jaguar que estava para atacá-lo, agora deitado à sua frente Alben estica o braço e toca no animal, que, por sua vez, se mostra dócil. Ele entendeu que era o medo que fazia com que o animal ficasse feroz.

Recordou-se de que os meninos insistiram que aqueles animais pareciam não mostrar risco algum. Sentiu-se um idiota completo. Supunha-se que aqueles testes eram para os meninos, com sua ajuda, mas o que estava acontecendo era o contrário. Ele estava avançando pelos desafios graças aos meninos.

Uma passagem se abriu e a estrada de fogo continuou, indicando o caminho pelo qual deveriam seguir. Alben já não sabia se quem precisava passar pelos testes eram os meninos ou ele mesmo.

***

O caminho, daquela vez, parecia mais curto. Estavam distraídos, cada um com suas reflexões. Os meninos, ansiosos para saber o que vinha no desafio seguinte; Alben, reflexivo sobre toda sua vida. Ele se questionou se realmente era quem deveria estar ali, para ajudar aqueles que eram tão importantes para todo o futuro. Mas não conseguiu chegar a uma conclusão. Quando deu por si, já tinham chegado à entrada da galeria seguinte.

Ao entrarem na galeria, tudo vibrou e a passagem se fechou. Daquela vez, entretanto, outra passagem se abriu. Por ela vinha uma velha cansada, curvada por conta de uma corcunda, de cabelos bagunçados e de cor acinzentada. As marcas de idade eram profundas. Ela era assustadora. Eles a observaram sem ação.

A velha diz, com uma voz estridente e não menos assustadora que sua aparência:

— Vamos ver se vão continuar passando facilmente por meus desafios...

Uma risada fecha a frase. Ela encara os meninos e Alben. Seu olhar faz o estômago deles embrulhar, pois não sabem como responder ou agir. Alben toma a frente da situação e vai falar alguma coisa, mas a misteriosa velha se antecipa e diz:

— Os dois desafios anteriores eram muito fáceis. Os gêmeos são facilmente derrotados por quem tem atitude ou é minimamente esperto. Os jaguares são perigosos apenas para aqueles que se deixam levar pelas aparências. Mas agora as coisas começam a ficar um pouco mais sérias. Daqui para frente, vocês terão desafios de verdade...

A velha repetiu algumas palavras. A pequena passagem onde ela estava se fecha, e eles deixam de vê-la, mas sua risada medonha ecoa por todos os lados. A vibração cessa. No meio da galeria, caem ossos. Um deles rola até os pés de Alben, à frente do grupo.

Era um crânio. Arrepios perpassaram Alben e os demais. Eles não sabiam o que tinham de fazer para passar pelo desafio e começaram a conversar entre si.

— Vocês têm ideia do que temos que fazer? — Dragon perguntou.

Wolf se mostra pensativo. Ele questiona:

Será isso um quebra-cabeça?

Joseph começa a rir com a ideia inusitada de Wolf...

Alben mexe no monte de ossos, nota haver mais dois crânios e os separa. Mexer neles causava um desconforto enorme.

Ouviram novamente a risada da velha. Uma luz escura, amarronzada, contornou os ossos, que começaram a se unir no meio da galeria.

A voz da velha ecoou pela galeria quando gritou:

— Vamos! Ataquem-nos!

Os ossos se organizaram e esqueletos completos ganharam vida. Eles se levantaram do chão e andaram em direção aos meninos e Alben. Seus movimentos eram um pouco lentos e desajeitados.

Dragon, que ainda estava com o bastão que usou no primeiro desafio, pergunta a Wolf:

— Tem algum plano?

Wolf ainda não havia absorvido a cena que se desdobrava à sua frente. Alben olhou para Dragon e Wolf e pensou:

Por que eles não perguntaram isso para mim?

Mas, no fundo, agradeceu por não o terem feito. Não saberia o que responder.

Joseph diz:

— Não é que você estava certo, Wolf? Realmente é um grande quebra-cabeça.

Pegou uma tocha e olhou para Dragon. Os dois partem para cima dos esqueletos. Dragon ataca o que está à direita, sobrando um ao centro e outro à esquerda, que Joseph ataca. Eles golpeiam os crânios, que caem no chão. Os esqueletos caem desmontados.

O terceiro esqueleto começa a se mover um pouco mais rápido e menos desengonçado, mas Alben o acerta com um golpe seco, também na cabeça.

Os três esqueletos caem. Os cinco aguardam a vibração que ocorre sempre que passam por um desafio, mas nada acontece. Pelo contrário, os três esqueletos voltam a se levantar. Novamente, eles os desmontam, mas os esqueletos voltam a se levantar depois de pouco tempo.

Aquele não era o meio com o qual passariam por aquele desafio. Mas também não podiam ser derrotados. Como não sabiam o que fazer, e também não tinham um plano, continuaram a derrubar os esqueletos toda vez que se levantavam. A situação cansou fisicamente tanto Dragon quanto Joseph e Alben, então Wolf diz para Poli substituir Joseph e assume o lugar de Dragon. Alben segue lutando.

Depois de a cena se repetir mais algumas vezes, algo diferente acontece. Poli e Wolf derrubam seus dois esqueletos, mas Alben, talvez por conta do cansaço, erra o golpe. Joseph tenta compensar com um novo ataque, mas o esqueleto se esquiva com agilidade. O esqueleto faz menção de atacar Joseph, mas o golpe é interrompido por um soco de Dragon, que o derruba. Ele, porém, machuca a mão, que sangra. O garoto diz, com os olhos cheios de lágrimas:

— Parece que bati em uma parede!

Eles não tinham muito tempo para se preocupar. Os esqueletos se levantaram novamente, e os bastões de Wolf e Poli se quebraram ao mesmo tempo em um último golpe. Alben, desta vez, não erra o golpe e derruba seu esqueleto outra vez. Eles se entreolharam, amedrontados por agora estarem desarmados.

— Usem os ossos. Eles são duros como pedra — sugeriu Dragon.

Wolf e Poli tentam pegar o fêmur de dois dos esqueletos, mas sentem uma força puxar os ossos. Relutam e conseguem manter os fêmures em suas mãos.

Os esqueletos de que haviam tirado os ossos ganham vida novamente, mas não conseguem se levantar. Eles se arrastam pelo chão. A falta do osso os deixa ainda mais lentos e não parecem perigosos. Mesmo assim, Wolf e Poli os golpeiam com os ossos, e o resultado é o esfacelamento dos crânios atacados.

Aqueles ossos eram mais poderosos que os bastões com os quais batiam antes. Mas a luz escura que contornava todos os ossos deixou os esqueletos agora sem crânio e foi para o que Alben pusera há pouco no chão.

O que antes era um esqueleto desengonçado e lento se levanta com agilidade. Wolf tenta golpeá-lo, porém ele se defende com um dos braços. O atrito dos dois ossos gera algo parecido a faíscas, e o som do impacto é muito forte. Poli parte para o ataque, mas, ao tentar golpear o esqueleto pelas costas, vê seu alvo se voltando contra si. Com um golpe frontal, empurrando-o com o pé, o esqueleto o joga para longe. O osso que Poli usava como clava cai de suas mãos, e o esqueleto parte para cima dele.

Poli se vê ameaçado e sente um medo que nunca antes sentiu. O esqueleto recupera do chão o osso que Poli deixou cair e o ergue para golpear Poli, mas Alben salta sobre ele.

A investida de Alben, no entanto, só serve para retardar o golpe. Ele bate no esqueleto e cai, enquanto o esqueleto sequer se move. Alben sente dor por todo seu corpo, como se tivesse batido de frente contra uma parede.

Wolf e Joseph atacam, cada um com um osso diferente. Os dois, em sincronia, golpeiam o esqueleto. O golpe de Wolf impede o esqueleto de golpear Poli; Joseph acerta o crânio, mas, desta vez, o golpe só serve para impedir o esqueleto de atacar Poli, voltando-se para Joseph.

Dragon foi em direção aos esqueletos caídos no chão, pegou um dos fêmures e lançou outro para Alben, que se levanta com o osso firme na mão e vai em direção ao esqueleto. Wolf o ataca novamente e, desta vez, o golpe foi mais forte, o bastante para que o esqueleto deixasse cair o osso que segurava. Quando Poli pegou este, todos no grupo estavam devidamente armados.

O esqueleto foi em direção a Joseph, que tentou atacá-lo de frente. O inimigo se esquivou e, com um dos braços, deu um tapa na lateral do corpo de Joseph, lançando-o ao chão, dolorido. Com o outro braço, o esqueleto defendeu-se do golpe de Wolf e, com um chute, jogou-o ao chão.

Alben ataca o esqueleto, que não tem tempo de desviar, mas se defende com os braços. Vendo uma brecha na luta, Dragon ataca o esqueleto nas pernas, na altura dos joelhos. Poli ataca o joelho da outra perna, fazendo a caveira cair sobre os joelhos. Isso dá tempo a Joseph e Wolf de se levantarem e se unirem aos outros três.

O esqueleto, então, não tem tempo de desviar de mais nada. Todos atacam sem culpa a criatura. Uma chuva de fortes golpes deixam o esqueleto sem ação, seus ossos estalam.

Quando Wolf e Poli atacam, o esqueleto se defende com os braços, deixando um espaço de sua cabeça desprotegida. Dragon e Joseph golpeiam o crânio com muita força, estatelando-o.

Nem bem tinham terminado o ataque e já sentiam o chão vibrar. Os ossos que estavam em suas mãos se despedaçam, e a passagem para a estrada de fogo se abre novamente.

***

Os cinco saem da galeria. De onde estavam já podiam ver a entrada da próxima.

Alben diz:

— Vamos descansar aqui por algum tempo. Esse desafio foi muito pesado. Não sabemos se o próximo será ainda mais difícil, então vamos esperar um pouco para nos recuperarmos.

Ele mal acabou de falar e os meninos se jogaram no chão, não muito diferente do que ele próprio fez. Depois de sentados, um silêncio pairou. Dragon olhou para sua mão e viu que estava com escoriações, mas nada grave, apesar da dor. Na verdade, essa era a sensação que todos estavam sentindo. Estavam doloridos, mas nenhum estava machucado seriamente.

Alben diz:

— Só o que tenho a dizer agora é que estou muito orgulhoso de vocês. Vocês me surpreenderam. Estou impressionado com suas atitudes. Mal posso acreditar que pouco tempo atrás eu tratava vocês como crianças...

As palavras, mesmo parecendo incompletas, fazem os meninos sentirem seus ânimos completamente renovados. Todos se sentem muito bem, tanto por falar quanto por ouvir aquilo.

***

Na aldeia, Isabel e os outros estavam abatidos. Ficar sem notícias de seus meninos era algo que os deixava para baixo. Mas, como Isabel já sabia e compartilhava com eles, "a vida segue".

Apesar de tristes, continuavam a fazer tudo normalmente.

Na medida do possível...

***

Algo diferente começou a acontecer na entrada da caverna onde os cinco se encontravam. Os animais, que sempre pastam ou ciscam nos arredores, e as aves que desfrutam dos frutos das árvores, começaram a se agitar.

Uma grande criatura voadora, de enormes asas negras, fez os animais saírem em disparada. A criatura pousou sobre duas pernas atípicas para uma ave. Pareciam pernas de um ser humano ou, pelo menos, de alguma espécie de símio. Eram cobertas por grossos pelos negros, que se espalhavam por todo o corpo da criatura, exceto pelo abdômen e o peitoral, em que os pelos eram mais ralos. O rosto aparentava ser humano, mas com a face coberta por barba negra, pelos não tão espessos quanto os do corpo. As asas do animal se assemelhavam às de uma grande ave, cobertas por plumas negras. O ser tinha um corpo musculoso, cuja única parte escondida era a genitália, sobre a qual usava um pedaço de algum couro preto amarrado.

Em sua face, apesar de peluda, mostrava sinais de preocupação. O ser estava inquieto. Parecia não saber o que fazer, como se quisesse avisar de alguma tragédia, mas não sabia como fazê-lo. Ele carregava consigo um sentimento de medo, de que alguma coisa muito ruim pudesse acontecer. A criatura olhava para a entrada da caverna, parecendo querer entrar, mas hesitando e voltando.

O ser pareceu tomar uma decisão e, depois de olhar para a montanha à frente, como que traçando uma rota, salta sem fazer barulho. Um salto impossível para humanos: apesar de ser mais alto que a maioria dos humanos, sobe cerca de cinco metros na montanha a cada salto.

Salta em direção ao topo, às vezes abrindo as enormes asas para se equilibrar e, por vezes, planar até o local onde queria parar. Mas ninguém saberia dizer que criatura era aquela ou o que pretendia subindo até o topo da montanha.

***

Após descansarem, Alben e os meninos vão à entrada da próxima galeria. Ao entrarem, veem o que parece ser um grande jardim. Há grama no chão e muitas árvores à volta. O ambiente é diferente dos quais haviam presenciado até então. Aquela galeria era mais úmida, o cheiro do ar era gostoso comparado ao da caverna pela qual seguiam. Havia frutas nas árvores, mas eles não as provaram, pois tinham medo de que pudessem ser, de alguma maneira, o que os derrotaria naquela galeria.

Eles esperaram por algum tempo para ver se alguma coisa acontecia. Mas nada ocorreu. A dúvida pairava sobre suas cabeças, e eles não tinham ideia de para onde deveriam ir ou o que deveriam fazer.

Eles observaram, mas nada viram. Depois de algum tempo é que se deram conta do quão bizarro era a existência de um jardim como aquele no interior de uma caverna completamente fechada.

— Vamos explorar este lugar? — sugeriu Wolf.

Ao comentar isso com os outros, Wolf se sente desconfortável, e todos os outros também.

Os outros concordaram. Eles se puseram a caminhar lentamente por entre as lindas árvores, que não entendiam como poderiam estar naquele local.

Depois de um tempo, Poli tem uma ideia, e pergunta:

— Nós estamos na galeria certa?

— Seguimos o caminho de fogo, o único caminho que existia. Não tem como estarmos no lugar errado — responde Dragon.

— Certo, mas quando a gente entra nas galerias, elas tremem como se fossem cair. Isso não aconteceu, desta vez.

Todos perceberam que, realmente, naquela galeria, os tremores não aconteceram. Voltaram à entrada e, um pouco antes de saírem, Dragon levou o indicador aos lábios. Ficaram parados como estátuas, e então puderam ouvir, muito baixo, uma risada. Apesar de baixa, a risada era bastante grave, quase rouca, então decidiram não sair.

Estavam no mais absoluto silêncio. Começaram a ouvir o que poderia ser uma conversa, praticamente inaudível. Alguma coisa estava ali, e se comunicando muito baixo, mas nada viam. Eles tentaram identificar de onde vinha o som, mas era quase impossível.

Por mais que tentassem encontrar a fonte, o som era baixo demais, e parecia estar se movendo.

— Vamos nos espalhar, para procurar melhor — Alben disse em sussurros.

Todos podiam jurar que ouviram, novamente, bem baixo, a risada. Cada um escolhe uma direção e, se movendo cuidadosamente, eles tentam encontrar alguma coisa. Mas não sabem por onde começar: se devem olhar para o chão ou para o topo das árvores. Não têm a mínima noção do que procurar. Eles respiram devagar, para não fazer ruídos. Seus passos são dados com cuidado. Não sabem o que procurar, mas entendem que o que quer que seja os fará ultrapassar a galeria. Aos poucos, os sons foram se tornando mais frequentes, tanto as conversas quantos as risadas. Isso só torna ainda maior a frustação por não encontrarem nada.

Depois de um bom tempo, a paciência deles estava se esgotando. Dragon mostra sinais claros de não aguentar mais procurar e esperar por algo que sequer sabia de que se tratava. Joseph e Wolf também não escondem a frustação. Os mais tranquilos e obstinados são Poli e Alben.

Bastava outra daquelas risadas debochadas começar para Dragon se descontrolar e soltar um grito:

— SEUS MEDROSOS! POR QUE VOCÊS NÃO APARECEM?!

Ele desferiu um soco contra uma árvore não muito grande. Dela caiu algo por entre as folhas no chão. Eles puderam ver se tratar de um homenzinho. Usava uma roupa feita de pele de algum animal, provavelmente de coelho, e tinha barba longa e da mesma cor da pele branca que vestia. Ele se levantou rápido e começou a procurar alguma coisa. O homenzinho, que não atingia a altura dos joelhos dos meninos, olha para os pés de Dragon. Corre até eles, mas Dragon é mais rápido, pega o ser com uma das mãos e o levanta do chão.

O ser está com uma expressão assustada, ainda mais por estar nas mãos daquele que parecia ser o mais irritado dos presentes na galeria. Mas, para surpresa do pequenino, Dragon não estava mais enraivecido, mas surpreso. Parecia não acreditar no que derrubou da árvore.

Após o choque inicial, Dragon diz:

— Desculpe. Eu não queria machucá-lo.

Ele larga o homenzinho no chão. Este não esperava ser solto daquela maneira, mesmo porque a imagem que tinha dos humanos era muito pior do que o acontecido.

Os cinco cercaram o pequenino. Eles olharam, incrédulos, o pequenino ir aos pés de Dragon e pegar algo que parecia um capuz. Andou mais um pouco e pegou um machado, que nenhum dos meninos ou Alben viu cair. Com o cabo encostado no chão, o machado chega ao queixo do pequeno ser e, largo, escondia todo o dorso do mesmo. Era enorme, se comparado ao tamanho de quem o portava. Mas, para os meninos, aquilo parecia um brinquedo.

Após recolher seu machado, o pequenino falou, desta vez com a voz bem audível, em alto e bom tom:

— PAREM! Não os ataquem ainda!

Assustados, os meninos e Alben olharam em volta e nada viram. Voltaram a olhar para o pequeno ser, que disse:

— Vocês acham que não estavam prestes a receber um ataque? Olhem novamente.

Ao olhar em volta outra vez, não conseguiam entender o que estava acontecendo. Atrás de cada um deles surge um daqueles pequeninos. Cada um porta uma arma diferente: um com uma marreta, outro com uma espada, outro com um machado de dois gumes, um bastão longo com pontas de metal, outro com uma clava de metal maciço e, ao longe, um com uma lança.

Antes que alguém perguntasse qualquer coisa, o primeiro pequenino diz:

— Como você se chama? — Ele perguntou isso apontando para Dragon.

— Dragon. E o seu nome, qual é?

— Pode me chamar de Mestre, mas isso não vem ao caso agora. Me diga uma coisa: por que não me atacou quando teve a oportunidade? Você estava muito irritado e, assim que apareci para você, você não deu um fim no que estava te incomodando. Por quê?

— Porque não queria machucar alguém que não pode se defender...

— Você é muito inocente, menino. Não deve se deixar levar pelas aparências...

O pequenino olhava fixamente para Dragon, deixando-o sem jeito. Ele queria perguntar alguma coisa, mas, assim como os outros, estava deslumbrado com o tamanho daqueles homenzinhos.

Mestre continua sua fala:

— Não sei por quê, mas, desde o momento que vocês entraram

nesta galeria, senti que eram boas pessoas. Vejo em vocês uma sagacidade, que há muito não via. Mas tenho de admitir que, depois que a Salamanca nos aprisionou aqui, não vimos muitas pessoas.

Com isso, Dragon pergunta:

— Como assim, aprisionou vocês?

— Pois é, moleque, é vergonhoso ter que admitir que fui aprisionado por aquele ser nojento e sem escrúpulos, mas fomos pegos de surpresa... Deixe eu contar nossa história enquanto vocês descansam mais um pouco. Querem ouvir?

Dragon concordou, mas Alben não ficou satisfeito, então chamou Dragon e os outros para uma conversa em particular.

— Você perdeu a razão? Será que ele não quer nos distrair para não conseguirmos passar por eles? Não podemos aceitar isso de bom grado, nós temos uma meta a atingir...

Dragon interrompe Alben:

— Confio nele. Não vejo maldade, pelo contrário, sinto nele uma admiração. Posso estar errado, mas parece que tenho que ouvir o que ele diz para passar por aqui.

— Sabe, Alben, eu entendo o que o Dragon está falando. Até agora estava nervoso nesta galeria, mas, ao ver esses seres, senti uma confiança, uma pureza difícil de explicar — comentou Wolf.

— Vamos ouvir o que ele tem a dizer... — sugeriu Poli.

Ao falar isso, Poli procura Joseph, que tentava apanhar algumas frutas vermelhas que estavam ao alcance das mãos. Alben pensou em chamar a atenção de Joseph, mas era tarde, pois ele já tinha dado uma grande mordida na fruta, que parecia ser extremamente saborosa. Alben os observava com cara de desaprovação, mesmo assim, os outros meninos foram até Joseph, e Alben notou que Mestre estava andando em sua direção. Ele se sentiu intimidado, mesmo diante de um homem de poucos centímetros de altura, pois sabia que, apesar daquele tamanho, era um ser muito poderoso, porque já havia escutado lendas que diziam que eles foram um dos primeiros seres mágicos que habitaram a Terra, depois dos elfos.

Ao chegar próximo a Alben, o Mestre pede para ele se abaixar e fala:

— Eu sei que você está com medo, mas não se preocupe, vocês estão trilhando o caminho certo...

Alben entende o recado e sente um peso sair de suas costas, deixando-o um pouco aliviado.

Os demais pequeninos se juntam aos meninos e começam a comer as frutas que apanharam, demonstrando grande desenvoltura para subir em árvores. Alben e o Mestre se unem a eles, que sentam no gramado, formando um círculo, o que lembrava as rodas de chimarrão da aldeia.

Mestre faz as apresentações e logo começa a contar a história:

— Nós somos do Reino dos Anões. Existem mais de nós espalhados pelo mundo desde muito antes de o primeiro ciclo de humanos se iniciar. Somos conhecidos de diferentes formas: gnomos, anões, duendes. Mas o mais importante é que todos viemos do mesmo reino, apesar das diferenças que temos. Dificilmente somos vistos. Só nos veem quando nos descuidamos ou por algum acidente, como aconteceu hoje, pois temos isso...

Mestre e os outros anões pegam os pequenos capuzes, colocam-nos na cabeça e ficam invisíveis.

O Mestre diz:

— O desafio que vocês teriam nessa galeria seria um dos mais difíceis, pois se divide em duas partes: a primeira era nos encontrar; a segunda seria nos convencer de que devem passar ou ganhar de nós na luta. E, antes que comecem a rir por acharem que ganhariam de nós com facilidade devido ao nosso tamanho, vejam uma demonstração.

Mestre pegou seu machado e, com um só golpe, derrubou uma árvore de frutas vermelhas.

Os meninos e Alben ficaram fascinados com o poder de Mestre, que continuou a falar:

— Mas, por não pensarem em me agredir, mesmo depois do ataque de raiva de Dragon, vocês ganharam a permissão para passar por esta galeria. Antes de partirem para o próximo desafio, peço para que concluam os sete desafios para que sejamos livres. Não posso falar mais do que isso agora, mas confio em vocês para nos libertarem. Agora vamos abrir o caminho para vocês...

Para isso, os pequeninos golpearam, ao mesmo tempo, uma parede, que se despedaçou por completo, abrindo uma passagem. Todos se despediram e foram para a saída da galeria. Após se afastarem um pouco, Mestre chama Dragon, que é o único a parar, e diz:

— Filho, vejo em você o que eu sou. Algumas decisões devem ser tomadas depois de muito pensar, outras devem ser decididas pelo coração, mas nunca vá contra sua intuição. Escolhas malfeitas podem te trazer para um lugar como este, sem saída. Você carrega dentro de si a liderança necessária para conquistar o que quiser, mas isso traz uma responsabilidade ainda maior. Pegue isso...

Mestre tira do pescoço uma corrente de metal, escura e brilhante. Nela, havia uma miniatura de um machado, igual ao que Mestre carregava consigo. Dragon a pega.

Sem saber o que falar, ele olha para o Mestre, que diz:

— Isso vai servir para que você se lembre do que te falei sobre liderança. Um dia lhe será muito útil.

Dragon coloca a corrente no punho e agradece ao Mestre. Quando ia começar a falar, foi interrompido por Mestre, que diz:

— Vá com seus amigos, e leve isso, vocês vão precisar... — E lhe entrega um ramo de galhos e folhas dizendo: — Se precisarem se esconder, isso será útil. Agora vá que os outros já estão te esperando...

Dragon guarda os galhos em seu bolso e agradece. Antes de sair, diz:

— Mestre, até logo! Logo nos veremos, pois vamos libertar vocês.

Dragon sai correndo, Mestre os acompanha com os olhos e vê os outros meninos acenando. Assim, ele sente que seriam os primeiros a conseguir passar pelos sete desafios, e que faltava pouco para que a magia da Salamanca fosse quebrada.

***

O caminho até a galeria seguinte era tão curto quanto o anterior, então não demoraram a chegar à sua entrada. Ao olharem para trás, podiam ver a galeria anterior e sabiam que os pequeninos estavam torcendo por eles.

Eles entraram na galeria, e o que esperava por eles era quase inacreditável, pois se via a expressão de surpresa de cada um. Após o baque inicial, os meninos começaram a soltar algumas risadas tímidas, e o rosto de Alben corou. Parecia que todo seu sangue fluía em seu rosto.

***

A criatura alada alcançou o cume da montanha, onde os meninos e Alben estavam. Andou por um trecho, até que chegou a um local em que havia um buraco no chão, que não era muito grande, mas por onde poderia passar uma pessoa por vez. A criatura observou dentro do lugar e ainda demonstrava claros sinais de impaciência. Às vezes, parecia que iria entrar, mas alguma coisa a impedia, algo fazia com que hesitasse.

O cume da montanha se assemelhava a uma planície, pois havia grama cobrindo o solo plano. Havia algumas árvores e, perto desse buraco, existia uma árvore grande e frondosa, com muitos galhos e com a copa bem fechada por folhas pequenas e em grande quantidade, o que fazia dela um bom esconderijo. A criatura, após observar por mais um tempo o buraco, dá um salto, vai até a árvore e se camufla por entre os galhos. Dali, continua a observar o buraco. Qual será o motivo do interesse?

***

Eles esperavam ver qualquer coisa na galeria, mas nem em seus sonhos podiam imaginar o que viram. A cara de surpresa desapareceu no instante em que a galeria tremeu e a passagem pela qual entraram se fechou.

A expressão dos meninos voltou a ficar séria, mas não conseguiam desviar o olhar. Do outro lado da galeria, onde se abria uma passagem, podiam ver a estrada de fogo e o que os impedia era o motivo da surpresa: cinco mulheres, nuas, lindas, todas elas muito parecidas umas com as outras, com cabelos em um tom avermelhado, olhos que pareciam a erva do chimarrão, e com a pele bem branca e lisa. Os meninos, ao verem as mulheres, tiveram sensações desconhecidas. Alben, porém, estava embasbacado por completo, reparando em outras partes do corpo das mulheres, o que o fazia sentir coisas das quais não se lembrava.

Todos estavam paralisados. Se as mulheres quisessem atacar, estariam derrotados, pois não teriam como reagir. Mas elas estavam paradas, apenas olhando para os cinco, e mal se mexiam, apenas mordiscavam seus lábios carnudos e avermelhados, distraindo-os ainda mais.

Depois de um tempo, saíram do transe provocado pelas mulheres devido ao grito de Poli, quando observou a saída:

— Olhem! A passagem está se fechando...

Os meninos viram que a passagem começava a ruir e compreenderam que as mulheres estavam ali para distrair a atenção deles e não permitir que saíssem. Poli sai na frente, então Wolf e Joseph correm também. Dragon, notando que Alben não viu o que estavam fazendo, pega-o pelo braço, mas Alben resiste. Então, devido à seriedade da situação, Dragon puxa com força o braço de Alben, que cai e olha para os outros, que estavam tentando evitar que a passagem se fechasse, retirando os entulhos para que Alben e Dragon pudessem chegar até lá. Alben volta a si, se levanta, então ele e Dragon correm em direção à passagem.

***

Na aldeia, as pessoas começavam a chegar para mais uma roda de chimarrão. Apesar da falta que os meninos faziam, as pessoas já voltavam à normalidade, conversavam e sorriam. Ainda sentiam muita falta deles, por isso, ainda eram o principal assunto das conversas.

Isabel estava sentada no seu lugar de costume, e seu olhar não escondia que a cabeça dela estava em outro lugar. Não estava tendo outra de suas visões, mas não conseguia esconder a preocupação por não saber onde os meninos estavam, e se estavam bem.

Karen sentou-se ao lado da matriarca da aldeia e olha para Isabel, que não percebeu sua presença ali. Karen decide que puxar um assunto, para tentar distrair Isabel, seria inútil, pois ela mesma só pensava nos meninos, tentando imaginar como eles estavam, se estavam se alimentando, se estavam feridos. Então, Karen resolve apenas ficar em silêncio ao lado de Isabel.

Após um suspiro de Karen, Isabel volta seu olhar para ela e, com uma voz preocupada, diz:

— Alguma coisa está acontecendo agora com eles. Sei que eles estão com medo, estou sentindo isso em meu peito. Antes eu estava preocupada, mas agora posso sentir. O que vamos fazer? O que podemos fazer, Karen?

Karen tenta pensar em uma resposta que pudesse confortar Isabel, mas nada surge em sua cabeça, então suspira novamente.

Isabel estava sentindo algo que nunca sentiu. Ela sentia medo, mas era o medo sentido pelos meninos com quem ela tinha uma ligação que era além do normal... Não conseguia expressar, mas sabia que o sentimento em seu peito vinha de outro lugar, vinha deles...

Que sentimento era aquele? Por que Isabel estava sentindo aquilo?

***

Dragon corria assustado e só via uma passagem cada vez mais estreita, e muitas pedras e areia caindo sobre os outros, que lutavam para manter aquela passagem aberta. Correu desesperadamente, sentindo que daria tempo de ele e Alben chegarem até a saída. Mas a situação muda completamente, quando Dragon vê que as mulheres começam a se mover rapidamente e bloqueiam o caminho que ele e Alben têm de fazer para alcançar a saída. Eles diminuem a velocidade, mesmo não sendo o certo a fazer. Dragon fica sem saber o que fazer. Ele e Alben se entreolham, buscando alguma solução, mas, antes disso, uma das mulheres começa a observá-los. Ela estica um dos braços em direção a eles, e eles parecem sentir o toque dela, o que provoca um arrepio em seus corpos. Dragon não entendia o que estava acontecendo com seu corpo, que parecia não responder, só então percebeu uma melodia, então olhou para as outras mulheres, que moviam seus corpos ao som da melodia. Suas pernas e braços, assim como outras partes do corpo, ficaram enrijecidas, e ele mal conseguia mexer os olhos para além das mulheres nuas, mesmo que quisesse ficar olhando para elas para sempre, mesmo sem saber ao certo por quê. Ainda assim, ele estava mais preocupado com seus irmãos, que não estavam mais visíveis próximos à passagem.

Dragon começou a temer que seus irmãos fossem soterrados tentando ajudá-lo a sair, e isso fez com que ele se libertasse da hipnose das mulheres. Seus membros ainda estavam rijos, mas ele já conseguia se mover, então vai até Alben, que estava completamente hipnotizado, com os olhos abertos. Dragon se desespera, tenta arrastar Alben, mas ele não se move. Além disso, começa a ouvir, novamente, o som de pedras e areia caindo.

A passagem já estava prestes a se fechar, e ninguém sabia o que acontecia quando se fechava por completo, mas sua intuição dizia que a passagem funcionava como uma ampulheta, que bloqueia a passagem quando o tempo acaba, e eles ficariam presos ali para sempre. Ele não sabia por quê, mas era isso o que ele temia.

Dragon tentou se concentrar, mas não sabia o que fazer. Ouve uma pedra cair perto de seu pé, tem uma ideia e grita:

— Atirem pedras. Vamos, atirem pedras...

Wolf ouve os gritos de Dragon, então começa a atirar pedras, e diz:

— Não deixem a passagem fechar, tirem tudo o que puderem. Eu vou ajudá-los a sair...

Joseph e Poli continuaram a tirar pedras e entulhos da passagem, mas ficava cada vez mais difícil evitar que aquela montanha de pedras boqueasse a passagem.

Wolf começa a atirar as pedras. Ele mirava pela fresta na passagem e atirava uma atrás da outra. Dragon pegava as pedras que caíam e tentava acertar as mulheres, mas viu que isso não surtia efeito, pois, apesar de acertá-las, elas pareciam não sentir nada. Dragon estava encurralado e não sabia o que poderia fazer.

A passagem estava a centímetros de se fechar completamente. Poli e Joseph já estavam extenuados, mas não desistiram de tentar manter a passagem aberta. Wolf pega uma pedra e a joga com força, tentando não acertar Poli e Joseph, que lutavam para manter a passagem aberta. Assim, ele acerta um grande bloco de pedra que estava apenas escorado no topo do monte, e que desce rolando, ganhando velocidade. Dragon percebe que aquela pode ser a chance de que precisava; para isso, tenta correr o mais rápido que consegue. Seus membros ainda não tinham voltado ao normal, mas ele já conseguia alcançar a velocidade para fazer o que queria.

Dragon correu e se jogou contra o corpo da mulher que parecia estar hipnotizando Alben. Ela tinha um braço esticado em direção a Alben, então Dragon a pegou pela cintura e a carregou por alguns metros. Os dois caíram e Dragon saltou para trás, mas não conseguiu escapar dos respingos de sangue da mulher, pois o bloco de pedra desaba, esmagando metade do corpo dela. Os olhos de Dragon se arregalam, ele começa a tremer, e as outras mulheres partem para atacá-lo, mesmo ele estando em choque pelo ato desesperado que teve. Elas trocaram a beleza por uma feição maligna e assustadora, com dentes grandes e tortos, e bocas abertas sedentas por sangue. Estavam completamente iradas e, sem dúvida, matariam Dragon.

Alben sente seu corpo formigando, mas não tem tempo de sentir dor, pois, ao sair do transe, vê as mulheres se transformarem em monstros. Da boca, brotam dentes sinistros, e os corpos, antes lindos e delicados, agora estavam inchados e pegajosos, e o pior é que elas partiam para atacar Dragon.

Em um salto, Alben alcança Dragon, que parece sair do estado de choque. Eles se entreolham e percebem o que sobrou da passagem de saída, então ambos começam a correr e a escalar aquele monte de escombros. Mas as mulheres monstros correm muito mais rápido do que eles, então Alben pega uma pedra e, vendo isso, Dragon faz o mesmo. Quando uma das mulheres se aproxima, Alben arremessa a pedra e a derruba, mas não por muito tempo. Dragon, que já havia tentado atirar pedras e sabia que era inútil, segura a pedra e espera o momento que a mulher ia atacar. Quando uma das mulheres, que corria ao lado esquerdo de Dragon, dá um salto em sua direção, Dragon levanta a pedra acima de sua cabeça e dá um salto e, com um movimento único, usando a força gerada pelo peso de seu corpo, golpeia a cabeça da mulher, sem soltar a pedra. Ela cai e não se mexe mais.

Outra mulher vem na direção de Dragon, mas é atingida por mais uma pedra arremessada por Alben, mas com muito mais força. As duas que ainda estão de pé ficam para trás ao verem os corpos das demais. Essa pausa foi suficiente para que Dragon e Alben chegassem até a passagem. Eles se jogam pelo espaço que restou da passagem no momento certo, pois logo veem o braço de uma das mulheres, antes do restante de a passagem ser bloqueada.

Pela primeira vez em suas vidas, os meninos viram a morte de perto. Aquilo os deixou realmente assustados e serviu para mostrar que não podiam levar na brincadeira o que estava acontecendo, pois a vida deles e de Alben poderia acabar por causa de uma simples distração. Todos se atiraram no chão, completamente exaustos.

A galeria seguinte estava a poucos passos de onde estavam, mas não entrariam tão cedo. Diferentemente das galerias anteriores, eles temiam o que poderia estar lá dentro. E, apesar de estarem sem um caminho para voltar, decidiram que descansariam, tanto o corpo quanto a mente, antes de prosseguir.

***

Já era tarde da noite e Isabel tinha dificuldade em pegar no sono. A sensação ruim em seu peito passou um pouco, mas ela ainda estava agoniada, sentia que algo errado estava acontecendo ou iria acontecer.

Isabel fechou os olhos e os manteve fechados. Ela queria ter mais visões, mas estava receosa de que pudesse mostrar alguma coisa que a deixasse ainda mais preocupada. Ela se concentrou e, antes de abrir os olhos, Isabel sente seu corpo mais leve, sensação que indica suas visões. Percebeu que já conseguia provocar essas visões ou, pelo menos, agora achava fácil, pois parecia que podia controlar isso. Então pensou que faltava compreender o significado delas para que fosse algo realmente útil.

Ela abriu os olhos e não estava em seu quarto...

***

Os cinco estavam jogados ao chão, ainda ofegantes. O silêncio prevalecia e só era rompido pelo som da respiração deles. Vez ou outra, olhavam para o que sobrara da passagem e, ao fazerem isso, sentiam calafrios. Alben se concentrou em Dragon, pois não sabia como reagiria depois de fazer o que fez, então, discretamente, foi até ele e teve uma surpresa ao ver que Dragon não tinha cara de medo, susto ou choque. Dragon tinha um semblante normal, que não mostrava nada além de cansaço. E então, praticamente cochichando para que os outros três meninos não ouvissem, Alben pergunta:

— Como você está?

— Cansado...

— Só isso? Não quer me falar nada? — insistiu Alben.

Dragon volta o olhar para a passagem e, calmamente, diz:

— Alben, fiz o que eu tinha que fazer... Sabe, me assustei quando a pedra esmagou aquela... aquele monstro. Mas, se eu não fizesse isso, ela faria coisas muito piores com a gente.

Ele sente a frieza com que Dragon fala aquilo, e isso o assusta, pois, apesar de ser um monstro, esperava que o menino sentisse o peso de tirar uma vida, mas não foi o que aconteceu. Os meninos até se mostravam assustados, mas pelo que poderia acontecer, e não pelo que já havia acontecido.

Joseph diz:

— O que aconteceu lá dentro? Eu não podia olhar, pois tinha que evitar que a passagem se fechasse.

— Nós escapamos correndo de lá, assim que saímos do transe... — Alben respondeu.

— Isso. Mas, para tirá-lo do transe, tive que derrubar uma daquelas mulheres, e ela acabou sendo esmagada por uma pedra enorme que caiu pela passagem...

Alben achou que isso poderia causar algum espanto entre os meninos, mas quem se espantou foi ele mesmo ao ouvir o que Joseph diz:

— Que nojo! Então isso na tua cara é sangue de monstro?

Dragon passou a mão no rosto, notou que o sangue daquela coisa ainda estava seco em sua pele, e que parte daquele sangue entrou em sua boca. Com um arrepio que faz seu corpo todo tremer, ele tenta falar e cuspir ao mesmo tempo:

— Que nojo...

E os meninos caem na gargalhada. Alben não ri. Ele não sabe se os meninos não têm noção do que acabaram de passar ou se são frios o suficiente para não dar importância ao fato.

As gargalhadas cessam quando Poli chama a atenção de todos apontando para a próxima galeria. Todos se levantam, já com a seriedade que aprenderam na galeria anterior, que quase custou a vida de Dragon e Alben.

***

Isabel volta a si. O Sol já estava entrando pelas frestas da janela, e Isabel estava sorrindo, com cara de alívio. A visão que Isabel teve fez com que ela se sentisse bem e rejuvenescida.

Ela se espreguiça longamente, sem tirar o sorriso do rosto. Levanta-se da cama, pega uma caderneta e começa a escrever, o que faz com que seu sorriso se intensifique. Começa a se lembrar do que viu, e isso a deixa feliz, por isso demora para escrever, pois gostava daquilo, lembrar e passar para o papel a visão fazia Isabel sentir uma sensação muito prazerosa. Depois de escrever, Isabel sai de casa, observa as casas ao seu redor, a fogueira e toda a aldeia, com um olhar de nostalgia.

Karen, que já estava acordada, também saiu e foi ao encontro de Isabel. Ela observou sua felicidade estampada e então falou:

— Bom dia! Dormiu bem essa noite? Passou aquela sensação que tinha ontem?

Isabel nem precisou responder. O sorriso que ela deu, seguido de um abraço longo e aconchegante, fez Karen sentir-se tão bem quanto Isabel. Então, ainda abraçadas, Karen ouve Isabel dizer em seu ouvido:

— Vai ficar tudo bem! Eu vi! Vai ficar tudo bem!

***

Os meninos e Alben não acreditavam no que viam. Dentro da galeria seguinte, a poucos passos de distância, eles podiam ver aquele ser se movendo incessantemente, talvez pelo jogo das sombras formadas pela luz das tochas. O tamanho monstruoso assustava e não deixava dúvidas do que se tratava, pois qualquer um reconheceria e se assustaria com uma cobra, ainda mais uma cobra que podia engolir todos eles com apenas um bote.

Os meninos sentiam uma sensação de medo: pernas bambas, mãos suando e boca seca. Mesmo assim, sentiam algo florescer, uma pequena chama que se acendeu. Eles não sabiam o porquê, nem se isso era bom ou ruim, mas queriam entrar na galeria e enfrentar aquele monstro.

Alben não compartilhava desse sentimento e vontade, então diz:

— Não sei o que vocês estão pensando, mas tirem esses sorrisos assustadores do rosto, e vamos com calma. Temos que pensar em uma forma de passarmos sem que nenhum de nós se machuque ou pior...

Enquanto Alben falava, Wolf observava a galeria e nem deixou Alben terminar seu raciocínio:

— Aquela cobra é grande, mas está em uma galeria, isso pode ser uma vantagem para nós. Precisamos saber o que temos que fazer, mas, se nos separarmos, ela não vai poder se concentrar em todos. Assim, aquele que perceber que ela está em seu encalço deve se esconder, mesmo que seja em partes do corpo dela, afinal, a não ser Alben, a nossa altura não ultrapassa a grossura do corpo da cobra...

Alben escuta aquilo e acha uma loucura, não é nem um plano de verdade. Mas, antes de falar, Dragon começa:

— Tudo bem, todos entenderam?

Alben tenta, novamente, falar, mas Poli e Joseph respondem positivamente, então Dragon se volta para a galeria e começa a correr. Os outros três meninos fazem o mesmo, Alben fica sem escolha e vai atrás deles.

Faltando poucos passos para entrarem na galeria, Alben grita:

— Esperem! Isso não é um plano...

Todos param e olham para Alben. Tudo começa a vibrar e eles se dão conta de que Joseph está com o para dentro da galeria. Sem escolha, todos entram. Alben pensa em xingar, mas a serpente gigantesca faz com que ele engula as palavras e olhe para os meninos. A cobra se arma para atacar, está pronta para dar o bote.

***

O dia na aldeia começou agradável. Além do clima, os aldeões encontraram Isabel e Karen sorrindo e conversando bastante. As duas tomavam chimarrão tranquilas e alegres, o que fez com que eles procurassem os meninos pela aldeia, na esperança de que houvessem voltado. Mas ainda não tinham retornado, então foram até as duas, onde sentiram um bem-estar que há tempos não sentiam. Por isso, decidiram tirar o dia de folga.

— Deixei algumas armadilhas armadas, vou ver se tive sorte com alguma delas, assim poderemos ter carne fresca assada — Bruce informou.

Bruce já estava saindo, quando percebeu que Artur, Marcus e Téo iriam com ele. Ele olhou para os outros e, mesmo sem precisar falar, percebeu que reunir todos trazia lembranças da caçada, que foi a primeira aventura dos meninos.

Foram até as armadilhas, e somente na última tiveram sorte de pegar um javali, de tamanho normal, que trazia ainda mais lembranças dos meninos e de Alben. Ao retornarem à aldeia, todos ajudaram na limpeza e no preparo do banquete, com direito a vários pratos: pernil e costelas de porco assadas em espetos de madeira, vários tipos de legumes e verduras e batatas assadas, retiradas da plantação que começou com as batatas encontradas durante a caçada.

Ninguém tinha motivo para comemorar, mas, mesmo assim, estavam felizes. Quem precisava mais do que isso para comemorar? Seus corações estavam aquecidos por um sentimento muito bom.

***

Os meninos não perderam tempo olhando para aquele monstro, e cada um foi em uma direção. Para frente foi Dragon, que seria o alvo da primeira investida da cobra. O bote foi rápido, mas não o suficiente para alcançá-lo, pois ele se esquivou com um salto em direção à criatura. Ele tocou na serpente e notou que as escamas da sua pele pareciam ser feitas de pedra. E, apesar da proximidade com o corpo do animal, sentia-se seguro, já que não tinha espaço para ela alcançá-lo com um bote, pois ele se escondia onde ela estava enrolada.

Depois de fugir do primeiro ataque, Dragon gritou para que todos ouvissem:

— Wolf, qual é o plano? O que vamos fazer?

Wolf não sabia o que responder, pois não sabia se conseguiriam derrotar a cobra, e não conseguia ver a galeria, pois a cobra ocupava toda ela. Wolf leva uma pancada, que não sabe de onde veio. Joseph viu que Wolf cuidava da movimentação da cabeça da serpente, e foi por esse descuido que levou o golpe da cauda da cobra. Wolf caiu meio desacordado, e a cobra tentou dar o bote nele. Nesse momento, Joseph correu e tirou Wolf do alcance dela, que parecia ficar mais agitada a cada instante.

A cobra começou se movimentar mais rápido, fazendo o solo da galeria vibrar, quase tanto quanto na hora em que a galeria se fechou. Os meninos e Alben também não pararam de se movimentar para não ficar ao alcance do ataque da serpente gigante. Durante esse balé, Poli viu o que poderia ser a saída da galeria. No lado oposto de onde entraram, havia um pequeno buraco, e, para passar por ele, teriam que rastejar.

Poli gritou avisando sobre a passagem, que todos observaram, então Wolf ainda meio tonto diz:

— Vamos tentar passar.

Após isso, Joseph, que estava logo atrás de Wolf, tenta ir até lá, mas a cobra muda sua movimentação e postura. Agora é uma cobra que se desenrola e levanta sua cabeça e grande parte de seu corpo, como se olhasse para a passagem. Ela conseguia antecipar as tentativas deles de fugirem.

Depois de Joseph tentar sair e quase ser atacado pela cobra, Dragon tenta, corre em direção à passagem, mas, quando iria pular para passar pelo buraco, a cobra dá o bote. Dragon tenta desviar, mas é surpreendido quando a cobra abre duas "abas" ao lado de sua cabeça, por onde excreta uma substância fétida e viscosa. Dragon consegue fugir da substância no último instante. Eles não sabiam o que aconteceria se o ataque o tivesse atingido, mas parecia que aquilo poderia corroer até as pedras do chão da galeria.

Wolf chega perto de Alben e pergunta:

— O que faremos? Como vamos sair daqui?

Alben buscava uma saída, mas a situação era extrema. Ele sabia que, dificilmente, conseguiriam matar a cobra, e passar por ela não era fácil.

Então, Alben diz:

— Parece que não conseguiremos passar por ela, não temos como escapar de sua visão...

Nesse momento, Dragon pega no bolso os galhos e folhas enrolados em um pedaço de cipó e se lembra das palavras do Mestre, o pequenino pelo qual passaram na outra galeria.

— Preparem-se, acho que sei como sair daqui...

Dragon diz para Wolf prestar atenção ao ataque da serpente para que ele pudesse lhe dar cobertura. Mesmo sem entender o que Dragon queria, Wolf concordou, e Dragon começou a correr em direção à parede mais próxima. A cobra olhou para Dragon, mas logo voltou a atenção para a passagem, pois Wolf correu e chamou a atenção da serpente. Ao alcançar a parede, Dragon percebe que as tochas estavam fora de seu alcance, então, sem pensar muito, atira aqueles galhos na tocha e acerta na primeira tentativa. O que aconteceu em seguida era o que ele esperava.

Os galhos começaram a queimar e provocaram uma cortina de fumaça, que subiu e demorou para baixar. Ao perceber isso, Alben e Wolf dizem para os demais se abaixarem e andarem até a saída. A fumaça começa a tomar conta do ambiente e, mesmo abaixados, a visão e a respiração foram prejudicadas.

Alben ficou ao lado da passagem e ajudou todos a saírem, depois passou, já tossindo e com os olhos cheios d'água por causa da fumaça. Mas não puderam descansar, pois tudo começou a vibrar, e eles notaram que saíram de uma galeria diretamente para outra. Ainda havia fumaça vindo da galeria anterior, o que incomodava os olhos, interferindo na visão do que os aguardava.

***

Mais um dia se passou e, mesmo após as conversas e a alegria, ao cair do sol o coração dos aldeões batia descompassado. Era a saudade os machucando. Isabel começou a roda de chimarrão. Ela continuava com um sorriso no rosto, sincero e com um brilho que somente a alegria podia trazer.

As pessoas começaram a tomar seus lugares na roda de chimarrão, ao redor da fogueira. Eles não conseguiam entender por que Isabel estava tão feliz.

Por isso, depois de todos chegarem e sentarem em seus lugares, Isabel começou a falar:

— Antes que comecem a duvidar da minha sanidade por trazer comigo esse sorriso, quero que saibam que também sinto muita falta dos meninos. Mas sei que eles não demoram a voltar e, quando voltarem, não serão mais aquelas crianças. Estão passando por coisas difíceis, mas estão muito bem! Sinto que estão!

Só se ouviam murmurinhos, ninguém falava nada diretamente para Isabel. Muitos pensavam que Isabel estivesse perdendo o juízo, mas, por respeito a ela, guardavam essas ideias.

Isabel olha para as pessoas e diz:

— Sei que eles não vão demorar para voltar. Ficarmos tristes e cabisbaixos de nada vai adiantar. Sei que eles podem sentir quando estamos tristes, do mesmo modo que sinto que estão um pouco assustados, mas estão muito bem.

Com isso, os aldeões começaram a perceber algum sentido no que Isabel falava. Muitos ainda achavam aquelas coisas absurdas, mas outros entenderam o que ela quis dizer, então começaram a deixar de lado aquela agonia e depressão que sentiam por estarem com saudades.

***

A fumaça ainda incomodava o nariz e os olhos de todos e, entre uma tosse e outra, tentavam entender como já estavam dentro de outra galeria. Será que aquela ainda era a mesma galeria?

Aos poucos, começaram a se recuperar, então viram o que os esperava ali. Foi impossível não sentir medo, pois, parada perto deles, estava a mesma velha corcunda que encontraram anteriormente. A velha estava parada, apenas observando-os. No rosto, trazia algo parecido com um sorriso, mas era difícil identificar devido à falta de dentes. Eles sentiam um cheiro horrível, que lembrava animais mortos.

A velha não se movia, e os meninos e Alben não sabiam o que fazer. Um brilho avermelhado tomou conta do seu olhar, então deu um grito estridente de dor. Ela, com um salto, se afastou deles, e foi para um lugar onde quase não existia luz. Mas os meninos e Alben sabiam que ela os observava, pois viam seus olhos vermelhos. Eles aguardavam para decidir o que fariam, mas aquele olhar lhes provocava uma raiva que nunca haviam experimentado antes. Eles queriam saber por que ela não os atacava, foi então que Alben disse:

— Meninos, temos que ter muito cuidado. Essa bruxa pode ser muito perigosa, então não podemos errar, toda a atenção pode ser pouca.

Os meninos entenderam o que Alben queria dizer, pois sentiam alguma coisa muito negativa no ar. Provavam, pela primeira vez, o que pode se chamar de clima maligno, pois sentiam que algo poderia atacá-los a qualquer instante.

Os meninos não desviaram o olhar dos olhos vermelhos que os encaravam. Eles não queriam atacar a velha, pois dariam chances para ver o ataque dela. A tensão que existia fazia com que mantivessem seus punhos cerrados, prontos para atacar, caso necessário. Todos estavam tensos acreditando que somente o confronto com a velha assustadora possibilitaria a saída deles da galeria.

Depois de um tempo, nada aconteceu. A tensão não diminuíra até que, por alguns instantes, os olhos vermelhos se fecharam e, após isso, se ouviu um grito ainda mais estridente de dor e agonia. Os olhos se abriram, e a cor era ainda mais vermelha e brilhante. Os meninos sentiram um arrepio ao ver aqueles olhos. A velha parecia ter adquirido forças de outro mundo e correu rapidamente na direção de Dragon, tentando golpeá-lo. Ele, por um reflexo, não teve o rosto atingido pelas unhas que a velha usava como garras. Todos arregalaram os olhos ao ver isso, pois, mesmo Dragon tendo desviado em um golpe de sorte, parece que não conseguiriam escapar ilesos daquela batalha. Antes de finalizar o pensamento, a velha começa a atacar e acerta as costas de Dragon, que não conseguiu escapar. As unhas da velha rasgaram sua camisa e arranharam suas costas. E, mesmo que não tenha sido ferido profundamente, ele entende que, se aquela velha acertasse alguém em cheio, esse alguém poderia ter sérios problemas.

Após atacar Dragon, a velha correu para atacar Poli, que escapou porque Alben conseguiu empurrá-la. Com isso, Dragon parte para atacá-la e tenta dar um soco no rosto da velha, que, sem nenhuma dificuldade, se esquiva e golpeia a barriga de Dragon, não com as unhas, e sim com a palma da mão. Esse golpe faz Dragon perder o ar e se curvar, então a velha ergue o punho e abre a mão, destacando aquelas unhas longas e extremamente perigosas. Antes de atacar Dragon, Joseph salta sobre ela, que, com um movimento, lança Joseph ao chão. Ela se volta para Dragon, que não está mais lá, então Alben golpeia as pernas da velha, mas é ele quem sente a dor, pois havia uma proteção que impedia que a velha fosse atingida.

Ela começa a gargalhar, dando tempo para eles se afastarem um pouco. A gargalhada sinistra continua, e Wolf percebe que alguma coisa está errada, pois ela também derrama lágrimas, que não pareciam ser de mentira, mas, sim, carregadas de emoções. Wolf não sabe por que ela chora, mas conta para os demais, o que não faz muita diferença, pois a velha começa a distribuir tapas e unhadas em todos, que se esquivam e tentam atacá-la. Os ataques, porém, se mostravam inúteis, pois pareciam não afetar a velha, como se ela estivesse em um campo de força.

***

Já não existia mais luz do sol, e a noite estava escura e fria. Escondido por entre os galhos de uma árvore, aquele ser ainda observava a fissura no chão daquele lugar. O buraco lhe prendia a atenção, e ele se mostrava tão ou mais inquieto do que antes, mas continuava a aguardar. Por vezes, parecia que ele sairia dali, mas pensava e voltava a se acomodar e observar.

***

Após mais um tempo escapando dos golpes daquela velha, os meninos começaram a se cansar. Já não a golpeavam mais por notar que isso só consumia energia e não surtia efeito algum. Wolf se esquivava dos ataques, mas sem deixar de observar o rosto daquela senhora. Ele percebeu que o rosto que parecia sorrir se tornara um rosto cheio de dor e agonia. Além disso, Wolf poderia jurar que aquela senhora estava lutando, dentro de sua mente, com alguma coisa que a estava controlando, pois parecia que não queria atacá-los, e aquilo incomodava Wolf.

Wolf falou com Dragon, que, seguindo o plano de Wolf, abraça e tenta segurar os dois braços junto ao corpo da velha. Mas, mesmo Dragon fazendo muita força, estava difícil segurar. Mesmo sem saber o porquê de Dragon estar segurando a velha daquela forma, Alben e Joseph foram ajudar, então conseguiram conter seus movimentos.

Wolf começou a observar, e Poli perguntou o que ele procurava.

— Procure qualquer coisa que achar estranho — Wolf disse.

Poli pensou consigo mesmo: *como se tudo que está acontecendo aqui não fosse estranho...*

Eles, então, praticamente ao mesmo tempo, notaram que, escondida sob os sujos cabelos da velha, existia uma marca. Achando estranho, Wolf se aproximou e tirou os cabelos de cima da marca para observar melhor.

Com isso, Alben olha e diz:

— Se não me engano, isso é um selo. Nunca vi um humano com selo antes, mas ouvi falar deles. Meu mestre dizia que alguns demônios marcam pessoas que querem controlar.

— Você tem certeza disso? Como faremos para tirar este selo dela? — Wolf perguntou.

— Em meu Grimório, tenho uma magia que se utiliza uma espécie de selo. Eu a usei nos cavalos e na vaca que estão na aldeia e, para quebrar essa magia, temos que danificar o selo.

— Danificar o selo? Como assim? — questionou Wolf.

— Cortar o desenho do selo com uma linha, o que pode não ser tão simples, pois ele é feito com magia.

Wolf tenta apagar o selo com as mãos, esfregando, mas sabia que essa tentativa era praticamente inútil, pois, ao observar melhor, notou que a marca estava por baixo da pele.

— Alben, tem certeza de que quebrar o selo resolve o problema? — Wolf perguntou.

— Provavelmente, sim. É a melhor chance que temos.

Wolf pega uma lasca de pedra no chão e diz:

— Me desculpa, mas acho que vai doer...

Wolf usa a lasca de pedra para cortar a pele e aquele selo, o que não era nada fácil, pois aquela velha parecia ter uma camada protetora. Wolf não desistiu e aumentou a força e a frequência com que passava aquela lasca afiada de pedra na pele da nuca da velha. Ao começar o corte, a velha começa a se contorcer e gritar, seus olhos se reviram, ficando completamente brancos, e parecia que todas suas juntas iriam se deslocar, era uma cena sinistra.

Quando Wolf terminou de cortar a pele e romper o selo ao meio, aquela velha soltou um último grito, longo e ensurdecedor. Todos que a seguravam a soltaram para levar as mãos aos ouvidos, pois o grito poderia romper seus tímpanos. Após esse grito, um silêncio dominou o ambiente, e a velha caiu desacordada no chão. Wolf foi o primeiro a se aproximar, então olhou o que parecia ser um cadáver no chão, com uma poça de sangue formada atrás da cabeça daquela velha, o que só reforçava a impressão de que ela já não possuía mais vida.

O sangue ainda vertia pelo corte que rompeu aquele selo. O ar da galeria tinha um cheiro diferente de antes, mais forte e repulsivo. Os outros se aproximavam lentamente e viam que Wolf estava preocupado, pois se culpava pelo que havia acontecido. Todos estavam em silêncio, não existiam palavras para aquele momento. De repente, a velha puxa o ar com tanta força que seu corpo se contorce, se arqueia, e volta a ficar deitada no chão, mas, dessa vez, com os olhos abertos, respirando fracamente.

Wolf abre um sorriso, então a velha, com voz trêmula, diz:

— Obrigada! Muito obrigada, vocês me libertaram...

Ela solta o seu último suspiro, e agora eles tinham certeza de que ela trazia em seu rosto um verdadeiro e puro sorriso, pois estava feliz no momento em que morreu. Os olhos de Wolf se encheram de lágrimas, mas ele não chegou a derramá-las, estava tocado pelo agradecimento que receberam.

Os meninos, então, se entreolharam meio desorientados, sem saber o que fazer.

Então Alben diz:

— Vamos dar a esta senhora um descanso eterno honroso...

Com pedras, Alben e os meninos fazem um túmulo e, ao largar a última pedra sobre ele, algo inacreditável acontece. Uma luz branca, que surge do túmulo, começa a tomar conta do lugar. Assim, a partir da luz, aparece uma jovem, linda, de cabelos negros, envolta por uma túnica branca com alguns enfeites florais. Tanto Alben como os meninos não sentem medo da aparição, pois ela transborda paz e bondade; eles sentem coisas boas, uma paz de espírito e sentimento de dever cumprido.

Aquela jovem olha para eles, dá um sorriso e fala:

— Vocês me libertaram desta prisão onde estou há muito tempo. Vou lhes contar minha história.

"Eu era uma índia moura que vivia nestes vales por entre a serra de montanhas altas. Depois de um tempo, comecei a visitar os campos que existiam depois da serra. Eu achava aqueles campos lindos, então conheci um lugar diferente, onde as casas eram grandes e feitas de pedra. Eu espiava por trás das árvores aquele lugar, então conheci um rapaz, que me viu espionando e foi até mim. Tive medo e fugi, mas, sempre que podia, ia até lá novamente e via aquele mesmo rapaz me procurando. Um dia, tomei coragem e fui até ele. Nós mal nos entendíamos, porque falávamos línguas diferentes, mas nos comunicávamos de alguma forma, pois nosso peito batia forte quando estávamos juntos. Nós éramos jovens, então ele me ensinou a falar sua língua. Passávamos muito tempo juntos, mas, um dia, ele me disse que seus pais estavam doentes e que ele iria morar com os padres, pois isso era o que sua mãe queria. Ele foi, mas me mostrou onde era. Eu o visitava, às vezes, e até mesmo passava a noite lá. Até que, em uma noite quente, eu e ele fomos até o riacho, mas, quando voltamos para a casinha onde ele dormia, um padre, que estava lá esperando, nos amaldiçoou, evocando a maldita Salamanca, e fez um contrato com ela. Ele deu a alma de meu amado para que ela me prendesse, então ela me marcou e disse o seguinte:

— Vou criar uma armadilha para que eu consiga prender mais almas de tolos. Evoque sete desafios, pois abrirei sete casas. Vamos trancar todos, e eles só poderão sair quando alguém conseguir passar por todos os desafios...

Então, o padre pegou seu livro de magia e evocou mais sete seres, que seriam os desafios. Ele quis fazer algo difícil de vencer, em que não adiantaria só força, inteligência ou coragem. Então, fez essa armadilha e começou a dizer que, quem passasse pelos desafios, ganharia riquezas e corpo fechado. Mas isso era o que a Salamanca o mandou falar para atrair mais pessoas para cá.

O fato é que estou presa aqui há muito tempo. Eu era jovem, e vocês viram como estava meu corpo antes de vocês me libertarem. Já era para eu ter morrido há muito tempo, mas aquela Salamanca me marcou, o que não deixa a pessoa morrer, nem mesmo controlar o próprio corpo. Eu podia ver e sentir tudo, implorava para morrer, mas parecia que o fogo da Salamanca aumentava com a minha dor. Até que, há algum tempo, a Salamanca sumiu. Antes disso, eu pude ver, dentro de minha mente, o final de um ciclo e início do 'sétimo'. Não sei o que era isso, mas sei que deixou a Salamanca mais fraca, até o dia em que ela sumiu. Deixou essa maldita marca, que vocês tiraram de mim, e essa marca ainda me controlava, não conseguia evitar, pois meu corpo estava muito fraco."

Todos ouviam o que a aparição dizia, mas continuavam incrédulos. Aquela história era fantástica demais para que acreditassem.

Então, Alben perguntou:

— O que é essa Salamanca que você tanto fala?

— Salamanca é um espírito elementar do fogo. Ele tem a forma de uma salamandra que muda de tamanho. Antigamente, padres usavam a magia, outros usavam evocações e, por vezes, selavam acordos em que o espírito cobrava certo valor para fazer a vontade de quem o havia evocado, muitas vezes cobrava isso em almas.

— Almas? Como se cobra uma alma?

— Quando estamos vivos, absorvemos conhecimentos, forças, energia. Quando morremos, nossa alma sai do corpo e, junto dela, saem os conhecimentos, forças e energia. A alma é extremamente difícil de se capturar, mas esses outros fatores ficam no ar e são absorvidos por aqueles que estão no ambiente, basta que, para isso, tenham a alma preparada para a magia.

— Quer dizer que, quando morremos, alguém pode extrair de nós tudo o que aprendemos durante a vida?

— Tudo, não. Não são as memórias, e sim fragmentos de luz, que carregam a energia que pode ser conhecimento, segredos, magias, e cada pessoa pode usar de uma maneira. Deixa eu te mostrar.

A aparição some e reaparece com o Grimório de Alben em mãos. Ela o entrega a ele e diz:

— Suas almas estão prontas para magia. Passar por esses sete desafios, me salvar e libertar foi o que mostrou estarem prontos. Cada um receberá um fragmento especial. Tomem cuidado...

Outro clarão tomou conta de tudo. Quando a luz se esvai, eles podem ver cinco pequenas esferas de luz azul flutuando até eles. Seu movimento é suave. Ao tocá-las, elas são absorvidas pelos corpos dos meninos. A esfera de Alben, por sua vez, foi absorvida por seu Grimório. No momento em que o Grimório a absorve, todos notam que uma página começa a brilhar. Alben a encontra e vê que a esfera de luz criou uma página extra em seu Grimório. Em seu cabeçalho está escrito "Itens Raros". Na página, há o desenho de uma pequena pedra, como que em chamas, e, ao lado dela, a inscrição "Fragmento Salamanca".

Eles ouvem passos. Olham à volta, mas nada conseguem ver. E não há nada capaz de deixá-los mais temerosos do que estarem desorientados, sem entender o que se passa e com a expectativa de que alguma coisa ainda mais misteriosa possa acontecer.

***

Na copa da árvore, o ser tem um arrepio. Ele percebe que alguma coisa grande está prestes a acontecer. A criatura observa, então toma uma decisão. Sai da copa da árvore e vai até a abertura no chão. Mas continua apenas observando.

***

Eram muitos sons de passos. Pela passagem em que entraram na galeria, vêm os pequeninos. Quem vem à frente é Mestre, que, ao ver os meninos e Alben, sorri, e apressa seus pequenos e curtos passos.

Ele estende a mão a Dragon. Este aperta a mão do outro.

Mestre diz:

— Eu sabia que podia confiar em vocês!

Os olhos de Dragon não conseguiam esconder o orgulho que todos sentiam. Mestre chama todos para lhes falar algumas palavras.

Eles se sentam em pedras e, então, Mestre começa a falar:

— Eu sabia desde o começo que vocês conseguiriam. Apesar de serem meninos, todos têm almas boas e fortes. Devo lhes dizer que, mesmo sem saber que método vão usar, vão ajudar a dominar este novo ciclo. O sétimo ciclo...

Ao ouvir isso, tanto Alben quanto Wolf fazem uma expressão de curiosidade.

— O que é o "sétimo ciclo"? — Wolf perguntou.

— O sétimo ciclo é o que o nome diz. É a sétima vez em que a Terra vai ter um ciclo humano. O planeta é muito antigo, e várias outras "humanidades" já existiram, mas esses ciclos acabam por um motivo. O importante sobre os ciclos é que, por trás deles, existem forças que dominam. Elas são conhecidas por luz e escuridão. Entre elas, nunca há consenso. Quando a luz domina, a escuridão se esconde e vice-versa.

Os cinco ouvem, concentrados, enquanto Mestre continua:

— A diferença é que, no sétimo ciclo, essas forças estão reclusas, ambas. Como diz a lenda, o criador fez o mundo em seis dias e, no sétimo, descansou. É uma interpretação errônea, pois, na verdade, o sétimo ciclo será aquele que poderá começar sem a influência da luz ou da escuridão, não com descanso, como fala a lenda. Mas essas forças não somem. Elas e seus conhecimentos estão espalhados pelo mundo. Sendo assim, alguém pode trazer para este plano um ser que tente dominar o ciclo sem a resistência da força oposta. Agora sei que vocês podem dominar este ciclo. Mas devo dizer que, apesar de terem potencial, devem se aprimorar. Se alguém ou alguma coisa vier para tentar dominar o ciclo, sem dúvida será algo perigoso para tudo e para todos.

Alben, Dragon, Wolf, Joseph e Poli olhavam para um horizonte inexistente, como se tivessem dificuldade para processar as informações.

Mas Mestre não dá tempo para que pensem e, logo, diz, entre risos:

— Sinto que vão ser muito maiores que qualquer outra força que já pisou nessa Terra. Sinto que vamos nos encontrar em breve e que, quando o fizermos, vocês já estarão muito mais fortes e inteligentes.

Os cinco olham para os pequeninos. Eles se levantam e vão na direção da passagem pela qual entraram, todos com os braços direitos levantados, acenando, despedindo-se dos meninos e de Alben. Antes de sair, mestre se vira e, com um largo sorriso no rosto, diz:

— Isso não é um adeus. Sei que vamos nos encontrar, mas tenho que voltar para meu mundo. Não sei como estão as coisas por lá...

Os meninos e Alben acenam também.

Mestre diz:

— Sei que vocês vão ultrapassar todos os obstáculos em seu caminho, mas, se por acaso precisarem de ajuda, já têm a chave para nos encontrar.

Mestre some. Eles não viram se ele vestiu a touca que o deixava invisível, mas fato é que não podiam mais vê-lo.

A galeria começou a vibrar. A passagem pela qual entraram e Mestre acabou de sair se fecha. A saída da galeria se abre e o caminho não tem tochas de iluminação, mas uma luz fraca, que parece vir de cima de um aclive. Parece que precisariam percorrer um caminho morro acima.

Os meninos se põem a andar em direção à saída, mas Alben se deteve.

Ao ser questionado do porquê de não ter saído do lugar por Joseph, Alben responde:

— Vocês se esqueceram o porquê de termos entrado nesta caverna?

Os meninos sentem um frio subir pela espinha. As palavras fazem com que suas pernas fiquem bambas e as mãos suem. Instantaneamente, eles ficam nervosos e ansiosos pelo que está por vir.

CAPÍTULO 9

RITUAL.

Em uma galeria ao lado daquela em que estão Alben e os meninos, Mestre chama a atenção dos outros pequeninos e diz:

— Sigam para casa. Antes de ir, quero ver uma coisa.

Os pequeninos não questionam Mestre e, em seguida, somem. Mestre anda por um caminho que parece ter sido feito para ele: apesar de sua pouca altura, tem de andar abaixado. Depois de avançar um pouco, ele vê uma luz como que no topo de um aclive. Vai até lá com passos rápidos. Ao chegar à luz, Mestre tem de escalar uma parede de pedras. Ao sair da caverna, ele se depara com a criatura alada, ainda parada a observar.

Então diz:

— Mothman, você por aqui?

O ser, então, recolhe suas asas, olha para Mestre e diz:

— Você me conhece?

— Não, não conheço você. Conheço o que você faz. Vê-lo aqui me deixa muito preocupado. O que está fazendo?

— Sinto que alguma coisa muito grande vai começar neste local...

— Mas você não aparece somente na iminência de uma grande tragédia? O que é tão grande a ponto de trazê-lo aqui?

— Apesar de sentir que existem almas puras nesta caverna, sinto que uma energia muito negativa vai sair daqui. Mas não consigo entender a razão disso.

— Você sabe que esse é o local onde a Salamanca tinha sua armadilha? Era aqui que ela fazia suas vítimas. Foi aqui que ela me aprisionou, assim como a outros seres mágicos. Foi isso que o atraiu?

— Não, pequenino. Eu já sabia disso. O que me atraiu é algo diferente. Há, nessa região, um templo sagrado que foi violado por um ritual antigo. Sinto que parte dessa violação seguiu até esta montanha. Por isso, atraí essas almas puras e fortes até aqui, pois elas poderiam ver e acabar com o que estou sentindo. Mas sinto que meu plano deu errado. No momento em que eles entraram e começaram a passar pelas galerias, as vibrações negativas só aumentaram.

Mestre nota que lágrimas caem pelo rosto de Mothman. O ser, apesar de sua aparência monstruosa, tem um coração muito bom, amaldiçoado com o poder de prever catástrofes e nada poder fazer para evitá-las. Lágrimas no rosto de tal ser só podiam significar algo muito, muito errado.

— Podemos fazer alguma coisa para evitar o que vai acontecer? — Mestre questionou.

A resposta de Mothman não é animadora:

— Não sei o que vai acontecer. Sei que algo vai acontecer em um local, mas não sei exatamente onde, nem o quê. Por isso não consigo evitar os desastres. Acho que o que nos resta é esperar... e torcer para que eu esteja errado pela primeira vez.

A conversa se finda. Ambos sabem que algo está prestes a acontecer, mas não têm como evitar a tragédia. Em silêncio, Mothman derrama mais algumas lágrimas e então abre seu par de asas e, com um salto e um bater de asas, parte para o céu ainda escuro.

***

Os meninos estavam apreensivos. Estavam ansiosos, mal conseguiam segurar a empolgação. Disparavam muitas perguntas, e Alben diz:

— O que vamos fazer é uma magia que passará sua energia vital para o objeto que utilizarão como Grimório. Para isso, vocês têm de estar concentrados e fazer sumir toda essa empolgação para que nada dê errado. Estamos em um local com muita energia. Isso vai ajudar a canalizar a magia. Acredito que todos sairemos desta caverna com Grimórios.

Os quatro sorriem ante a frase.

Alben continua:

— Mas devo avisar que essas magias podem ser inexatas. Então, se alguém não conseguir, não precisa se preocupar. Devo dizer que existe até mesmo a chance de nenhum de vocês conseguir um Grimório hoje. De qualquer forma, temos tudo de que é preciso: lugar com bastante energia, e suas almas estão em um nível alto, mesmo que tenhamos forçado isso. Quero que imaginem como querem que se pareçam os Grimórios. Tentem materializá-los em suas mentes. Enquanto isso, vou fazer alguns preparativos.

Os meninos se concentram, querendo que tudo dê certo. Eles se esforçam para que toda sua empolgação se transforme em concentração.

Concentram-se e, assim, mesmo com Alben fazendo os preparativos à volta, nada viam. Apenas imaginavam como seriam seus Grimórios. Detalhes lhes sobravam.

Com um pedaço de pedra, Alben desenha, no chão duro da caverna, um grande círculo. Dentro do círculo, ele desenha uma estrela. Em cada ponta, ele faz um círculo menor. Com o Grimório em mãos, faz surgir uma túnica preta, muito parecida com a que usava no dia em que os meninos o viram na caçada. Ele a veste e abre o Grimório em outra página. Lê em silêncio uma passagem, concentrado.

Após tomar todas as devidas providências, Alben chama os meninos. Devido ao tamanho da concentração em que os meninos estavam imersos, sequer ouviram seu chamado. Ele vai ao encontro deles e os chama novamente. Eles saem do transe e se põem a ouvir o que Alben tem a lhes dizer:

— O que vamos fazer é um ritual no qual vocês se iniciarão em magia. Apesar de ser básico, é muito efetivo. Depois disso, vamos para o segundo passo, no qual pensarão em seus Grimórios, como se estivessem à sua frente. Então vamos concentrar sua energia e canalizá-la em um objeto, juntamente com a que esse lugar dispõe. A energia será tão grande que vamos transfigurar os objetos em Grimórios. Se não tiverem entendido, não se preocupem. Vou instruí-los durante o ritual. Não quero que se assustem. Às vezes, ao usar a energia, algumas pedras podem cair ou mesmo levantar do chão sem que toquemos nelas; o chão pode tremer. Isso é natural. Apenas peço para que me ouçam e não se distraiam com nada. A concentração é a chave para qualquer magia.

Após as instruções, Alben mostra aos meninos o pentagrama com os círculos em cada ponta da estrela. Alben se posiciona no círculo de uma das pontas da estrela. Ele orienta que cada um deve se posicionar em um daqueles círculos. Dragon fica à direita de Alben, assim como Poli; à esquerda ficam Wolf e Joseph. Antes de começarem, Alben pergunta:

— Algum de vocês tem alguma pergunta?

Joseph, com uma cara de riso, diz:

— Alben, por que você tem de usar esse vestido preto com capuz?

Alben, percebendo que a pergunta, além de ser uma dúvida real, era uma brincadeira de Joseph, se faz de desentendido, e diz:

— Não é vestido. É uma túnica, uma roupa usada há milênios para fazer rituais. E a acho muito legal.

Alben termina a frase com um largo sorriso, e isso arranca risos de todos. Ele sabe que precisavam quebrar o gelo. Todos estavam tensos pelo que iria acontecer.

Passado o momento de descontração, Alben diz:

— Quero que se concentrem. Abram os braços e deem as mãos. Vamos formar um círculo com isso. O que farei é passar minha energia por vocês e, assim, incentivar a energia de cada um a despertar e aflorar. Para que isso aconteça, vocês devem manter a concentração. Não devem pensar em outras coisas. Fiquem abertos à minha energia. Quando ela começar a fluir por seus corpos, podem sentir formigamentos, arrepios ou mesmo pequenas fisgadas. Mas não se preocupem, nem se distraiam com isso. É isso mesmo que deve acontecer.

Alben larga seu Grimório aberto à sua frente. Todos se dão as mãos. Ele olha para cada um dos meninos, que estão bastante sérios. Não têm medo do que pode acontecer.

— Estão prontos? — Alben perguntou.

Eles acenam positivamente com a cabeça.

Alben fecha os olhos e tanto Dragon quanto Wolf começam a sentir que Alben faz força com o corpo, principalmente com os braços. Depois de pouco tempo, sentem calor vindo de Alben.

Ele abre os olhos. Tem uma expressão fechada. Aos poucos, uma brisa começa a soprar pelo lugar. Alben começa a liberar sua energia aos poucos. Os meninos sentem calor passar por seus braços, os poucos pelos que têm em seus braços se eriçam. Aos poucos, sentem que alguma coisa flui por eles. Alben faz um pouco mais de força nos braços, e o fluxo da energia aumenta. A brisa sopra mais forte, tornando-se um vento razoável.

Alben, ainda com a expressão fechada, pergunta em alto e bom tom:

— Vocês estão prontos?

Com a resposta de estarem prontos, Alben olha para seu Grimório. Uma luz clara começa a fluir do livro até ele. Alben concentra mais força. A essa altura, ele já aperta com força a mão dos meninos, que passam a mesma força de aperto adiante. Mesmo se não quisessem fazê-lo, não tinham escolha. Sentiam que não podiam soltar. Eles não tinham outra coisa em mente que não a energia de Alben. Após concentrar por um breve espaço de tempo sua energia, Alben faz com que ela contorne todo seu corpo e então comece a fluir para os meninos. Os olhos de Alben brilham, quase tanto quanto a luz emanada por ele e seu Grimório.

Após a energia passar por todos, ele fala:

— Lá vai!

Os meninos não sabiam o que esperar, pois já sentiam alguma coisa fluir por seus corpos. Com um grito, Alben libera mais energia para os meninos. Eles sentem o chão vibrar. A luz que começa a fluir por eles é diferente de qualquer coisa que já tenham sentido. Eles sentem que, junto das vibrações do chão, suas pernas tremem.

Alben continua a emanar energia, que, aos poucos, toma conta do corpo dos meninos. Eles sentem calor tomar conta de seu interior. A luz embaça a visão, mas eles podem jurar que veem pedras levantando do chão, flutuando e virando poeira.

Os meninos notam que um calor diferente nasce dentro deles. Começa um pouco abaixo da barriga e, então, sobe. Ao chegar ao umbigo, eles podem diferenciar, dentro de si, duas energias: uma que flui e outra que começa a queimar forte dentro de cada um. Depois o calor chega ao estômago. Notam que o calor é a energia deles que começa a despertar.

Quando atinge o coração, eles se sentem bem. A energia de Alben já não flui tanto quanto antes. A de cada um continua a subir. Ao chegar à garganta, eles não conseguem segurar e soltam um grito constante. A energia começa a transbordar de seus corpos.

Ao chegar aos olhos, eles ganham uma luz própria, um brilho especial. As luzes da energia de Alben e de seu Grimório já não atrapalham a visão deles. Eles podem ver com clareza pedras voando e se despedaçando.

O calor chega ao topo da cabeça. Alben para de emanar energia e seu Grimório se fecha, mas a luz das energias não diminui. Mesmo sem entendê-las direito, os meninos sentem aquele poder fluir por cada poro de suas peles. Eles se sentem maravilhados, pois nunca imaginariam que aquilo existia dentro de cada um deles.

Resíduos de energia ficam no ar. Alguns formam faíscas, ao tocar em objetos. Aos poucos, os meninos voltam ao normal.

— Vocês afloraram suas energias. Agora vai levar algum tempo até que consigam dominá-las e controlá-las por completo. Mas devo dizer que, pelo que senti, vocês têm muita energia, muita mesmo. Olhem em volta — Alben explicou.

Eles percebem que parecia ter passado um vento muito forte na galeria. No chão à sua volta não havia sequer um grão de poeira. Toda a terra e as pedras foram esmigalhadas tornando-se areia. Essa, por sua vez, toma conta da galeria, menos no lugar onde eles estão. Ali, só é visível, no chão, o pentagrama desenhado por Alben.

***

Isabel acorda em um susto.

Ela sente um arrepio passar por seu corpo, mas, depois, vem uma sensação boa. Sequer sai da cama.

Com um sorriso, volta a dormir, imaginando o que estaria acontecendo com os meninos e Alben.

***

Os meninos se entreolham, parecendo não acreditar. Olham para seus braços e mãos, pois podiam jurar que ainda sentiam a energia de Alben ali, se misturando às recém-acordadas energias deles.

Alben, sem perder tempo, diz:

— Agora que já acordamos a energia de vocês, temos de dar o segundo passo para conseguirem seus Grimórios.

Alben sai do círculo, vai até uma das paredes e junta quatro pedras de formato retangular. Ele volta e entrega uma pedra a cada menino.

— Quero que vocês se concentrem e pensem que essas pedras que lhes entreguei são seus Grimórios. Vocês precisam acreditar que elas são seus Grimórios.

Alben retorna a sua posição no pentagrama. Os meninos olham para ele. Com um gesto, Alben mostra que a atenção dos meninos deve ficar nas pedras. Alben busca uma página em seu Grimório e começa:

— Quero que fechem os olhos. Em suas mentes, quero que imaginem que o que estão segurando é um livro. Esse livro vai se tornar seu Grimório. Imaginem com vontade. Esse livro precisa de um pouco de força para existir. Concentrem-se e façam com que a energia que despertei em vocês flua através de seus corpos, chegando a seus braços, depois a suas mãos e, por fim, aos livros. Façam isso sem parar. Pode parecer um pouco difícil, mas mantenham-se concentrados. Não parem.

Alben percebeu que os meninos já conseguiam, mesmo que precariamente, usar a magia. Ele pôde ver que a energia fluía através deles. Pareceu surpreso com isso, pois, por mais que acreditasse que os quatro eram especiais, era improvável conseguirem controlar sua energia logo após ter sido despertada. Ele mesmo demorou anos até conseguir dominá-la. Mas a surpresa era positiva.

Ele continua com o ritual. Abre os braços e os movimenta, como se puxasse energia para junto de seu corpo e a concentrasse em uma esfera. Enquanto o braço direito está acima de sua cabeça, o esquerdo está abaixo da cintura e, com ambos sempre esticados, ele faz um movimento de semicírculo. As posições dos braços se invertem; quando voltam à posição de origem, as mãos formam um círculo à frente do peito. Alben repete o movimento muitas vezes.

Subitamente, ele para, como se estivesse segurando uma bola em frente ao corpo. Surge, entre suas mãos, uma esfera de luz branca. Ela se movimenta entre as mãos espalmadas de Alben, que fala:

— Agora, sem abrir os olhos, devem morder a pele de seus polegares. Ponham seu sangue sobre o livro. Não esqueçam que o que têm em suas mãos é um livro, que vai se transformar em seus Grimórios. O que vão fazer é sua assinatura de sangue.

Sem delongas, eles mordem o canto dos dedos e os põem sobre as pedras em suas mãos. Alben abre os braços e faz com que a esfera comece a tomar tamanho e formar o círculo base do pentagrama. Ao ficar do tamanho do círculo, Alben leva os braços ao chão bruscamente e, ao tocar na pedra, a esfera de energia também o faz. Ela se funde com as bordas do pentagrama e deixa de ser uma esfera: torna-se um orbe, que mantém os meninos e Alben protegidos em seu interior, onde a energia circula livremente.

Alben continua com as instruções:

— Agora vocês conseguem sentir que a energia do local está fluindo por seus corpos. Não podem deixar isso acontecer. Essa energia não pode tomar conta de vocês. Façam a energia que despertei em vocês começar a fluir, se concentrem e sintam sua energia. Tentem externá-la.

Alben não acreditava que eles conseguiriam, mas achava válido tentar. A quantia de energia que ele reunira no ambiente era suficiente para que os Grimórios fossem feitos, depois os meninos só precisariam treinar suas energias e passá-las para os Grimórios. Mas, se conseguissem usar suas próprias energias para criá-los, com seus próprios sangue e força, seriam ainda mais fortes.

***

Dentro da caverna, mas não nas galerias, em uma câmara escura, existia um altar.

Neste altar, havia algumas velas vermelhas apagadas e restos de ossos, que, em algum momento, foram oferendas. Havia, nele, um círculo desenhado, em cujo interior havia sinais. Dentre eles, se destacava algo que lembrava uma cruz com todos os braços de mesmo tamanho, bem no meio do círculo. Na extremidade inferior, havia um pequeno círculo; na superior, um tridente de linhas retas. Na horizontal, em ambas as pontas, existia um tridente, mas com linhas arredondadas.

Ainda dentro do círculo, existiam mais duas linhas arqueadas que vêm da parte de cima, quase se tocam no centro e vão até a parte de baixo. Os arcos também tinham tridentes nas extremidades, arredondados na parte de baixo e com linhas retas na parte superior. Sobre o símbolo desenhado, havia um pergaminho aberto e empoeirado.

Após Alben e os meninos começarem seu ritual, algo aconteceu nessa câmara. Começa uma brisa, forte o suficiente para levantar a poeira há muito tempo pousada naquele altar. Aos poucos, uma vibração começa e, então, uma das velas se acende. Como que em uma reação em cadeia, se acendem as outras seis velas sobre o altar, depois as tochas na câmara.

Com a luz das tochas e das velas, é possível ver que, além dos símbolos do altar e do pergaminho, existe uma marca diferente, de sangue envelhecido e amarronzado.

A marca de sangue no altar parece sugar a brisa. Até mesmo as chamas se movem, como se a marca estivesse puxando-as em sua direção. O altar parece querer absorver até mesmo o ar da câmara, mas, na realidade, absorve a energia residual do ritual que se passa na galeria próxima.

Aquilo parecia estar ali esperando justamente por este momento. Aquela câmara parecia esperar pela energia usada na caverna.

***

Os olhos de Alben pareciam não acreditar no que viam.

Os meninos, que tiveram suas energias despertadas há pouco tempo, começaram a mostrar um sinal de serem realmente diferentes. Dentro do círculo do pentagrama, cercados por aquela parede de luz clara, fazem com que Alben fique de queixo caído. Além da luz clara no círculo externo do pentagrama, outras luzes começaram a surgir por sobre as pedras que Alben entregou nas mãos dos quatro.

Primeiro, o sangue que eles derramaram sobre as pedras começa a brilhar, cada um em uma cor diferente. Na pedra de Joseph, o brilho é amarelo; na de Poli, vermelho; o de Wolf é verde; o de Dragon, de um azul-escuro.

Após o momento de surpresa, Alben os motiva:

— Continuem assim! Mandem energia para seus livros virarem Grimórios! Não parem agora!

Com o incentivo de Alben, os meninos podiam perceber que a voz dele estava surpresa e muito empolgada. Isso só os fez se concentrarem ainda mais.

Eles sentiam suas mãos quentes, segurando algo mais pesado do que aquelas pedras que Alben lhes entregou. Estavam determinados e focados. Sentiam suas energias fluindo através de seus corpos. Fazendo força com todos os seus músculos, aumentam o fluxo de energia.

Alben não acreditava. Os meninos estavam com os corpos cobertos por suas luzes. Dentro do pentagrama de luz clara, havia mais quatro luzes vibrando.

Os meninos suavam, mas sequer, por um instante, abriram os olhos ou diminuíram a intensidade de concentração. Só sairiam da caverna com seus tão desejados Grimórios.

Alben voltou a olhar para as pedras que entregou aos meninos e percebeu que o sangue depositado nelas já não estava mais da mesma forma. Ele era uma luz viva. Parecia se movimentar. O coração de Alben disparou. Estava presenciando algo realmente fantástico.

— Vamos para a parte final do ritual. Vocês devem continuar canalizando sua energia e devem desejar, do fundo de seus corações, que seus Grimórios venham até vocês. Mentalizem isso, que vou continuar com minha parte do ritual!

Desejar os Grimórios do fundo de seus corações foi exatamente o que eles fizeram. Alben olhou novamente para seu Grimório e se concentrou por alguns instantes.

Inspirou e expirou profundamente por três vezes e disse, com uma voz forte e impactante:

— Com meu sangue te assino! Com minha fé te desejo! Com minha energia te crio! VIVA, GRIMÓRIO!

Após essas palavras, Alben ergueu os braços e, de suas mãos, começou a fluir ainda mais energia. A luz das tochas da galeria já não iluminavam mais, pois a luz da energia do pentagrama a ofuscava. O chão começou a vibrar, as paredes da galeria pareciam querer ruir. Alben falou algumas palavras inaudíveis e, então, uma explosão de vento sai do pentagrama, apagando as tochas e varrendo qualquer coisa menor que uma pedra.

Dentro do pentagrama, a luz era intensa. As energias do ambiente, de Alben e dos meninos aumentaram em intensidade. O brilho constante atrapalhava a visão de Alben, mas ele pôde perceber o momento em que a luz viva, que, anteriormente, era o sangue de cada um, começou a tomar uma forma diferente em cada uma das pedras. As luzes ainda brilham constantemente, em cores diferentes. Elas parecem feitas de metal incandescente, e a massa brilhante começa a penetrar nas pedras. Alben tenta falar, mas não é ouvido, devido aos sons gerados por aquelas energias. Então ele grita.

— VOCÊS ESTÃO CONSEGUINDO!

Ele estava eufórico. Sentia profundo orgulho dos meninos. Ele grita repetidas vezes:

— VIVA, GRIMÓRIO! VIVA, GRIMÓRIO! VIVA, GRIMÓRIO! VIVA, GRIMÓRIO!

A massa brilhante penetra completamente nas pedras.

Alben abre os braços, espalhando a energia concentrada ali, e solta um grito:

— ACABOU! VOCÊS CONSEGUIRAM!

Os meninos quase caem de cansaço e olham para suas mãos. O que viram os deixou, no mínimo, decepcionados. O que tinham em mãos eram somente as pedras grandes e pesadas que Alben lhes havia entregue.

Quando foram questionar Alben sobre o que havia acontecido, o viram com cara de assustado, dizendo:

— Temos de sair daqui! Vai desabar!

Uma fissura entre o chão e a parede perto de onde entraram se abre, sugando toda a poeira e resquícios da energia usada no ritual.

Eles não conseguiam ver muita coisa, pois as tochas se apagaram. Alben usa seu Grimório e cria um orbe de fogo. Tanto as paredes quanto o chão da galeria começam a se despedaçar.

Correram por onde sabiam ser a saída, mas pedras caíam perto o suficiente para que eles pudessem senti-las na pele. O terreno se tornava cada vez mais inóspito. As pedras se tornavam obstáculos e acidentavam ainda mais o caminho, prestes a desmoronar.

Corriam sem parecer avançar, mas vendo uma pequena passagem à frente: a saída. Os meninos ainda carregavam as pesadas pedras. Alben percebe e fica aliviado. Temia que algum deles a tivesse soltado e deixado para trás.

A exaustão estava estampada na face dos meninos. Usar a energia como fizeram desgastava, e muito, e aquela corrida parecia não ter fim. Alben percebeu que a passagem estava perto, mas ela ficava no teto da caverna, e tudo estava prestes a desabar.

***

A câmara começou a ter sua integridade ameaçada, mas parecia estar ali para isso. Algumas rachaduras pareciam propositais. Por elas, entrou a energia usada por Alben e os meninos.

Aos poucos, a marca no altar começou a criar uma espécie de vórtice, como se a energia fosse sugada por um redemoinho nascido naquele altar. O vórtice aumenta sua força e velocidade a cada instante. O altar começa a sacudir violentamente e, depois de pouco tempo, começa a rachar. As rachaduras começam no centro da marca no altar e se espalham como fractais. O pergaminho sobre a marca se rasga ao meio. As rachaduras ganham tamanho e dão impressão de que o altar se partirá em vários pedaços.

O vórtice chega a seu ápice. A energia que restava nele começa a mudar de cor: era uma luz clara, mas ganha um tom negro, como se o vórtice passasse a sugar escuridão das profundezas da Terra.

O vórtice passou a soltar uma grande quantidade de fumaça preta.

CAPÍTULO 10

MOTH MAN

A velocidade com que eles corriam já não era a mesma. Além de estarem cansados, havia pedras e buracos pelo caminho. Alben continuava a pensar como faria para que todos saíssem sem problemas pela passagem na parte de cima da caverna.

Ao se aproximarem ainda mais da saída, eles ouvem, ao longe, uma voz:

— Venham rápido e subam sem medo!

À frente deles se desenrola uma escada de corda, bem rústica, feita de cipó e madeira, de aparência nada segura. Eles olham para a saída e podem ver que Mestre está ali para ajudá-los. Ele diz:

— Não tenham medo. Podem usar esta escada. É firme o bastante para vocês.

A situação exigia uma fuga rápida, e aquela era a única opção que tinham. Eles se apressaram em subir. Os meninos saíram primeiro e se voltaram ao buraco, esticando as mãos, alcançando o braço de Alben, puxando-o.

Eles caem para trás. Quando conseguem se erguer, o olhar de todos é de susto. Só o que se vê são pedras reviradas. Antes, o cume da montanha era diferente por ser plano e com grama; agora quase metade do gramado é um terreno acidentado com pedras pontiagudas e afiadas. Parte das pedras se soltou, e eles puderam ver as pedras descendo violentamente pela lateral da montanha, ganhando velocidade antes de caírem com violência nos pés da montanha.

Passado o susto, tomaram um pouco de ar. Respiraram fundo e perceberam como era ruim o ar que respiravam no interior da montanha. Ao se recuperarem, Alben foi o primeiro a falar:

— Muito obrigado, Mestre. Se não fosse por você...

Mestre não deixa Alben terminar a frase. Vai falando, meio encabulado:

— Não tem por que agradecer.

Mas Alben insiste:

— Claro que temos de agradecer. Muito obrigado, Mestre! Esta é a segunda vez que você nos salva. Se não fosse por você, nunca teríamos passado por aquela serpente gigante.

Mestre parece não saber como agir. Ele acena com a cabeça, envergonhado.

— Mestre, você não estava de partida? Por que mudou de ideia? — Dragon perguntou.

— Senti que alguém estava por perto. Alguém que, como eu, não pertence a este plano da Terra. Vim descobrir de que se tratava. É por isso que ainda estou aqui. O ser cuja presença senti e com quem conversei me disse coisas que eu não esperava. Mas não há como duvidar do que ele me disse...

Alben toma a frente na conversa:

— Como assim? Quem esteve aqui? E o que disse?

Com um olhar profundo e sério nos olhos de Alben, Mestre diz:

— Se supõe que não exista esse tipo de criatura por aqui, a não ser que estejam presas, como meu povo e eu estávamos, nesta caverna. Mas, se assim fosse, quem o teria libertado? Querendo entender isso, subi até aqui. Ao chegar e me deparar com ele, entendi o porquê de estar por aqui. Era o Mothman...

Alben e os demais sentiram um arrepio na espinha ao ouvir o nome. Eles não entendem o porquê, então Alben diz:

— Mothman? Aquele que, muitos anos atrás, antes da guerra, era conhecido como "homem-mariposa"? Sempre acreditei que fosse uma lenda... que fosse algo que as pessoas imaginavam ou confundiam. Lembro que, pouco antes de a guerra começar, surgiram milhares de avistamentos de criaturas que eram chamadas de Mothman. Mas por que ele estaria aqui?

— Porque Mothman é diferente da maioria dos seres de outros planos mágicos. Foi amaldiçoado por Morrigan, a rainha alada. A maldição jogada nele foi de que sentiria as tragédias daqueles que sempre tentou proteger, mas nada poderia fazer para mudar seus destinos. Ou seja, além de ser banido de seu plano, o Reino dos Alados, ele consegue prever tragédias, mas não evitá-las. Isso faz com que se sinta culpado pelo que acontece.

Alben e os meninos se mostram confusos.

Alben fala:

— Reino dos Alados? Morrigan? Prevê só desastres? Mestre, são tantas as perguntas que surgem com essa sua frase que nem sei o que perguntar primeiro. Se ele prevê tragédias... você não acabou de evitar que uma acontecesse aqui, agora? Isso não teria desacreditado a maldição dele?

— Quem disse que a tragédia envolvia vocês?

Alben fica confuso.

— Como assim?

— Na conversa que tive com Mothman, ele disse que sentiu que alguma coisa ia acontecer aqui. Ele atraiu vocês, que têm almas puras, para que tentassem evitar que alguma coisa acontecesse. Mas devo admitir que acho que, por mais que ele queira ajudar, não há como. Acho que, sejam quais forem suas atitudes, ele não conseguirá evitar as tragédias.

— Mas então o que será essa tragédia? O que vai acontecer?

— Creio que podem se passar dias até que a tragédia pressentida por Mothman aconteça.

Todos ficam em silêncio.

Mestre o quebra logo depois:

— Eu tenho de voltar a meu plano, a meu mundo.

— Mestre, antes de ir... você pode nos explicar o que é esse Reino dos Alados, e Morrigan, ou mesmo Mothman?

— O que sei é que o planeta Terra possui outros planos, além do que vocês vivem. São lugares no planeta que ficam escondidos devido à magia, fora do alcance dos seres de outros planos. Sei que existem o Reino dos Alados, o Reino do Centro da Terra e o Reino dos Gnomos, que é o meu. Além desses planos, podem existir vários outros. Mas muitos não fazem questão de aparecer para o lado de cá e preferem ficar escondidos.

— Mas, Mestre, se é assim, como você vai voltar para seu mundo? Você não disse que o sétimo ciclo deixaria reclusas as criaturas?

— Elas estão reclusas e não podem vir de lá para cá. Mas nada impede o contrário. Não sei explicar o motivo disso, mas aqueles que conhecem o caminho de volta podem voltar. Não é necessário fazer um caminho físico para voltar ao nosso plano.

Os meninos se entreolham, sem entender o que Mestre quis dizer.

— Não entendi, Mestre — Dragon disse.

Com um sorriso no rosto, Mestre diz:

— As portas estão fechadas, mas temos outras formas de entrar e sair. Os seres que estão presos em seus planos podem ser evocados. Saem de seus planos para vir a este. Para isso, basta um ritual de evocação. Para voltar, o que fazemos é usar o ritual que faz com que nossa Terra nos chame de volta. As demais respostas vocês terão de buscar sozinhos. O que sei é quase o mesmo que vocês, nada.

E foi rindo que aquele pequenino colocou em sua cabeça o capuz e desapareceu da vista deles.

Ao longe, eles puderam ouvir:

— Até breve! Desculpem sair assim, mas sou péssimo com despedidas! Sei que vamos nos encontrar novamente...

O silêncio tomou conta do lugar, e Mestre voltou a seu plano.

Alben e os meninos se deram conta de que foram até aquele lugar porque o tal Mothman os atraiu até lá. Fora ele quem bateu na porta da cabana em que eles estavam. Fora ele quem pegou as penas e deixou-as mostrando o caminho. Mesmo assim, tinham mais perguntas do que respostas para explicar o que havia acontecido.

***

Os cinco desistem de tentar entender o que se passou. Com a quantidade de pensamentos que traziam em suas cabeças, a ignorância seria uma bênção.

A luz do sol já se escondia por trás de montanhas ao longe. Sua luz é fraca, dando um tom escuro a tudo. Os meninos se deram conta da beleza do lugar. O que restou do topo de montanha era de uma beleza ímpar. Alguns raios de luz do sol escaparam da barreira montanhosa a distância, e a visão fez com que eles se esquecessem do cansaço e das dores. Para completar, uma brisa leve soprava. Ela movia os cabelos dos meninos, passava por seus corpos e parecia levar, com ela, as dúvidas.

— Vamos passar a noite aqui. Amanhã de manhã começamos o nosso caminho de volta para a aldeia — Alben disse.

Ao falar na aldeia, o coração de todos, incluindo o de Alben, parecia se aquecer. Então, os meninos se lembraram do porquê de estarem ali, e a questão chegou pela voz de Wolf:

— Alben, agora que saímos da caverna tenho uma pergunta para fazer... ONDE ESTÃO NOSSOS GRIMÓRIOS?

O aumento do tom de voz de Wolf arrancou algumas risadas dos demais, inclusive de Alben, que tentou explicar:

— Se acalmem. Logo terminaremos de fazê-los.

Os meninos pedem mais explicações. Alben tenta explicar para eles de maneira simples e rápida:

— O ritual que acabamos de fazer é para os Grimórios. Tecnicamente, nós já o fizemos.

— Mas eu só tenho uma pedra... — Dragon comentou.

Sorrindo, Alben diz:

— Não somente você. Todos vocês têm essas pedras. Mas não são simples pedras. Elas são seus Grimórios. Bem, não exatamente os Grimórios, mas, sim, uma espécie de runa... Como vou explicar? Essas pedras têm suas energias e suas assinaturas de sangue. É isso o que é preciso para a existência de seus Grimórios. Agora basta conjurarmos suas runas e, assim, vocês terão seus Grimórios propriamente ditos.

— Então o que fizemos foi pôr nossa marca e energia nesta pedra, e agora temos de... — tentou entender Wolf.

Alben completa:

— Conjurar. Neste caso, devemos fazer um ritual que envolve essa pedra, um caderno ou livro qualquer, e vocês fazem um juramento e passam sua vontade e suas vibrações. A magia se completará e vocês terão em mãos seus Grimórios.

Os meninos entenderam e sabiam que o caderno que queriam usar era aqueles com os quais tinham aulas com Isabel. Eram muito importantes para eles. Foi com eles que os meninos passaram muito tempo. Se aquelas pedras já tinham as assinaturas deles, aqueles cadernos não eram diferentes. Neles, puseram muita energia no dia a dia, tentando aprender tudo o que podiam e o que Isabel tinha a oferecer. O apego que cada um dos meninos sentia por tais cadernos era tamanho que até a ânsia por ter os Grimórios diminuiu, ao menos naquele instante. Se fosse necessário usar livros, não podia ser qualquer livro. Precisava ser aqueles que eles completaram.

Alben ficou surpreso com a decisão dos meninos de esperar até voltarem à aldeia e pegarem suas cadernetas, mas conseguia entender os motivos.

Eles, então, pararam de falar e voltaram a admirar os vales, as demais montanhas e toda a vista que aquele cume lhes oferecia. Então, ao irem ao lado oposto do Sol, puderam ver algo que os deixou assustados e sem reação, pelo menos os meninos. Alben observava que os olhos dos meninos sequer piscavam, e eles não conseguiam desviar a atenção.

— Antes da guerra, aqui era onde as pessoas ficavam. O que vocês veem agora são as ruínas do que, um dia, foi uma cidade. Apesar de ser uma cidade pequena, vocês já podem ter uma noção de como era a vida antes de a guerra acontecer — explicou Alben.

Os meninos estavam vendo uma área onde o que predominava não era a vegetação, mas, sim, as moradias. Essas casas eram divididas em grupos, delimitados por áreas em forma de quadrado. Algumas delas eram grandes, e outras se destacavam mais que as casas grandes. Era o caso de uma construção que tomava conta de quase todo o quadrado, e sua altura era maior do que da grande maioria das casas, com um formato diferente. Eles não conseguiam expressar em palavras o que viam, mas a construção os deixava arrepiados. Ninguém entendia por quê, mas uma excitação tomou conta deles ao ver a ruína. A imaginação deles tentava, sem sucesso, visualizar como seria viver em um lugar como aquele. Após observarem por um tempo, surgiram as primeiras palavras. Elas vieram de Alben que, com a voz um tanto nostálgica, diz:

— Era aí que se passava a vida. Era possível encontrar tudo nesse lugar e, mesmo sendo uma cidade pequena, sem muitos prédios grandes, é linda, ainda mais vista assim, de cima. Podemos ver as ruas, as quadras que serviam para organizar o lugar... tudo feito por um motivo. E agora são só memórias, e não sei se mais alguém ainda lembra como era. Ao ver essa cidade, minha mente me leva diretamente para o tempo onde essas ruas estavam cheias de pessoas, de carros. Às vezes, tudo virava uma confusão, um tumulto, pois muitas pessoas estavam, ao mesmo tempo, no mesmo lugar. O sonho de muitos era sair dali, mas, só agora, me dou conta do quanto sinto falta daquele tumulto. Não sei se alguém no mundo sente o mesmo.

As palavras serviram como um desabafo para Alben e, para os meninos, serviram como conhecimento. Entenderam que aqueles quadrados, onde ficavam as casas, eram as quadras que Alben falou; também podiam imaginar como algumas coisas eram na cidade, mas, como nunca conheceram uma, a imaginação deles não chegava perto da realidade.

Aos poucos, a luz do sol diminuía e, antes de ficarem completamente no escuro, deram as costas para a paisagem da cidade e voltaram para a árvore frondosa próxima do local de onde saíram, onde, agora, havia um monte de entulhos e pedras reviradas pelo chão.

Alben acendeu uma fogueira, a luz do sol estava em seus últimos minutos no dia, e algumas estrelas já podiam ser vistas, então Alben diz:

— Fiquem aqui, já volto...

***

Sobrevoando uma área de floresta, Mothman sente uma brisa passar por seu corpo, o que lhe traz uma energia muito ruim. Planando com suas asas abertas, ele olha para o lado onde estava e, ao longe, vê aquela montanha de onde saiu há pouco tempo. Um frio na barriga faz com que ele se encolha, diminuindo sua aerodinâmica, o que o faz perder altitude. Em meio a essa queda livre, Mothman decide que deve voltar até aquele lugar e ver o que causou aquela sensação nele.

Quando Mothman estava quase atingindo o chão, virou seu corpo e, em um único movimento, colocou os pés no chão e se impulsionou para um novo voo. Saltando por entre os galhos do lugar onde caiu, Mothman tem a constante sensação de que alguma coisa horrível está para acontecer, o que sentiu poucas vezes na vida. Aquilo deixava Mothman muito preocupado. O que poderia estar para acontecer com aquele mundo que estava se recuperando de uma catástrofe sem igual?

***

Os meninos estavam sentados em volta da fogueira, com as pedras que Alben lhes deu para o ritual em mãos. Eles sentiam que aquelas pedras eram diferentes, pois notaram marcas recentes nelas, como se entalhadas a fogo. A pedra de Wolf tinha uma marca como se algum animal a tivesse arranhado. A de Dragon, tinha um símbolo que lembra uma serpente. Poli tinha uma pedra com a marca que lembrava a letra "S", mas com linhas retas. A pedra de Joseph tem uma marca que lembra uma estrela brilhante. Ao notarem isso, não conversaram, e ficaram concentrados nas pedras. A concentração foi interrompida por um som de asas batendo.

Esse som passou rente aos meninos e isso os assustou. Depois disso, o chão começou a tremer e preocupou os meninos, que se levantaram, pois poderia ser em consequência do desmoronamento anterior. Assim, ainda poderiam acontecer novos desmoronamentos. Após se levantarem, a vibração do solo já não era mais motivo de preocupação, pois eles estavam vendo, no lado oposto de onde se encontraram, em um local escuro, uma silhueta de um ser humanoide com algo em suas costas que eles não conseguiam distinguir. Mas o que os assustou foram os olhos daquele ser, que se destacavam e brilhavam em vermelho, sangue, como brasas de lenha queimando na fogueira. Os meninos ficaram imóveis, e aquele ser também não fazia movimento algum.

Os dois olhos brilhando lembravam a última galeria pela qual tinham passado, o que não fazia sentido, pois aquela senhora havia morrido. Então, o que será que estava lá? E onde estava Alben? Aquelas perguntas e aquela situação deixavam os meninos sem reação, não se escondiam nem fugiam, muito menos iam em frente. A situação piorou na medida em que o chão começou a tremer com mais intensidade. Um terremoto se iniciou e as pedras, que já haviam se deslocado, se quebraram. A luz era pouca e a visibilidade foi ainda mais prejudicada pela nuvem de poeira que levantou.

Por trás dos meninos surge Alben correndo. Ele coloca um dos braços na frente do rosto para evitar que a poeira entre em seus olhos. Em sua outra mão, ele tem alguma coisa que os meninos não conseguiram ver o que era, mas aquilo não era o importante.

Ao chegar, Alben, ainda ofegante, pergunta:

— Estão todos bem?

A vibração da terra cessou, mas a nuvem de poeira ainda não havia baixado. Os meninos assentiram com a cabeça, mas suas expressões denunciavam que estavam assustados. Alben perguntou o motivo de tal preocupação, e eles apontaram para onde haviam visto o par de olhos vermelhos. Alben não conseguiu ver nada, mas ficou na frente dos meninos e começou a andar na direção que eles haviam apontado, sendo seguido de perto por eles.

***

Dentro daquela montanha, a câmara onde se encontrava o altar estava tomada por uma densa e espessa fumaça negra, o que parecia fazer pressão nas paredes. Essa fumaça parecia pulsar, e aquele vórtice, que acabara de soltar a fumaça negra, se fechou. A fumaça começou a se mover em várias direções diferentes, como se tivesse vida própria e estivesse tentando sair daquele lugar.

A movimentação era constante, então as paredes do lugar começaram a ruir. A fumaça começou a se espalhar, indo para caminhos diferentes. Passou pela galeria, por fendas, e saiu daquele lugar e da montanha. Dentro da câmara, porém, a concentração de fumaça era maior, e se mantinha ali.

***

Alben andava devagar. A poeira começou a baixar, e ele, então, vê uma silhueta e faz um sinal para que os meninos parem de acompanhá-lo. Ele seguiu sozinho e, ao se aproximar um pouco mais, vê que aquela pessoa estava de frente para ele. A poeira dá uma trégua quando uma brisa a afasta daquele local.

Alben vê aquele "homem" e pergunta:

— Quem é você? O que está fazendo aqui?

Só então o homem percebe que Alben está próximo. Ele, então, nota que o ser não o estava observando, mas, sim, alguma coisa que existia além dele. Alben pensa em olhar para trás, mas não o faz por medo de desviar a visão do que estava à sua frente.

Ao perceber que Alben estava perto demais, Mothman se assusta e, então, abre as asas e se abaixa, como se fosse se impulsionar. O que Alben diz o faz hesitar, mas ele continua de asas abertas, em toda sua envergadura, e estático.

— Mothman? É você?

O homem desiste de voar e fica em pé novamente. Suas asas começam a se fechar, então Alben toma coragem, chega ainda mais perto de onde Mothman estava, e olha para Mothman. Ele não sabia ao certo como agir, e o silêncio do encontro dura alguns instantes. Alben começa a falar alguma coisa, mas mais um tremor de terra faz com que ele se cale momentaneamente e lembre que os meninos podiam estar em perigo. Ele se vira em direção aos meninos, mas só os vê abismados, olhando para as pedras reviradas no chão, de onde começa a fluir alguma coisa. É difícil distinguir por causa da pouca luminosidade, mas parece uma fumaça negra ou uma sombra negra. Alben caminha em direção aos meninos, sem desviar os olhos do que está acontecendo. Ao seu lado caminha Mothman, com a mesma reação, olhando incredulamente para o que acontecia ali.

Eles viram, no mínimo, dez sombras diferentes saírem do meio dos entulhos. Eram pequenas e cada uma seguia por uma direção. As que saíram para onde a Lua iluminava, podia-se observar, foram longe, e com uma velocidade incrível.

Quando acharam que aquilo tinha acabado, sentiram o chão. A atenção se redobra, então salta do buraco por onde eles saíram uma quantia enorme daquela fumaça negra. Como em uma explosão, ela levou junto muitas pedras para o alto, que caíam com violência no chão. A fumaça negra pairava no ar enquanto continuava a sair pelo buraco por entre as pedras. Quando parou de sair, a fumaça se concentrou sobre as cabeças de todos, e parecia estar observando-os.

Eles concluíram que a fumaça negra tinha alguma má intenção contra eles, mas, assim como chegou, também partiu, indo em direção à cidade onde Alben e os meninos estavam pouco antes. Em um salto, Mothman foi naquela mesma direção, só então os meninos perceberam que havia mais alguém com eles.

Faltavam palavras a todos. Muitas coisas estavam acontecendo, e eles não tinham tempo de absorver tanta informação diferente.

Alben ainda estava com uma ave nas mãos. Uma grande galinha, a qual ele encontrou próximo ao cume da montanha. Ele não se lembrava desse fato, pois as coisas aconteceram em uma sequência que não permitia a eles se lembrarem de que estavam com fome.

***

Mothman voou em alta velocidade na mesma direção para onde foi a fumaça negra e chegou perto o suficiente para ver que ela entrou em uma catedral, uma igreja. Ele planou, sem fazer qualquer movimento brusco e, silenciosamente, pousou no que já tenha sido o telhado de uma casa próxima a esta igreja.

Mothman tinha certeza de que a catástrofe que estava por vir era relacionada àquela coisa que saiu da montanha. Ele tenta se aproximar, mas tem a sensação de que não deve fazer isso, então hesita e volta a alçar voo. Ainda no ar, ele olha para trás, mas sente que nada pode fazer no momento. Então, com uma batida forte de suas grandes asas, ele se afasta da cidade.

***

Alben e os meninos estavam receosos e pensativos. Ficar ali naquele cume podia não ter sido a melhor escolha, mas agora não seria possível descer daquele lugar. Se, com auxílio da luz, já seria arriscado, no escuro seria suicídio.

Eles se reuniram no entorno da fogueira. Em suas mentes, pipocavam ideias, e todas tinham ligação com o que o pequenino Mestre lhes falou. Se Motlunan era amaldiçoado e previa tragédias, quer dizer que eles estavam no meio do caminho de algum incidente e, se envolvesse mais pessoas, o incidente só poderia acontecer na aldeia. Por isso, a preocupação tomava conta de todos.

Alben ouviu seu estômago roncar, então o som pareceu quebrar o clima pesado, pois, além de arrancar alguns sorrisos dos meninos, lembrou a eles que estavam famintos também. Alben, então, lembra-se daquela ave, se afasta um pouco da fogueira e começa a limpar a ave. Enquanto isso, sente como se estivesse sendo observado. Olha em direção à fogueira, onde estavam os meninos, mas eles não estavam olhando para ele, e sim conversando entre si. Alben até fica curioso para saber o que estavam falando, mas a sensação de estar sendo observado o incomoda. Ele olha em sua volta e não consegue ver nada, e até mesmo o som da brisa em alguns galhos cheio de folhas se assemelhava ao som de alguém se aproximando.

Era estranho sentir coisas assim, pois viveu durante anos sozinho dentro da floresta se escondendo. Sabia quando algum animal o estava espreitando, mas aquela sensação era diferente. Estava começando a ficar nervoso e já não conseguia focar no que fazia. Olhava ao seu redor, virando rapidamente para os lados, como se, assim, conseguisse ver quem o estava espionando. Em uma dessas viradas, ele ouviu algo cair de leve atrás de seu corpo, então se virou rapidamente. Desta vez, seu coração quase para, ele sente seu corpo travar, como se falhasse, suas pernas ficam moles e seus músculos se tensionam. O motivo do susto é que, ao se virar, dá de cara com aqueles olhos. Mesmo procurando alguém, não esperava que fosse assim.

Alben chega a fazer algum som, como se fosse gritar, mas esses sons são abafados pelas mãos de Mothman, que faz sinal pedindo silêncio. Alben tenta se recuperar do susto e entender o que estava acontecendo. Mothman retira a mão da boca de Alben e, antes que Alben falasse, ele disse, com uma voz baixa, e que Alben parecia ouvir dentro de sua mente:

— Desculpe te assustar, não era essa a minha intenção...

Alben faz um gesto com a cabeça, que mostra que está tudo bem, então Mothman continua falando:

— Antes, você me chamou pelo nome. Você conhece minha história?

— Sinceramente, acreditava que fosse uma lenda, pois, antes da guerra, ouvia-se seu nome em todos os cantos do mundo. Então, hoje, o Mestre me falou que você sofreu uma espécie de maldição...

— É mais ou menos isso mesmo. Mas não é o que importa agora. O que posso te dizer é que alguma coisa muito ruim está começando a acontecer, e acredito que vocês podem parar isso.

— O quê? Como assim, nós podemos parar? O que você quer dizer com isso?

— Ora, você sabe! Você é quem está treinando as crianças das estrelas, então devem estar se preparando para momentos iguais a estes!

— Crianças das estrelas? Do que está falando?

— Daqueles meninos ali. Eles são crianças das estrelas, não são?

— Não sei do que está falando, Mothman. Esses meninos são especiais, sim. Pela lenda que conheço, são conhecidos como Filhos da Luz, mas crianças das estrelas é a primeira vez que ouço.

— Alben, como se chamam não é importante, mas crianças como eles são conhecidos como crianças das estrelas ou crianças índigo. São crianças que aparecem na Terra de repente, sem explicação, e são responsáveis por trazer equilíbrio a este planeta. Eles têm dons especiais, como saber de coisas que nem mesmo os maiores sábios sabem, além de aprender muito fácil e ter força, tanto física como mental, muito acima de humanos normais.

— Tudo bem, mas como podemos parar o que está por vir?

— Esse é o caminho que devem seguir. Essa fumaça, que vimos sair desta montanha, é alguma coisa muito ruim, mas ainda está fraca, sem força, e acredito que vá demorar um pouco até ter forças o suficiente para fazer alguma coisa ruim. As únicas pessoas que podem acabar com isso são estes meninos, mas não agora. Eles precisam treinar e evoluir, pois, se forem assim como estão, mesmo aquilo não estando forte, não terão forças para derrotar aquela coisa.

— Mas do que se trata aquela coisa?

— Ainda não sei, só desconfio do que seja, mas não tenho certeza. Seja o que for, exala uma maldade muito grande. Essa forma escura é um ser das trevas que, com certeza, não é fraco. Ele pode estar fraco, mas sinto que a tragédia que está para acontecer vem dele. Devemos aproveitar que ele está assim e reunir forças que sejam capazes de derrotá-lo.

— Se é um ser das trevas poderoso, quanto tempo teremos para conseguir evoluir a ponto de derrotá-lo?

— Não sei como responder a essa pergunta, Alben. Mas vou ficar de olho em toda movimentação dele e, qualquer coisa que acontecer, eu te avisarei. Mas vocês devem treinar e evoluir, pois não sabemos quanto tempo pode demorar. Acredito que, neste exato momento, ele deve estar procurando formas de se fortalecer, então não temos tempo a perder.

— Vou tentar, mas não sei como agir. Devemos treinar luta corporal? Algumas magias? Estratégias? O que devo fazer?

— Não se preocupe tanto, pois eles são as crianças das estrelas. Sem dúvidas, eles encontrarão o caminho que devem seguir. E não esqueça, eles podem saber de coisas que ninguém antes no planeta imaginou existir, então sei que você vai conseguir...

Alben baixa a cabeça em reflexão.

E Mothman continua:

— Não seja tão exigente consigo mesmo. Sinto em você um medo diferente, mas já é muito mais que ele. E lembre-se, coragem não é a ausência do medo, mas encarar de frente qualquer desafio, mesmo que o medo queira paralisá-lo.

As palavras de Mothman trouxeram a Alben uma nova motivação. Ele precisava ouvir aquilo de alguém, e aquelas palavras vieram na hora certa. Alben olhou para os meninos e viu aquelas quatro crianças debatendo algum assunto como se fossem adultos. Ele sentia que estava evoluindo e que devia isso aos meninos, então voltou a olhar para Mothman.

— Vamos evoluir, sim. Vamos nos preparar para vencer todo e qualquer obstáculo que encontrarmos em nosso caminho.

Mothman olha para os meninos, se arrepia, Alben nota isso e percebe que seria a primeira vez que Mothman poderia salvar alguém de uma tragédia. Só então entende que, se existe alguém capaz de mudar o destino e salvar a população das tragédias que Mothman previa, essas pessoas seriam os meninos e ele. Alben estica o braço e aperta a mão de Mothman. Ele sente a energia da esperança de Mothman, que sente que selaram o destino, pois algo havia mudado em Alben.

— Vou lhe deixar informado sobre qualquer coisa que acontecer. Você não precisa me procurar, pois eu te encontro. Não duvide de si. O que passou, passou. É você quem tem que estar aqui, e quem vai fazer com que esses garotos se tornem os heróis deste mundo — Mothman disse.

Com essas palavras, Mothman abre suas asas em todo seu esplendor e levanta voo com um salto. Isso chama a atenção dos meninos, então eles vão até Alben, que está com os olhos marejados. Eles não entendem o porquê e, ao perguntarem, Alben parece sair de um transe. Ele olha para os meninos, pega a galinha que limpava, e diz:

— Meninos, vou limpar essa galinha em uma fonte que vi...

Alben estava saindo, refletindo sobre o que deveria fazer ou falar, mas os meninos ficaram sem resposta sobre o que havia acabado de acontecer. Viram alguma coisa levantar voo e logo imaginaram se tratar do mesmo ser que viram antes.

Por isso, Dragon pergunta:

— Alben, o que aconteceu? Por que você está assim, estranho?

Alben olha para ele, depois para os outros e diz:

— Tenho que contar uma coisa. Vamos limpar essa galinha e, enquanto a assamos, eu preciso ter uma conversa com vocês.

O silêncio predomina. Todos foram juntos limpar a ave, descendo a montanha até a vertente que formava uma pequena fonte natural e um córrego. Os meninos tomaram água, e Alben terminou de limpar a galinha. Ao olharem para ele, os meninos acreditavam terem visto lágrimas descendo por seu rosto, o que poderia ser somente uma impressão, pois eles só tinham a luz da grande Lua que se encontrava no céu. A visão da Lua deixou os meninos arrepiados, mas eles até gostaram disso.

***

Isabel, sentada em seu lugar de sempre, diz:

— Olhem como a Lua está bonita hoje...

Todos, na roda de chimarrão, olharam para o céu e admiraram a Lua. O céu estava limpo, sem nuvens, possibilitando a visão de milhares de estrelas brilhantes. Todos os aldeões olharam para as estrelas e para a Lua, então Isabel diz:

— Vocês já pensaram que, neste exato momento, os meninos e Alben podem estar fazendo exatamente isso, observando as estrelas?

Naquele instante, como reação, todos os aldeãos se arrepiaram, e ninguém conseguiu disfarçar, então todos se entreolharam e começaram a dar risadas. A sensação que eles tiveram foi a de que todos estavam unidos, mesmo que não fosse fisicamente, mas através de um ato.

***

De volta à fogueira no alto da montanha, os meninos pegaram alguns galhos da árvore, sob a qual estavam, para fazer espetos para assar os pedaços da galinha que Alben havia caçado.

Ao se acomodarem, Alben olha para os meninos e começa a falar:

— O que aconteceu antes foi que Mothman estava aqui, mas isso eu explico depois. O que preciso falar, desabafar com vocês, é o seguinte... — Alben dá uma pausa, tomando coragem para falar, então continua: — Quando eu era mais novo, não levava nada a sério. Sempre fui desatento nas aulas e nos treinos, talvez por não querer estar ali. Diferente dos demais alunos, eu não tinha um dom. Eu era neto de alguém que tinha esse dom, por isso era motivo de deboches e brincadeiras de mau gosto dos outros alunos, os quais eram recrutados por seus dons especiais. Isso me deixava muito triste, mas então veio a profecia, que dizia que eu era o escolhido para tomar conta de quem poderia salvar o mundo da guerra entre a luz e a escuridão. Achei que, com isso, ganharia um pouco de respeito, mas estava errado. Além das brincadeiras aumentarem, muitos desistiram de prosseguir em seus estudos, pois não viam motivo para se privar da vida na cidade para estudar um dom que não serviria para nada, pois o mais fracote de todos os estudantes seria o responsável pela esperança de que o objetivo de todos fosse alcançado. Tenho que admitir que, no começo, eu me motivei e estudei muito. Consegui, com muito esforço, evoluir e aprender muitas coisas, mas era triste ver meninos muito mais novos, recém-recrutados, fazerem magia pela primeira vez e essa magia ser muito maior e mais poderosa do que as minhas, que aprendi com muitos anos de esforço. Sempre me questiono se realmente sou a pessoa que pode ajudar vocês em tudo o que está por vir. E devo admitir que foi por pouco que não desisti, pois tenho certeza de que, se alguém com dom estivesse treinando vocês, vocês seriam muito mais fortes do que são agora...

Alben não conseguiu segurar as lágrimas, pois tinha isso guardado dentro do peito há muito tempo. Falar o que pensava não foi fácil, pois ninguém gosta de apontar suas fraquezas, mas Alben se sentia obrigado a falar isso para os meninos.

E continuou falando, em meio às lágrimas e alguns soluços:

— Se eu fosse alguém que tivesse um dom, vocês já teriam seus Grimórios e, quem sabe, até já teriam forças para ajudar o Mothman...

Mais choro e soluços. Os meninos olhavam para Alben, enquanto ele desabafava, e pensavam em falar alguma coisa, mas não o fizeram.

Alben continua a falar após limpar as lágrimas com as mãos:

— Mas querem saber? Isso não importa. O que importa é que estamos aqui. Se foi ou não do melhor jeito, não teremos como saber. Eu quero fazer uma promessa: prometo que não vou deixar nada ruim acontecer com vocês! Juro que vou dar o máximo de mim a cada instante para crescermos juntos e conseguirmos passar por qualquer coisa. Juro que vou proteger vocês!

Os meninos se levantam e se entreolham. Estavam comovidos com o desabafo de Alben.

Eles se aproximam dele, e Dragon leva a mão ao ombro de Alben e, com a voz trêmula, diz:

— Não precisa dizer que vai nos proteger. Nós sabemos que você vai. Não queremos nenhuma outra pessoa. É você quem deve estar aqui conosco! Você é da nossa família.

Os meninos abraçam Alben. Os cinco formam uma aliança, um pacto. Eles formam uma família.

Ninguém poderia duvidar da força daquela aliança.

A noite passa, e Alben e os meninos decidem tentar superar todos os obstáculos que possam aparecer, começando pelo desafio que Mothman prenunciou. Mesmo sem ter noção de que se tratava, eles já treinavam sem saber. Eles treinavam sua união. Nascia o equilíbrio de um mundo disputado por luz e escuridão.

CAPÍTULO 11

A VOLTA PRA CASA

O caminho a ser percorrido era longo. Mas a vontade de chegar à aldeia era maior que qualquer cansaço que pudessem sentir. A descida da montanha, o caminho à beira de um arroio no mato cheio de mosquitos ou qualquer outro problema que aparecesse pela jornada era superado com um sorriso no rosto. Logo, eles veriam novamente todos os amigos. E, também, a chegada à aldeia representaria o início de um novo ciclo. Pegariam seus cadernos e obteriam seus tão desejados Grimórios em um ritual simples.

Quando se deram conta, já estavam chegando ao rio que atravessaram perto da aldeia. O coração de cada um batia rápido e forte. O Sol iluminava o final do dia. Na ansiedade de chegar, sequer pararam para comer. Além de água, eles só tinham no estômago algumas frutas, apanhadas pelo caminho.

Passaram pelo mato mais fechado e chegaram à beira do rio. Eles viram a fumaça da fogueira por trás de algumas árvores. Sem pensar muito, os meninos se jogaram nas águas geladas e atravessaram o rio como se competissem. Ao saírem da água, seu ritmo não diminuiu. Eles seguiram em uma corrida desenfreada. A trilha, velha conhecida deles, agora parecia especial, pois os levava até Isabel.

Alben tentava acompanhá-los, mas parecia impossível. A motivação dos garotos, somada à sua juventude, o deixava para trás. Ao longe, ele começou a ouvir as vozes na roda de chimarrão, e, também, alguns cães que começaram a latir.

Os latidos dos cães faziam com que as vozes das pessoas diminuíssem de intensidade. Mas os animais começaram a latir diferente, por alegria, um latido estridente. Os meninos surgem em uma velocidade ímpar por detrás da roda de chimarrão. Os quatro atravessam a roda, pulando por sobre a fogueira, e se jogam sobre Isabel. Eles caem em um abraço carregado de sentimento e de alívio. Aos poucos, os aldeões vão se dando conta do que está acontecendo, mas o abraço não acaba. Alben chega à aldeia e é recebido pelos demais, mas a cena que marca é a de Isabel e os quatro, rolando pelo chão, cheios de alegria e matando uma saudade sem igual.

Alguns aldeões vão às suas casas e trazem refeições das mais diferentes, até um grande pedaço de carne foi posto para assar. Alben agradece, mas ainda observa a reação de Isabel com os meninos. Ele jura nunca antes ter presenciado uma demonstração de amor mais pura do que aquela.

Os meninos e Isabel vão trocar de roupas. Ao voltarem para a fogueira, já há uma mesa posta com muita comida e bebida. Mas, antes de comer tudo que podiam aguentar, pedem um chimarrão. A fome podia estar grande, mas não era maior do que a saudade de seu ritual.

***

Depois de saciados, os meninos começam a ouvir várias perguntas sobre o que aconteceu, para onde foram, além de outras curiosidades que todos tinham.

Mas Isabel chama a atenção de todos, dizendo:

— Eles devem estar cansados da viagem. Vamos deixar as histórias para depois. Agora eles têm que descansar.

Os olhos dos meninos estavam pesados de sono. Ainda assim, precisavam falar com Alben antes de dormir.

— Amanhã de manhã podemos fazer a conjuração para recebermos os Grimórios? — perguntou Wolf.

Com um sorriso no rosto, Alben responde:

— Sim. Tenham em mãos as pedras do ritual que fizemos e suas cadernetas. Amanhã vocês já estarão com seus Grimórios em mãos.

Antes de deitarem na cama, coisa que estavam loucos para fazer, pegam seus cadernos e sentam-se na beira da cama. Eles folheiam as páginas de folhas de papéis diferentes que usavam como caderno, e um turbilhão de lembranças vem à tona. Apesar de muito jovens, já traziam em suas memórias várias situações marcantes. Mas, mais importante que o caderno em si, é a forma que Isabel os ensinou. Além de conhecimento, os meninos viam, em cada página, um pouco de carinho. Cada folha guardava um sentimento diferente.

A partir do dia seguinte, o caderno se tornaria mais que isso. Além de conhecimento e sentimento, seria força e motivo para que, junto de Alben, os quatro acabassem com o mal despertado e prestes a se apresentar.

Os meninos se deitaram em seguida, todos com os cadernos ao lado dos travesseiros. Apesar da expectativa pelo dia seguinte, eles não queriam que a noite passasse rápido. Queriam desfrutar das lembranças.

***

O Sol nasceu tímido no céu, mas Mothman não se importa com isso. Mesmo depois de passar a noite observando, ele não se distrai com os primeiros raios de sol, pois seu objetivo é, sem dúvida, muito mais importante do que aquela beleza.

Apesar de não tirar os olhos da catedral para onde a fumaça foi, Mothman não percebe nenhum movimento e nada de anormal, então resolve se aproximar para ver se consegue notar alguma coisa diferente. Ao fazer isso, Mothman tem uma sensação estranha, como se estivesse sendo observado. Olha ao seu redor e nada vê, então continua se aproximando da catedral. Ao chegar a poucos metros da porta principal, ele trava e não consegue passar daquele ponto. Nada o impedia de entrar, mas sentia que ali havia alguma coisa muito ruim, sentia uma repulsa e uma intenção assassina que cercava todo o lugar. Mothman se assusta com o que sente, apesar de saber que podia ser alguma magia para tentar intimidar qualquer um que se aproximasse da antiga igreja. Mesmo assim, era terrivelmente assustador saber que uma criatura evocada tão recentemente, ainda sem poderes, pudesse provocar um sentimento tão ruim.

Mothman dá mais alguns passos, mas tentar abrir a porta seria inútil, pois estava trancada, não só mecanicamente, mas por alguma magia de bloqueio que, mesmo não sendo difícil, exige uma quantidade significativa de energia do seu executor. Agora Mothman se perguntava por que uma entidade ainda fraca gastaria sua pouca energia em um bloqueio que poderia ser quebrado por alguém com conhecimentos básicos de magia.

Mesmo tendo dúvidas, Mothman não pôde fazer nada além de observar o local, pois seu banimento ocasionou uma perda total de sua capacidade de usar magias. Por isso, mesmo sabendo que Alben possuía conhecimento em magia e que poderia quebrar aquele bloqueio, Mothman sabia que ele não tinha poderes suficientes para enfrentar, derrotar ou mesmo mandar de volta a entidade para seu mundo. A esperança de Mothman estava nos garotos, que ele acreditava serem as místicas "crianças das estrelas".

***

Alben e Isabel acordam com o raiar do Sol. Esperavam que os meninos estivessem acordados também, mas, pelo cansaço ou pela saudade da cama, eles dormiram por mais tempo do que de costume, e isso deu a oportunidade de Isabel e Alben conversarem.

Os aldeões saem para suas tarefas, e Isabel, já com uma cara de curiosa, pergunta:

— E aí, como foi? Aonde foram? O que aconteceu?

Alben, que estava sorrindo, aos poucos adota uma expressão mais séria, enquanto pensa em como contar tudo pelo que passaram e pelo que teriam que passar ainda. Afinal, aquela aventura foi apenas o início de uma jornada, que Alben não sabia onde daria.

Depois de pensar um pouco, Alben diz:

— Isabel, o que posso dizer é que, apesar do tamanho, eles já não são mais crianças, são muito mais que meninos, são homens. Passamos por muitas coisas, e foi uma aventura que, quem não a viveu, não acreditaria que ela foi real.

Isabel, com expressão de espanto pela negação de Alben em contar pelo que passaram, diz:

— Eu sei que já ouvi muitas coisas das quais duvidei, mas quero dizer que tenho a mente bem mais aberta nesta altura da vida. Já me dei conta de que, por mais fantástico que pareça, não significa que não seja real.

Os meninos saem pela porta da frente da casa de Isabel com seus cadernos em uma mão e uma pedra marcada na outra. Sem largar o que seguravam, os meninos dão bom-dia para Alben e Isabel e vão até Alben, chamando-o para fazer alguma coisa. Isabel, então, percebe que eles já tinham planos para a manhã, e não sabe se deve perguntar o que aconteceu nessa aventura.

Alben toma a palavra e diz:

— Isabel, nós temos que terminar algo que começamos em nossa aventura. Sobre o que falamos antes, te digo que conheci uma pessoa que me mostrou que, às vezes, a ignorância pode ser uma bênção. Peço que não se preocupe, pois, independentemente do que aconteceu, o que importa é que nós estamos aqui.

Isabel não sabe se deve se preocupar com o que Alben disse ou se foi apenas algo que ele falou para que não se preocupasse. Ela não chega a conclusão nenhuma, mas não pode mais questionar Alben, que já partiu com os meninos.

***

Alben e os meninos saíram da aldeia para fazer o ritual dos Grimórios. Alben queria que tivessem um pouco de privacidade, pois alguém da aldeia poderia atrapalhar o rito por conta de sua curiosidade. Por isso, o local escolhido por ele foi um lugar especial: ao lado do casebre onde os aldeões encontraram os meninos ainda bebês.

Encostado na parede do casebre, Alben faz uma mesa com restos de madeira do próprio casebre e a cobre usando sua túnica preta como toalha. Em frente à mesa, no chão, Alben desenha quatro círculos e explica para os meninos que devem entrar no círculo, largar os cadernos na mesa, com a pedra de cada um sobre ele e colocar as mãos uma de cada lado do caderno. Os meninos ficam na posição indicada por Alben, que usa seu Grimório e faz surgirem quatro velas já utilizadas.

Usando pequenas pedras como suporte para as velas, Alben as posiciona na frente de cada um dos meninos e começa a falar, enquanto as acende com um orbe de fogo:

— Este altar será o último lugar que verá vocês sem seus Grimórios...

Os meninos deixam escapar um sorriso de satisfação e olham uns para os outros. Aquele momento era muito aguardado por eles, e estava acontecendo.

Alben terminou de acender as velas e se afastou do altar improvisado. Então, dá as instruções de como os meninos devem proceder.

— Vocês precisam se concentrar. Tentem sentir a energia de vocês, aquela que despertamos no ritual dentro da montanha. Ela deve começar a surgir na altura de seus umbigos. Concentrem-se.

Os meninos estavam de frente para seus cadernos, com a cabeça inclinada em direção a eles, e com os olhos fechados. A chama das velas estava parada, não havia vento ali, talvez por causa da parede do casebre.

— Continuem tentando acordar a energia dentro de vocês e, sem parar, deem um pouco de seu sangue, que deve ser derramado sobre a pedra e sobre o caderno. Quando fizerem isso, devem mentalizar a pedra e o caderno se transformando em apenas um: um poderoso e magnífico Grimório.

Os meninos, ao ouvirem essa instrução, se concentram mais e a energia começa a fluir. Alben nota isso quando a chama das velas começa a se mover de maneira anormal. Os meninos tiram uma das mãos do altar e usam os dentes para morder a ponta do dedo para derramarem o sangue sobre a pedra e o caderno. Com isso, um brilho se forma na frente de cada um. Eles abrem os olhos e veem que a pedra e o caderno começam a brilhar com intensidade. Pela empolgação e motivação do que viram, a energia de cada um flui intensamente através de seus corpos, uma luz transparente começa a contorná-los, cada uma em um tom de cor. Os meninos colocam suas mãos sobre os Grimórios que estavam prestes a se formar, o que provoca uma luz intensa. Além disso, as chamas das velas queimam violentamente e descontroladamente, mostrando que a energia que fluía dos meninos se espalhava por todo o ambiente. Eles já não conseguiam mais segurar, então soltaram um grito uníssono e constante, isso liberou mais energia, que parecia ter um destino: o Grimório, que a estava absorvendo.

A quantidade de energia gerada por aqueles meninos deixou Alben de queixo caído. Ele se lembrava do ritual dele, que nem sequer foi parecido com aquele que presenciava. O nível de poder que Alben via ali o assustava, pois somente aquela demonstração já superava a força da energia dele próprio. Aqueles meninos, realmente, eram especiais. Logo estariam em um nível que Alben não conseguia imaginar. A visão que Alben tinha, além de assustadora, era fascinante.

***

Mothman observa a catedral onde a fumaça se alojou. Ele não conseguia entender o porquê de a entidade se alojar ali e não tentar buscar alguma forma de se fortalecer. Aquilo não fazia sentido.

Mothman começa a andar por ruas próximas àquele local, procurando por algum sinal de que a entidade havia saído sem que Mothman tivesse percebido. Durante essa caminhada, não encontra nada além de uma cidade deserta. Ainda havia carros nas ruas, as portas de algumas casas estavam abertas, mas nada além disso. A única coisa que chamou sua atenção foram alguns carrinhos de supermercado carregados de ferramentas no meio da rua, mas também não era relevante para o que ele estava procurando.

De repente, Mothman sente uma energia muito grande. Ele alça voo e vê que, de um ponto um pouco distante dali, saía aquela força. Ao invés de temer, Mothman sente que aquela energia vinha dos meninos.

Sorrindo, ele pergunta a si mesmo:

— Será esse o poder das crianças das estrelas?

Sente uma alegria muito grande, pois acredita que, se aquelas crianças conseguiam usar um poder daquela magnitude, já tinham forças para tentar acabar com o mal que estava na catedral, antes mesmo que ele conseguisse se fortalecer e trazer algum problema maior para o mundo.

A animação de Mothman, porém, dura pouco tempo.

***

Alben ainda observava a demonstração do poder dos meninos sem dizer uma única palavra, tamanho era seu fascínio. Ele tinha certeza de que nunca vira tanto poder antes, nem mesmo os humanos com dons especiais que recrutavam para sua antiga ordem possuíam um poder tão grande e sublime quanto aquele. Mas se assustava com a responsabilidade de ter de lapidar tal poder.

Alben interrompe sua reflexão, pois os meninos estavam liberando ainda mais poder, por isso precisavam acabar com o ritual.

Alben diz:

— Vocês devem acreditar que o que está se formando em suas mãos é uma parte de vocês, devem saber que, agora, esse livro que criaram não é somente um livro, mas uma parte de seus corpos. Assim, direcionem seus pensamentos para que essa energia crie seus tão esperados Grimórios! Acreditem, do fundo de seus corações, e liberem, de uma só vez, o máximo de energia que conseguirem, assim seus Grimórios estarão prontos!

Essas palavras pareceram motivar ainda mais os meninos, pois, assim que ouviram as instruções de Alben, o poder que emanavam aumentou consideravelmente. As paredes do casebre começaram a tremer, algumas tábuas se soltaram, uma cúpula de energia se formou ao redor do altar, e um vento muito forte surgiu da cúpula. Alben protegeu os olhos, pois havia algumas coisas voando por causa do vento. Dentro da cúpula, viam-se os meninos envoltos em uma luz muito forte. A ação do vento os atingia também, e seus cabelos balançavam violentamente, assim como aquela chama da vela que estava na frente de cada um. No momento final do ritual, os meninos, com um grito poderoso, liberam o resto de energia que ainda possuíam. Com isso, se torna impossível olhar para eles, pois a luz estava muito intensa. Mesmo assim, Alben percebe que as chamas das velas se tornam labaredas, consumindo toda a parafina da qual são feitas. Além disso, ocorre uma pequena explosão de ar, assustando animais que estavam na mata. Vários pássaros saem em revoada, folhas caem das árvores, e a luz começa a diminuir, até o ponto de haver somente quatro pontos que ainda cintilavam sobre o altar: os Grimórios. Ainda não podia vê-los bem, pois a luz era muito intensa, e só uma coisa brilhava mais do que os Grimórios, os olhos dos meninos esperando a luz diminuir ainda mais para, assim, poderem contemplar seus Grimórios.

Alben se aproxima dos quatro e percebe que os meninos, além de cansados, estavam muito emocionados. Via-se em suas expressões que aquele momento era muito especial, e cada um tinha um sentimento diferente do outro. Uma coisa era comum: a história de todos começara a mudar. Aquele era o ponto final da infância, o marco zero de uma nova era. Agora começariam a traçar seu caminho, não mais como meninos, mas como heróis; como profecia de um antigo profeta, ou história de um desconhecido, não importava a fonte das histórias, mas o que elas diziam. Eles eram os "filhos da luz" ou as "crianças das estrelas" Traçariam seu próprio destino, o destino da Terra, e equilibrariam as forças da luz e da escuridão. Independente da missão, Alben sabia que era seu destino mudar o mundo, por isso se sentia privilegiado por participar de algo tão grandioso.

Os meninos não conseguiam conter a curiosidade, então pegam seus Grimórios e percebem os detalhes que o brilho escondia. Os Grimórios eram muito parecidos entre eles, um livro com capa de um material mais duro do que couro. Cada um, porém, de uma cor diferente.

O Grimório de Joseph tinha a capa da cor da pele humana, e havia um pentagrama. Dentro do pentagrama, formava-se uma Lua nova e uma estrela. A Lua era desenhada com as linhas do círculo do pentagrama, e a estrela estava dentro do braço superior da estrela do pentagrama. O de Poli vinha com uma capa de cor vermelha, com um pentagrama na cor amarela. O de Wolf tinha a capa negra e um pentagrama em branco, que parecia ser cortado por garras na cor verde. Por fim, o Grimório de Dragon, assim como o Grimório de Wolf, possuía a capa negra, mas o pentagrama de Dragon era formado por chamas.

Após olharem demorada e detalhadamente as capas dos Grimórios, Alben diz para eles abrirem seus livros. Assim que o fizeram, viram que a primeira página tinha o mesmo desenho da capa, a segunda página tinha somente uma palavra, "História", e, nas páginas seguintes, estavam, em letras diferentes das deles, as mesmas coisas que tinham em seus cadernos. Após as páginas escritas, havia inúmeras páginas sem nada escrito. Chegaram a pensar que o ritual não tivesse dado certo, então Alben começa uma lição um pouco diferente. Ensina como usar os Grimórios.

— Vocês conseguiram! Já possuem seus Grimórios, agora devem aprender a usá-los. A primeira lição que quero passar para vocês é como se encontrar em um livro tão grande. É muito simples. Fechem o Grimório.

Todos obedecem.

— Agora quero que pensem em guardar alguma coisa. Vocês lembram daquele dia em que tirei do Grimório as coisas para o chimarrão e os sacos de dormir? Pois bem, chamo essa magia de estoque, mas pensem como se procurassem um lugar para guardar alguma coisa.

Os meninos se lembravam dessa magia, então fizeram como Alben mandou e começaram a imaginar que precisavam guardar alguma coisa.

— Agora quero que abram uma página qualquer do Grimório, mas sem deixar de pensar que precisam guardar alguma coisa.

Eles o fazem e percebem que, apesar de tentarem abrir o meio ou o começo do livro, as páginas que se abriram foram as páginas finais, aquelas que Alben chamava de estoque.

Antes de perguntarem, Alben já explica:

— Como falei antes, o Grimório deve ser usado como se fosse uma extensão de seus corpos. Sendo assim, vocês pensam em uma passagem, e vão achá-la. Agora tentem. Fechem o Grimório e pensem no orbe de fogo. Usem com cuidado e lembrem-se: vocês ainda são muito novos, por isso podem não conseguir usar ou podem usar de forma errada. Então, além de cuidado, peço para que não desanimem em caso de falha.

Os meninos fecharam os Grimórios e, antes que abrissem, Alben volta a falar:

— Cada um de uma vez. Vamos observar como vão se sair, e assim um aprende com o outro, caso haja algum erro.

Eles concordam e, após hesitar um pouco, o primeiro a abrir o

Grimório é Dragon. Ele está concentrado, então abre o Grimório, e a página tem o desenho do orbe de fogo, e abaixo diz:

Orbe de fogo:

Para usá-lo, concentre um pouco de energia na palma de sua mão. Após isso, fale em voz baixa: apareça, Orbe.

Dragon, com o Grimório ainda aberto na mão esquerda, estende sua mão direita e, olhando fixamente para a palma, faz força. Sem saber explicar como, ele sentia a energia fluir para a palma de sua mão. Ele faz força e, reunindo ainda mais energia, só então ele diz:

— Apareça, Orbe!

Logo, uma esfera de fogo surge na palma de sua mão, mas ele nota que o fogo que surgiu não foi proporcional à energia que direcionou para a palma de sua mão, por isso ele pergunta:

— Alben, por que o orbe não usou toda a energia que coloquei na palma da mão?

— Isso vocês vão aprender com o tempo. Orbe de fogo é uma magia básica. Nas primeiras tentativas, não irão conseguir criar o orbe muito maior do que Dragon fez. Depois de muito treinamento, conseguirão evoluir esta técnica, mas isso vem com o tempo e com a experiência. Para essa técnica, não é preciso muita energia, então, se vocês usarem mais do que o necessário, essa energia vai ser desperdiçada. Faça de novo, Dragon, mas agora sem colocar energia em sua mão.

Dragon desfaz o orbe, olha para o Grimório e, sem levar energia para sua mão, ele se concentra e diz:

— Apareça, Orbe!

Para sua surpresa, o orbe de fogo aparece novamente em sua mão. Ele olha para Alben, que ri e diz:

— Você pode até não ter mandado energia, mas o Grimório fez isso por você. Essa é uma das vantagens de ter o Grimório junto de si. Ele produz a energia necessária para a magia e, assim, você não precisa se preocupar com desperdício de energia. É possível fazer qualquer magia sem o uso do Grimório, porém é necessário conhecê-la muito bem para que isso ocorra. Você deve ter um controle de energia muito preciso, caso contrário, corre o risco de se desgastar, desperdiçando energia. Por isso, além das inúmeras vantagens, o controle do uso de energia é um fator muito importante para os usuários de Grimório.

Os outros meninos estavam ansiosos para executar a magia. Poli e Wolf, então, também fizeram a magia e tiveram como resultado um orbe de fogo igual ao de Dragon. Joseph pediu para ser o último a tentar. Os demais não entenderam a razão disto, mas Joseph, diferentemente de seu costume de ser brincalhão e sempre sorrir, estava prestando atenção, sério, compenetrado, observando cada movimento que os demais faziam. Ao chegar sua vez, antes que executasse a magia, ele diz:

— Alben, sinto que sei fazer isso muito bem. Por que sinto isso?

Alben olha para Joseph e diz:

— Pode ser por dois motivos: o primeiro se deve ao fato de você estar habituado a fazer fogo e acender fogueiras, por isso já tem certo domínio sobre esse elemento; o segundo é pela possibilidade de que você tenha um dom. Não é de se duvidar que cada um de vocês tenha um dom especial, que ainda precisamos descobrir qual é. Mas, vamos lá, faça essa magia. Vamos ver se é conhecimento ou um dom nato que carrega dentro de si.

Joseph, ainda com a expressão séria, abre o Grimório e nem parece ler: ele simplesmente estica o braço com a palma virada para baixo e, com um estalar de dedos, forma um orbe de fogo gigante comparado com os anteriores. Ele era, no mínimo, três vezes maior que os demais. Alben se mostra um pouco surpreso, mas logo muda a expressão de susto para um sorriso, e diz:

— É, temos um rapaz que já descobriu seu dom. Você deve ter facilidade em manipular o fogo, podendo ser considerado um Manipulador de Fogo ou um Elemental. Isso só o tempo vai nos dizer...

Voltando a abrir um sorriso, Joseph diz:

— Ah, eu sou demais!!!

Aquilo arranca risos dos meninos, mas Wolf logo para de rir e pergunta a Alben:

— Como vamos saber se temos um dom?

— Vocês saberão. Assim como Joseph disse, ele já sabia fazer aquilo, parecia que ele já conhecia. Sendo assim, o Grimório aflorou ainda mais essa sensação nele — Alben respondeu.

Naquele momento, Poli interrompe o que Alben dizia, falando o seguinte:

— Então acho que sei qual é meu dom!

O Grimório de Poli começa a brilhar, como se as páginas emanassem uma luz clara.

— Antes de abrir, nos diga por que acha isso, Poli — Alben disse.

— Eu conheço muitas plantas, muitas ervas e chás. Agora tenho a sensação de que sei para o que elas servem, e de que sei usá-las para várias coisas. Não sei explicar — comentou Poli.

— Vamos fazer o seguinte: Joseph, pense em fogo e abra seu Grimório; e você, Poli, pense em plantas, ou em curar alguém, e também o abra. Vamos ver o que aparece — Alben sugeriu.

Ao fazer isso, eles abrem seus Grimórios em páginas com muito conteúdo. Joseph via, na primeira página, uma breve descrição sobre o fogo e, nas seguintes, mais algumas magias de fogo, sempre com um desenho e uma descrição de como fazê-la. Não foi muito diferente com Poli, só que, ao invés de uma pequena descrição, no Grimório de Poli, a descrição se estendia por algumas páginas, e, nas seguintes, havia vários desenhos de plantas e, em todas elas, muitas descrições do que eram e para que serviam.

Alben, assim como os próprios meninos, estava curioso para ver se eles seriam ainda mais surpreendentes do que já eram. Então pede para que Joseph escolha alguma daquelas magias que já existiam no Grimório e tente fazer. Joseph escolhe uma chamada Arremesso de Orbe, que consistia em fazer um orbe de fogo e arremessá-lo contra o alvo.

Joseph estava se achando o máximo. Carregava em seu rosto uma expressão de deboche, pois conseguia fazer algo que os demais não conseguiam. Então diz:

— Vamos ali naquela árvore, que vou mostrar para vocês mais esta magia.

Eles se aproximam de uma árvore morta próxima da mata fechada, Joseph se prepara, faz um orbe de fogo ainda maior do que o anterior, e continua lendo como fazer a magia. Ela era relativamente simples, pois, além de criar o orbe, precisava usar energia para arremessá-lo com força. Joseph tentou fazer o que dizia no livro, mas o orbe não saiu de sua mão. Os demais não conseguem segurar as risadas. A cara de deboche de Joseph se transformou em irritação, e ele continuava tentando. A cada falha, as risadas aumentavam, e também a irritação de Joseph.

Então, Joseph desfaz aquele orbe e, com a expressão sisuda, ele diz:

— Calem a boca! Parem de atrapalhar! Agora vou fazer sério e vou acertar aquela árvore!

Os meninos se recompõem, assim como Alben. Joseph se prepara, com olhos sérios, estica o braço e, ao estalar os dedos, um orbe que parecia maior e mais forte aparece sobre sua mão. Ele respira fundo e se prepara para lançá-lo na árvore morta. Com um movimento, impulsiona seu braço, então coloca energia e arremessa o orbe com uma grande velocidade para frente. O orbe, porém, cai a menos de um passo de Joseph.

Dragon e Wolf se atiram no chão de tanto rir. Alben e Poli chegam a se curvar por causa da dor causada pelas risadas. Dragon e Wolf choravam de tanto rir, era difícil até de respirar. As gargalhadas ecoavam por aquele campo e iam mata adentro. Nem mesmo Joseph conseguiu ficar bravo por muito tempo, pois, além de ser contagiado pelas risadas, concordou que aquela cena foi realmente ridícula e hilariante.

***

Após sentir aquela energia, Mothman notou algo que ainda não havia percebido. Algumas aves entravam pela torre da catedral, mas ele não as via saírem de lá. Mothman alça voo e tenta se aproximar, mas alguma força impede essa aproximação. Ele não consegue passar de certo ponto, porém consegue observar algumas aves passando daquele ponto e entrando pela torre, como se fossem atraídas para lá; mesmo aves que não costumam entrar em locais assim, entravam e não saíam mais.

Mothman começou a se preocupar, pois aquelas aves podiam ser a fonte da qual a entidade estava absorvendo energia. Mesmo sabendo que aquele ser demoraria muito tempo para se recuperar totalmente se dependesse de aves, o que preocupava Mothman era o fato de que a entidade já estava se preparando para algo e, talvez, conseguisse reunir forças para lutar antes mesmo de os meninos estarem prontos. Mothman tentava pensar em alguma forma de evitar aquela situação, mas concluiu que não adiantava evitar que as aves entrassem lá, pois o ser encontraria outra maneira de se fortalecer. Por meio das aves, porém, era possível saber quanto tempo a criatura iria levar para se fortalecer.

Mothman achava que essa informação poderia ser importante, então resolve avisar Alben. Ele procurou pelo local onde havia sentido a energia anteriormente e voou em alta velocidade até lá. Mothman passou pela mata e pelo campo, só então percebeu que logo passaria pela aldeia, por isso resolve voar mais alto para não causar alarde nos aldeões. Logo ele vê, do alto, Alben e os meninos, então desce rapidamente até o chão, assustando tanto os meninos como Alben.

Os meninos, depois de recuperados do susto, ficam admirando Mothman. Eles estavam fascinados com o quanto aquele ser era diferente com aquelas longas asas que se juntavam ao corpo e ficavam quase imperceptíveis, o corpo humano musculoso, porém coberto por pelos, assim como o rosto. Cada detalhe chamava a atenção de uma maneira diferente. Os meninos demoraram um pouco para se acostumar com aquela imagem, mas nenhum deles sentia medo, pois já sabiam que ele era do bem, e não sentiam maldade em Mothman. Daquela vez, pareciam ter ainda mais certeza disto, por conta dos Grimórios terem aguçado essa intuição ou, simplesmente, pelo fato de Mothman realmente ser puro. Mothman pede para falar com Alben em particular, assim eles vão para longe dos meninos, que ficam observando com muita curiosidade, mas sem ouvir nada.

***

— Aquele ser está se movendo e está usando algumas aves para ganhar força... — anuncia Mothman.

Alben não esperava uma mensagem assim, então se preocupa, e Mothman continua a falar:

— Mas isso não é muito assustador, pois ele vai demorar um tempo significativo para adquirir poder suficiente para sair daquele lugar. Acredito que, mesmo se fossem animais maiores, como vacas, ainda teríamos certo tempo. Então, treine bem esses meninos, pois, assim que aquela entidade começar a procurar presas maiores, virei até você para levá-los ao lugar onde teremos que derrotá-lo.

Alben não gostava muito daquele monólogo, pois, apesar de pedir ajuda de Alben e dos meninos, Mothman não deu chance para eles pensarem no que fazer.

Alben, então, diz:

— Mothman, acha que isso é o que devemos, realmente, fazer? Você não acha melhor irmos até lá reconhecer o local e, assim, pensarmos juntos em uma maneira de derrotarmos aquele ser?

— Não, ir lá agora está fora de questão, pois a criatura pode sentir a energia de vocês e pode querer usá-la como forma de se recuperar mais rápido. E, como não sabemos com o que estamos lidando, temos que ter muita cautela.

Alben entendeu o que Mothman queria dizer, pois eles realmente não sabiam do que se tratava aquela coisa. Então, mesmo sem gostar muito da ideia, Alben, por ora, concorda em seguir o plano de Mothman.

— Quanto tempo você acha que ainda temos? — Alben perguntou.

— Não sei te dizer, mas temos que ter em mente que vocês precisam ficar fortes o suficiente para derrotar qualquer coisa que esteja lá. Temo que seja uma entidade que, apesar de fraca, é provável que seja algo muito poderoso. Sem dúvida, para conseguir sair de onde estava, precisou de muita energia, e de um ritual poderoso, então, com certeza é algo muito grande que está prestes a acontecer — Mothman explicou.

Alben reflete sobre aquelas coisas ditas por Mothman. Quão mais fortes eles teriam que ficar? Como ele faria para treinar os meninos para que evoluíssem assim? Essas questões faziam com que Alben temesse não ser a pessoa certa para estar ali, mas, olhando para os meninos, ele vê algo que o deixa mais animado e, sem dúvida, muito surpreso. Todos os meninos seguravam orbes de fogo muito maiores que qualquer um que Alben já tivesse visto qualquer iniciante fazer. Com isso, sente um alívio, pois entende que ele mesmo está em um nível abaixo dos meninos em questão energética. Além disso, se eles dominarem as mesmas magias que Alben possui em seu Grimório, já poderão fazer frente contra qualquer inimigo. Mesmo assim, ainda sentia calafrios na espinha, o que não era anormal, pois qual humano não teme o desconhecido? Talvez a resposta a esta pergunta estivesse perto dele. Aqueles quatro, com orbes de fogo gigantes em suas mãos.

Alben e Mothman trocam mais algumas palavras, então se despedem. Na mesma velocidade que chegou, Mothman partiu, e os meninos só percebem isso quando Alben volta para perto deles. Então ele pede para que eles se sentem, pois precisa explicar algumas coisas.

Eles conversaram por um tempo, Alben contou para eles o que estava acontecendo e o que teriam de fazer. Também falou de seu receio sobre o que estava por vir e que tinha plena confiança de que, juntos, conseguiriam passar por qualquer dificuldade ou desafio que surgisse.

A reação dos meninos foi extremamente positiva, pois os motivou de uma maneira que Alben não conseguia entender. Ele pensou: *Eles gostaram de saber que têm um desafio? Mas nem sequer sabem o que é que vão enfrentar!*

O fato é que os meninos absorveram aquelas informações e as tomaram como meta, e iriam fazer o que fosse preciso para que esta meta fosse alcançada. Antes disso, porém, eles tinham muito o que aprender, então Alben começou, ali mesmo, a passar mais algumas lições.

— Vamos voltar aos Grimórios. Joseph, você não conseguiu lançar essa magia, mas ela estava no Grimório, então deve estar se perguntando por que não deu certo. Pois bem, apesar de esta magia ser simples e já estar liberada para você, você nunca a viu antes e nem mesmo possui o que é necessário para utilizá-la.

Joseph parecia não entender, e os demais meninos tentaram segurar as risadas ao lembrar de Joseph bravo por não conseguir usar o golpe.

Mas Alben não deu atenção aos meninos e continuou falando:

— Nem sempre podemos usar as magias que existem nos Grimórios. Às vezes, elas surgem porque temos facilidade de usar seus elementos, mas não quer dizer que conseguiremos executá-la. Abra seu Grimório e olhe na página do arremesso de orbe.

Joseph faz isso, e Alben pede:

— Olhe bem para essa página, volte uma página e olhe para a do orbe de fogo...

Joseph o faz, então percebe que a página do arremesso possui um desenho em preto e branco, com poucos detalhes, diferente do desenho do orbe de fogo, que era em cores e com muitos detalhes. A expressão de Joseph era de dúvida ainda, pois não entendia por que a magia estava ali se ele não podia usar. Ao perguntar isso a Alben, ele obteve a seguinte explicação:

— Você poderia aprender essa magia facilmente se soubesse controlar bem sua energia, e se soubesse usá-la para arremessar qualquer coisa. Ou então pode aprendê-la vendo ela ser feita. Como já a tem em seu Grimório, o simples fato de vê-la sendo usada vai lhe ensinar como fazê-la. Quer testar?

Alben nem precisava ter perguntado, a resposta era óbvia. Assim, ele pega o Grimório, o abre, faz um orbe de fogo e, com um movimento único, puxa seu braço para trás para pegar impulso e, no mesmo movimento, arremessa violentamente para frente. O orbe, que antes era um esfera perfeita, ao ser arremessado, se transforma em um disco devido à força empregada no arremesso. Ele atinge a árvore, que começa a queimar. Ele se vira para dizer a Joseph para tentar, mas o que ele vê são os quatro meninos com orbes de fogo em mãos. Sai do caminho e os quatro arremessam juntos, sendo o orbe que Joseph arremessou o que se destaca, pois, além de parecer mais forte, ele é o mais rápido, e, ao atingir a árvore, a deixa completamente em chamas, e os seguintes parecem nem ter efeito sobre ela.

Alben não esconde sua satisfação. Não era surpresa que os meninos sabiam fazer o orbe de fogo, pois o viram fazer diversas vezes, mas não esperava que soubessem fazer o arremesso vendo apenas uma vez, mesmo sendo uma habilidade para iniciantes. A habilidade de Joseph se sobressaindo em relação aos demais também chamou a atenção de Alben.

Eles ainda teriam um longo treino pela frente, mas Alben já sabia que deveria se focar em treinar magia de fogo com Joseph. Ele lembra que Poli também já tinha um treino bom para fazer, mas, só para ter certeza, Alben tem uma ideia um pouco maluca. Ele vai até a árvore em chamas e, no caminho, vai falando:

— Já sei que você tem muito mais facilidade com magias de fogo, Joseph, e é nisso que temos que focar seu treino. Agora, temos que ter certeza de quais são as habilidades dos outros. Poli, você me disse que possui várias plantas em seu Grimório, não é?

— Sim.

— E não sente nada a mais? Como se pudesse curar com as próprias mãos?

— Não sei, sinto que conheço plantas, que sei como usá-las de várias formas, incluindo como remédio. Por que está me perguntando isso?

Alben não responde à pergunta, só anda em direção à árvore em chamas. Chegando lá, encosta seu antebraço no tronco em brasas. Quase instantaneamente, surge uma grande bolha, mostrando que a queimadura foi profunda. Aquela cena faz o coração dos quatro meninos bater com força. Alben não consegue segurar e solta um grito de dor, então todos correm em sua direção. Para a surpresa de todos, o Grimório de Poli começa a brilhar, ele o abre e começa a ler. Ao terminar a leitura, olha para sua mão de onde um brilho começa a surgir. Ele olha para Alben, que mostra um sorriso dolorido, que seria melhor se não estivesse com o braço doendo tanto. Sua ideia louca surtiu efeito, e Poli coloca a mão acima do ferimento de Alben. O brilho de sua mão começa a fluir e contornar, primeiramente, a queimadura e depois todo o antebraço de Alben. Quando o contorno é finalizado, Alben percebe que a dor já não é tão insuportável, a luz diminuiu sua dor. Ele sabia que aquela magia que Poli fez pela primeira vez ainda tinha muito o que melhorar, mas já era boa tirando a dor do ferimento.

Após o antebraço de Alben estar completamente envolto naquela luz, Poli tira sua mão de cima do ferimento e olha para os meninos.

— Preciso que algum de vocês busque água limpa, outro busque babosa. Vou ter que procurar uma flor amarela. Não sei qual é seu nome, mas sei que preciso encontrá-la — pediu Poli.

Assim que decidiram, Wolf foi buscar babosa. Ele sabia que Poli e Téo a plantavam em um canteiro e, além de ser boa contra queimaduras, também ajudava a aliviar a coceira das picadas dos mosquitos. Joseph se prontificou a buscar água, Dragon ficou ali com Alben, e Poli saiu procurando pela flor que precisava.

***

Joseph e Wolf vão juntos até a aldeia. Lá, encontram Isabel, que repara que eles estão com seus livros novos embaixo dos braços. Ela tenta puxar assunto com eles, mas então Wolf diz:

— Temos que levar essas coisas para o Alben, e precisamos ser rápidos...

Isabel faz uma cara de preocupação, mas, antes que possa perguntar qualquer coisa, Joseph entra na conversa, dizendo:

— Temos que ir logo para voltar pra comer. Faz um ranguinho gostoso, que nós estamos com fome, viu, Isabel?!

Wolf sentiu um alívio por Joseph falar aquilo e tirar a atenção dele. Só depois percebeu que falar que Alben estava ferido criaria uma preocupação inútil, e não teria como explicar a maluquice que Alben fez.

Assim, foi apanhar algumas folhas largas e grossas da babosa, tentando retirá-las do solo inteiras para não perderem o gel que existe dentro dela. Logo, Joseph já estava de volta com um balde cheio d'água, então ambos voltam correndo para onde Alben e Dragon estão. Chegando lá, percebem que Poli também já estava voltando e, nas suas mãos, veem umas três flores pequenas e amarelas. Assim, os três voltam praticamente ao mesmo tempo, e Poli diz:

— Joseph, lave o braço de Alben escorrendo aos poucos a água sobre o ferimento; além de lavar, a água vai baixar a temperatura do local. Wolf, me dê umas folhas de babosa. Dragon, pegue algum recipiente onde eu possa misturar essas coisas.

Dragon olha para o antigo casebre e, de longe, vê alguns pedaços de madeira retangulares que se desprenderam da parede. Ele corre até lá, pega um pedaço grande, então o quebra, deixando o pedaço de madeira do tamanho da capa de seus Grimórios. Entrega a Poli que, sem perder tempo, começa a abrir as folhas de babosa para extrair sua polpa, depois começa a arrancar as pétalas daquela pequena flor amarela, então vai até a árvore, que já não está mais em chamas, e pega um pouco do carvão que não queimou completamente. Com auxílio de um galho, Poli mistura aqueles ingredientes, tomando cuidado de esmagar bem o carvão e transformar aquela mistura em uma pomada homogênea. Com isso, Poli espalha a mistura no ferimento no braço de Alben, depois abre o Grimório novamente e faz a mesma magia que fizera anteriormente, a luz contorna o braço de Alben, que já nem sentia mais dor no local. Por se sentir bem, ele pergunta para Poli:

— O que você fez aqui?

— Usei uma magia que apareceu em meu Grimório. Ela faz com que a energia que direciono para o local bloqueie os impulsos de dor que iriam para o cérebro, assim fica mais fácil aguardar por um tratamento. Assim, fiz uma pomada que tem aqui em meu Grimório, com babosa e aquela flor que fui buscar. Antes, eu não a conhecia, mas agora sei que ela é conhecida como calêndula, e o Grimório abriu mais uma página quando a encontrei. A babosa alivia a sensação de calor e dor na pele, além de segurar a umidade no local; a calêndula é um anti-inflamatório potente, e o carvão vai impedir que bactérias penetrem nessa ferida.

— Você já sabia disso tudo? — Alben perguntou.

— Acho que não. É estranho de explicar, eu simplesmente sei. Não sei dizer se sempre soube, pois, para mim, é natural, como se já soubesse...

— Esse é o seu dom, Poli. Você é um botânico, mas também tem o dom da cura. Isso é unir o dom de cura com o conhecimento sobre os remédios, o que te dá um valor inestimável. Conheci, na minha antiga aldeia, um xamã com dom de cura. Ele era incrível, pois podia curar em dois dias uma queimadura dessas sem deixar nenhuma marca ou cicatriz. Se você, na primeira tentativa, já fez esse trabalho tão bom, imagina quando estiver treinado e com seu potencial todo liberado.

Assim, eles voltaram para a aldeia e, no caminho, as lições continuavam. Alben respondia algumas perguntas que os meninos faziam, e o primeiro a perguntar foi Dragon:

— Alben, como descobriremos o meu dom e o de Wolf?

— Só posso responder a essa pergunta dizendo que, com o tempo, vamos descobrir, pois eu mesmo não possuo nenhum dom, sei um pouco de cada coisa, mas não tenho um dom especial.

— Mas você disse que nós temos grandes chances de todos termos algum dom, não é? — questionou Wolf.

— Sim, acredito que vocês quatro tenham.

— E não tem como fazer com que esse dom apareça?

— Wolf, nós temos várias etapas a seguir, então, caso vocês tenham algum dom, sei que vão conseguir descobrir qual é durante essas etapas pelas quais vamos passar. E, mesmo que não tenham um dom em especial, isso não deve ser motivo para desânimo, pois ainda assim poderão ser incrivelmente poderosos. Mas, para isso, terão que treinar mais do que alguém que tenha um dom precisa para atingir esse nível.

— Mas se eu, que tenho esse dom com o fogo, treinar muito, será que alguém pode ser mais forte que eu usando fogo?

— Sem dúvida. Precisam entender que sempre vai haver alguém mais forte e, mesmo que vocês sejam os mais fortes, não significa que serão os melhores. Podem existir pessoas mais fracas que vocês, mas que consigam vencê-los por serem mais espertas, mais rápidas ou simplesmente por um golpe de sorte.

Os meninos refletiam sobre aquilo, foi então que Dragon interrompeu o raciocínio, perguntando:

— Como faremos para abrir mais poderes em nossos Grimórios? Abrimos essas magias, pois vimos você fazendo. Existe outra forma ou só poderemos copiar as magias que vemos?

— Dragon, isso é complicado de explicar, mas existem formas diferentes de se habilitar algum poder do Grimório. Pode ser através do ato de ver muitas vezes alguma magia e aprender a fazer, assim como foi com o orbe de fogo. Mas, além dessa maneira, existem várias outras. Vocês podem desenvolver uma técnica, ela pode aparecer no Grimório ou podem obter essa magia através de uma batalha. Por falar nisso, lembram daquelas esferas de luz que apareceram para nós quando a aventura da Salamanca do Jarau foi completada?

Ao falar isso, os meninos lembraram que haviam absorvido aquela pequena esfera de luz azul. Cada um deles absorveu uma. Então, pensando naquilo, abriram seus Grimórios, e todos foram levados para a mesma página, onde estava escrito "Itens Raros" e, na página, estava o desenho de uma pequena pedra em chamas com o nome de Fragmento de Salamanca.

Alben volta a falar:

— Ainda não sei para que serve esse item, mas sei que, da mesma forma que os ganhamos, podemos ganhar outras magias e ataques, ou seja, ao derrotarmos algum oponente, podemos ganhar algum poder. Um poder também pode surgir nos Grimórios para que o inimigo seja derrotado... Apesar de ser muito raro, pode acontecer.

Eles pareciam ter entendido aquelas explicações, mas ainda tinham muitas dúvidas. Uma delas, por exemplo, foi a que Joseph perguntou:

— Alben, por que sempre que abre seu Grimório, você o folheia até encontrar o que procura? Não é só pensar e abrir que vai aparecer o que queremos?

— Boa pergunta! Isso acontece porque nem todas as magias que tenho possuem nome, então penso em como ela funciona, mas, às vezes, não fica bem claro, pois uma ou mais magias podem ser parecidas. Vou dar um exemplo: digamos que eu quero fazer um orbe de fogo, mas não tenho marcado em minha memória esse nome, então vou pensar em uma esfera em chamas. Meu Grimório pode abrir tanto no orbe de fogo, como em outras magias que usa o orbe de fogo, ou mesmo outras magias que utilizam o fogo.

Os meninos se entreolham e, com sorrisos debochados, olham para Alben. Todos têm a mesma pergunta óbvia, mas cabe a Joseph perguntar:

— E por que você não dá nome a suas magias?

Alben entende o porquê da cara de deboche. Parecia aos quatro muito simples resolver a questão. Mas, para Alben, não era tão simples assim.

— As magias não precisam ter nomes. Cada um as chama como bem entender, porém, se vocês tiverem muitas magias com nomes, podem começar a se confundir. Não é o nome em si que ativa a magia quando o Grimório é aberto, mas a vibração de seu pensamento e a energia envolvida. Mesmo com nomes, às vezes magias que não são muito usadas, quando procuradas, podem não aparecer imediatamente, pois a energia usada no pensamento não é a que deveria ser. Por isso, prefiro ter algumas poucas magias com nomes. Sei que elas serão as primeiras a aparecer, quando eu precisar e abrir meu Grimório. As demais estão no Grimório. Caso precise, procuro para usá-las.

Apesar de, às vezes, os meninos acharem ser melhor pular as explicações e ir direto para a prática, o que Alben falava era atentamente ouvido e absorvido. A cada palavra que ouviam, os quatro evoluíam um pouco mais. Sentiam-se mais espertos e conhecedores. E, assim, começam seus treinos.

CAPÍTULO 12

TREINAMENTO

Algumas semanas se passam. Mothman não vê nada diferente. Algumas aves entram, mas não saem daquela torre. Tudo estava, de um modo um tanto quanto inquietante, tranquilo.

Mothman sente a agonia dentro de si aumentar e sabe que algo muito ruim está para surgir. Mas não sabe o que é. Saber, porém, somente o faria sentir-se pior, pois não poderia fazer nada para evitar que acontecesse. Sua sensação de impotência é gigantesca, mas ele segura a ansiedade e se mantém junto à torre, pois agora existia uma chance de conseguir evitar que o mal fosse feito. As crianças das estrelas eram sua esperança, a chance de, pela primeira vez, alguém conseguir evitar uma tragédia pressentida por ele.

Por mais agoniante e entediante que fosse a missão de Mothman, ele trazia, no olhar, uma esperança que o motivava a ficar lá pelo tempo que fosse necessário.

Se fosse para quebrar sua maldição, aquela espera não era nada de mais.

***

Nas semanas seguintes, os meninos evoluíram, aprenderam mais algumas magias básicas e não se preocuparam em nomeá-las. Além disso, Poli já conseguia fazer algumas poções, tanto que a queimadura no braço de Alben não era mais lembrada, pois, com a medicação que Poli fez, não restou cicatriz. Joseph treinava a manipulação do fogo e já conseguia executar algumas coisas que deixavam todos de boca aberta, por exemplo, arremessar dois orbes de fogo, um com cada mão, mesmo sem usar o Grimório e desperdiçando pouca energia.

Wolf e Dragon viam aquilo e se sentiam incapazes, pois ainda não haviam identificado seus dons, o que deixava Dragon frustrado. Ele se sentia inferior pelo fato de Joseph estar em um nível mais elevado do que ele, pois pensava que poderia não ser muito útil no desafio para o qual estavam treinando. Compreendeu que o desafio não era tão simples, e se tratava de uma batalha de verdade, muita coisa dependia deles. Por isso, Dragon sentia um aperto no peito ao perceber que ele não conseguia aprender além do básico, que, apesar de aprender novas magias, ele não estava preparado para a batalha.

O treino acabava todos os dias da mesma maneira: os cinco ficavam sentados confortavelmente e meditavam por um tempo. Alben acreditava que, com isso, eles conseguiriam acalmar a mente e absorver melhor as lições. Assim, após alguns momentos meditando, eles se mantinham sentados, conversando sobre o treino e como seria dali para frente, pois todos sabiam que o que enfrentariam era mais do que uma brincadeira, e que precisavam evoluir para não serem mortos durante a luta. Além disso, o destino do mundo dependia deles e, se falhassem, coisas ruins poderiam acontecer, até mesmo o mundo terminar. Tudo isso poderia começar pela aldeia, então todos aqueles que amavam seriam vítimas, sem a menor chance de defesa. Esses pensamentos povoavam os pensamentos de Dragon, por isso, ao fim da meditação, Dragon tinha sua respiração mais pesada, pois não conseguia aceitar que não faria a frente da batalha se continuasse daquele jeito.

Alben começa a falar depois da meditação:

— Nós estamos evoluindo bem, principalmente Poli e Joseph. E sei que, logo, Wolf e Dragon identificarão seus dons.

Alben termina a frase com um sorriso. Dragon se irrita ainda mais, pois sente aquilo como uma provocação e está prestes a perder o controle. Ele, diferentemente dos demais, tem uma expressão fechada.

A conversa entre os demais continua, mas Dragon não consegue mais acompanhar o que eles falam. Ele fica remoendo, em sua cabeça, o fato de ter ficado pra trás. Vê a imagem dele menor que os outros, depois surge o pequenino Mestre, que lhe disse que era responsável por levar o grupo adiante. Enquanto isso, sente um calor em todo seu corpo, seus músculos estão tensos, ele treme, e não consegue evitar. Os outros continuam a conversa e, mesmo percebendo que Dragon não estava bem, não fazem nada, pois sabem que, se falarem algo, Dragon pode se irritar ainda mais. E todos sabem que a paciência não é o dom de Dragon.

Os meninos e Alben, então, passam a falar de estratégias, de emboscadas e armadilhas. Wolf se sentiu bem ao ouvir isso, pois sabia do que se tratava, por isso falava com extrema naturalidade sobre o assunto. Até mesmo para Alben foi uma surpresa quando o Grimório de Wolf começou a brilhar. Ninguém entende o motivo disso, então Wolf abre seu Grimório e lê:

— Estratégias.

Apesar de Alben nunca ter visto nada parecido, acredita que existam pessoas muito boas em estratégias e emboscadas, o que é um dom, então, se esse era o dom de Wolf, não teria motivo para não estar em seu Grimório. Wolf olha seu livro e percebe que constam algumas formas de fazer armadilhas, sendo a primeira um cercado de lanças, igual ao que eles construíram na caçada ao grande porco. Além de mais algumas armadilhas, havia uma página em que a palavra "estratégias" estava escrita no topo, e todo o resto estava em branco, como se fosse um espaço destinado para escrever como criar uma estratégia ou para inserir as estratégias já planejadas por ele.

Apesar de ser um dom, não parecia ser muito importante. Até que Alben fala:

— Sem dúvida, Wolf, esse seu dom vai ser muito útil para que consigamos ultrapassar qualquer desafio. Com uma boa estratégia, mesmo sendo um pouco mais fracos do que o inimigo, poderemos derrotá-lo! A estratégia é, sem dúvida, a parte mais importante para se obter uma vitória nas batalhas que enfrentaremos.

Wolf sente-se muito feliz por isso. O que ele falou depois disso, porém, causou uma reação muito forte:

— Agora só falta você, Dragon, então todos nós estaremos prontos para a batalha.

Alben começa a falar que ainda faltava muito para isso, mas, antes que conseguisse dizer isso, os olhos de Dragon se viraram para Wolf. Dragon estava com os músculos ainda mais tensos e apertou os punhos com força, então começou a sentir um calor surgir de seu abdômen e que toma seu corpo todo. Com os dois braços flexionados ao lado do corpo e os punhos fechados, Dragon olha para suas mãos e sente o calor se concentrar em ambas. O calor não para de aumentar, então Dragon olha para frente e vê o olhar dos demais sobre ele.

Então Wolf diz:

— Calma, maninho, não quis te irritar. Jamais debocharia de você por ainda não ter descoberto seu dom!

Aquilo foi como um tapa na cara para Dragon. Seus olhos transmitiam uma raiva capaz de intimidar a todos. Wolf se arrependeu de ter provocado Dragon, mas seu plano deu certo, pois Dragon ainda não havia percebido, mas de seu Grimório emanava uma luz intensa. Ele estava tão irado que sentia todo seu corpo queimar, suas mãos pareciam estar em chamas, e sua irritação foi tamanha que Dragon forçava ainda mais os músculos. Ele ergueu o punho direito, como se estivesse concentrando nele toda sua força e, então, o abaixa violentamente contra o solo.

***

Isabel e Karen já estavam na aldeia. Já arrumavam tudo para a roda de chimarrão, e algumas pessoas voltavam depois de suas atividades diárias. Aquela noite seria diferente, pois Bruce havia pego um cervo em uma de suas armadilhas de laço e limpado o animal longe da aldeia para não atrair predadores, assim, fariam churrasco de cervo e defumariam o restante da carne para conservá-la. Por isso, a maioria dos aldeões aguardava o churrasco ou ajudava em seu preparo.

Isabel, de repente, diz:

— Estou sentindo uma coisa estranha. Sinto como se estivesse com a raiva de outra pessoa dentro do meu peito.

Karen olha para Isabel e percebe que ela suava um pouco, então pega um banco para Isabel se sentar. Então, todos sentem o chão vibrar com muita força e ouvem um estrondo que o acompanha. Percebem que esse estrondo veio da direção de onde os meninos e Alben estavam, o que gera uma preocupação geral. Assim, todos correm naquela direção para descobrir o que havia acontecido. No caminho, percebem que alguns pássaros fogem de onde veio o barulho, então eles correm mais rápido. Após isso, sentem outra vibração no solo, menos intensa do que a anterior, mas ainda assustadora.

***

O punho de Dragon se encontra com o solo, então uma cratera começa a surgir, as pedras se quebram, as folhas das árvores caem, e todos sentem uma onda de choque passar por eles, levantando os cabelos e enchendo os olhos de poeira.

Dragon está com o punho no chão, apoiado sobre o joelho de uma das pernas, a outra com o pé no chão. De sua mão flui uma energia que atinge o solo e aumenta a cratera e a intensidade da vibração. Tudo isso acontece muito rapidamente. O braço de Dragon continuava a penetrar o solo, que, apesar de duro, havia se partido. O tempo, para quem observava o acontecimento, parecia passar de forma diferente, tudo estava em câmera lenta, e todos podiam ver detalhes inimagináveis, como a cratera se abrindo e a terra ruindo para dentro de si mesma. Os quatro que observavam tiveram que se proteger da nuvem de areia e poeira. Só então uma nuvem de poeira e folhas cai devagar e tudo parece voltar ao normal. Os três meninos e Alben assistem, incrédulos, a expressão do poder de Dragon através do golpe. Alben, além disso, não conseguia acreditar que aquilo só havia acontecido porque Wolf o provocou, então pensou e, mesmo não acreditando muito, concluiu que aquilo foi uma estratégia de Wolf para libertar o dom de Dragon.

Será que foi isso mesmo?, pensava Alben. *Será que era o dom de Wolf agindo para trazer à tona o dom de Dragon?* Apesar de ser inconsequente, Wolf falou aquilo provocando Dragon propositalmente. E o pior, funcionou.

Dragon, aos poucos, foi aparecendo por trás da nuvem de poeira. Ele já estava de pé, porém permanecia imóvel. Surgiu uma certa tensão, pois ninguém falava nada, mas todos pensavam a mesma coisa: se o chão ficou naquele estado, imagina como deve ter ficado a mão de Dragon. A poeira teimava em pairar no ar, até que uma brisa a afastou dali, então todos viram Dragon com um sorriso enorme no rosto, olhando para sua mão, com seu Grimório aberto em outra. Seu sorriso era de uma inocência que tornava engraçada aquela cena. Como uma pessoa com tamanho poder ficava com cara de idiota ao contemplá-lo?

Os meninos correram para dentro da cratera. O buraco ficou enorme, com dois passos de diâmetro e uma profundidade que alcançava os joelhos dos garotos. Ao chegarem a Dragon, estavam empolgados e, sorrindo, percebem que todos poderiam evoluir em sua área específica, assim ficariam mais fortes e poderosos. Alben admirava tudo aquilo de longe. Sua certeza de os meninos serem especiais se reforçou ainda mais, e era assustador ver que eles, sem muita experiência, conseguiam fazer coisas que nem ele conseguia, mesmo com muitos anos de treino.

Alben se aproxima, então pergunta a Dragon o que estava escrito no Grimório.

— Na primeira página, há três palavras: luta, força e intimidação.

Nas demais, tem alguns treinos... Quero fazê-los o quanto antes para ver se abre mais alguma coisa.

Alben reflete. Como o dom de Wolf, o de Dragon é algo que as pessoas normais podem ter, pois, com treino, é possível se tornar um bom lutador. Mas, para ser o melhor, nem o mais completo treino é suficiente. É necessário unir esse treino e o dom natural, podendo se tornar, talvez, não o melhor, mas um dos melhores lutadores. E, como existe o dom da luta, é compreensível o Grimório mostrá-lo e ajudar a evoluí-lo.

Os garotos conversam, excitados, e surge de Joseph a seguinte frase:

— Duvido você fazer isso de novo!

Dragon aceita o desafio. Ele se concentra e tenta fazer sua energia fluir como no momento do golpe, mas é difícil. Mesmo sem toda a energia de antes, Dragon golpeia o solo novamente, causando um tremor muito menor, mas, mesmo assim, fantástico para um humano. Desta vez, demora um pouco para se levantar, pois, como o golpe não teve a mesma força, não houve tanta energia para proteger as mãos de Dragon. Ele sente muita dor, mas não quer demonstrar.

Levanta-se, tentando disfarçar, sem sucesso. Ao levantar a mão, todos veem que está sangrando, o que mostra que, se seus dons não forem usados da maneira certa, podem ser muito perigosos para os próprios meninos. A primeira reação deles foi tentar ajudá-lo, mas, ao perceberem ter sido um corte superficial, não conseguem segurar as risadas.

Alben chama a atenção dos meninos.

— Isso não é brincadeira para vocês ficarem aí, rindo. Devem tomar isso como lição. Apesar do dom de vocês, ainda podem se machucar, e pior, com os próprios dons. Seria engraçado se você se queimasse com um golpe, Joseph? Ou você, Poli, gostaria de se envenenar com uma planta? Ou mesmo você, Wolf, e se, ao invés de atacar o chão, quando você o provocou, Dragon o acertasse com esse golpe? Como se sentiriam?

Os meninos param de rir imediatamente.

— Vocês devem entender que muita coisa depende de vocês. Já pararam para pensar que são especiais, mas que há um motivo para isso? E será que não percebem que podem ter esses poderes acima da média só para enfrentar o que Mothman está vigiando e, assim, salvar este mundo? Têm de entender que a profecia que me colocou aqui, junto de vocês, pode não ser completamente certa. Pode ser apenas parte da verdade. E se o que Mothman vigia sair amanhã de seu esconderijo? E se tiver força suficiente para nos derrotar? E se dominar o mundo, começando por matar as pessoas de nossa aldeia? É isso que vocês querem?

Os meninos olham, sérios, para Alben. O que ele não esperava é que não somente os meninos ouvissem o desabafo, mas, todos os habitantes da aldeia, que chegam até eles para ver por que a terra vibrou e veem Alben falar de forma alterada.

***

Em volta da fogueira, todos ouvem atentamente Alben tentar explicar o que aconteceu. Mas nem mesmo ele tem real noção do que está por vir. Por isso, as coisas não estavam fáceis de serem explicadas.

Alben tentava explicar de modo que não gerasse alarde. Mas era difícil contornar a situação, depois de todos ouvirem o que ele dissera. Além do temor de que algo pudesse acontecer, os aldeões tinham dificuldade de acreditar que a imensa cratera foi feita por Dragon. Eles achavam que algo havia acontecido para machucar sua mão, e que Poli fizera uma pasta que curou o punho do garoto. Para eles, era mais fácil acreditar que alguém tinha conseguido um remédio eficiente e suficiente para curar totalmente um ferimento feio do que crer que uma criança criara uma cratera enorme com a própria força. Eles não conseguiam conceber que aqueles meninos tivessem tamanho poder.

Sem ter como argumentar com os aldeões, Alben diz:

— Sei que é difícil acreditar. Eu mesmo tenho certa incredulidade com relação ao poder destes meninos, mas eles são especiais. São mais fortes que qualquer pessoa que já vi. Já me disseram que são "crianças das estrelas", que são pessoas enviadas para este planeta para retomar o equilíbrio. Contudo, essas informações são meio vagas, pois não sabemos o que eles têm de equilibrar. Mas, se juntarmos essa informação com a profecia dos "filhos da luz", temos um rumo a seguir. E, com as demais informações que obtivemos durante nossa jornada pelas cavernas da Salamanca do Jarau, sabemos que o que está nos esperando é algo grande e perigoso, mas que temos boas chances de vencer...

Todos acham que o que Alben diz é o mais completo absurdo, o que é compreensível. Quem entre eles acreditaria que meninos que viram crescer seriam heróis, responsáveis por salvar o mundo? Apesar de Alben nunca ter dito aquelas palavras, foi isso que entenderam. E isso estava além do que poderiam acreditar. Mas, antes que pudessem desacreditar as palavras de Alben, Wolf fala:

— Vocês nos viram crescer e sabem quem somos, então quero que entendam que o que Alben diz é a mais pura verdade. E isso não vai mudar em nada o que somos para vocês. Sempre seremos os mesmos meninos de que vocês cuidaram. Porém, agora, chegou o momento em que nós é que temos de protegê-los...

Bruce interrompe Wolf e diz:

— Vocês ainda são crianças. Não devem precisar se preocupar com coisas assim. Nós, adultos, é que vamos protegê-los. Quando tiverem idade suficiente, aí, sim, poderão proteger esta aldeia.

— Bruce, sou extremamente grato por tudo que me ensinou. Mas você sabe que nós quatro alcançamos o nível de maturidade de adultos anos atrás tanto com relação ao conhecimento, que vocês nos passaram, quanto ao trabalho. Somos muito jovens, mas temos conhecimento, força física e mental iguais aos de qualquer outra pessoa da aldeia. Não se preocupem conosco. Somos fortes. Vocês mesmos puderam ver a cratera que Dragon abriu com um soco, sem treino algum. Isso tudo também é inacreditável para nós. Mesmo sendo diferentes, não somos. Não sei como explicar. Temos nossos princípios aqui, mas temos algo diferente. Explicar é difícil... Joseph, mostre a eles o que consegue fazer, mesmo depois de pouco tempo de treino.

Joseph abre seu Grimório e, em um movimento, cria em sua mão um orbe de fogo, o que chama bastante atenção dos aldeões. Ainda com seu Grimório aberto, Joseph começa a mover o orbe pelo ar, então o lança para cima. Ele sobe muito rápido para os céus. Ao atingir certa altitude, Joseph folheia o Grimório e lê alguma coisa em voz baixa. Sobre sua mão, surge um segundo orbe, muito menor que o anterior, mas com intensidade muito maior. Joseph arremessa com força o orbe menor, que atinge o maior. Os dois explodem, causando um efeito muito bonito e, ao mesmo tempo, assustador.

Uma chuva de pequenas fagulhas cai sobre toda a aldeia. Todos ficam boquiabertos e se põem a pensar. Mesmo que aqueles meninos ainda fossem crianças, aos olhos deles, tinham poderes especiais. Realmente eram diferentes. Nenhum comentário foi feito. Eles apenas observaram o resto das fagulhas caírem dos céus. Quem tinha produzido aquelas fagulhas havia sido Joseph, um dos meninos que viram crescer e que, sem mais nem menos, se tornou capaz de fazer algo tão incrível.

Alben se volta para os aldeões e diz:

— Não sabemos o que vai acontecer, mas peço que nada mude. Vocês não precisam ter medo, nem mudar de atitude para com os meninos. Eles continuam sendo crianças. Ainda precisam de atenção e carinho. Nada precisa mudar.

Isabel, que assiste a tudo quieta, resolve falar:

— E nada mudará! Esses meninos são filhos desta aldeia. Todos vamos continuar amando e cuidando deles. Se eles têm por destino defender-nos de algum mal, e não podemos mudar isso, ajudaremos no que pudermos.

A opinião de Isabel rendeu alguns murmúrios, mas todos pareceram concordar. Ao menos, na parte em que continuariam a amar e cuidar daqueles meninos.

Alben continua a falar:

— Sei que é uma situação no mínimo estranha, mas precisamos treinar para conseguir evoluir e proteger a aldeia. Peço que entendam que, no momento em que a situação se complicar, deixaremos a aldeia para proteger vocês, mas também para nos proteger. Não vamos lutar ou fazer rituais aqui e, se possível, nem perto daqui, por vários motivos. O principal deles é, se vocês estiverem em perigo, nossa atenção vai ficar em vocês, e não vamos conseguir nos concentrar na batalha. Por isso, peço que entendam.

As palavras de Alben nunca eram bem recebidas em situações como aquela. Mas, daquela vez, foi diferente.

Bruce e Artur concordaram com Alben e fizeram questão de anunciar.

— Com o pouco que vi hoje, consigo imaginar que os meninos são especiais. Quero dizer que, ao menos de minha parte, estou à disposição para o que precisarem. Posso ajudar nos treinos. Se precisarem de mim na batalha, se, de algum modo, eu for útil, podem contar comigo — disse Artur.

— Concordo. Sei que vão fazer o máximo para conseguir vencer seus e nossos inimigos. E também sei que com nenhum de nós será diferente. Todos queremos ajudar na batalha, ou em treinos, ou de qualquer outra maneira. Queremos fazer parte disto. Se tudo isso está acontecendo aqui, é porque temos de estar perto desses acontecimentos. Nada acontece por acaso — apoiou Bruce.

Um a um, os aldeões falam:

— Eu quero ajudar!

— Estou nessa junto com vocês!

— Vamos fazer o que for necessário para ajudá-los!

A comoção não era esperada por Alben, mas, ao ver que a aldeia, aquela família, estava unida em prol do objetivo, mais uma vez viu que tinha feito as escolhas certas. *Agora precisamos treinar*, ele pensou.

Após os aldeões se acalmarem e irem dormir, Isabel chama Alben em particular e pergunta:

— Você tem certeza de que está fazendo a coisa certa?

A pergunta vem como um soco na cara de Alben. Ele tinha certeza até o momento em que ela fez a pergunta.

— Sim! Por quê?

— Os meninos podem ser fortes e tudo o mais, mas, apesar disso, são apenas crianças. Não têm experiência de vida, e a responsabilidade que têm por possuírem tais poderes é descomunal. Será que estão realmente prontos para isso?

— Sinceramente, sei que eles não têm experiência, e que tais poderes poderiam, sim, levá-los a um caminho errado, mas acredito que isso não vá acontecer por conta da criação que você deu a eles. Outra coisa: não quero que se assuste, mas somente eles têm a capacidade de passar por esse desafio.

— Mas que desafio é este?

— Não sei! Quando passamos pela Salamanca do Jarau, algumas coisas aconteceram. Ficamos cientes de que a profecia que me trouxe até aqui não está de todo errada, mas que existem alguns detalhes que ela não abordava. Com isso, ganhamos alguma vantagem, mas outras coisas ruins aconteceram. Uma delas foi uma entidade que foi libertada daquele lugar. Acredito que ela foi o motivo que trouxe Mothman até aqui. Essa suposta entidade está muita fraca, mas temo que possa ganhar força e até mesmo controlar este ciclo do mundo, que se encontra muito enfraquecido por vários fatores, inclusive pela falta de pessoas. Existe pouca resistência para enfrentar o mal que está por vir.

— Às vezes, conversar com você fica difícil. Sempre vem uma enxurrada de informações... Quem é Mothman? O que é essa entidade? Por que você tem medo de que algo ruim possa acontecer?

— Vou tentar resumir, Isabel. A entidade é um ser sobrenatural que foi solto de sua prisão enquanto estávamos na caverna. Mothman também é uma entidade na forma que possui, mas foi banido de seu mundo, perdeu seus poderes e foi amaldiçoado só por querer bem aos humanos. Pelo menos foi isso que entendi. Sua maldição faz com que pressinta tragédias e desastres, mas, por não ter poderes, não consegue evitar que o mal aconteça. Por esse motivo, tenta avisar as pessoas para diminuir o número de vidas perdidas. Mas, devido à sua aparência, muitas vezes ele é mal-interpretado.

— Mothman? Era ele que pessoas viam com frequência antes da guerra?

— Sim. Ele mesmo.

— E será que realmente só pressente o mal, e não o causa?

— Tenho razões para acreditar nele. A principal é que seu olhar não parece mentir. Assim como você acreditou em mim, eu acreditei nele.

— E onde ele está, agora?

— Fazendo vigília no local onde a entidade se escondeu. Assim, podemos treinar sem nos preocupar com a movimentação dela.

— Eu gostaria de conhecê-lo. Se for possível, é claro.

— Vou falar com ele quando vier até aqui para mais informações. Não posso prometer nada a você, mas vou tentar.

— Alben, quero te reafirmar que, mesmo sempre vindo com estas notícias, confio muito em você. Sei que vai fazer tudo o que puder para cuidar tanto dos meninos quanto de nossa aldeia.

Alben acena com a cabeça, e um grande sorriso toma seu rosto. Isabel se despede e vai para seu quarto. Ele continua mais um tempo na rua, refletindo. Só então se dá conta de que tudo aquilo podia estar com os dias contados.

O que será que aquela coisa é capaz de fazer? Será que vai destruir o mundo da forma que o conhecemos? Quão forte será?

Imerso em dúvidas, Alben deita sobre um banco grande e observa o céu noturno repleto de estrelas.

***

A noite passa e, ao raiar do Sol, todos na aldeia já estão de pé. Os meninos partem com Alben para treinar; os demais assumem suas funções na sociedade. Isabel fica na aldeia, junto de Karen. Elas organizam as coisas por ali, varrem e limpam tudo, conversando. Reinava o assunto dos fatos anunciados por Alben, na noite anterior.

Entre uma fala e outra, Karen começa a perceber que Isabel parece querer falar algo, mas não sabe se deve perguntar ou não. Depois de um tempo, Karen não resiste e pergunta:

— Isabel, tem alguma coisa te incomodando? Parece pensativa...

Uma expressão de aflição toma o semblante de Isabel, e ela chama Karen para sentarem-se debaixo de uma sombra e conversar. Isabel fala a Karen de maneira que não pareça louca a respeito de suas visões. Ela diz que são sonhos que parecem reais. Diz que eles trazem angústia e que, nas últimas noites, a imagem de uma criatura vem atormentando seus sonhos. Uma criatura grande e negra, de malignos olhos vermelhos. Em volta da criatura, há, de começo, muitos animais mortos. Mas, nos últimos tempos, ela começou a ver que os animais se tornaram uma espécie de zumbi. Por trás da criatura, há outras sombras, que parecem ajudá-la.

Karen não sabe o que dizer. Apenas ouve o que Isabel diz e, por mais que se tratasse de Isabel falando, as visões não parecem querer dizer nada, ao menos para Karen. Ela diz a Isabel que aquilo não deve ser nada, e que isso poderia ser por Isabel estar impressionada com tudo o que vinha acontecendo nos últimos dias, na aldeia.

Isabel concorda com ela e diz:

— Realmente, deve ser isso. Mas deixe isso entre nós, Karen. Não quero incomodar os outros.

Karen concorda, e elas continuam com seus afazeres, como se aquela conversa não tivesse acontecido.

***

Alguns dias depois, cada um dos meninos, à sua maneira, começava mais um dia de treino. Alben os auxilia individualmente quando pode e, quando sobra tempo, ele também treina. Sente que pode aprender mais e, talvez, por influência do nível dos meninos, Alben se cobra muito. Às vezes, os quatro evitam chamá-lo para não interromper seu treino e quebrar seu ritmo.

Já treinavam há um tempo quando um bater de asas chama sua atenção. Eles já estavam se habituando às chegadas de surpresa de Mothman, pois, nos últimos dias, as visitas estavam se tornando mais frequentes. Ele conversava um pouco com Alben e, algumas vezes, com os meninos, mas isso era mais raro. Depois, voltava à sua vigília. Mas, nesse dia, algo diferente ocorre. Alben troca algumas palavras com ele e diz para os meninos:

— Continuem treinando. Eu já volto!

Com essas palavras, ele e Mothman andam em direção à aldeia. Os meninos estranham, mas não dão muita atenção. Continuam com seus exercícios: Joseph manipula orbes de fogo; Poli e Wolf praticam sua mira, arremessando lanças de madeira em um alvo desenhado em um monte de terra; e Dragon faz exercícios físicos detalhados em seu Grimório, flexões com os punhos cerrados no solo.

Alben e Mothman se aproximam da aldeia.

— Tem certeza de que devemos fazer isso, Alben? — Mothman perguntou.

— Claro. Sem dúvidas, ela vai ver que você é uma pessoa de bem. E foi ela quem pediu para conhecê-lo. Não precisa ter medo.

— Tudo bem. Mas se assegure de que somente ela esteja na aldeia. Não quero causar tumulto.

Alben vai à aldeia e vê que Karen e Isabel estão preparando o almoço para todos os aldeões. Ele vai ao encontro das duas e chama Isabel. Alben diz alguma coisa que Karen não consegue entender, então Isabel olha para ela e diz:

— Continue com o almoço. Eu já volto.

— Aconteceu alguma coisa? — perguntou Karen.

— Não. Alben quer me mostrar uma coisa, mas não se preocupe. Não é nada de mais.

Os dois seguem para o caminho pelo qual Alben chegou, conversando no curto trajeto por entre as árvores. Ao se aproximarem de onde Mothman se mantinha em silêncio, Alben diz, em voz baixa:

— Isabel, sei que pode parecer estranho eu lhe pedir isso, mas cuidado com sua reação ao ver Mothman. Ele é diferente de nós, e isso o deixa com muito receio de se mostrar. Só o faz quando acredita ser necessário. Eu demorei um tempo para conseguir convencê-lo a conhecer você.

— Claro. Mas como ele é? Vou me assustar?

— Estou avisando você por isso. Ele lembra bastante uma pessoa normal, mas tem quase todo o corpo coberto por pelos. Ele está aqui perto. Não vamos mais perder tempo.

Alben fala em voz alta:

— Venha, Mothman! A Isabel quer conhecê-lo!

Alguns sons de galhos denunciam Mothman. Isabel olha para a copa de uma árvore e, de relance consegue ver que alguém salta de lá. Ao aterrissar no chão, Mothman mantém a cabeça baixa. Talvez por este motivo não vê a expressão de surpresa de Isabel. O coração dela quase para de bater. Seus olhos se arregalam. A boca fica entreaberta, e ela não consegue fechá-la, devido à surpresa.

Mothman encara Isabel e, com isso, pode ver sua expressão mudando. Ao ver os olhos de Mothman, ela se acalma do susto, mas mantém os olhos bem abertos e arregalados. Foram poucos os instantes em que se encararam, mas o tempo pareceu parar.

Sem rodeios, Isabel diz:

— Nossa! Que susto!

Mothman não sabe como reagir. Alben, menos ainda.

Mas, em sequência a isso, Isabel continua a falar:

— Desculpe. É que você se parece muito com uma criatura que seguidamente vem em meus piores sonhos. Em seus olhos, porém, vejo que é uma pequena semelhança física. Os olhos da criatura em meus sonhos transbordam maldade. Mas os seus são puros.

— Obrigado. Se eu soubesse que iria encontrar com uma vidente, teria aceitado os convites do Alben antes — Mothman agradeceu.

A frase causa, em Alben e em Isabel, uma expressão de susto semelhante à que Isabel apresentou há pouco. Com uma risada sem graça, Alben tenta falar alguma coisa para mudar o clima de desentendimento:

— É assim mesmo que se faz pra quebrar o gelo, Mothman...

Agora Mothman é quem faz cara de desentendido. Isabel toma a palavra para si, vendo que Alben não sabe como agir diante das circunstâncias.

— Não sou uma vidente. Você deve estar enganado.

— Você pode até não saber que é uma vidente, mas, sim, você é. Sinto sua energia. E você pode sentir se as pessoas são boas ou não. Pode, por simples intuição, se livrar de problemas. Ser vidente não quer dizer que veja o futuro. Se bem que dizem que alguns e algumas videntes conseguem fazê-lo, embora não vendo exatamente o que acontece, e, sim, interpretando visões. Ou, por que não, sonhos...

Mais alguns instantes de silêncio.

Depois, Isabel fala:

— Então realmente sou uma vidente. Sempre uso minha intuição e sempre dei muito valor ao que acho da pessoa quando a olho nos olhos pela primeira vez.

— O que me chamou a atenção é que você disse que alguém parecido comigo lhe assusta em seus sonhos. É isso mesmo?

— Sim. A criatura também tem asas e o corpo coberto por pelos. Porém, aparenta ser muito maior que você. E o rosto é completamente diferente. Aquele ser é assustador, tem olhos vermelho-sangue, as feições de um animal grotesco. Não sei explicar. Mas, além dos olhos grandes e vermelhos, quando abre a boca, parecem crescer presas. Caninos. Mas os dentes não são brancos. São escuros...

Os dois que escutam Isabel podem notar o momento exato em que, enquanto falava de tal criatura, Isabel se arrepiava por inteiro. Até mesmo eles se arrepiam com a descrição.

— Essa sua descrição pode significar uma coisa. Apesar de não podermos ter certeza, pode se tratar do que vimos saindo da montanha, e que agora se encontra na velha igreja — Mothman explica.

Isabel empalidece. Suas pernas quase não a sustentam em pé. Ela se lembra do lugar no qual entrou muitos anos atrás. Isso já a deixa desesperada. As imagens que vêm à sua memória são simplesmente horríveis. Percebendo que alguma coisa deixou Isabel em estado de choque, Alben a segura pelo ombro.

— Vocês estão falando da igreja da cidade abandonada próxima à nossa aldeia? — Isabel pergunta.

— Sim, exatamente.

Isabel fica lívida e, com os olhos cheios de lágrimas, diz:

— Então vamos ter que conversar sobre isso.

***

Os meninos treinavam sem se dar conta de que Alben demorava a voltar. Entre um exercício e outro, eles conversam normalmente sobre alguma bobagem, mas sua última conversa rende.

Wolf sugere que, se eles tinham de lutar contra um inimigo, deveriam treinar para a batalha. Voltam aos exercícios. Em mais uma pausa, todos queriam pôr em prática a ideia de Wolf. Porém, Alben não estava ali, e eles tinham receio de fazer algo errado e serem repreendidos outra vez por Alben.

Eles tentam esperar por ele para receber o consentimento com relação ao treino para a batalha, mas, como Alben não retorna, não conseguem evitar e decidem batalhar em duplas.

Dragon e Poli se unem contra Wolf e Joseph. A batalha não poderia causar ferimentos, então cada dupla deveria fazer uma bandeira e escondê-la em uma base que estabeleceriam na mata. O objetivo seria roubar a bandeira da outra dupla e proteger a própria. Se fosse preciso, poderiam tentar impedir a outra dupla de pegar sua bandeira lutando, mas sem se esquecer de que não poderiam machucar os adversários. Antes de começarem, Dragon e Joseph tiraram suas camisas para usá-las como bandeiras.

— Se usarem fogo, tomem cuidado. Ou poderão se queimar com ele... — Joseph alertou.

— Se tentarem pegar a minha bandeira, terei de lutar para proteger. Vou atacar com cuidado, mas se defendam. Não quero machucar ninguém, mas vai que eu golpeie com muita força... — avisou Dragon.

— Machucar não podemos, mas também não devemos batalhar levianamente. Estamos treinando para uma batalha de verdade... — comentou Wolf.

— E se o machucado não for muito grave, eu consigo dar um jeito. Sinto que estou melhorando no controle de minha energia, e também aprendi novas poções que podem ser bem úteis — explicou Poli.

Eles entram na floresta e, assim que encontram bases adequadas, gritam para avisar que estão prontos. E começam a batalha.

***

Alben e Mothman ouvem Isabel atônitos. As informações dela mudam muito o rumo das coisas.

— Você tem certeza disso, Isabel? — Mothman perguntou.

— Sim. Vi isso com meus próprios olhos. Depois disso, nunca mais voltei àquele lugar. E, mesmo quando precisei de coisas para os meninos, eu os mandei diretamente para o museu, que é afastado da cidade.

— Deixei os cavalos lá para auxiliar vocês na busca de utensílios pela cidade, mas os dois homens que foram até lá sequer pensaram nisso. Simplesmente pegaram os cavalos e voltaram para a aldeia. Achei estranho eles não pensarem em ir além do que foram, mas acho que isso explica a atitude — informou Alben.

— Na realidade, somente eu sei disso. Orientei todos para que nenhum de nós voltasse àquele lugar depois daquele dia. Na aldeia, eles acham que isso se deve ao ataque dos cães. Ninguém imagina o que vi no interior da igreja — Isabel esclareceu.

— O que você acabou de nos contar me dá quase certeza de que se trata o que está se escondendo na igreja — Mothman comentou.

— Como assim? — Alben perguntou com expressão confusa.

— Se ele é como ela descreveu, só posso imaginar se tratar de um ser como eu. Trata-se de um ser do Reino dos Alados.

— E o que isso quer dizer? — Isabel questionou.

— Isso é bom? Se conhecermos quem está aqui, temos mais uma vantagem, não é? — Alben perguntou ansioso.

— Não é bem assim. Como em qualquer sociedade, existem seres bons e maus no Reino dos Alados. Vocês, da Terra, têm admiração por alguns dos alados que vieram até aqui antes. Tendem a chamá-los de anjos, quando são da linhagem do Sol. Quando são da linhagem da Lua, são confundidos com demônios. Mas a confusão só ocorre por conta da aparência. Na realidade, não se deve separar os seres por sua linhagem, mas pelo caráter. Sei que, muitas vezes, seres como nós somos cultuados neste plano. Em nossa terra, somos uma sociedade. Temos um rei e uma rainha. Cada um deles é de uma linhagem, e essa união fez com que os dois tipos de alados se misturassem. Na sociedade, existem seres do Sol e da Lua, mas isso não define como esse ser age. Pelo que entendi, o que se esconde na igreja é um alado da Lua, da noite, pois, fisicamente, se assemelha a mim.

— E como isso pode nos ajudar? — Alben perguntou.

— Em tempos passados, sei que alguns centros de umbanda desta região faziam rituais para um alado da noite, chamado Guland. Ele gosta de trazer a discórdia, a briga, a cisão e o tumulto. É um dos alados que, junto de Morrigan, nossa rainha, não gosta dos humanos. As pessoas que o cultuavam não podiam imaginar o perigo que corriam. Pelo que pude perceber, pela descrição de Isabel, aquela igreja se tornou um lugar no qual Guland gostaria de estar. E, se isso foi feito por alguém que tinha noção de estar evocando Guland, esse alguém pode ter deixado artefatos para que ele se fortalecesse — explicou Mothman.

— Você quer dizer que isso pode ter sido feito por pessoas antes da guerra? — perguntou Alben.

— É a única coisa que consigo imaginar. Isso pode ter sido deixado pronto antes mesmo de as criaturas mágicas serem banidas neste ciclo. E ele só deve ter conseguido sair porque usou os resquícios de energia do ritual de vocês. Mas essa é só uma suposição. Ainda assim, é a única forma que consigo imaginar para tudo isso estar acontecendo.

— A forma através da qual ele saiu não é importante. O que importa é o que ele pode fazer. Quão perigoso esse Guland pode ser? — questionou Isabel.

— É uma incógnita. Ele não gosta da humanidade, mas também é muito ganancioso. Pode tanto tentar trazer outros alados de sua confiança para este plano para controlar tudo como pode tentar se fortalecer sozinho. Ele não terá problemas em se tornar o ser mais poderoso deste plano e controlar tudo sozinho.

Todos se calam por um instante, pensativos. Não há certeza de que seja Guland no interior da igreja, mas, mesmo não sendo ele, a situação segue complicada. Um ser na posição daquela criatura sem dúvida deve estar pensando em se fortalecer, pois não sabe o que pode enfrentar. Se fosse uma criatura do bem, não teria motivos para se esconder. Os três continuam com a conversa, tentando encontrar um rumo pelo qual seguir.

***

Poli cuida de sua bandeira, escondido entre galhos de uma árvore. Ele tenta prestar atenção em todos os lados. Até então, a única movimentação que viu foi a de Dragon, saindo das proximidades após decidirem quem ficaria na ofensiva e quem defenderia a base. Dragon, por sua vez, saiu rapidamente, mas percebeu que sua movimentação chamaria muita atenção. Então, começou a se esgueirar por entre as árvores, tentando fazer o maior silêncio possível.

Ao longe, ele vê movimentação do lado esquerdo. Não sabe se trata-se de um animal ou de um dos dois adversários na brincadeira, então resolve encontrar um lugar seguro para observar. Ao se aproximar de uma árvore grande, ouve um estalo. Quando se dá conta, seus pés são laçados, e ele cai no chão. A armadilha não tem força o suficiente para levantá-lo. Mas, por sorte, não há ninguém nas redondezas para prendê-lo. Ele se desprende do laço e resolve continuar pelo caminho. Se há armadilhas por ali, devia estar se aproximando da base da dupla adversária. Com todo o cuidado, Dragon prossegue.

Enquanto Dragon acredita se aproximar de seu objetivo, Wolf e Joseph decidem que a melhor maneira de tentar pegar a bandeira da outra dupla é um deles servir de isca e sair à frente e, o outro, ir logo atrás, tomando cuidado para não ser descoberto.

Joseph sai à frente, verificando o caminho, meio atabalhoado, mas o fazendo de propósito. Um pouco atrás, Wolf anda imperceptivelmente. De longe, podem observar a bandeira de Poli e de Dragon. Joseph corre em direção a ela.

Joseph ainda corria quando passou sob uma árvore e percebeu caírem muitos pedaços de folhas picadas em seu corpo. Sem camisa, ele começa a sentir seu corpo coçar por inteiro. Manchas vermelhas começam a aparecer em sua pele, e ele percebe ter sido pego em uma armadilha. A coceira impede Joseph de pensar. Ele se atira no chão e começa a rolar, na esperança de aliviar a coceira.

Wolf observa Joseph, preocupado com o ocorrido, mas segue em frente, procurando por outra armadilha de Poli e Dragon. Ele fica surpreso, pois não tinha ideia de que aqueles dois poderiam fazer uma armadilha que nem mesmo ele conseguisse ver.

Ele procura, com os olhos, por algum cipó, corda ou gatilho que pudesse ter disparado a armadilha em que Joseph caiu, mas não encontra nada. Então se dá conta de que não era este tipo de armadilha. Procura e logo vislumbra Poli, quieto sobre a copa da árvore. Ele largou as folhas sobre Joseph.

Wolf tenta chamar a atenção do parceiro, sem ser percebido por Poli. Joseph, que tenta se coçar desesperadamente, olha para Wolf, que faz sinal com as mãos, como se estivesse chorando. Apesar de desesperado pela coceira, Joseph entende a mensagem, e começa a gritar e fazer gestos, como se estivesse chorando e sentindo muitas dores.

No começo, Poli não dá muita atenção, mas, com a insistência do suposto choro, começa a se preocupar. Ele desce da árvore para ajudar Joseph. Abre seu Grimório e uma luz contorna sua mão. Poli se aproxima e encosta a mão no ombro de Joseph, que, quase instantaneamente, para de se coçar. A luz contorna Joseph e, assim que termina, ele se levanta e corre em direção à bandeira que Poli vigiava. Poli, então, abre novamente seu Grimório e faz surgir mais um punhado de folhas, que joga em Joseph. Este volta a se coçar, e Poli diz:

— Não entendi por que fingiu que estava chorando. Será que Wolf está por perto?

Wolf foge sorrateiramente da visão de Poli, buscando se aproximar da bandeira sem ser notado. Ele abre seu Grimório, pega uma corda dele e a amarra em um galho fino e seco de uma árvore. Contorna o lugar onde está a bandeira. Ao se aproximar de Poli e Joseph, puxa com força a corda. O galho seco se quebra, fazendo barulho e chamando a atenção de Poli. No mesmo movimento, Wolf sai do mato e lança a corda ao redor do corpo de Poli que, distraído pelo barulho, acaba amarrado. Wolf pega a bandeira, ajuda Joseph a se levantar, e ambos começam a andar em direção à sua base.

Wolf diz:

— Vamos continuar do mesmo jeito. Você vai à frente, chamando a atenção, e eu vou escondido, para pegar Dragon de surpresa , caso ele tente nos atacar.

Sem parar de se coçar, Joseph concorda, e eles se põem a voltar e tentar ganhar a brincadeira e treino. Com as duas bandeiras em mãos, eles se tornariam vitoriosos.

***

Na igreja, algo diferente começa a acontecer. O que antes era uma cidade completamente deserta, começa a ser povoada por alguns animais, como que atraídos para aquele lugar. São cães de todos os portes, várias aves e todo tipo de animal que chega como em migração. Vêm de todos os lados e, ao chegarem à igreja ou a ruas próximas a ela, param e esperam.

***

A conversa entre Isabel, Alben e Mothman continua. Os três parecem sintonizados, pois sorriem e parecem ter decidido o rumo a ser tomado. Para dar prosseguimento ao que consideraram, faltava conversar com os meninos e com os aldeões, mas tudo isso já estava planejado, e poderia ser resolvido durante a roda de chimarrão. Mothman se despede e alça voo, voltando à sua vigília. Alben anda em direção ao lugar em que os meninos treinavam, e Isabel retorna à aldeia.

Alben pensa em como vai explicar aos meninos que terão de treinar mais pesado. Será preciso treinar lutas corpo a corpo, pois já sabem quem pode ser o inimigo. E, mesmo que Isabel não fosse a vidente que Mothman acreditava ser, havia o fato de ela ter descrito a igreja e essa, sim, se encaixava perfeitamente com o lar que o Guland gostaria de ter. Muita coisa entrava em jogo: não somente os meninos ou a aldeia, ou mesmo um ciclo, mas o destino de todo o planeta. Sem gostar da humanidade e sem uma resistência, o que Guland faria? Mataria todos os seres humanos? Ou os escravizaria?

Esses pensamentos ocupam a atenção de Alben. Ao se aproximar de onde os meninos treinavam, ele nem se dá conta de que nenhum deles está ali. Só percebe quando não encontra ninguém. A princípio, Alben se assusta, mas logo ouve a voz de Dragon e Wolf discutindo. Ele percebe que suas vozes vêm da mata.

Alben começa a entrar na mata e percebe que alguma coisa não está certo. Primeiro, uma cobra passa por ele como se estivesse fugindo, depois um tatu passa quase por cima de seus pés, sendo que esses animais, normalmente, fogem de humanos. A discussão entre os dois jovens continua e, apesar de não entender o que eles falavam, Alben sabe que a discussão deveria estar intensa. Ao se aproximar, Alben percebe que outros animais começam a fugir: aves e até mesmo insetos debandavam de onde os meninos estavam. Ele começa a sentir medo, e uma sensação de seu corpo não queria que ele estivesse ali, até suas pernas pareciam não querer obedecê-lo e começaram a tremer. Sente como se estivesse sendo observado, e a mata se torna assustadora. As vozes que ele ouvia, mesmo sabendo que eram dos meninos, começavam a assustar. Ele, então, para de andar e começa a observar ao seu redor, tudo parecia ser muito sinistro, as folhas das árvores, as sombras, os sons, tudo parecia querer atacar Alben. Ele continua parado, então tenta entender o que está acontecendo, e basta um segundo para perceber que era algo que ele mesmo havia ensinado aos meninos; assim, tenta se concentrar e continua seu caminho em direção às vozes.

Ao se aproximar mais um pouco, quase não consegue acreditar no que vê. Aquilo que sentiu realmente era o que desconfiava: uma enorme energia de intimidação. Os meninos estavam fazendo isso, mas sem utilizar os Grimórios. Alben desconfiava que eles não tivessem percebido. Os sentimentos de medo, orgulho e motivação para continuar os planos se misturam na cabeça de Alben. Aquele nível de intimidação, capaz de intimidar, ao longe, alguém que conhece aquela magia, ainda mais sendo liberada naturalmente, era extraordinário. Ele sabia, com toda certeza, que os meninos eram fenomenais, e que não houvera ninguém igual a eles em toda a história conhecida da humanidade.

***

Instantes antes de Alben chegar, Wolf e Joseph saem do local onde deixaram Poli amarrado. Continuam retornando, quando ouvem passos rápidos se aproximando. Ao olharem para trás, veem Poli correndo com o Grimório em mãos. Ele fala algo inaudível e surge em sua mão uma grande folha de tamanho semelhante a qualquer um dos meninos. Eles reparam que Poli segura aquela folha com a mão coberta por energia, então não sabem o que esperar do ataque de Poli.

Finalmente, Poli chega e tenta acertar os dois adversários com a folha. Wolf consegue fugir, mas Joseph é atingido, então começa a se coçar ainda mais. Poli ataca Joseph sem parar e, a cada vez que aquela folha atinge seu corpo, uma nova marca vermelha surge e começa a coçar. Aquilo começa a irritar Joseph, ele, então, larga a bandeira que levava, pega o Grimório e cria uma pequena chama na palma da mão. Poli observa e recua um passo, mesmo assim, Joseph vê uma oportunidade de atacar e lançar aquela pequena chama, que atinge a folha que, mesmo úmida, entra em combustão por inteira quase no mesmo instante.

Poli, antes de largar a folha, percebe que a mesma magia que o protegia da coceira causada pela folha podia protegê-lo das chamas. Olha para Joseph com um sorriso no rosto, pega a folha em chamas e tenta atacar Joseph, o que não era esperado. Poli ataca e o golpe deixa um rastro de fogo. Ainda com o Grimório em mãos, Joseph vira uma página e lê alguma coisa, então levanta uma mão de encontro à folha, assim, ao tocá-la, o fogo se transfere dela para as mãos de Joseph, que cria um orbe de fogo. Ele olha para Poli, que ainda sorri, como se soubesse que aquilo aconteceria. Joseph, também sorrindo, arremessa o orbe de fogo, então, com as mãos cobertas por energia, Poli as levanta na frente do ataque e desvia o orbe, que atinge uma árvore e deixa uma grande e profunda marca negra. Assim se inicia uma batalha, que eles não sabiam estar em um nível tão alto.

O embate entre Poli e Joseph continua. Wolf, que apenas observava, resolve continuar seu caminho, pois tinha uma meta a alcançar, e aquela batalha entre os dois podia ser a distração que ele precisava para conseguir pegar as duas bandeiras. Sorrateiramente, Wolf vai até a bandeira, mas, quando vai pegá-la, alguém o puxa pelo pé, arrastando seu rosto no chão. Assim, uma nova batalha se inicia, pois foi Dragon que atacou Wolf, e isso o deixou irritado.

Wolf, exaltado, pergunta:

— Por que você fez isso?

— Pra você não pegar a bandeira. Não é óbvio? — Dragon questionou.

— Mas precisava arrastar meu rosto no chão?

— A mocinha magoou, é? Isso aqui era para ser sério!

— Se é sério, então se prepara...

Dragon fica em posição de combate e logo ataca Wolf, sem sucesso, pois Wolf foge por entre as árvores. Ao tentar seguir Wolf, Dragon tropeça em uma corda que Wolf acabara de esticar. Com a queda, os ânimos se exaltam completamente, então Dragon começa a xingar Wolf, que devolve os xingamentos a Dragon.

Poli tenta atacar Joseph, pois ficar se esquivando dos ataques dele não iria levá-lo a lugar algum. Assim, sai correndo até um arbusto, arranca dois galhos carregados de folhas verdes, e Joseph vai ao seu encontro. Quando Joseph iria alcançá-lo, Poli muda seu caminho e volta para o local onde estavam, próximo de onde estavam Dragon e Wolf.

Os ânimos já estavam muito alterados. Wolf estava focado e com um olhar desafiador, enquanto Dragon tinha uma expressão de poder e concentração que faria Wolf desistir da batalha. O olhar de raiva de Dragon era muito intimidador, e podia ser considerado um ataque, pois podia acabar rapidamente com uma batalha. Mas não foi o que ocorreu, já que Wolf percebeu isso e estava evitando olhar diretamente para os olhos de Dragon, ao mesmo tempo que não podia perdê-lo de vista, pois seria arriscado se descuidar com um adversário poderoso o suficiente para acabar com a batalha em um único golpe.

Wolf decide que um confronto a distância seria a melhor opção, então ele se distancia de Dragon, passando em ziguezague por entre as árvores e deixando uma corda esticada pelo caminho para atrapalhar o caminho de Dragon. Quando já está longe o bastante para ficar seguro, ele começa a procurar uma ferramenta para atacar Dragon. Sem encontrar nada, abre seu Grimório e faz um orbe de fogo, bem menor do que os de Joseph, mas que poderia usar para atacá-lo, então arremessa em direção a Dragon, que não abre seu Grimório ou se preocupa com o orbe, somente continua andando pelas cordas deixadas para atrasá-lo. Pouco antes de o orbe atingi-lo, ele desvia, o que se repete logo depois. Dragon se aproxima, então Wolf corre na sua direção, e Dragon se prepara para atacar.

Joseph, que seguiu Poli, arremessa outro orbe de fogo em Poli, que usa os galhos para se defender. Joseph não entende o motivo disso, mas ataca novamente, o que faz os galhos queimarem rapidamente, então as folhas verdes começam a soltar uma quantidade enorme de fumaça que atrapalha a visão de todos. Poli larga os galhos no chão, joga mais algumas folhas sobre o fogo e sai dali. Utilizar a fumaça era seu plano, pois irritava os olhos e impossibilitava os adversários de continuarem. Ele anda até onde Dragon está e o pega pelo braço. Antes de sair dali, busca a bandeira que Wolf tinha pego, o que deixa os dois com certa vantagem.

— Você pegou a bandeira deles também? — Poli perguntou.

— Eu a encontrei, mas a escondi aqui perto. Vamos pegá-la para vencermos esse jogo — sugeriu Dragon.

Poli e Dragon tentam sair silenciosamente para não serem percebidos pelos dois, os quais ainda tentavam sair da fumaça. Quando estavam próximos ao local onde pegariam a bandeira, perceberam que estavam sendo seguidos, então param e chamam Joseph e Wolf, mas não têm nenhuma resposta. Ainda assim, podiam sentir que alguém os perseguia, então começam a caminhar por um caminho diferente de onde Dragon havia escondido a bandeira. Uma corda cai sobre Poli e Dragon e, como um laço, se fecha, mas os prende por pouco tempo, então Dragon diz:

— Você acha que pode nos vencer com essa cordinha, Wolf?

Do outro lado da corda, ouvem outra risada, a de Joseph, que diz:

— E você acha que nós queríamos ganhar assim tão fácil?

Dragon percebe que Wolf sabia que eles não estavam indo pegar a bandeira, entao aquela corda serviria para ganhar um pouco de tempo, e a ideia funcionou. Com isso, Dragon sai em disparada e Poli o segue, enquanto Joseph os acompanha. Dragon corre para chegar ao local onde havia deixado a bandeira e encontra o esconderijo intocado. Cantando vitória, Dragon olha para Joseph e diz:

— Acho que o plano de vocês não deu certo.

Nessa hora, Dragon vê Joseph lançar o laço novamente, mas ele e Poli não são presos, pois já estavam preparados. Quando Dragon iria comemorar, cai, de cima das árvores, outra armadilha que se fecha e derruba Poli e ele. Do meio da folhas, sai Wolf que, em um salto, pega sua bandeira e começa a falar:

— Exatamente como eu esperava.

Os olhos de Dragon e de Poli não escondem a raiva, mas ambos continuam em silêncio enquanto saem da armadilha de Wolf, que continua a falar, dizendo que seu plano era bom.

— Vocês caíram em um plano tão simples. Eu sabia que perceberiam nossa presença e que iriam direto até a bandeira, então pedi para que Joseph atirasse o laço em vocês e ficasse visível, assim vocês desconfiariam que eu já tinha ido procurar a bandeira, então correriam para pegá-la antes que eu a encontrasse. Assim que chegassem perto do esconderijo, já estava combinado que Joseph atiraria o laço novamente para distrair a atenção de vocês enquanto eu os prendia com a minha armadilha, então a bandeira estaria livre. Tudo o que fiz foi me esconder e esperar a hora exata para agir.

Poli e Dragon já estavam em pé, encarando Wolf, quando Joseph se aproximou dele. Com isso, as duplas estavam frente a frente onde aconteceria a batalha que decidiria o vencedor. Mas, naquele momento, Alben saiu de trás de alguns galhos aplaudindo. Os meninos olhavam para ele e a tensão que existia sumiu. Estavam sem reação, pois não sabiam se as palmas eram irônicas ou se Alben os estava aplaudindo de verdade.

— Simplesmente fantástico! É muito bom saber que, mesmo de uma maneira um pouco diferente, vocês já sabem lutar, pensar e se virar muito bem. Todos estão de parabéns! Agora vamos voltar para a aldeia, onde teremos uma conversa muito importante. E não precisam se desapontar, não se preocupem, vamos dar um jeito de finalizar esse desafio em outro dia e descobrir quem vai ganhar...

Os meninos riram, mas por pouco tempo, pois a conversa na aldeia, apesar de aguçar a curiosidade deles, só podia se tratar de uma coisa. Os meninos ficaram preocupados, mas quietos; mesmo assim, percebia-se que havia algo que os motivava ainda mais.

***

Na aldeia, na roda de chimarrão, Isabel chamou a atenção de todos. Ela não quis perder tempo, pois sabia que a situação era única. A decisão já fora tomada, então somente comunicariam a todos o que estava prestes a acontecer.

Isabel dá a última tragada no chimarrão que tinha nas mãos, levanta-se e, com voz firme, começa a falar. Todos estavam atentos e começavam a mudar a expressão de calma para dúvida, alguns até temiam devido às palavras de Isabel. Era impossível não duvidar da veracidade da história.

Isabel continua a falar:

— Como eu estava falando, Mothman está aqui para nos ajudar e, apesar de ele ser diferente, podemos confiar nele.

Os aldeões apenas observavam e não sabiam como reagir. Já estavam assustados e Isabel ainda não havia falado sobre o treino dos meninos, e que teriam de lutar e tentar derrotar a ameaça.

Isabel, então, começa a contar a história completa para todos, e Alben ajuda a completar os fatos. Os meninos, junto aos demais, tentam explicar o quanto aquilo, apesar de ser difícil de crer, era completamente possível.

A noite foi longa, havia muitas questões a serem esclarecidas e, mesmo que não fossem compreendidas, não poderiam impedir as ações seguintes. Todos, assim como nas tarefas diárias, teriam que contribuir para a conclusão, com sucesso, do que fora planejado.

***

Mothman passa a noite vigiando a igreja, mas não nota nada de anormal, além de alguns animais noturnos vagando pela cidade. Mas o nascer do Sol poderia trazer consigo algumas surpresas.

Todos aqueles animais que migraram para as ruínas da cidade começaram a sair de seus esconderijos onde passaram a noite, agora eram milhares deles. Mothman observava assustado, pois, através do sacrifício de todos aqueles animais, o ser que ainda estava dentro da igreja teria forças para sair e colocar em prática seu plano. Mothman pensa em avisar Alben e Isabel, mas percebe que os animais também não conseguem ultrapassar a barreira invisível no entorno da igreja.

Ele não entende o motivo de tantos animais estarem ali, então resolve ficar e observar melhor para tentar descobrir mais alguma coisa. Ele não acredita ser um número suficiente para devolver o poder total, mas, sim, parcial, ao ser, o que já poderia provocar uma grande batalha. Ainda assim, os sacrifícios não seriam simultâneos, por isso ele teria tempo, até que a entidade começasse a sacrificar os animais, para avisar Alben para que ele se preparasse para lutar antes do sacrifício da metade dos animais.

Mothman sente que o dia da batalha se aproxima rapidamente, então tenta reunir o máximo de informações possíveis para ajudar. Aqueles animais estavam ali por algum motivo. Mothman acredita que tudo tem um porquê, e não seria diferente naquele caso.

***

Exceto por algumas dúvidas iniciais, todos compreenderam a situação e se dispuseram a ajudar no que fosse possível. Afinal, estavam passando por um momento decisivo para a aldeia e para todo o planeta. Todos se sentiam importantes, como heróis escolhidos para salvar um ciclo da Terra. O inimigo era desconhecido, mesmo assim, todos assumiram a responsabilidade de enfrentar o que fosse necessário para a vitória, mesmo que tivessem que fugir para não atrapalhar a batalha.

Na manhã seguinte, os primeiros mentores dos meninos se ofereceram para ajudá-los a treinar, mesmo sabendo que estavam em um nível abaixo deles. Alben aceitou a ajuda, então quando chegaram lá, ele dá as instruções:

— O que terão de fazer hoje é simples: cada um de vocês, meninos, deverá treinar defesa. Enquanto isso, os outros continuam seus treinamentos normais. O treino de defesa irá durar o quanto eu achar necessário e consistirá em os quatro adultos atacarem vocês para que se defendam. No final do dia, veremos qual dupla estará com menos hematomas, e que será a vencedora da batalha que não finalizaram ontem. Dragon, você começa treinando defesa, e os demais observem como quero que façam.

Alben vai até os adultos e diz para eles não facilitarem, pois os meninos precisam aprender de verdade. Eles concordam e, ao sinal de Dragon, os quatro atacam. Téo tenta dar um soco em Dragon, mas ele desvia facilmente. Marcus e Bruce atacam juntos; Marcus chuta alto e Dragon usa o braço esquerdo para se defender do golpe; com o braço direito, Dragon desvia o soco de Bruce. Por trás dos dois, surge Artur, que acerta em cheio um soco no rosto de Dragon, que cai e olha, assustado, para Artur, que diz:

— Levanta, moleque! Você acha que algum inimigo vai ter pena na hora do ataque?

Os olhos de Dragon se enchem de lágrimas, mas o orgulho não o deixa derramar uma gota sequer. Artur também ficou com os olhos marejados, pois sua dor fora bem maior do que a de Dragon, já que ele precisou bater em quem considerava um filho. Mas ambos eram orgulhosos demais para admitir qualquer sentimento.

Dragon se levanta, demonstrando que está pronto para a próxima.

Desta vez, ele se defende de todos os primeiros golpes, mas percebe que, para se defender melhor, precisaria de um tempo, então Dragon empurra os atacantes para longe e ganha alguns segundos.

Alben interrompe o treino deles e diz:

— Quero que o treino seja assim hoje. Vamos começar agora! Dragon continua se defendendo e os quatro, atacando. Sei que todos estão em forma, pois trabalham duro para manter a aldeia, mas eles podem se cansar. Assim, para o treino ser justo, eles terão períodos de descanso, enquanto vocês dobram o ritmo de seus treinos físicos. Não quero ouvir reclamação nenhuma, pois o inimigo deve estar treinando muito mais pesado. Não quero ver vocês serem mortos em batalha, então se esforcem nesses treinos...

As palavras de Alben, apesar de duras, atingiram seu objetivo, pois os meninos se focaram ainda mais, e o dia de treino passou rapidamente. No final, os adultos quase não conseguiam andar de exaustão, mas os meninos ainda tinham energia de sobra. Logo que Alben disse que todos empataram, pois levaram muitas pancadas fortes durante o dia e seria injusto declarar somente uma dupla vencedora, os meninos comemoraram. Mas também celebraram porque Alben disse que estava preparando outras disputas para eles.

***

Assim se passaram vários dias de treinos. Alben, com ajuda das pessoas da aldeia, desenvolvia vários tipos de exercício visando o amadurecimento e crescimento físico, mental e espiritual dos meninos, levando-os ao limite em situações extremas para eles aprenderem a utilizar seus Grimórios e suas magias da melhor maneira possível.

Mothman se aproximou ainda mais de Isabel e, com o tempo, começou a interagir com as pessoas da aldeia. E, talvez, por estímulo de Isabel e Alben, os aldeões não davam importância para as diferenças entre eles e Mothman. Com o passar dos dias, todos já o consideravam um aldeão e um novo integrante da família.

Mothman, com isso, passou a dividir seu tempo entre vigiar a igreja e ir até a aldeia. Já se sentia integrado ao grupo, sentimento que não tinha desde o dia em que fora amaldiçoado e banido de sua terra. Ninguém consegue ser feliz sozinho, e ele encontrou acolhimento na aldeia. Cada vez mais era difícil ficar longe de seus novos amigos. O que ele não percebeu, porém, foi que a quantidade de animais que migrou e se instalou ao redor da igreja começou a diminuir. Seja o que for que estivesse atraindo aqueles animais, esperava Mothman se ausentar para capturar os animais. Atraía os animais, que se aproximavam da parede invisível. Uma vez que passavam pela parede, os animais andavam por conta própria para dentro da igreja, que só era aberta para que o animal passasse. O fato importante é que, aos poucos, aquele ser começa a se fortalecer sem que ninguém perceba.

Será que os meninos teriam força para lutar contra o que os esperava dentro daquela igreja? Qual seria o destino da aldeia? Conseguiria superar esse inimigo? E, em caso de a aldeia ser derrotada, o que aconteceria depois?

Essas e outras perguntas que somente o tempo poderia responder passavam pela cabeça de todos os envolvidos.

Muitas vezes se passaram as quatro fases da lua, mas nada havia acontecido. Mesmo assim, os meninos continuaram treinando. Depois de um tempo, eles se perguntaram se estavam ficando mais fortes, pois já não viam mais dificuldades nos treinos, como se Alben e os aldeões não tivessem mais nada a ensinar para eles. Teriam chegado em um nível alto o suficiente para lutar?

A evolução dos meninos, porém, só era percebida quando lutavam entre si. Aquelas lutas eram incríveis, pois não se poupavam, lutavam com vontade, e percebia-se que seus olhos brilhavam com as batalhas, porque sentiam prazer em lutar. Mesmo sendo treino, as lutas os motivavam, e eles não sabiam explicar qual era o sentimento que as batalhas provocavam, mas aguardavam ansiosamente esses momentos, em que não escondiam nada que haviam aprendido, e ainda aprendiam novos golpes e magias durante as batalhas de treino.

Mas seria o suficiente para a batalha que estava prestes a começar?

***

Mais alguns dias se passaram e, novamente, eles se encontraram em uma roda de chimarrão. Mas alguma coisa estava diferente. Os meninos já não traziam sua animação costumeira. Seus semblantes eram tristes e cansados.

Isabel pergunta, em meio à conversa da roda de chimarrão:

— Meninos, o que vocês têm?

Dragon olha para Isabel, depois para os outros meninos, e diz:

— Nada de mais, Isabel...

E acaba a frase com um suspiro. Isabel sabe que algo incomoda todos os quatro, e até mesmo Alben está diferente.

Depois de alguns instantes de silêncio total na roda de chimarrão, Poli o rompe, falando:

— Não sei os outros, mas estou nervoso. Parece que não estamos prontos para a batalha, e não consigo ver evolução em meus poderes e força nos últimos tempos. Estou começando a duvidar de minha capacidade de lutar... — Poli desabafa e, apesar de ser sua opinião, era parecida com a dos demais.

A dúvida, o desconhecimento do que enfrentariam e a falta de progresso nos últimos treinos incomodavam os quatro.

Isabel tenta ajudar com palavras:

— Não consigo nem imaginar o tamanho da pressão que está sendo imposta a vocês. Mas não têm que ter medo de nada. Mesmo o inimigo sendo muito forte, sei que vão conseguir superá-lo. Em uma batalha deste tamanho, o que importa, na realidade, não é a força de quem luta, mas pelo que se está lutando. Não adianta ser forte e lutar pelo motivo errado. Vocês lutarão por algo que transcende a aldeia e o planeta. Transcende até mesmo o ciclo deste universo. Lutarão pelo amor que sentem por tudo isso, e é isso que realmente importa. O amor é um sentimento sagrado. É o que há de verdadeiramente sagrado. É dele que é feito o espírito. É por ele que vale a pena lutar. Por ele vale a pena morrer. Mas, principalmente, é por ele que vale a pena viver!

Era possível ver que, nos olhos de todos os aldeões, renasce um brilho, talvez por aquelas palavras reacenderem uma chama dentro deles. Eles se lembram de que, em vez de ficarem somente em modo automático, trabalhando e vivendo para a aldeia, trazem uma coisa adormecida no peito. O sentimento que os toma é de ter motivo pelo qual acordar todos os dias de manhã cedo e trabalhar, de enfrentar a vida, de tentar evoluir. Esse sentimento não os tocava desde que a guerra acabara com a vida como se conhecia e as pessoas deixaram de viver para meramente sobreviver.

Os meninos se levantam, com lágrimas nos olhos, e abraçam Isabel. Junto do ouvido dela, Dragon diz:

— Nós vamos lutar, e vamos vencer, por você!

Os outros três assentem. Alben se aproxima e, com uma mão nas costas de Isabel, concorda. Ela levanta a cabeça e, ainda abraçada aos meninos, olha ao redor e vê que todos se abraçam e apertam as mãos de seus próximos. A aldeia toda reencontra um sentimento que há tempo se escondia no seu coração sofrido.

Esperança.

***

Mothman fica alerta ao nascer do Sol. Nota algo estranho a seu redor.

Alguns animais continuavam com seu comportamento normal, mas outros começavam a se tornar agressivos. O que antes era um local onde conviviam sem grandes problemas, agora se torna caos, devido a alguns animais.

Cães rosnam e brigam com qualquer animal; aves dão rasantes, tentando atacar outras; mesmo animais de comportamento calmo e pacífico, como ovelhas, começam a se atacar com coices, cabeçadas e mordidas. A lã de algumas troca o branco por vermelho.

Mothman sente seu coração disparar. Entende que o tempo para os treinos dos meninos está acabando. A batalha está prestes a começar. Aquele pode ser o começo do fim. Fica agitado. Sabe que tem de avisar os outros sobre o que começa a acontecer, mas não consegue desviar o olhar do que vê. É assustador ver os animais, antes em harmonia, se atacarem com tamanho ódio e raiva.

Mothman salta e voa em alta velocidade. Suas asas se afinam ao longo do corpo, tornando-o mais aerodinâmico, e ele voa sem mexer as asas. Elas não servem para voar, ao menos não como nas aves.

Em instantes ele chega à aldeia, como um míssil caindo ao lado da fogueira, assustando todos já acordados. A expressão do alado não esconde que o que eles tanto temiam estava começando.

Isabel sai de sua casa e olha para Mothman, mas, em seu rosto, traz mais de uma expressão. Há susto e medo, porém há algo mais.

CAPÍTULO 13

O CONFRONTO

Na noite anterior à chegada de Mothman à aldeia, Isabel foi dormir com um sentimento forte dentro do peito. A situação estava ficando complicada. Antes, a aldeia tinha como único objetivo sobreviver. Mas os acontecimentos recentes trouxeram de volta sentimentos e lembranças com cargas emocionais enormes: o medo de não ter um futuro, tão presente na época da guerra.

O sono custou a chegar. Mas, quando chega, logo se torna profundo, daqueles que trazem sonhos, muitas vezes lúcidos. Nesse nível de sono de Isabel, era óbvio que ela sonharia, mas esse foi bastante real, e ela se lembrava do sonho todo.

Começa com Isabel nervosa na aldeia. Os aldeões conversam à sua volta, mas ela não presta atenção na conversa. Sente que alguma coisa ruim está para acontecer, então decide sair da aldeia. Com ela vão Marcus e Artur, enquanto Bruce e Téo ficam na aldeia, tentando acalmar as pessoas. Isabel e os outros dois andam até a cidade. Na entrada, são atacados por algo que ela sabia serem cães, porém não os vê. Há apenas sombras correndo em sua direção. Artur começa a lutar com os cachorros, então ela e Téo continuam o caminho. Ela quer ir até a igreja, mas sente que algo a afasta. Eles não desistem.

Veem Alben e os meninos lutando ao longe, mas ela não conseguia ver contra o quê. Só via sombras. E uma delas começa a vir em sua direção. Alben percebeu que a sombra iria atacar Isabel e se pôs a correr, atacando-a com algo que se materializa em suas mãos. Seu ataque salva Isabel, mas ele fica desprotegido. Outra sombra se lança sobre ele; o Grimório de Alben tenta defendê-lo, mas não consegue. A sombra ergue Alben aos céus e, como se o corpo dele fosse um graveto, ela o dobra, como se o quebrasse ao meio.

Uma gargalhada toma conta de todo o local. Os meninos se desesperam. Uma luz sai do corpo de Alben e de seu Grimório, mas ela é ofuscada, pois os meninos começam a brilhar. Um brilho extremamente forte contorna os quatro, e uma explosão de luz faz com que fique tão forte a ponto de ofuscar a visão de Isabel.

Ela acorda assustada e sai para a rua ao ouvir murmúrios. Se depara com Mothman temeroso. Isabel sabe que o sonho não foi um qualquer. Sente medo como nunca antes. Está apavorada, pois, apesar de passar por uma guerra praticamente apocalíptica, sente que tudo está diferente, e até mais grave. Isabel não quer passar por toda aquela dor novamente. Não suporta a ideia de perder pessoas próximas de novo, então começa a se questionar se é realmente algo bom ter sobrevivido à Terceira Guerra Mundial.

Os demais aldeões também começam a entrar em pânico. As coisas só melhoram quando Alben e os meninos vêm para a rua. Alben mostra uma cara séria. Eles já sabem que Mothman chegou à aldeia de forma apressada, e isso só pode significar uma coisa. Por mais que tentassem esconder, os meninos traziam no rosto um sorriso tímido. Estavam esperando por aquele momento.

Antes de Mothman ou alguém falar qualquer coisa, Isabel vai ao encontro dos meninos e diz, olhando para Alben:

— Vocês não precisam ir. Vamos encontrar outra solução para esse problema...

Todos estão nervosos, mas, com a reação de Isabel, eles se assustam ainda mais. Ela, que sempre aceitou e parecia ter digerido toda aquela história, se mostra desesperada a ponto de tentar barrar os meninos, não querendo que vão a uma batalha para a qual treinaram e pela qual esperaram muito tempo.

Alben não se abala com a reação de Isabel. No entanto, aquilo não poderia atrapalhar a concentração e a vontade dos meninos. Por isso, toma as rédeas da situação, falando sério e sem titubear:

— Chegou a hora. Aqui começa a batalha para a qual treinamos. Não se esqueçam de que todos aqui são importantes. Todos já sabem o que fazer. Precisamos pôr em prática o que treinamos.

Mothman, que até então não havia dito nada, se aproxima de Alben e fala algumas palavras inaudíveis aos outros. Alben, ainda com postura séria, fala em um tom de voz baixo, mas que grande parte das pessoas consegue ouvir:

— Mesmo que não seja nada, não vamos mais esperar. Os meninos acreditam estar fortes o bastante. E, mais do que isso, eu mesmo acho que eles têm força suficiente para enfrentar qualquer inimigo. Nunca vi nada tão poderoso quanto eles.

A expressão de Mothman mostra que não vai influenciar a decisão. Se, mesmo sem saber quem é o inimigo, os meninos se sentem preparados, então atingiram um nível de força e de confiança muito grande. Mas Mothman também tem noção de que Alben nunca viu nenhum ser verdadeiramente forte. E essa é a única razão para ainda ter certo receio da decisão.

Isabel, não sabendo o que fazer para evitar que eles deixem a aldeia, diz, desesperada:

— Alben, eu vi você morrer!

Todos param atônitos.

A vidente viu a morte de Alben...

Alben fica em choque. Mas, mesmo assim, ele não demonstra o que sente e mantém a postura, dizendo:

— Se somente eu morrer, quer dizer que os meninos vencem a batalha. Se isso acontecer, morro feliz!

— Desistam, por favor! É impossível... — implora Isabel.

Quando Isabel disse a palavra impossível, Alben a interrompe, como se esperasse por ela.

— Impossível é a palavra que os covardes inventaram para se reconfortar quando desistem sem mesmo tentar!

Isabel percebe que é impossível impedir que eles vão para a batalha. As palavras motivam ainda mais os meninos.

Após alguns instantes de silêncio, Alben olha para eles, e eles entendem que os está chamando para partir. A ausência de despedida é mais um motivo pelo qual têm de lutar, pois, se não se despedirem, têm que voltar. Não há como partirem para sempre sem dizer adeus.

Antes de saírem da aldeia, Isabel corre em direção aos quatro e os abraça apertado. Entre lágrimas, diz:

— Me desculpem. Em momento algum duvidei de vocês. Sei que são capazes e que vão vencer essa luta! Só não é fácil para nós, da aldeia. Já perdemos muitas pessoas queridas em nossas vidas...

— Não se preocupe! Nós vamos voltar. Mas essa batalha é o motivo pelo qual acreditamos ter vindo parar nesta aldeia. Talvez, se não fosse por ela, nunca nos conhecêssemos. E, para nós, isso é pior do que qualquer batalha! — Dragon disse isso com o peito estufado, com pose, e os outros trazem a mesma postura.

Todos realmente concordavam com aquelas palavras. Isabel desaba em lágrimas, mas, mesmo não gostando de ver Isabel triste, eles carregam sorriso no rosto e brilho nos olhos, que dá a todos os aldeões esperança, certeza de que tudo daria certo.

Antes de partirem, Joseph consegue arrancar algumas risadas, dizendo:

— Isabel, quando voltarmos, quero bastante comida. Coloque esses loucos para trabalhar, porque, se vamos lutar muito, precisaremos de uns quatro daqueles porcos assados para matar a fome!

Joseph fez referência direta à caçada na qual encontraram Alben, e isso faz com que Isabel pense se não deveria ter tomado decisões diferentes. Talvez, se o tivesse feito, nada daquilo teria acontecido. Mas, ao mesmo tempo, vem em sua cabeça o fato de que, se Alben não tivesse aparecido e o inimigo surgisse, ninguém estaria preparado para ele.

Ela desiste de pensar nisso e se senta em um banco na sombra da figueira antigamente usada como sala de aula. E fica ali, refletindo.

Karen se aproxima e a abraça. As duas ficam ali, em silêncio. Não há palavras que possam consolar Isabel, que vê aqueles que toma como seus filhos partirem para a batalha. Nada é capaz de acalmar o coração de uma mãe que vê seus filhos partirem para a guerra.

***

Apesar de conhecerem bem os trechos do caminho próximos da aldeia, eles parecem diferentes. Cada sombra, cada reflexo de sol, cada raio de luz, cada instante é carregado de sensações e sentimentos dos mais diversos. Mothman anda ao lado de Alben, à frente dos meninos. Nos primeiros passos, o silêncio entre eles é total. Os olhares vão ao longe. Ninguém consegue falar. Por suas cabeças, passam os mais diversos pensamentos, desde os mais banais aos mais apocalípticos. Nada é garantido. Eles começam a traçar o caminho que mudará o mundo todo. Como se motivar para algo do qual não se tem noção do que esperar?

***

As coisas ficam ainda mais estranhas nos arredores da igreja.

Alguns animais estão mais violentos e agressivos. Depois de pouco tempo, é possível perceber que os animais mais agressivos lideram grupos.

Brigas entre os bichos param de acontecer. Os alfas, dominantes, atacam apenas para mostrar sua superioridade sobre os outros. Algo grande e perigoso parece estar sendo organizado no exterior da igreja.

***

Já longe da aldeia, Alben chama a atenção de todos e diz:

— Se continuarmos neste ritmo, chegaremos muito tarde à cidade.

Antes de Alben terminar a frase, Dragon diz, em uma esquiva:

— Pelo menos dois dias...

Todos o encaram, pois Dragon parece saber de algo que os demais não têm noção. Percebendo que a história da ida à cidade, que Artur lhe passou anos atrás, pode ser importante, Dragon resume:

— Artur me disse que usavam uma trilha que toma uns dois dias de caminhada para chegar à cidade, e que temos de tomar cuidado. Apesar de fazer anos desde a última expedição da aldeia, ele acha que podemos ser atacados por cães, como eles foram, naquela ocasião. Também disse que, na metade do caminho, há um acampamento preparado, com cabanas feitas de madeira e montes de lenha.

— Eu tenho conhecimento dessa trilha, mas não vamos seguir por ela. Vamos usar outro caminho, que vai nos levar mais rapidamente à cidade. Se corrermos, chegaremos lá perto do final do dia. Mas não vamos para a cidade hoje. Acamparemos em um local a uma distância segura, e amanhã iremos vasculhar os arredores. Dependendo de como estiver o lugar, vamos para a igreja. Mas todos nós temos que estar preparados. Apesar de não conhecermos o inimigo, temos que estar preparados para o que nos espera lá — explica Alben.

Todos se preparam para a corrida. Mothman alça voo e vai à frente para arrumar o lugar onde passarão a noite. Os outros cinco logo ficam prontos para o caminho, mas, antes de irem, Alben fala:

— Não sei se perceberam, mas a batalha já começou. Tudo o que estamos fazendo já faz parte da batalha. Temos de levar tudo muito a sério. Qualquer deslize pode ser trágico. Façam tudo com o máximo de empenho.

Os meninos entendem perfeitamente a mensagem. O simples fato de estarem começando algo pelo que tanto esperaram já é suficiente para que vivessem aquele momento intensamente, e com muita atenção.

Eles se põem a correr. Alben puxa a fila. Os demais se revezam entre quem fica à frente, sempre seguindo Alben de perto. O caminho é acidentado e cheio de curvas. Como correm por dentro da mata, o clima úmido e abafado faz com que o suor seja mais uma dificuldade para eles, mas seguem em velocidade.

Gotas de suor caem de seus corpos. Algumas fazem arder seus olhos. Mas eles até gostam do fluxo de adrenalina inundando seus corpos. Uma mistura de emoção e curiosidade, e até um pouco de medo, é seu combustível.

Só param à beira de um arroio, para matar a sede, e prosseguem, sem diminuir a velocidade, sem desanimar. Correm até que Mothman pousa à sua frente e mostra o caminho que devem seguir para o acampamento que deixou preparado em um local seguro. Depois disso, Mothman volta a voar e vai aos arredores da igreja para continuar vigiando e trazer informações. E, também, caçar algo para comerem à noite, para recompor as energias perdidas naquela maratona.

Correm na direção indicada por Mothman. O caminho fica mais fechado e árduo. Depois de passarem por uma área onde árvores altas formavam um corredor, eles se deparam com uma paisagem menos convidativa: as árvores à sua frente são carregadas de espinhos, baixas e volumosas. Criam uma parede intransponível.

Alben analisa e, não vendo como ultrapassar aquelas árvores, se localiza pela posição do Sol. Resolve que devem contornar aquele caminho de espinhos. Então, correm para o lado esquerdo

Depois de pouco tempo, Alben encontra uma abertura na parede de espinhos. Ele para e, vendo que aquilo poderia ser uma passagem, resolve entrar. Apesar de ser um caminho estreito, dava para enxergar o outro lado. Eles passam com cuidado, mas se arranham nos espinhos mesmo assim.

Ao passarem pela parede de espinhos, podem avistar um ponto de fumaça. Supõem ser o local onde Mothman montou acampamento. Apesar de visível, ainda é um pouco distante, mas logo dão de cara com uma pequena clareira, com lenha e armações de galhos que formam uma proteção contra vento e chuva.

Mothman também deixou preparadas algumas garrafas de plástico, cheias de água. Todos se sentam e começam a se reidratar. Eles aumentam um pouco o fogo, para afastar os mosquitos, e esperam pelo retorno de Mothman.

***

O dia chega ao fim. Fazia muito tempo desde que os meninos tinham partido, mas Isabel e Karen continuaram paradas no mesmo lugar. Os demais aldeões também não sabiam o que fazer. Alguns prepararam comida para o almoço, mas já anoitecia e sequer tocaram na comida. Estavam todos atordoados. Não havia nada que pudesse fazer a situação ser menos estressante. Como apenas esperar, quando aqueles que se ama estão partindo para uma batalha de vida ou morte?

Entre os mais nervosos estavam Artur, Bruce, Marcus e Téo. Além de sentirem-se responsáveis por aqueles meninos, que por muito tempo foram seus pupilos, sentiam que poderiam ser úteis em batalha. Ao mesmo tempo que ajudaram os meninos em seus treinamentos, sentiam que treinavam, também, e que poderiam lutar.

Pelo menos meia dúzia de pessoas na aldeia não conseguiam ficar paradas enquanto outros lutavam para salvar o destino não só da aldeia, mas, também, de algo muito maior.

***

Mothman chega ao acampamento pouco depois deles. Em suas mãos, traz carne fresca: um javali não muito grande, mas com carne suficiente para todos.

Com a carne já assando, eles conversam, e as possíveis informações de Mothman são muito aguardadas. Com elas, podem preparar um plano para irem à cidade e, quem sabe, atacar a igreja e acabar com a situação de tensão.

Mothman estava em silêncio. Olhou para os meninos e para Alben e, com um suspiro, fala uma palavra que nenhum deles entende.

Todos, quase em uníssono, questionam o que Mothman falou. A resposta vem através de uma explicação que se mostra útil não só na batalha, mas em outras situações.

— A palavra que eu disse está no idioma original de minha terra. Sei que vocês não entenderam, mas, na realidade, sempre falei com vocês em meu idioma...

Ninguém entende nada. Anteriormente, entendiam o que ele falava, e era em português, não em uma língua estranha.

Mothman continua:

— Sempre falei com vocês, mas usava a língua universal. É uma espécie de magia. Explicar é um pouco complicado, mas o que devem entender é que, apesar de línguas e idiomas serem muito diferentes uns dos outros, as palavras que carregam o mesmo significado têm uma mesma vibração. Por isso, se vocês se concentrarem, podem falar com gente de outros lugares e serem entendidos e entender, mesmo sem conhecer a língua nativa dessas pessoas.

— Você quer dizer que está falando em outra língua que não a nossa, neste exato momento? — pergunta Wolf.

— Tente ler meus lábios para ver se estou falando palavras em seu idioma — Mothman pede.

Enquanto ele falava, todos ali já faziam o que ele tinha pedido, e perceberam que a movimentação dos lábios era diferente do que as palavras que eles entendiam.

— Mas no que isso pode nos ajudar? — Alben questiona.

— Vocês me entendem porque eu conheço a língua universal. Mas, como não sabem utilizá-la, se nosso inimigo falar em seu idioma original, não entenderão palavra alguma — explica Mothman.

Os Grimórios de todos brilham. Ao abrirem, percebem que absorveram aquele conhecimento. Para testá-lo, pedem que Mothman fale sem usar a língua universal. Ele o faz, e só o que eles podem ouvir são grunhidos estranhos. A língua de Mothman não lhes faz o menor sentido. Eles leem o que está escrito em seus Grimórios.

Escute e fale não usando apenas ouvidos e boca. Fale com seu cérebro. Ouça com o cérebro e com o coração.

As palavras são emanações energéticas. Elas são as mesmas para o sentido, e não para a pronúncia. "Word", "palavra", "wort": são palavras diferentes, mas seu significado e vibração são as mesmas.

Para entender e se fazer entender, é só se concentrar em captar a energia das palavras.

Eles tentam, e Mothman continua a falar em seu idioma original. Eles se concentram e, apesar de demorar um pouco, começam a sentir, dentro de suas mentes, que aqueles sons começam a se transformar.

Quando nem esperam, já entendem o que Mothman diz:

— Já conseguiram entender o que estou falando ou vocês são burros?

Todos mostram a Mothman que estão entendendo o que ele diz, mas ainda não sabem como conseguem fazê-lo.

— Então podemos falar com pessoas de qualquer lugar do mundo com isso? Mas o que é? Como estou fazendo isso? — Wolf perguntou.

— Para ser sincero, também não sei como funciona. Fato é que, com um pouco de concentração, vocês poderão se fazer entender para qualquer pessoa ou ser mágico que encontrarem.

Apesar de ainda não estarem seguros do que acabaram de aprender, pedem para que Mothman dê as informações que recolheu em suas vigílas. A expressão de Mothman, até então descontraída, se fecha e fica séria. Ele lhes dá as informações, e elas são absorvidas por todos de forma que, em suas cabeças, começam a surgir planos e imagens mentais do que está por vir.

***

Uma movimentação chama a atenção na aldeia.

Começa uma reunião entre os quatro antigos tutores dos meninos, Karen e Isabel. Eles conversam por longo tempo. Os demais não se aproximam: apenas os observam. A conversa traz à tona lembranças do tempo que aquele era um grupo que seguidamente ia à cidade e buscava itens para a formação da aldeia.

Todos respeitam a privacidade do grupo. Muitos olham, curiosos. Outros andam de um lado para o outro, demonstrando nervosismo. É unânime a tensão e preocupação, mas aqueles seis conversam para buscar um modo de agir.

Depois de mais algum tempo, o grupo parece tomar uma decisão. Eles entram em consenso e avisam os demais aldeões.

Isabel chama a atenção de todos e diz:

— Chegamos à conclusão de que não podemos deixar toda a responsabilidade nas costas dos meninos. Mas também não podemos atrapalhar a missão deles. Concordamos que a situação pode ser delicada demais para ficarmos de mão atadas aqui, mas ir até o local da batalha sem ter como ajudar só vai atrapalhar. Vamos ficar aqui e manter nossas atividades normais. Se, em dois dias, eles não voltarem, vamos formar um grupo pequeno de busca para ir atrás deles.

A decepção era grande, pois eles conversaram por muito tempo para decidirem não fazer nada. Aquela não era a decisão que esperavam. Mas estava tomada e, apesar de passar na cabeça de muitos ir até a cidade, a consequência que este ato poderia trazer é o que os impede de fazê-lo.

Isabel também não esconde a frustação de nada fazer, mas se esforça para que isso não desestimule os demais. A roda de chimarrão foi feita, mas parecia que cada um estava sozinho em seus pensamentos. Os aldeões descobrem muito sobre si mesmos. Conversam mentalmente durante o mate, e aprendem muito.

Mas não havia nada que realmente pudesse fazer a impotência da situação diminuir.

***

A noite custa a passar.

Com os primeiros raios de sol, os meninos levantam descansados, prontos para o desafio que se aproxima vertiginosamente.

Alben sai de seu abrigo, junta os ossos que haviam deixado de lado na noite anterior e os joga para longe do acampamento. Ele aproveita para se aliviar, e começa a urinar. Os meninos fazem o mesmo, cada um em seu canto.

Então, Joseph diz:

— Não foi bem assim que eu esperava começar o dia da batalha...

Aquilo arranca risos, mas logo os semblantes ficam sérios. Eles entendem que aquele dia é o marco que separa tudo que treinaram por anos do que haviam esperado por todo aquele tempo. Separa o teórico do prático. Separa a brincadeira da seriedade. Separa as crianças dos adultos.

O raciocínio é interrompido pela chegada de Mothman, que diz:

— Estão prontos?

A frase de Mothman mostra sua ansiedade.

Mas Joseph diz:

— Calma, Moth. Vamos comer um pouco antes de ir, e então estaremos prontos.

Os demais não discordam de Joseph. Eles reacendem o fogo com as brasas que restaram da fogueira do dia anterior. Aproximam a carne já assada para aquecer.

Enquanto espera, Alben diz:

— Tem alguma coisa nova para nos dizer? Alguma movimentação estranha?

— Nada de diferente. Os animais continuam agressivos. Cada vez fica mais definido o território de cada matilha e acho que, para chegarmos perto da igreja, teremos que lutar com os animais.

— Se é o que temos de fazer... é o que faremos.

Mas a informação não é suficiente para Wolf.

— Mas qual é o tamanho desses territórios? Poderemos chegar perto deles em segurança? — perguntou.

— Temos como nos aproximar, mas, mesmo assim, devemos ir com cuidado. Os animais podem nos ver e nos atacar, e não sabemos o que nos espera depois deles. Devemos ter o devido cuidado em nos mover. Tudo isso pode ser apenas uma armadilha, montada para nos derrubar antes mesmo de lutarmos.

Wolf tenta montar um plano em sua mente, mas, antes de ser capaz de desenvolvê-lo, Alben já diz como devem proceder. Wolf acata, vendo que, apesar de poder montar um plano, Alben tem muito mais experiência e, por isso, sabe melhor o que fazer e como planejar a situação. Wolf tenta aprender com o plano de Alben.

Enquanto esperavam que a carne aquecesse, ficava aparente a ansiedade de Mothman. Mas, depois de alguns momentos, percebem que não somente ele está assim. Os meninos ficam mais quietos e retraídos. Suas mãos começam a suar. Dragon olha fixamente para o fogo, enquanto bate o pé incessantemente no chão. Wolf e Poli prestam atenção no que falam Alben e Mothman, mas também não conseguem ficar completamente parados. Wolf também bate o pé no chão, enquanto Poli se move para frente e para trás. Joseph é o que parece menos ansioso, mas, mesmo assim, está muito sério.

Porém, um certo alívio aparece em seus semblantes no momento em que todos acabam de comer e se levantam para partir. Eles queriam seguir o quanto antes para seu destino, ainda incerto.

Mas, ao se levantarem, começam o caminho sem volta. Qualquer coisa que acontecesse seria definitiva. Suas escolhas definiriam irremediavelmente seus destinos.

***

Embrenhados na mata fechada, seguem Mothman, que parece já ter traçado o caminho que deveriam percorrer até as proximidades da igreja.

As árvores se misturam com a vegetação rasteira, tornando o caminho extremamente árduo, mas seguro, pois podiam se esconder com facilidade. Apesar de não andarem muito rápido, para não fazer barulho, progridem em um ritmo constante. Andam até onde podem ver um grupo de animais: cinco cães, sendo uma cadela adulta e quatro filhotes, em uma clareira. Eles observavam para ver se o animal não estava agressivo, como aqueles ao redor da igreja, mas, a princípio, a cadela parece normal.

Mas não dura muito. A cadela começa a ficar agressiva.

Mothman fala, em voz baixa:

— Seja lá o que for, deve saber que estamos aqui. Este cão está se transformando na mesma coisa que os animais ao redor da igreja.

A cadela se levanta, os filhotes ainda mamando em suas tetas, e seus olhos assumem uma cor avermelhada e morta. Ela anda em direção ao grupo e, ao se aproximar, começa a rosnar violentamente.

Alben puxa seu Grimório, mas Mothman diz:

— Não vamos usar magia ainda. Se o fizermos, poderemos ser descobertos.

Os meninos veem o animal e não conseguem entender o que o faz se tornar agressivo. Aquilo já os faz sentir muita raiva. Um animal inocente ser dominado contra sua vontade para fazer o mal... sentem que tal situação é imperdoável. Alben pergunta a Mothman como agir, se não pode usar magia. Mas não há resposta, pois a cadela sai em disparada para atacá-los.

Mothman diz:

— Vamos ter que impedi-la de chamar a atenção dos outros. Precisamos matá-la.

Os meninos se revoltam e liberam sem qualquer controle uma energia de intimidação forte o suficiente para fazer a cadela recuar. Ao mesmo tempo, debandam vários animais que estavam nas redondezas, o que pode ter chamado a atenção do perigo escondido na igreja.

Alben pega seu Grimório e tenta usar a magia para controlar a cadela, mas nada acontece. Apesar de intimidada com a energia dos meninos, ela continua descontrolada e agressiva. Vendo-se encurralada, mostra todos os dentes, tentando impedir a aproximação, mas os filhotes veem nela um porto seguro e vão em sua direção. Mal conseguem caminhar. Seu choro corta o coração dos seis, mas os meninos não sabem como ajudar.

Os quatro cãezinhos se aproximam da mãe, mas ela continua com sua postura defensiva. Quando tocam nela, ela os ataca. Os dois primeiros, que são os maiores, são rasgados por completo pelos dentes afiados. O terceiro, que estava chegando, foi mordido e chacoalhado com tanta violência que sequer teve tempo de chorar de dor. A cadela parte para cima do último filhote, o menor. Vendo que a cadela mataria todos os filhotes sem chance de defesa, Dragon, em um único movimento, foi em direção ao animal e, antes que pudesse morder o filhote ou o próprio Dragon, a pega pelas pernas e a joga para longe. Ela faz menção de voltar, mas Dragon olha para ela com tanta raiva que seu poder de intimidação a faz correr com o rabo em meio às pernas.

Dragon pega o filhote em uma de suas mãos e diz:

— Vou ficar com ele. Ele não tem chance de sobreviver, se ficar aqui, sozinho.

Os meninos concordam, mas Alben e Mothman acreditam que aquele filhote poderia atrapalhar a batalha. Ainda assim, não falam nada, com receio da reação de Dragon.

O filhote parece entender que foi salvo, pois não chora após Dragon pegá-lo. O garoto o levanta até perto de seu rosto, e o filhote, como que agradecendo por ter sido salvo, lambe o nariz de Dragon. Formou-se um vínculo. Nasceu uma grande e verdadeira amizade.

Após o acontecido, eles acham mais prudente continuar se esgueirando e não dar as caras. Apesar de já poderem ter sido vistos, nada mostra que isso realmente aconteceu. O grupo de, agora, sete, segue para seu destino.

***

A movimentação constante continua nos arredores da igreja. Mas, desta vez, a movimentação parece organizada. Os animais parecem estar aguardando algo, estão se preparando. Os grupos já não brigam entre si. Cada um fica na terra que lhe pertence.

Mas até o maior e mais corajoso animal parece se encolher com a chegada de duas feras, que passam como se desfilassem, desafiando-os.

As duas criaturas majestosas atravessam todo o caminho até a porta da igreja, e lá se põem a guardá-la, uma de cada lado da porta. Uma é de cor escura; outra, mais parda. Porém, ambas as criaturas são gigantescas, de tamanho desproporcional à de sua espécie de antes da guerra. Os dois pumas têm o mesmo tamanho ou são até maiores do que leões.

***

Apesar de ser árduo, o caminho não parece ser assim para os meninos, pois prestam mais atenção às ações do filhote. Isso preocupa Mothman e Alben, mas ainda é deixado em segundo plano. Ainda estavam em uma área relativamente calma. Mesmo assim, toda atenção era necessária.

O caminho se fecha cada vez mais no interior da mata, tanto que Mothman não conseguiria alçar voo ali. Nem um único raio de sol passava. A penumbra tomava conta da área, tornando o caminho ainda mais árduo.

Alben questiona Mothman:

— Você tem certeza de que estamos no caminho certo?

— Sim. Esse caminho, apesar de ser um pouco mais difícil, vai nos levar a uma parte da cidade que nos dará acesso à igreja por uma rua menos vigiada pelos animais. Apesar de a rua ser um pouco comprida, é reta. Assim, teremos uma visão do que nos aguarda à frente.

Eles seguem pelo caminho escuro e complicado. Algo lhes chama a atenção: o cachorrinho começa a rosnar. Ao prestarem mais atenção, percebem existir uma lagoa à frente. Nela, há um grande animal que, por conta da pouca luz, não conseguem distinguir. Mas é grande, e aparenta encarar o grupo. Eles não tinham interesse em batalhar com qualquer criatura, ainda mais se ela não os ameaçasse.

Então Mothman diz:

— Saiam por ali. — Ele aponta para uma trilha ainda mais fechada e continua: — Mas não deem as costas. Vou esperar vocês se afastarem e observar a reação deste animal.

Deixam Mothman para trás. O animal ainda olha em direção a Mothman, o que faz com que não baixe a guarda. Mothman já poderia seguir os outros, mas algo lhe dizia para não fazê-lo.

Ele dá um passo para o lado, sem nunca desviar o olhar, e o animal vem em sua direção em uma corrida alucinada. Seus olhos são de um tom avermelhado, e ele vê se tratar de um enorme lobo. Como lobos andam em matilha, aquele poderia não ser o único na área, mas, se fosse um lobo solitário, o risco aumentaria, pois animais assim se tornam mais agressivos e fortes para sobreviver.

Mothman salta para um galho e pensa no que fazer com a situação. Poderia tentar despistar o lobo, mas seria extremamente difícil por conta de seu faro. Podia tentar avisar os outros, mas isso faria com que o lobo o seguisse e se tornasse mais uma ameaça. Ainda assim, precisava avisá-los de que poderiam estar em perigo e que tinham de se prevenir de uma possível emboscada. O simples fato de estar apenas pensando já o deixava agoniado e o fazia se arrepender de ter dito para o grupo se afastar.

Sua falta de coragem aumenta a pressão. A cada instante perdido ali, o risco de o grupo cair em uma emboscada era maior, e a batalha tão esperada poderia acabar antes mesmo de começar.

***

Os habitantes da aldeia acordam e trabalham em silêncio. O dia se estende. Para eles, parecia terem se passado vários dias, e nem havia chegado a hora do almoço ainda.

A espera parecia torturar todos; mesmo aqueles que entendiam dever ficar ali, quietos e protegidos, sentiam uma angústia dentro do peito.

Ao chegar a hora do almoço, a expectativa era de que uma decisão diferente pudesse ser tomada.

***

Mothman não conseguia se concentrar em uma estratégia. Ele lamentava não ter mais seus antigos poderes. Apesar de ter a vantagem de voar, poderia ser perigoso alçar voo e perder aquele enorme lobo de vista. Ele poderia seguir o rastro deixado pelo grupo.

Mothman saltou para outra árvore para ver se o animal o seguiria e, sem se surpreender, vê o animal já aos pés da árvore para a qual pulou antes mesmo de aterrissar de seu salto. Suas opções diminuem. Teria de enfrentar o animal, apesar de não ter plena certeza de como agir.

Ele observa o ambiente à volta e sente-se em desvantagem. Não há espaço aberto, nenhuma clareira. Em locais assim, se ficasse em perigo, poderia levantar voo. Mas, na mata fechada, era impossível. São poucos os pontos nos quais poderia saltar e se camuflar entre galhos, como fazia naquele momento.

Ao longe, ele escuta uivos. Isso o faz tomar uma decisão. Procura um galho forte e o quebra, para usar como bastão. Como em um ataque suicida, salta de cabeça em direção ao lobo aos pés da árvore. Bate com o bastão na lateral da cabeça do lobo, próximo ao ouvido. O animal voa para longe, mas o golpe não serve para acabar com a batalha.

O lobo logo se põe em pé. Mesmo vendo que o animal não se

entrega após o forte golpe, continua o ataque para derrotar o adversário. O lobo se reergueu, mas Mothman saltou sobre ele, atacando-o com o bastão. Ainda assim, o animal consegue escapar em parte do golpe, que o atinge de raspão nas costas. Mothman se vira de costas para o lobo, que tenta mordê-lo, mas ele consegue escapar com um salto, que o fez ir na direção de uma árvore. No momento em que ia bater contra o tronco, Mothman usa os braços para evitar o choque, então consegue descer no chão sem colidir. Quando se vira para o lobo, só consegue segurar o bastão com as duas mãos como proteção contra o ataque do lobo, que iria morder seu pescoço. Com o impacto, Mothman cai no chão, enquanto o lobo morde o bastão.

O lobo morde o pedaço de madeira como se fosse parte do corpo de seu inimigo, tamanha era a ferocidade com a qual ele mordia. Mothman, em um movimento rápido, consegue afastar o lobo com força por um tempo para que se levante. Tanto o lobo como Mothman estudavam o adversário, andando em círculos. Cada movimento era importante, pois nenhum dos dois queria deixar uma brecha para o ataque do outro.

Mothman sente que está tudo perdido, e seus olhos se enchem d'água. Mesmo assim, fica encarando o adversário, o que é interrompido quando o lobo começa a andar para trás. Mothman percebe que era esta a sua chance, então salta sobre o lobo. Antes que ele atacasse, porém, o lobo sai em disparada dali. Mothman olha para trás e vê Dragon e Joseph: Dragon com uma expressão séria, e Joseph com um sorriso debochado e um orbe de fogo em uma das mãos. Estava explicado o motivo para o animal fugir.

***

Os animais que formavam o exército nos arredores da igreja pareciam estar ansiosos, mas permaneciam dispostos em forma de barreira de defesa, que serviria para defender a igreja de qualquer ameaça.

Toda a área ao redor da igreja estava ocupada pelos animais: desde pequenos roedores até animais de grande porte. Formavam uma barreira que quase completava uma volta completa ao redor da igreja. Apenas algumas edificações interferiam na barreira, e também eram vigiadas, pois poderia haver movimentação de animais dentro das construções.

Quem ordenou a construção da barreira parecia estar satisfeito com o resultado, pois um grande vulto observava a proteção e pôde se ouvir uma risada ecoar, chamando a atenção dos animais, que logo voltaram à sua posição de espera.

***

Mothman e os demais continuavam a seguir seu caminho. Já estavam próximos da saída da mata fechada em direção à rua que levaria até a igreja. A tensão da situação deixa todos ansiosos. O filhote choraminga, suas orelhas se encolhem e ele coloca o rabo por entre as pernas, demonstrando que percebe a gravidade do que os espera. Após chegarem próximo da saída da mata e avistarem o que já fora uma rua movimentada, param e observam. Os meninos querem partir para o seu destino, mas Alben não permite, apesar de também estar ansioso para ver o desfecho daquilo tudo.

Todos ficam à beira da mata observando a rua, mas nada acontece. A cidade parecia fantasma, o que deixava a situação ainda mais estranha. A calmaria do local não parecia preceder nada ruim, e o ambiente não era assustador como haviam imaginado.

Mothman toma a frente e diz:

— Vou ver como estão as coisas. Aguardem aqui.

Os meninos não escondem a cara de contrariados, mas Alben concorda com a cabeça, e Mothman ergue voo sem bater as asas, em silêncio absoluto.

***

O bater rápido dos cascos no chão demonstra a decisão que foi tomada durante o almoço na aldeia. Os cavalos puxam as carroças rapidamente por uma trilha inutilizada há muito tempo. Além dos quatro tutores dos meninos, Isabel também estava presente, com uma expressão que misturava preocupação e satisfação. Ela não conseguia esconder o alívio que sentia em partir ao encontro dos meninos. Não sabia o que ia encontrar, mas mesmo essa dúvida era muito melhor do que o martírio de ficar esperando na aldeia. Os outros quatro, Bruce, Marcus, Téo e Artur, tinham expressões sérias, difíceis de serem identificadas. Mas, com toda certeza, o pensamento de todos era semelhante: a vontade de ajudar seus "filhos" a superar esse desafio. Eles acreditavam ser injusto os meninos serem os únicos responsáveis por algo que nem mesmo eles tinham noção do tamanho.

Os cavalos avançavam rapidamente em direção à cidade, eles tinham chance de chegar rapidamente lá, mas será que isso ajudaria?

***

Mothman voa sorrateiramente tentando não ser notado. Ele se aproxima da igreja, e a visão que tem é assustadora. Pela visão aérea, vê um mar de animais, que se torna mais denso conforme a proximidade à igreja. Mesmo assim, os animais não estavam brigando entre si, pareciam estar aguardando uma ordem, algo ou alguém chegar ali para entrarem em ação.

Ele quase não acreditava no que via, na formação de animais à sua frente. Essa distração fez com que não percebesse que se aproximavam dele algumas aves. Assim que percebe, elas já estão próximas. Mothman voa tentando despistá-las sem ser notado pelos outros animais. Mas um som do falcão faz os animais se agitarem e verem Mothman.

Em um voo rápido, Mothman tentou, sem sucesso, se livrar da perseguição dos animais. As opções das quais ele dispunha naquele momento eram poucas, então decidiu que a melhor escolha seria confiar na capacidade de percepção daqueles que o esperavam na mata. Assim, ao ver que conseguiu despistar os animais em terra, Mothman voa rasante ao chão, pela rua abandonada, torcendo para que percebessem que ele não estaria se expondo daquela maneira se não tivesse uma boa razão.

Mothman voa rapidamente. Enquanto isso, os meninos e Alben tentam entender o motivo, que logo fica claro: estava sendo perseguido por aquelas aves. Ao se aproximar do grupo na mata, Mothman muda de direção, fazendo uma curva e deixando os perseguidores expostos para os cinco que o aguardavam. Na mata, os meninos e Alben já estavam prontos para atacar, com orbes de fogo nas mãos, que foram arremessadas na direção das aves quando ficaram visíveis. As duas mais próximas a Mothman foram atingidas e caíram imediatamente; as outras conseguiram escapar, mas pararam de seguir Mothman. Elas passaram a voar em círculos acima deles, indicando a localização do grupo. Já não havia mais como voltar atrás, pois, seja lá o que os esperava, já sabia que estavam ali, o que logo se confirmou com a visão de uma formação de animais que vinha de encontro a eles na rua em que estavam.

Os meninos se entreolham e não escondem o sorriso. Todos sorriam por nervosismo, adrenalina ou satisfação, afinal estavam ali para enfrentar o que viesse contra eles. Agora começava a batalha, e eles teriam chance de descobrir do que eram capazes, teriam uma noção real se aqueles desafios para obter os Grimórios e todos aqueles treinos haviam servido para alguma coisa.

Alben olha para Mothman. A batalha já não era mais iminente, pois já começara.

Mesmo assim, na cabeça de Alben, uma pergunta não parava de ecoar; então, não conseguindo se conter, pergunta a Mothman:

— Por que você não derrubou aquelas aves?

— Eu não tenho mais poderes. Com certeza elas me derrubariam.

— Não tem poderes? Cara, você voa! Você tem braços e pernas, poderia ter derrubado aquelas aves facilmente. Mas isso não vem ao caso agora... O que me importa é se você vai lutar ao nosso lado. Podemos confiar em você?

Mothman não demonstra nenhuma reação inicialmente, mas, aos poucos, mostra uma expressão de medo e decepção, então diz:

— Eu só vou atrapalhar vocês. Depois que perdi meus poderes, não posso mais lutar. Perdoem-me, mas não posso fazer mais nada daqui pra frente. Desculpem-me.

Ao falar isso, Mothman alça voo. Na subida, bate em duas das três aves que voavam acima deles e indicavam a localização. As duas caíram, mas, antes de elas chegarem ao chão, Mothman já havia sumido por entre as nuvens que ainda restavam no céu.

***

A trilha por onde vêm as carroças fica mais estreita e acidentada. Os cavalos estavam dando o máximo de si, mesmo assim, não estavam em alta velocidade, pois o peso das carroças somado ao peso dos passageiros e ao trecho acidentado os impedia de aumentar a velocidade. A trepidação e as pancadas das rodas nos buracos quase jogavam para fora quem não estivesse se segurando. Assim, depois de um tempo, o inevitável aconteceu, uma das rodas da carroça se quebrou. Com isso, Isabel, Artur e Téo são jogados violentamente ao chão, mas não se ferem, apesar da queda.

A decepção é visível. Artur tenta consertar a roda quebrada, mesmo que provisoriamente, pois aquele não podia ser o fim do caminho, e eles sequer tinham chegado na metade da trilha, mas desistir estava fora de questão.

Isabel, então, diz:

— Dois de vocês vão com os cavalos, e eu e os outros dois vamos a pé. Apesar de demorarmos um pouco mais, chegaremos amanhã à tarde na cidade e, com a Lua cheia, poderemos continuar o caminho com sua claridade.

— Não vou deixá-la, Isabel, então vou caminhando com você — disse Artur.

Téo olha para Bruce e Marcus, mas, antes de falar qualquer coisa, Bruce diz:

— Eu vou com um dos cavalos, pois estou mais habituado a montar. Acho que quem deve me acompanhar é o Téo, pois, assim como na aldeia, ele cuida de ferimentos e doentes, então pode ser útil lá.

Artur concorda e diz:

— Acredito que o único de nós que realmente tem alguma utilidade na cidade é o Téo. Então, Marcus, concorda?

Marcus assente com a cabeça, se apoia na carroça e diz:

— Sem problemas! Tomem cuidado até eu chegar, pois não vou estar lá para proteger vocês. — Ele termina a frase rindo, o que serviu para dissolver um pouco a tensão entre eles.

Os demais riem também, Téo e Bruce tiram os arreios dos cavalos, enquanto os demais juntam o necessário para seguir em frente. Muitas coisas que levavam na carroça tiveram de ser deixadas para trás, mas o que realmente precisavam, tinham junto de si, que era determinação e um objetivo a alcançar. Nada iria conseguir pará-los.

Quando preparados, montaram nos cavalos, partiram em um galope rápido e, logo, sumiram por entre as árvores que acompanhavam a trilha. Os três que ficaram para trás também começam a andar, pois não tinham tempo a perder.

***

Dragon é o primeiro a sair da mata em direção à estrada. Os outros meninos o seguem, mas Alben fica parado, pois não esperava que os meninos tomassem uma atitude tão rápida e de forma natural como fizeram. Alben não sabia, porém, que os meninos já haviam protelado muito aquele momento, e que eles não conseguiam mais segurar a vontade que surgiu em cada um.

Depois do primeiro passo fora da mata para a rua que seria o palco de algo que esperavam há muito tempo, eles já pareciam ser outras pessoas, preparados para aquele momento. Alben observava antes de sair da mata, e o que ele viu foi um grupo de homens que estava prestes a encarar uma responsabilidade que nem eles conseguiam mensurar ainda.

Onde foi asfalto, e hoje parecia um caminho esburacado, os quatro formaram uma fila, um ao lado do outro, e observaram a matilha que vinha ao longe de, pelo menos, dez cães se aproximando rapidamente. Antes de Alben chegar ao lado deles, estavam prontos para a batalha, e cada um libera um poder de intimidação que, mesmo não espantando a matilha, a atrasa bastante, pois os cães diminuem a velocidade.

Alben se junta ao grupo, então olha para eles e pensa em falar alguma coisa, mas não encontra palavras. Nada que falasse faria diferença, tamanha era a determinação do grupo em enfrentar qualquer coisa que cruzasse seu caminho.

Dragon olha para Alben, que apenas acena com a cabeça positivamente. Dragon, então, assume a responsabilidade que lhe foi imposta há algum tempo e, como líder, faz sua escolha, sem planejarem nada, então diz:

— Vamos lá?

Assim, todos correm em uma investida em direção à matilha que antecede os demais desafios na rua que seria o cenário de uma jornada rumo ao desconhecido.

Logo, alcançam a matilha e, apesar de hesitarem um pouco, pois não gostam da ideia de atacar animais inocentes, basta a aproximação para perceberem que não eram animais normais, pois tinham em seus olhos um ódio muito grande. Assim, logo que podem, os cães tentam atacar o grupo, que não precisa de mais do que alguns socos e chutes para passar por essa primeira linha de ataque. Mesmo assim, não deixou de ser um feito que chamou a atenção de Alben, pois, apesar de serem dez cães, não precisou atacar.

Os dois primeiros cães que atacaram foram em direção a Joseph e Dragon. Joseph não deixou o cão se aproximar muito e, com um chute, o jogou contra um muro, de onde não levantou mais. Com Dragon foi diferente, pois o cão parecia querer atacar o filhote que ele tinha em mãos, o que não foi uma boa ideia. Dragon deixou o cão se aproximar, então, quando saltou para atacar o filhote, com um soco Dragon acertou sua cabeça, e o corpo cai sem vida aos seus pés. Dragon, sem mostrar um pingo de dó pelo que fez, juntou o cão pelas patas e o arremessou em direção ao resto da matilha, acertando dois cães que ficaram para trás devido ao impacto. Os outros sequer olharam para a ação de Dragon. Wolf avançou alguns passos e viu um cão enorme correndo e saltando em sua direção. Com um movimento do corpo, ele se esquiva e, com um soco, acerta o corpo do animal, que, antes de cair, derrama muito sangue pela boca. Poli não deixou por menos. Ao ver que estava sendo cercado por um cão, corre e acerta um chute no animal, jogando-o, sem vida, alguns metros longe.

Tudo se desenrola em pouquíssimos instantes. Alben fica muito surpreso, mas aquilo não é tudo. Quatro cães foram derrotados, mas dois chegam depois dos outros, e ainda mais quatro estavam em batalha.

Os quatro cães cercam o grupo, mas são abatidos como os demais, sem conseguirem causar ferimentos em qualquer um dos meninos. Antes de acabar com dois cães que ainda tentavam se desvencilhar de uma carcaça arremessada neles, Dragon pega o filhote e procura por um local seguro para deixá-lo, pois seria arriscado demais levá-lo para a batalha. Alben mostra a Dragon um carro abandonado que poderia servir de abrigo para o filhote. Eles vão ao carro, enquanto os outros três lutam com os cães remanescentes.

Poli olha com certa piedade para os cães. Para eles, é difícil ver uma vida ser dominada por um ódio que só faz destruir. Irrita a todos ver os cães cobertos de sangue e com olhos vermelhos e sem vida, servindo a alguma coisa que se esconde. Mas Poli é o mais afetado. Não consegue aceitar o que vê. Ele se enfurece vendo aqueles seres vivos se tornarem armas. Acaba com dois cães com golpes rápidos. Para si próprio, ele diz que vai dar seu máximo para acabar com o que quer que esteja causando aquilo.

Alben demora um pouco, mas consegue abrir a porta do carro. Dragon traz o filhote para perto de seu rosto e diz:

— Você vai ficar aqui, onde é seguro. Prometo que logo venho te buscar.

O cãozinho lambe delicadamente o nariz de Dragon, e ele o abraça. O garoto pensa por um instante, tira sua camisa e forra o banco destruído do carro. O filhote se aninha, e Alben abre uma fresta no vidro e fecha a porta.

Depois de tratar do cão, Dragon diz:

— Não podemos perder tempo! Vamos acabar logo com isso.

A batalha que estava começando era muito perigosa e podia acabar de uma forma que nenhum deles esperava. Todo cuidado era pouco, e excesso de confiança poderia ser prejudicial. Mesmo assim, Alben preferiu não falar nada.

O grupo se reúne no meio da rua. Ao longe, avistam alguma movimentação. Com certeza, muitos outros desafios os esperam conforme avançam em seu caminho.

***

Apesar de diferente devido à ação do tempo, a trilha é conhecida de Téo e Bruce. Eles sabem não faltar muito para chegarem ao fim, onde antes mantinham um acampamento preparado. Mas desconfiam de que não chegariam ao acampamento antes de o Sol se pôr.

A luz diminui e, apesar de sua falta, a trilha ainda é desbravada pelo galope dos dois cavalos.

Téo e Bruce pareciam estar em sintonia completa com os animais. Ambos têm a mesma determinação no olhar. Eles correm com destino certo, atravessando os raros raios de sol que se despede no horizonte.

A trilha dá sinais de estar terminando, e eles reconhecem a mudança na mata que os rodeia. Finalmente estão chegando às margens da cidade. O ritmo é constante, e logo conseguem ver, ao longe, a pequena clareira que usavam como acampamento.

Para surpresa deles, ainda era possível ver algumas estruturas deixadas no antigo acampamento. Mas, antes de chegarem, os cavalos param bruscamente. Bruce continua sobre o cavalo, mas Téo não consegue se manter e cai e, por pouco, um dos cascos do cavalo não atinge sua cabeça. Os cavalos estavam assustados.

Téo e Bruce vasculham a área ao redor, mas não encontram nada. Ainda assim, a inquietação dos cavalos não diminui. Alguma coisa parecia influenciar seu comportamento. Eles se assustam, pensando que pode se tratar de algo que não seja físico. E pensam que, se o que assusta os cavalos tiver sido criado pelo que os meninos vão enfrentar, realmente nada poderiam fazer para ajudar no campo de batalha.

Os dois decidem passar a noite no antigo acampamento. Levam os cavalos a um córrego para tomar água, mas agem nervosamente.

Tanto Téo quanto Bruce falam pouco. Montam um abrigo rústico com as estruturas que ainda estavam de pé. Muitos pensamentos povoam suas mentes. E, quanto mais pensam, menos certeza têm de que suas escolhas foram corretas.

Ao cair da noite, os cavalos são presos a uma árvore um pouco afastada do acampamento, onde param de agir estranhamente. No acampamento, à luz da fogueira, os olhos dos dois brilham apenas refletindo o fogo, pois estão vazios, sem brilho natural, sem vontade. O desânimo é tamanho que sequer fazem guarda na hora de dormir. Simplesmente entram no abrigo, deitam e dormem.

***

A noite já predominava em outro ponto da trilha, mas os três outros componentes da expedição ainda caminhavam em ritmo acelerado.

Quando, finalmente, encontram o acampamento no meio do caminho, sentem um alívio sem tamanho. Eles se apressam em acender um fogo, mas o trabalho é dificultado pela falta de luz.

Com o fogo aceso, Isabel puxa uma cuia e bomba de uma sacola. Enchem uma cambona com a água levada para o caminho e, em pouco tempo, têm o chimarrão pronto. Sentados no chão, no entorno do fogo, eles refletem e conversam.

Eles improvisam uma cama com galhos e folhas, e Artur diz:

— Descanse, Isabel. Deixe que eu e Marcus cuidamos do acampamento.

Ela aceita e, depois de mais chimarrão e conversa, se deita na cama improvisada. Marcus e Artur continuam ao redor do fogo. Apesar de estarem cansados, sentem que dormir não seria tão fácil.

Depois de algum tempo, percebem que Isabel se movimenta muito no sono, a ponto de quase se debater. Temem que ela possa estar com algum problema ou mesmo ter sido picada por insetos, mas não veem nada. Ela logo volta a dormir calmamente.

Os dois voltam para junto do fogo e veem a mesma cena se repetir inúmeras vezes durante a noite, mesmo quando começam a revezar a vigilância. O que dormia acordava toda vez que Isabel começava a se debater. Se o objetivo dos três era descansar, não conseguiriam fazê-lo.

***

Mesmo com a Lua alta no céu, as sombras são mais constantes que a luz, o que atrapalha a luta.

Apesar de ainda estarem longe da igreja, são constantes as investidas de cães, gatos, roedores e aves. Apesar de os animais não representarem muito perigo ao grupo, vêm em grande número. Além de cansarem todos, poderiam denunciar sua localização para algo ainda maior e realmente perigoso.

Wolf chama a atenção de Dragon, e os dois conversam.

Em seguida, Dragon grita:

— Vamos seguir Wolf! Agora!

Alben percebe que Dragon é o líder do grupo. Não restava mais dúvida de que, apesar da pouca idade, o jovem tinha liderança natural.

Wolf corre em direção a uma casa cujo portão de ferro está aberto, e todos o acompanham. Ele passa pelo portão e se põe a seu lado. Depois que os outros passam, Wolf tenta fechá-lo, mas ele emperra. Alguns cães se aproximam, então Wolf desiste de fechar o portão e corre em direção à casa.

Entram pela porta, e Poli a fecha. Assim que o faz, ela já sofre com várias pancadas dos animais que os seguiam.

Sem falar nenhuma palavra, Wolf pega pedaços do que um dia foram móveis da casa e calça a porta. Todos fazem o mesmo. Wolf gesticula, orientando os demais a segui-lo. Em silêncio, eles o fazem e começam a entender o plano.

Saem pela porta dos fundos, fechando-a em seguida, e correm, sem chamar a atenção dos animais.

Eles se esgueiram por entre casas e se afastam do foco dos bichos, procurando por uma casa sem rastro de qualquer daqueles animais. Entram, fecham a porta e, mesmo no breu, fazem um pente fino para se assegurarem de estar seguros ali.

Só então Dragon começa a falar:

— Vamos passar a noite aqui. Wolf me disse que estávamos só gastando energia enfrentando esses bichos, e eu concordo. Vamos descansar. Assim que a luz do sol permitir, vamos montar um plano para avançarmos mais rápido até a igreja. No ritmo em que estamos, demoraremos muito, e chegaremos lá exaustos. Amanhã daremos um fim nessa história!

Todos escutam e concordam. Eles se arrumam para que fiquem à vista dos demais. Dormir é difícil, mas, mesmo assim, decidem vigiar o local em duplas. Perto do amanhecer, Alben vigiaria. Mas, na realidade, todos permanecem atentos durante grande parte da noite.

Aos primeiros raios de sol, o grupo fica a postos. Eles se reúnem e Wolf dá suas ideias. Quando as condições são favoráveis, saem da casa para pôr o plano em prática.

***

Isabel levanta. Tanto Artur quanto Marcus cochilam. Com uma expressão assustada, ela vai até o fogo e o reacende com alguns galhos secos. O estalar dos galhos acorda os dois, que percebem a aflição de Isabel.

Eles se aproximam do fogo e de Isabel. Ela olha para os dois e deixa à mostra os olhos cheios de lágrimas. A preocupação toma conta dos homens. Ao questionarem Isabel sobre o motivo para o choro, ela se limita a dizer:

— Vamos logo. Alben precisa de nós.

***

No acampamento próximo da cidade, os raios de sol trazem uma preocupação a mais. Os cavalos escaparam durante a noite, e o mais estranho é que não deixaram rastro.

Eles decidem vasculhar a cidade com cuidado, evitando zonas de risco, ainda que toda a área fosse de um altíssimo risco. Mesmo assim, eles andam por ruas afastadas da igreja, estranhamente quietas e vazias. A quietude total, sem canto de pássaros ou o som de insetos, os assusta. O caminho que fizeram outrora foi refeito com cuidado.

Retornam e decidem fazer outro caminho. Andam algumas quadras, até que, ao longe, podem ver algo muito estranho. Veem uma aglomeração, mas não conseguem distinguir o que a compõe. Mas podem ver não se tratar de algo natural.

Começam a percorrer a rua atentamente, evitando ficar expostos. Para isso, andam devagar e se escondendo como podem. Eles não sabem o que os aguarda no fim do caminho. Então todo cuidado é pouco.

***

Ainda escondido, o grupo vai à casa mais alta daquele trecho da rua. Discretamente, eles chegam ao telhado e observam toda sua volta.

Os animais que os atacaram na noite anterior ainda fazem guarda na casa por onde escaparam, e seu número cresceu, tomando toda a rua. Wolf pensa: *Se eles cercaram toda a volta, por que deixaram chegarmos aqui sem outro animal topar conosco?*

Wolf ainda raciocina, quando Alben diz:

— Sei que você também percebeu, Wolf...

— Será que ele está nos atraindo até aqui? Queria mostrar seu exército, tentando nos intimidar?

— Não podemos ter certeza de nada disso. Fato é que o caminho até aqui estava desprotegido. Talvez realmente tenha sido proposital, mas, se acreditarmos nisso, temos que saber que existe uma grande inteligência por trás disso. E essa inteligência tem de ser muito poderosa. Temos de ser mais cautelosos. Se essa foi uma amostra do poder de nosso inimigo, pode ser que, quando nos aproximarmos mais da igreja, deixe de ser sutil e nos ataque diretamente — disse Alben.

Wolf reflete. Alben tinha razão. Para prosseguirem com o plano, precisavam moldá-lo para imprevistos. Tinha de ser perfeito, sem brechas. Ao menor vacilo, podem dar espaço para seu inimigo agir.

— O que vamos fazer? Temos que começar a avançar! — disse Dragon.

Mesmo assim, eles não podem se precipitar. Alben chama Wolf, e os dois conversam em particular. Não conseguindo segurar a ânsia para sair e lutar, Dragon molda alguma coisa com pedaços de corda que encontra pela casa.

Curiosos, Poli e Joseph perguntam:

— O que está fazendo?

— O Grimório em minha mão pode me atrapalhar na luta. Por isso, vou prendê-lo a meu corpo.

Dragon improvisa um colete com as cordas. Além de ficar firme no corpo, pode ser capaz de bloquear algum ataque. Eles gostam da ideia, mas ainda temem.

Poli pergunta:

— E se você precisar usar o Grimório, o que vai fazer?

Dragon o encara com um ar de deboche e puxa uma ponta da corda que passa por trás de seu braço e se prende atrás do Grimório. Com isso, o livro se solta e chega à sua mão. A resposta motivou os outros dois a fazerem o mesmo.

Dragon aproveitou os pedaços de corda e as amarrou em seus pulsos. Diz, em voz alta:

— Vamos ver se tem alguém que aguenta nosso poder.

Ele soca uma mão na outra, dando a entender que falava não com os demais, mas com os punhos. Mesmo sem usar muita força, o impacto entre seus punhos é violento o suficiente para chamar a atenção de Wolf e Alben, que o olham surpresos.

***

Os passos de Isabel a levam rápidos e firmes pela trilha. Há angústia no ar. Artur e Marcus não sabem mais o que devem perguntar para que Isabel lhes conte o que sonhou.

O que aconteceu no sonho de Isabel?, é só o que conseguem pensar.

Um som alto se faz ouvir à frente deles. Mas, desta vez, é um som conhecido: o relincho de um dos cavalos da aldeia.

A princípio, sua preocupação é grande, pois eles não sabem o que pode ter acontecido para que os cavalos estivessem ali, sem seus dois companheiros de viagem. Mas Artur vê que os animais estavam cabresteados, o que quer dizer que podem apenas ter se soltado.

Com os cavalos, poderiam chegar muito mais rápido a seu destino. Montados, Artur e Isabel em um cavalo e Marcus no outro, rumaram para a cidade, sem perder tempo.

***

Uma tentativa de fuga. Inútil.

O grande grupo de animais que atacava não tinha chance de se arrepender. Ao tentar fugir, já era tarde. Os cinco, lado a lado, não estavam para brincadeira. Não poupam forças. Além de usarem seus poderes de intimidação, não diminuem a força de seus ataques.

Dragon traz em seu rosto um sorriso sádico. Parecia estar gostando do estrago que estavam fazendo. Os demais se mantêm sérios, semblante fechado.

Eles atravessam um mar de animais sem vida. A cada soco que são obrigados a dar neles, maior se torna a raiva que sentem de seu inimigo. Nada parece capaz de impedir o avanço do grupo. Cães, gatos, cobras, ovelhas, algumas aves atacavam, mas não conseguem impedir o avanço dos cinco.

Mas, então, alguma coisa muda. Um pouco à frente, notam que os animais que os atacavam abrem caminho. Os que não saem da frente são atropelados e jogados a vários metros de altura pela investida de três touros. São enormes, seus chifres aparentam ter força para arrancar uma árvore, os olhos vermelhos mostram que também estão sendo usados. Param a uma distância razoável do grupo, frente a frente, sem nada entre eles.

Os touros bufam e arrastam a pata dianteira no chão, cavando o asfalto envelhecido como se fosse areia fofa. Eles babam de raiva. Então atacam.

Dragon continua com o sorriso no rosto: gosta do desafio, ainda que assuste os demais. Podem se tornar alvos fáceis, caso se distraiam.

Dragon diz:

— Deixem o da esquerda para mim!

Ele corre em direção ao touro. Quatro corações se apertam. Joseph não quer esperar a chegada dos outros touros, então arremessa um grande orbe de fogo que atinge em cheio a cabeça de um dos animais, mas que parece não surtir efeito. Em segundos, no entanto, o touro fica desorientado, parece não enxergar, e passa reto, batendo em um muro. O impacto faz com que ambos desabem.

Alben olha embasbacado. Em meio à investida, Dragon fecha seu punho, e uma fina camada de energia o envolve. Em um salto, o garoto golpeia o touro. Um forte estrondo retumba à volta, e um dos chifres do animal voa, em movimentos circulares, e cai, cravando-se no chão ao lado do touro, que já não bufa mais. O último também não tem chance, pois Joseph novamente arremessa um orbe de fogo, que o acerta no mesmo momento em que Alben ataca um de seus chifres, e o animal cai.

Respirando forte, Alben diz:

— Dragon, como você sabia que o chifre era o ponto fraco dos touros?

— Então foi por isso que eles caíram? — Wolf interpelou.

— Os chifres fazem parte do crânio. Um golpe forte neles pode afetar diretamente o cérebro — Poli completou.

E então a resposta de Dragon aparece:

— Ponto fraco? Nunca pensei que eles tivessem isso...

Um silêncio constrangedor toma conta do grupo.

Alben diz:

— Então por que você fez isso?

— Porque eu tinha certeza de que conseguiria vencê-lo. Não estou louco, nem nada disso. É só que, às vezes, as coisas parecem muito piores do que realmente são. — Sua resposta não convence. — Não se preocupem. Não vai acontecer novamente. Vamos seguir em frente, como planejamos. Não vou mais me arriscar desse jeito.

O grupo segue em frente. Todos estão sérios e comprometidos. Resta saber como vai se desenrolar o plano, pois o que os espera ainda é um mistério.

***

Algo diferente começa a acontecer. Do interior da igreja, surgem ruídos muito altos.

Depois de algum tempo, os ruídos se tornam passos, que andam em direção à frente da igreja. Os animais do entorno têm a atenção voltada para o que começa a acontecer.

Um rangido ecoa pelas ruas, chamando a atenção de qualquer ser vivo.

Uma gargalhada surge e ecoa ainda mais que o abrir da porta.

***

Uma gargalhada faz com que todos os pelos de Bruce e Téo se arrepiem. Ela viaja em todas as direções, espalhando maldade.

Os dois, já próximos da aglomeração de animais, decidem continuar escondidos e tentar observar sem chamar atenção. Não se sentem preparados para o que quer que tenha rido.

***

Alben, Dragon, Wolf, Joseph e Poli andavam lado a lado, derrubando qualquer animal que tentasse impedir sua progressão.

Ouvem o ranger da porta, e o som faz o coração de todos disparar. Eles sabem, de alguma maneira, se tratar da porta da igreja. Sabem que era o som da movimentação de seu inimigo.

O que se segue é uma gargalhada. Uma gargalhada sinistra. Seu inimigo finalmente apareceu.

— Chegou a hora! Vamos! — falou Wolf.

Até mesmo Alben é contagiado por uma aura diferente. Todos correm em disparada, sem conseguir segurar a adrenalina. Sua empolgação faz com que gritem em meio à corrida desenfreada.

O grupo corre sem dar atenção aos animais pelo caminho. Àquela altura, parecem ser imunes a seus ataques. Os animais também parecem facilitar seu avanço.

A distância da igreja diminui rapidamente. Faltam poucos passos para chegarem.

***

Os cavalos travam novamente, no mesmo ponto da noite anterior. Os três que estavam montados descem, asseguram-se de que os cavalos estão bem amarrados e vão ao acampamento de outrora, no qual Téo e Bruce passaram a noite.

Isabel não quer perder tempo e se põe a apressar os outros dois. Sem escolha, eles se juntam a ela na continuação de seu caminho.

Por sobre algumas árvores, ela vê Mothman. Os três vão atrás dele, mas Mothman pousa. Ele para no limite entre a mata fechada e o que antes foi uma rua. O som do avanço de Isabel pela mata chama a atenção de Mothman, que tenta fugir, mas é impedido pelo chamado de Isabel.

— Mothman! O que está acontecendo?

Ele já havia aberto suas asas, mas as fecha e baixa a cabeça, como se não conseguisse encará-los. Isso causou grande desconforto e preocupação nos três, que trataram de se aproximar dele.

— Onde estão os outros? O que está acontecendo? — Isabel pergunta.

Ele levanta um pouco o olhar, e todos veem seus olhos cheios de lágrimas.

— Me desculpem. Eu errei! Sou um covarde!

Isabel perde o chão e é amparada por Artur, que pergunta rispidamente:

— Onde eles estão? O que está acontecendo?

Mothman continua:

— Eu não consegui acompanhá-los. Tive medo. Então eles foram sem mim.

— Para onde? Ficar se lamentando não vai nos ajudar! — questionou Marcus.

Mothman aponta para a estrada.

— Por esta rua se chega à igreja, e eles seguiram por aqui ontem.

Acho que já deveriam ter chegado lá, mas não sei o que aconteceu, pois não aconteceu nada de diferente. É essa maldição que me acompanha! É isso! Só pode ser isso! Estamos todos condenados.

Os três perceberam que Mothman sentia-se péssimo, sabendo que algo ruim iria acontecer, mas nada podendo fazer para evitar.

Artur diz:

— Acalme-se, Mothman. Tenho plena convicção de que eles não serão derrotados. E se forem, não será sem luta. Nos acompanhe. Vamos descobrir o que está acontecendo.

Mothman abre as asas e levanta voo, e é possível ver lágrimas verterem de seus olhos e descerem por seu rosto. Aquele ser, de aparência tão dura, estava chorando.

O trio observa sua partida. Depois, segue pela rua indicada por Mothman. Já tinham ido longe demais para desistir.

Eles avançam rapidamente pela rua, e logo percebem que alguma coisa aconteceu no local. Veem que aves foram mortas queimadas, há os corpos de cães mais à frente. Então, redobram a atenção.

Depois de mais alguns passos, podem ouvir um latido abafado. Eles temem ser atacados por cães também, mas o latido se repete e percebem ser de um filhote. Artur nota que o som vem de um carro um pouco afastado da rua. A visão de Artur e Marcus do cão com uma camisa na boca chama pouca atenção, mas, para Isabel, não. Ela reconhece a camisa de Dragon. Artur abre a porta e o cãozinho se joga no braços de Isabel, sem largar a camisa de Dragon.

Ela diz:

— Venha conosco, cãozinho! Não precisa se preocupar com seu novo amigo. O Dragon, assim como os outros, é forte. E eu vi que ficaram mais fortes ainda...

Artur e Marcus entendem a frase como uma pista do que ela sonhou, mas nada falam. Seguem em silêncio, ouvindo o diálogo de Isabel com o filhote.

— Os meninos vão sair desta. Temo somente por... — Ela interrompe seu pensamento em voz alta e, em um tom de voz diferente, diz: — Temos que encontrar os outros!

Ela se volta para a estrada, mas trava. Eles ouvem o ranger de uma porta, acompanhado de uma gargalhada.

Artur e Marcus tomam a frente e andam sorrateiramente. Dar as caras, sem dúvida, é uma péssima ideia.

O avanço deles não conta com nenhuma resistência. Antes mesmo de a porta da igreja se abrir, já haviam se dirigido a ela.

***

Faltava pouco para chegarem à igreja.

Ao longe, vislumbravam sua entrada, o que causava calafrios nos quatro meninos. Eles nunca viram nada parecido, mas mesmo o ar imponente da igreja é incapaz de fazer a corrida do grupo diminuir. Os animais não os atacavam mais.

A cada passo que dão, sentem o ar mais pesado. A uma quadra de distância, veem a porta da frente aberta. De cada lado há um felino gigantesco. Mas não é possível ver o que há do lado de dentro. Apenas se podem ver sombras.

O grupo para de correr e se aproxima caminhando e observando tudo à volta. Eles não sabem se alguma coisa saiu da igreja e se escondeu nas redondezas ou se o que quer que fosse que abriu a porta ainda estava escondido nas sombras do templo. Os animais que os atacavam mudam de vez de atitude. Eles apenas se aglomeram no entorno da igreja. Há milhares de animais em um espaço mínimo, o que parece ser um recurso de defesa de seu inimigo.

Os animais voltam a agir estranhamente. A caminhada do grupo os deixa frente a frente com os animais. Os bichos abrem um corredor entre o grupo e a porta da igreja, e só o que impede o avanço são os dois felinos, que se põem a andar em direção ao grupo tranquilamente.

Prestando atenção na aproximação dos felinos, o grupo sequer se dá conta de que, das sombras da porta da frente, surge uma figura masculina. O ser é alto, muito magro, mas forte. Tem a pele branca e cabelos negros não muito curtos penteados para trás. No rosto, traz uma barba rala e um cavanhaque mais destacado. Não veste nada na parte de cima do corpo; da cintura para baixo, usa um tecido leve preso com couro na cintura e nos joelhos, formando uma calça. Os pés estão descalços.

O ser observa o grupo, que ainda não percebeu sua presença. Um tempo depois, Poli desvia o olhar dos felinos e sente seu coração gelar com o susto de ver o homem parado na frente da igreja. Poli não consegue falar nada, somente aponta para a porta da igreja, então o grupo percebe, e a gargalhada é ouvida novamente, desta vez mais demorada do que a anterior.

***

Isabel sente os pelos de todo o corpo se eriçarem por algo forte, mas que ela não sabe explicar. Com isso, apressa ainda mais o passo, o que faz com que Marcus e Artur acelerem também, mas sem se expor, pois, apesar do caminho estar vazio, não sabem se é realmente seguro.

***

— Crianças?! Me preparei tanto para lutar com crianças?!

Após essa frase, o homem volta a gargalhar. O grupo não sabe como reagir, até Alben estava atônito. Todos pareciam assustados, pois eles se prepararam tanto para aquele momento e, agora que chegou, ninguém sabia o que fazer. Todos estavam encarando o homem, mas quem tinha mais raiva no olhar era Dragon. Ele parecia estar perdendo o controle, porém continuava em silêncio, parado, somente encarando o homem.

Wolf olha para Alben, que ainda encara o ser. Ele iria falar algo, mas o homem fala antes:

— Vão, pumas! Acabem com isso!

Enquanto falava isso, o homem se sentou no chão em posição de lótus, vê os pumas indo em direção ao grupo de meninos e pensa: *Se eles passarem por esses pumas, até que valerá a pena brincar um pouco!*

Os pumas correm lado a lado e chegam junto ao grupo, então os dois pulam com as garras voltadas para o pescoço de Poli e Alben. Aqueles felinos eram impressionantes, pareciam ser a espécie perfeita para matar: nas patas, havia unhas retráteis, que mais pareciam facas afiadas, além de possuírem grandes caninos e uma mordida letal. O pulo dos pumas em direção aos dois foi assustador e fantástico ao mesmo tempo. Os milésimos de segundo em que observaram o salto não vão sair da memória de nenhum deles, mas a sequência foi ainda mais surpreendente.

Os pumas chegaram a centímetros de seus alvos, então Poli e Alben sentiram o calor da respiração deles. Quando os animais esticaram suas patas para agarrar os dois, eles fecharam os olhos achando que não tinham mais chances de reagir, então tudo parou...

Dragon agarrou a cauda do puma que estava atacando Poli e o jogou no chão. O outro animal foi atacado por Wolf e Joseph. Wolf se jogou contra o animal, batendo seu ombro nele, que caiu e tentou atacar Wolf, mas foi atingido por uma esfera de fogo arremessada por Joseph. Esses ataques, tanto de Dragon como de Wolf e Joseph, não causaram muitos danos nos pumas, que mostraram seus grandes dentes para amedrontar seus inimigos.

Aquele início de luta arrancou um sorriso disfarçado do homem que estava sentado na porta da igreja. Ele não esperava que crianças pudessem evitar o ataque dos pumas. Além disso, outra coisa o surpreendeu: ele sabia que, por natureza, pumas atacavam primeiro as vítimas mais fracas, por isso o fato de eles terem atacado o único adulto o fez perceber que, apesar de crianças, eles eram diferentes. Mas até que ponto?

***

Os pumas cercaram o grupo. Alben e Poli conseguiram se recuperar do susto do ataque, e Dragon e Poli ficam de frente para um dos pumas.

Então Dragon diz, em voz alta:

— Vocês conseguem lidar com esse aí? Esse aqui é nosso!

Wolf acena com a cabeça, e ali estava montada a estratégia. Dragon e Poli enfrentariam um dos animais, e Wolf, Joseph e Alben enfrentariam o outro. Apesar de Alben não concordar, não tem tempo de expor sua opinião, pois o puma logo o ataca. Desta vez, Alben se esquiva rapidamente, mas sua ideia já não podia mais ser executada, pois as lutas já estavam acontecendo.

Dragon fala alguma coisa para Poli, que consente, então eles partem para o ataque ao puma, que os ameaçava com seu rugido mostrando os dentes. Poli e Dragon correm lado a lado e, ao chegarem próximos do animal, cada um vai por um lado. O puma se vira para Poli e, quando salta para atacá-lo, Dragon acerta um soco poderoso no corpo do animal, que se volta para Dragon, mas Poli acerta um chute não menos violento nele. Assim se sucederam vários golpes, até o puma não ter mais força para revidar os ataques dos dois. O animal fica no chão, então Dragon e Poli observam a outra batalha e veem os três derrotando o outro puma se esquivando e atacando, sem dar chances para o animal.

A luta acaba quando o puma, que estava sendo atacado por Alben, Wolf e Joseph, não aguenta mais os golpes e sai em disparada por uma rua lateral, seguido de longe pelo outro puma que, ao ver a fuga, se ergueu e tentou correr junto ao outro, mas não consegue, pois estava muito machucado. O grupo observa a fuga, então se volta para a igreja, onde a figura estava novamente de pé.

— Parabéns! Devo admitir que estou surpreso por passarem tão facilmente por eles!

Ao falar isso, o homem levanta um braço e abre a mão em direção aos dois pumas que corriam para longe, fazendo-os parar. Ele faz um gesto para chamar os dois animais, que voltam caminhando normal mente, como se nada tivesse acontecido.

A figura continua falando:

— Mas também devo dizer que eles são realmente muito fracos.

Os meninos e Alben se reagrupam, ainda sem trocar nenhuma palavra, apenas observando aquela figura. O que mais incomodava o grupo era a naturalidade e a calma daquele ser, pois ele parecia estar menosprezando toda a situação.

A figura, olhando para o grupo, diz:

— Que falta de educação a minha. Deixem eu me apresentar: eu sou Guland, um dos sete espíritos. Venho esperando este ciclo há tempos e, agora que ele chegou, terei a Terra toda para mim.

Naquele momento, Dragon começa a rir, e os demais não entendem. Dragon, então, diz:

— Lamento te dizer, mas não vai rolar esse seu plano.

Agora quem ri é o tal Guland, que chega a se curvar de tanto dar risada. Assim, em menos tempo do que um piscar de olhos, ele fica a centímetros de Dragon e, ao pé do ouvido, diz:

— Por quê? Acha que podem me impedir?

Antes mesmo que qualquer um pudesse reagir, Guland desfere um soco no peito de Dragon. O golpe é tão poderoso que o levanta do chão, seu punho parece uma marreta acertando Dragon, que cai deitado, imóvel. Os demais tentam reagir, mas, na mesma velocidade que Guland chegou, ele sai, e já estava novamente à frente da igreja.

— Vão, fujam! Ou querem acabar igual a ele?

Poli, que está ajoelhado tentando prestar socorros a Dragon, abre seu Grimório, o que chama a atenção de Guland, mas, antes que ele pudesse falar algo, outra coisa o surpreende ainda mais.

Dragon, ainda deitado no chão, diz, com certa dificuldade:

— Não acho, tenho certeza de que vamos impedir você! Você não vai sair vivo daqui hoje!

Novamente, Guland começa a rir, mas seu sorriso não é cínico, mas de empolgação. Então diz:

— Quem diria que crianças iriam querer lutar contra mim. Isso é cômico!

— Não estamos aqui para brincadeira. Esperamos muito por esse dia, então não pense que sairemos daqui sem lutar! — disse Wolf.

Dragon já está em pé e, com um olhar determinado e irado, encara Guland e diz:

— Se quer desistir, o momento é agora! Porque, se aquele é seu trunfo, você está com sérios problemas!

Ao terminar a frase, Dragon libera seu poder de intimidação, além de uma energia que forma uma aura em torno de seu corpo.

Ao ver isso, Guland muda de semblante e pensa: *Eu deveria saber que, para estas crianças estarem aqui, não poderiam ser crianças normais. Mas será possível que estas sejam as crianças das estrelas?*

Após essa breve reflexão, Guland percebe que todos os outros estavam usando o poder de intimidação e também tinham suas auras de energia destacadas pelo poder. Só assim, então, ele olha para o grupo com o semblante sério e compreende que eles não estavam ali para brincar.

Wolf acena com a cabeça para Dragon, que sai em disparada pelo corredor de animais em direção a Guland. Ele desfere um soco que acertaria Guland em cheio, mas um dos pumas pula na frente do golpe defendendo-o. O puma cai no chão, mas Dragon não nota, pois seu olhar estava fixo nos olhos de Guland. O encontro dos olhos de ambos parecia conter energia, mas significava mais do que isso, pois, com isso, Guland percebeu que aqueles meninos poderiam atrapalhar seus planos, então decide que deve levar a sério a luta.

A tensão entre os dois só acabou quando Dragon se afastou e fugiu de um soco de Guland. Ele não desiste de acertar Dragon, então o ataca com um soco, do qual Dragon se defende. Naquele mesmo momento, um orbe de fogo atinge Guland, mas não o fere, pois ele também possui uma aura de energia ao redor de seu corpo, porém diferente, pois era invisível e parecia ser mais densa do que a dos meninos.

Guland recua e olha para Joseph, que está com outro orbe de fogo já preparado para ser arremessado.

Guland, porém, levanta os braços e grita:

— ATAQUEM!!!

Todos os animais correm em direção ao grupo, que precisa atacar os animais, pois estão mais violentos e são muitos. Com isso, o grupo não consegue ver onde Guland está, o que os deixa expostos a qualquer investida dele.

Todos atacam com o que têm de melhor e, a cada ataque, um dos animais cai morto ao chão. Os ataques deles pareciam ser inúteis, pois o número de animais era muito grande e, mesmo se continuassem atacando, não acabariam com todos. Alben, por isso, pega seu Grimório para fazer alguma magia que pudesse acabar com aquilo. Ele avisa Wolf e Dragon, então começa a procurar, pois não sabia o que poderia ser útil naquele momento.

Escondido nas sombras da porta da igreja, Guland estava ofegante. Ele ainda não havia conseguido recuperar suas forças completamente, então decide se guardar caso precisasse usar sua força de verdade. Observa constantemente a batalha do grupo contra os animais que ele controla, controle esse que lhe custou grande quantidade de energia, que pode fazer falta naquela batalha.

Guland continua observando e, mais uma vez, algo que o grupo faz lhe chama a atenção, só então ele percebe do que se trata. O livro que o adulto do grupo tem em mãos é muito parecido com o livro que um dos meninos havia utilizado anteriormente para ajudar o membro do grupo que estava caído. Guland percebe que é um livro mágico, pois, apesar de nunca ter usado ou visto um, já havia escutado que era um livro que poderia servir como diário de um mago, e também tinha poderes e energia. Por isso, Guland queria um daqueles livros.

***

Isabel, Marcus e Artur já conseguiam ver e ouvir ao longe o que estava acontecendo, então sabiam que a batalha havia começado. Vários sentimentos vêm à tona e, apesar de andarem ainda mais cautelosos, desistir não fazia parte do plano. Eles queriam chegar até a batalha, mas não queriam atrapalhar os meninos, por isso estavam tomando maior cuidado no avanço.

Téo e Marcus estavam mais próximos da batalha, tanto que tiveram medo de serem percebidos quando os pumas fugiram, passando por onde eles se escondiam. Eles queriam ajudar, mas temiam que pudessem atrapalhar, então ficaram escondidos sem reação, para não serem descobertos.

***

Alben parece não encontrar em seu Grimório nada que possa usar. Talvez fosse a pressão da batalha, pois, mesmo tendo treinado, a teoria diferia da prática, pois parece não saber o que procura, mas continua a virar as páginas de seu Grimório.

Enquanto isso, Guland observa a falta de atenção de Alben e percebe que Wolf e Dragon estão mais próximos dele, então faz com que os animais ataquem os dois. Assim, quando os meninos se ocupam atacando os animais, Guland sai em uma corrida desenfreada e ataca a nuca de Alben, que desmaia, mas não cai, pois Guland o pega e o leva para frente da igreja. Quando Dragon e Wolf percebem, gritam, chamando a atenção de Joseph e Poli, mas não conseguem sair do lugar, pois, a cada passo, dezenas de animais os atacam.

Dragon está com muita raiva, sua aura aumenta e seu poder de intimidação também. O que mais aumenta, porém, é o poder de seus ataques: cada soco causa a morte imediata dos animais que tentavam impedir seu avanço. Os outros três meninos acompanham Dragon, tanto em direção a Guland como em seus poderes. Juntos, mostram que aqueles animais não têm a menor chance contra eles.

O medo do que pode acontecer com Alben faz com que os meninos avancem em direção a Guland. Os animais não param de atacar, mas isso não é problema para eles. Eles querem chegar a Guland para salvar Alben, custe o que custar.

Quando se aproximam, Guland entra rapidamente na igreja com Alben no ombro. Os meninos o seguem e, quando entram, a visão que eles têm é assustadora: apesar da escuridão, os meninos viam que os bancos da igreja estavam cheios de esqueletos. Por causa da pouca visão e o susto que tiveram ao entrar ali, perderam Guland de vista, por isso andavam cuidadosamente no corredor entre os bancos, enxergando devido a um orbe de fogo.

Ao chegarem no centro da igreja, uma risada ecoa pelo ambiente e, em seguida, ouvem Guland falando:

— Que falta de educação a minha! Deixem-me apresentar a casa que um humano, que é um dos poucos que não é inútil como os outros bilhões que já passaram por aqui, fez para mim!

O grupo ouve um som, como se um vento forte passasse por eles.

Após isso, uma reação em cadeia se inicia, desde o fundo da igreja, acendendo as tochas, que estavam em todas as paredes, seguindo pelas duas laterais até o altar. Com as tochas acesas, eles podiam ver que as paredes da igreja eram cobertas por ossos. O que viam era muito assustador: o altar era feito de ossos; sobre ele, os meninos viram Alben desacordado e, por trás do altar, estava Guland tentando abrir o Grimório de Alben, mas sem sucesso.

Guland continua a falar:

— Sabe, depois deste ótimo serviço que esse humano me prestou, quase comecei a achar que vermes iguais a vocês pudessem ter algum futuro. Afinal, não é qualquer um que se aproveita de um período de guerra e de doenças disseminadas no mundo para recolher corpos de mortos e matar mais alguns para prestar uma homenagem tão bela como essa! Por isso, ele fica neste local de destaque!

Os meninos, então, percebem que, atrás de Guland, havia um esqueleto preso no meio da parede, e tinha os braços abertos.

— Só estes detalhes nas costas fui eu quem fiz para homenageá-lo — continuou Guland.

Guland montou, com ossos, algo parecido com asas e, instantaneamente, os meninos se lembram de Mothman.

Essa lembrança, porém, foi interrompida pelo falatório de Guland, que continuava:

— Deve ter sido uma pessoa tão boa. Pena que humanos morrem tão facilmente. Mas sou grato, pois ele se empenhou me deixando esse lugar e o ritual prontos, só precisando de mais energia. Como teria sido bom se ele tivesse um pouco de poder... Mas isso já passou, e também não sei se me daria bem com ele, pois eu não gostava do nome que ele me chamava. Não sei por que eles insistem em me chamar de *exu morcego*... Mas agora cansei de contar história. Como faço para abrir essa coisa e usar seu poder?

Guland segura o Grimório de Alben. Agora ele já não está mais ofegante, pois aquele ambiente horroroso parece ajudar Guland a recuperar sua energia. Mas nada faz os meninos perderem a vontade de salvar Alben, estavam determinados e já haviam perdido muito tempo. Logo, percebem que Alben está recobrando a consciência, mas Guland também percebe isso.

— Vejam só quem acordou para me ajudar! Vamos, me diga como usar isto!

Alben ainda está confuso, tentando entender onde ele está, mas

Guland começa a ficar impaciente, então pega Alben pelo pescoço e exige que ele lhe ensine como usar o Grimório.

Aquilo irrita ainda mais os meninos, então Joseph grita:

— Quer aprender, olha aqui, seu babaca!

Ao olhar para o grupo, Guland vê os quatro com seus Grimórios em mãos e percebe uma luz brilhar nos livros. Ele sorri, solta Alben, dá a volta no altar e anda em direção aos meninos, mas eles não estão dispostos a esperá-lo chegar.

Dragon, com o Grimório aberto em uma mão, e a outra mão fechada, corre em direção a Guland, salta e desfere um soco de cima para baixo. Guland se esquiva, mas percebe o perigo que correu ao ver o soco de Dragon atingir e quebrar o chão, mesmo sendo de algo semelhante a mármore. Uma cratera se forma, e Guland sorri novamente, pois achava incrível o poder que aquele livro podia dar a quem o usava.

Guland pensa em atacar Dragon, mas, ao pensar nisso, sente um calor se aproximando, e logo vê uma grande labareda vindo em direção ao seu rosto. Ele salta para trás, mas, antes de encostar os pés no chão, vê Wolf investindo contra ele. Wolf ataca com as mãos abertas em forma de garras, em direção ao rosto de Guland, que consegue desviar, então as garras causam somente três cortes no peito de Guland.

Guland não esperava por aquilo, mas não tinha tempo para pensar, pois os ataques do grupo não paravam. Dragon, com o Grimório novamente guardado, desfere vários socos em Guland, que se esquiva de alguns e, de outros, se defende com os braços. Com a proximidade entre Dragon e Guland, Joseph não consegue utilizar seus ataques flamejantes, então se junta a Dragon e ataca Guland com as mãos. Wolf não participa da batalha naquele instante, pois estava ajudando Poli a tirar Alben do altar e prestar os primeiros socorros. Percebendo isso, Guland pega Joseph pelas mãos e tenta pegar seu Grimório, mas Dragon chuta suas pernas e o derruba, soltando Joseph, que, ao mesmo tempo, cria um orbe de fogo que atinge o peito de Guland.

Os meninos se afastam um pouco, ambos com a respiração acelerada, mas nada comparado a Guland, que, ao se recuperar dos ataques sofridos, se levanta mesmo sem ar e faz um som como se tentasse gargalhar.

Joseph e Dragon encaram Guland, que, com muita dificuldade, diz:

— Vocês até que são bons. Se eu não tivesse usado minha energia para me defender, estariam em apuros agora.

Guland curvava o corpo, como se buscasse ar. Os dois achavam que estavam vencendo a batalha, mas tudo muda: uma aura negra começa a cercar o corpo de Guland; sua pele, que até então era branca, começa a ganhar umas manchas acinzentadas, que pareciam hematomas. Guland se levanta, e seu rosto e corpo causam um grande susto e desconforto nos meninos, pois parecia estar se decompondo. As manchas no corpo faziam com que parecesse um cadáver; os olhos ganharam uma tonalidade vermelha em torno da íris; no rosto, faltavam pedaços de pele, o que deixava expostas partes de uma carne enegrecida, sem vida. A transformação não foi somente física, pois o poder de Guland aumentou muito. Em pouco tempo, ele está em pé, pronto para lutar, mas desta vez as funções se invertem, pois quem ataca é Guland, assim, Dragon e Joseph têm muito trabalho para se defender.

Guland ainda parecia brincar com os dois com sequências de socos e chutes. Após golpeá-los, Guland dá um salto atravessando a igreja e cai na frente de Poli e Wolf, mas não diz nada e dá um chute que joga Wolf longe. Logo, faz o mesmo com Poli que, apesar de saber que seria atacado, não teve chance de evitar devido à velocidade do ataque. Alben ainda estava tonto, parado em pé na frente daquela criatura, que agora já não reconhece. Ele tenta fazer um orbe de fogo, mas não passa de uma tentativa, e Guland o agarra pelo pescoço e grita:

— Vamos, seu verme! Me diga como usar este livro!

Apenas alguns grunhidos saíam da boca de Alben. Guland o apertava tanto que parecia que seu pescoço quebraria a qualquer instante. Guland anda carregando Alben até o altar novamente, pega seu Grimório e tenta falar algo, mas Dragon, como se tivesse voado até Guland, acerta um soco em seu rosto tão forte quanto aquele que abriu uma cratera durante os treinos. Guland voa para a parede coberta de ossos, os quais se quebram e desabam sobre o corpo de Guland. Alben cai desacordado, pois também é arremessado com o ataque de Dragon.

Do meio da pilha de ossos, Guland se levanta, irado, sem dizer nada, simplesmente avança e acerta um soco em Dragon, jogando-o longe. Este soco não fora um golpe comum, pois Guland concentrou muita energia nele. Sua mão estava envolvida por uma aura negra que formava um vórtice que concentrava energia. O golpe foi violentíssimo, mas acertou o peito de Dragon sobre o seu Grimório, o que pode ter salvado sua vida, afinal, depois de um golpe como aquele, dificilmente alguém conseguiria respirar.

Wolf e Joseph correm em direção a Guland, enquanto Poli busca

Dragon, que foi arremessado para baixo dos bancos do fundo da igreja. Ao se aproximar, Poli vê que Dragon está desacordado, então abre seu Grimório.

Enquanto isso, Dragon acorda, meio grogue, e pergunta:

— Onde ele está? Como está Alben?

— Calma. Joseph e Wolf irão segurá-lo por um tempo, e quero saber se você quer experimentar uma coisa.

— O quê? Do que está falando?

— É o resultado do meu treino. Não sei se vocês conseguiram algo novo, mas eu, sim. É uma mistura de ervas e energia que, de acordo com meu Grimório, cura os ferimentos e recupera sua energia!

— Então, qual é o problema? Por que não nos mostrou isso antes?

— Porque existe um efeito colateral...

— Qual?

— Não sei, no Grimório só diz assim: *utilize somente em caso de extrema necessidade e com cuidado, pois o que pode ser sua salvação, também pode ser sua perdição.*

***

Mesmo lutando dois contra um, os meninos não eram páreo para Guland, que estava sério, pois o golpe que levou de Dragon fez com que realmente se zangasse. Wolf mostra que é rápido, então tenta atacar os pontos desprotegidos de Guland correndo ao seu redor, enquanto Joseph arremessa orbes de fogo. Esses ataques, porém, não surtiam efeito, assim, Guland, com um único soco, atinge Wolf e o joga sobre Joseph, derrubando os dois.

Já no chão, Wolf pergunta para Joseph:

— Com as mãos, não vamos conseguir nada. Lembra-se de como derrotamos os esqueletos na caverna?

Mostrando que havia entendido o que Wolf estava falando, Joseph pegou dois ossos que estavam sobre um dos bancos da igreja. Wolf também se arma com um, mas, quando percebem, Guland já está sobre eles. Wolf usa toda sua agilidade e reflexo para conseguir se esquivar de ser pisoteado por Guland ao aterrissar de um salto. Ao conseguir desviar do ataque, Wolf usa o osso para golpear Guland atrás de seu pé direito. O golpe atingiu um pouco acima do calcanhar, e Guland o sentiu. Percebendo uma brecha para atacar, Joseph salta e, com os dois ossos ao mesmo tempo, como se fossem uma grande marreta, atinge em cheio a cabeça de Guland, que cai com o rosto no piso da igreja. Joseph olha para os dois ossos em suas mãos, os quais se quebraram ao atingir a cabeça de Guland.

Guland fica imóvel, mesmo assim, Wolf não crê que tenha sido o golpe final. Ele, então, levanta o osso para aplicar o golpe final, direciona na cabeça e bate com força. O golpe atinge algo duro e o osso se quebra em muitos pedaços, mas o que ele acertou foi o chão. Wolf não entende o que está acontecendo, pois, ao perceber que não havia acertado Guland, recebe uma cabeçada, de baixo para cima.

Além de escapar do ataque de Wolf, Guland, com um mesmo movimento, o atacou. O golpe foi forte, Wolf tonteia e, talvez, nem tenha conseguido perceber as gargalhadas bizarras de Guland, que, depois da cabeçada, chutou com o peito do pé as costelas de Wolf, que foi arremessado, derrubando inúmeros esqueletos dispostos em uma fileira de bancos.

Joseph, para evitar que Guland avançasse sobre Wolf, pega seu Grimório e pensa: *tomara que dê certo*. Então, chama Guland, que vê Joseph com um grande osso em uma das mãos e o Grimório em outra. De repente, começa a fluir por aquele osso algo como chamas, e o calor que aquela nova arma emanava era sentido de longe. Joseph guarda seu Grimório contra o peito, então olha para Guland e diz:

— Vamos ver o que aprendi com meu treino.

***

Poli termina de fazer seu preparado e dá para Dragon, que, ainda no chão, o toma com certa dificuldade. Poli observa Dragon, mas nada parece acontecer, então Dragon diz:

— Vá cuidar do Wolf!

Poli, mesmo um pouco contrariado por deixar Dragon sozinho, estava preocupado com Wolf, então foi ao seu encontro para ver os ferimentos. Wolf estava consciente, mas se contorcia de dor. O golpe que sofreu também teve grande parte do impacto absorvido pelo Grimório, mesmo assim, teve força suficiente para machucá-lo. Poli e Wolf conversam e, logo, Poli entrega a Wolf o mesmo preparado que deu a Dragon.

***

Guland não hesita em atacar Joseph, que o vê correndo em sua direção. Guland estava com um semblante sádico, e cada passo seu parecia fazer o chão tremer. Joseph, porém, não se intimidou: levantou acima de sua cabeça o que parecia um porrete feito de magma; em um movimento ele ataca, mas o ataque atinge o chão. Ainda assim, o ataque serviu para diminuir o ritmo de Guland, que precisou parar para não ser atingido por Joseph.

Após isso, quem parte para o ataque é Joseph. Ele faz ataques verticais, horizontais e na diagonal, mas não atinge Guland, que recua. Joseph continua tentando acertar Guland, então o rastro de fogo que a arma de Joseph deixava acaba atingindo um dos braços de Guland. Mesmo sendo só um rastro, causou uma queimadura que expôs os músculos por baixo de sua pele.

Apesar de sentir dor, parece que Guland perdeu a sanidade, pois começa a gargalhar e partir para cima de Joseph. Desta vez, os ataques que Joseph desfere não são esquivados, mas, sim, defendidos com os braços. Cada pancada que Guland leva faz com que ele perca mais um pedaço de pele, e expõe seus músculos enegrecidos. Ele continua rindo e, a cada passo, parece ganhar mais força, o que incomoda Joseph profundamente. Já não sabe o que fazer, pois o avanço de Guland em sua direção o fazia recuar, e Guland parecia crescer a cada passo. Joseph se sente encurralado, então se afasta, salta e gira o corpo sobre o próprio eixo e, com os braços esticados na frente de seu corpo, segura o osso e acerta Guland um pouco abaixo da orelha. O golpe arremessa Guland alguns passos longe, mas ele cai de pé, e isso provou que aquele ser não era humano. Com o golpe, parte da orelha, rosto e pescoço perderam pele e grande parte do tecido muscular, deixando expostos veias, parte dos ossos e dentes de Guland. Ele, além de cair em pé, ainda sorria, como se aquilo lhe fizesse cócegas. Joseph não sabia mais como agir, mas não se entrega, então levanta seu osso e espera pela próxima ação do adversário.

Guland anda em direção a Joseph. Foram poucos passos, mas pareceu ser uma eternidade. Joseph sentia a tensão, sentia seu coração bater cada vez mais rápido. Assim, quando estava a uma distância pequena de Guland, Joseph ataca, mas Guland agarra com uma mão o osso em chamas, e foi possível ouvir o som da mão de Guland queimando.

Joseph engole em seco, então Guland diz:

— Tá com medo? É para ter medo mesmo, pois sua vida acaba aqui!

Guland fecha a mão que está desocupada para dar um soco, mas, antes, concentra energia no local. A energia parece a mesma que usou em Dragon há pouco tempo, mas, desta vez, o vórtice se concentra em um ponto único, onde acumula energia. Guland flexiona o braço para trás, preparando-se para dar um soco, antes disso, porém, algo atinge sua cabeça: era um crânio, que foi arremessado por Dragon. Quando olham para Dragon, Joseph e o próprio Guland se espantam, pois uma aura brilhante contorna suavemente o corpo de Dragon, era algo poderoso.

— Joseph, vá ajudar Poli a carregar Alben para fora daqui!

Joseph solta o porrete e sai rapidamente. Guland não dá importância a isso, pois está surpreso pelo fato de o menino estar com tanta força e energia depois de levar golpes que poderiam matar até um guerreiro preparado.

Guland parte para o ataque, Dragon faz o mesmo. Ao se aproximarem, Guland desfere um soco que Dragon bloqueia com outro soco, e o impacto joga os dois para trás. No mesmo movimento, ambos saltam um em direção ao outro para atacar, mas o ataque de Guland é bloqueado por um golpe idêntico de Dragon.

Parecia que Dragon conseguia prever os ataques de Guland, e é então que diz:

— É só isso que você tem? Está muito lento. Vamos ver se consegue me acompanhar...

Guland arregala os olhos, não de surpresa, mas por conta de um soco de Dragon que atingiu seu estômago. Dragon mantém o punho enterrado na barriga de Guland, que tenta segurar o braço de Dragon, mas não consegue, então Dragon diz:

— Tá com medo? É bom ter mesmo...

Antes de terminar de parafrasear Guland, Dragon chuta seu corpo, que voa e cai no meio dos cacos de ossos que caem da parede que ele atingiu. Dragon se aproxima caminhando, mas os cacos de ossos no chão começam a vibrar e, quando Dragon chega até o local onde Guland está, os cacos de ossos voam, estilhaços quase acertam seu rosto, mas ele consegue se defender com os braços a tempo. Quanto tira os braços da frente do rosto, a visão que tem é aterradora: Guland, que antes parecia humano, agora já não é mais isso, pois parecia ter perdido quase toda a pele do corpo. Era monstruoso, aquilo era assustador.

Guland deixa a energia fluir por seu corpo, que parecia em estado avançado de decomposição, e diz:

— Não esperava que tivesse que usar tanta energia nesse novo ciclo, ainda mais contra crianças. Mas aprendi minha lição, agora vou lutar sério, afinal, não posso deixar que alguns pirralhos estraguem aquilo que venho buscando por eras!

A energia que flui pelo corpo degenerado de Guland é de assustar. Quem sentia aquela energia não achava outra palavra para descrevê-la que não fosse desespero, pois era uma aura vinda diretamente das trevas, um poder que parecia ter vindo das profundezas da escuridão.

Dragon observa Guland. Ele teme dar o primeiro passo, pois não sabe se deve atacar aquele monstro que está em sua frente. Então Guland ataca Dragon com um soco que, mesmo defendido, joga-o longe. Essa distância não lhe dá vantagem alguma, pois Guland se aproxima e ataca Dragon com um chute, que, apesar de muito rápido e forte, foi defendido por Dragon. Assim se sucederam vários golpes: Guland atacando e Dragon, por sorte ou por um reflexo que nem sabia que tinha, se defende.

Após um tempo, eles já haviam atravessado quase a totalidade da igreja. Já estavam próximos à porta de saída quando Dragon se defende de um soco cruzado de Guland, mas se desequilibra, baixa a guarda e, em uma sequência de socos, Guland o joga ao chão. Dragon está atordoado, mas percebe que ficar só se defendendo não vai levar a nada, então, ainda caído, chuta as pernas de Guland. O ataque não surte efeito, Dragon tenta chutar novamente, mas erra o alvo, e Guland se aproxima com a intenção de pisar em Dragon. Antes que Guland pudesse fazer o que pretendia, Dragon dá um chute no joelho da perna de apoio de Guland, que cai, então Dragon levanta e se afasta para retomar o fôlego. Ao se virar para Guland, ele o vê com o joelho dobrado para o lado contrário e pensa em atacá-lo, mas não houve tempo. Ainda deitado no chão, Guland coloca seu joelho no lugar, solta um grito irado, se levanta e chuta um dos bancos com a perna machucada. O banco se quebra e pedaços de madeira voam até Dragon. Guland corre em direção a ele, mas não o alcança, pois leva um chute em suas pernas, o que o faz cair sobre um dos bancos. Ele se levanta e vê Wolf com um sorriso debochado.

Guland levanta e tenta atacar Wolf, mas Dragon o ataca com um soco ao pé do ouvido, e ele cai novamente. Desta vez, Wolf e Dragon atacam Guland caído, e ambos o chutam, sem dar chance para que se levante. Guland parece perder as forças, pois quase não mostra mais resistência, então Dragon aponta para Wolf, que olha para o lado de sua mão e percebe o que Dragon havia pedido. Do banco quebrado, ele forma uma estaca, que Wolf pega hesitante, pois parecia não ter coragem de fazer o que Dragon queria.

Dragon, então, diz:

— Não perca tempo. Se não quer fazer, me dê isso aqui! Temos que fazer! Temos que acabar com ele antes que acabe conosco!

Wolf entrega a estaca para Dragon, pois, mesmo sabendo que Dragon estava certo, que aquele ser não era mais um humano e que, se a situação fosse contrária, ele não iria hesitar em matá-los, Wolf ainda achava que não conseguiria matar alguém de forma tão fria. Mas parece que, para Dragon, isso não era problema, então pega a estaca, chuta Guland para que se vire e fique de barriga para cima, com o peito exposto. Dragon segura a estaca com as duas mãos acima de sua cabeça e está pronto para cravar o pedaço de madeira no coração de Guland.

Guland, usando o restante de sua energia, faz um movimento com a mão e, antes que Dragon crave a estaca em seu peito, todos ouvem um rugido próximo a eles: eram dois pumas, que entraram correndo para atacar Dragon e Wolf e proteger Guland. Wolf se prepara para deter os pumas, que pulam em um típico movimento de ataque, então tenta revidar, mas uma fumaça sai da boca dos animais e se transforma em uma energia igual à aura de Guland. Os dois animais caem sem vida após isso, e a energia vai até Guland, que a absorve no mesmo instante em que Dragon o golpeia. O golpe de Dragon, porém, é desviado por Guland, que recuperou as forças com a energia que absorveu, conseguindo segurar a estaca.

Mesmo assim, Dragon continua tentando cravar a estaca, empurrando-a em direção ao coração de Guland, que parece ainda absorver toda a energia. Dragon olha para o rosto de Guland, que tem uma expressão de felino, mostrando os dentes, o que faz Dragon pensar que viu dentes de puma e não os de Guland. O ser, com um empurrão, arremessa Dragon e a estaca para longe, saindo correndo com um destino: em direção a Poli e Alben.

Wolf tenta bloquear Guland, mas Guland é mais rápido, e logo parte para cima dos dois. Joseph tenta impedi-lo, mas também não consegue. Poli tenta evitar que Guland alcance Alben e ele, mas Guland estava determinado, então pega Alben e corre para fora da igreja, seguido de perto pelos quatro meninos.

Saindo da igreja, os meninos veem Guland com Alben nos ombros. Guland parece falar algumas palavras, mas os meninos não ouvem nada. Assim, mesmo com Alben nos ombros, Guland levanta os braços paralelamente ao corpo e, com os braços esticados, com as mãos espalmadas para o céu, lança uma grande quantidade de energia, que vai até certa altura, mas logo desce como uma neblina. Quando essa neblina entra em contato com os animais controlados por Guland, eles começam a se contorcer, como se estivessem morrendo envenenados. Ao caírem, aquela fumaça que saiu da boca dos pumas também sai da boca deles, mas parece mais agressiva, pois faz com que os animais sangrem pela boca, olhos, nariz e orelhas.

Os meninos ficam paralisados com a cena. Logo, percebem que a energia que Guland liberou toma conta de uma área duas vezes maior do que o diâmetro da igreja. Todos os animais dentro daquela área já estavam sem vida, então sobrou menos de um quarto do total dos animais que haviam se aglomerado ali. Toda a energia que fluía dos animais se concentra ao redor de Guland. Os meninos acabam não tendo muito tempo para reação, pois tudo aconteceu muito rapidamente, e igualmente rápido foi a absorção da energia por Guland.

Toda a energia é engolida por Guland, e ele grita, como que juntando força para se transformar. A aparência monstruosa dá lugar à humana, e das costas e da cabeça de Guland sai uma massa de energia. Seus gritos são horrendos. Ainda que pareça causar muita dor, ele exibe uma expressão de satisfação. A massa de energia ganha uma forma mais definida: são asas. Grandes asas negras, muito parecidas com as de morcegos. Seus cabelos, antes arrumados para trás, se dispõem na forma de vários chifres. Ele libera uma grande quantidade de energia, que varre alguns dos corpos dos animais mortos a seus pés.

Larga o corpo de Alben no chão e diz:

— Me diga como funciona...

Quase sem forças, Alben diz, com a voz fraca e embargada:

— Nunca!

— Foi você quem escolheu isso!

Guland levanta Alben pelo pescoço, até que não possa mais tocar o chão. Ele se debate. Poli e Joseph correm na direção deles tentando fazer alguma coisa, mas Guland flutua e sai do alcance dos dois. Wolf e Dragon continuam parados, com expressões iradas, os punhos cerrados e muita energia fluindo deles, como se a mostrassem toda de uma única vez.

Com eles paralisados e longe de conseguirem alcançar Guland para salvar Alben, Poli e Joseph observam a agonia de seu amigo. Ele se debate, busca forças para se livrar, mas é inútil. Joseph arremessa orbes de fogo, mas Guland usa o corpo de Alben para se defender. Eles se sentem incapazes, impotentes. Só conseguem observar e esperar o que parece ser inevitável.

Os olhares incrédulos veem as forças de Alben se esvaírem. Ele para de resistir. Seu corpo amolece.

Por trás dos dois, uma sombra acerta as costas de Guland, fazendo com que o corpo de Alben caia. Os dois meninos o seguram antes que caia no chão. Mothman voltou para ajudar. Sua investida, entretanto, tem um alto preço. Mothman cai e se fere. Seu corpo fica coberto de sangue.

Guland grita:

— Isso só podia partir de um merda como você! Ainda não aprendeu a lição quando lhe foram tirados os poderes? Você não terá chance de errar assim novamente. Vou terminar com isso!

Joseph e Poli tentam levar para longe o corpo desfalecido de Alben. Por trás de um muro, saem Téo e Bruce, que ajudam a carregar o corpo de Alben.

Ao perceber isso, Guland grita:

— E há mais vermes!

Com um gesto das mãos, Guland faz com que os animais que não foram sacrificados ataquem novamente. Joseph e Bruce defendem Poli e Téo, que tentam fugir com Alben.

Eles o põem deitado atrás de um carro e começam a tratá-lo. Os dois ouvem um latido próximo, então veem Artur e Marcus, correndo para ajudar Joseph e Bruce. Isabel vem atrás, com o filhote de cão em mãos.

Ela se junta a Téo e Poli, e se lamenta:

— Eu vi isso em meu sonho. Tinha de ter vindo mais rápido, para evitar...

Os quatro detêm os animais sem dificuldade, mas Mothman corre perigo. Guland, aparentemente muito mais forte, parte para cima dele. Mothman tenta levantar voo, mas Guland o joga com força no chão. Mothman tenta se levantar, mas Guland não permite. Porém, antes de acabar com ele, sente algo. Ele vê Dragon e Wolf com cara de fúria, então diz:

— O que foi? Por que estão nervosinhos?

Outra vez, Guland subestima os dois e vai em sua direção.

***

Dragon e Wolf sentem uma raiva sem tamanho dentro de si. Sua energia flui de maneira que impede que se movam. Eles a sentem, mas não podem controlá-la. Aos poucos, parece que toda sua raiva se mistura à energia, que flui descontrolada. Eles veem seus Grimórios brilharem, e é a última coisa que veem.

***

Guland se aproxima dos meninos. Ele percebe que seus livros começam a emitir luz, o que lhe chama a atenção.

Em uma explosão de energia, Dragon investe sobre Guland em incrível velocidade. Seu avanço levanta do chão os corpos dos animais e sangue, deixando um rastro de sangue por onde passa.

Dragon soca, Guland defende. O ataque faz com que Guland sinta uma dor lancinante. Mais ataques surgem. Socos, chutes sem sequência lógica. Dragon golpeia como pode, com muita força, muita energia. Cada golpe traz nova sensação de dor ao vilão, e Guland salta para trás para fugir dos ataques de Dragon.

É quando Wolf ataca. Guland acerta um soco no rosto de Wolf, mas ele parece ficar ainda mais irritado, e ataca cada vez mais. Guland tenta correr, porém é seguido por Wolf e Dragon.

Wolf concentra energia em suas mãos. Guland fica fascinado com seus poderes e pensa em quão poderoso seria se tivesse um livro como o daquelas crianças. Mas não tem muito tempo para divagar. Wolf faz uma finta, fingindo atacar. Guland tenta se defender, contudo, o garoto salta e ataca um ângulo desprotegido do alado. Ainda assim, a energia de Wolf está acabando, e seu golpe não causa muito estrago. Alguns passos à frente, o olhar dele muda. Desaba no chão, não ferido, mas esgotado.

Guland investe contra Wolf, caído e sem defesa. Um chute o faz cuspir sangue. Dragon ataca o vilão. Guland tenta alçar voo para fugir, mas Dragon é mais rápido e segura seu pé. Ainda assim, continua a tentar subir, mas a força do menino é descomunal. Com um puxão, derruba o inimigo. Dragon o segura por uma das asas e pisa nela, quebrando-a como se fosse um graveto.

Guland berra de dor. Ele estava apavorado. Percebe que aquele não era um humano normal, pois nunca existiu um humano capaz de sobrepujar um alado. Nunca, em todas as eras, existiu alguém com tamanha força.

Mesmo assim, Guland não se entrega. Dá um chute de baixo para cima e acerta o queixo de Dragon, que mal se move. O alado consegue se desvencilhar das mãos do menino.

Em um ato desesperado, Guland fecha o punho e começa a concentrar energia. O vórtice é gigantesco. Ele concentra toda sua força. A asa quebrada cai e apodrece instantaneamente. Seu corpo definha, seus cabelos descem por sobre seu rosto, seu braço direito treme. Toda a energia que acreditava ser suficiente para dominar uma era está concentrada em um único golpe.

Dragon observa o esforço do inimigo com soberba. Parece como se alguma outra força, ainda maior, tivesse tomado o corpo de Dragon.

O menino acumula sua energia em seu punho também. Sua aura flui para sua mão, ainda aberta. Ele a fecha, e outro vórtice de energia surge. Ela flui em enorme quantidade, mas, mesmo assim, parece não fazer frente à força concentrada no ataque de Guland.

O Grimório de Dragon volta a brilhar. Desta vez, sua luz é uma aura que se une à de Dragon, concentrada em seu punho. O vórtice se torna maior e mais forte.

Dragon olha para seu punho, depois para Guland, que se surpreende. Os olhos do menino lembram os de um réptil ou de um gato.

Guland não acredita mais no que está acontecendo. Ele sabe não possuir nem um terço de seu poder real por estar ali através de um ritual, mas mesmo esse poder deveria ser o suficiente para controlar toda aquela era. O sétimo ciclo baniu os seres místicos. Não deveria haver resistência como aquela. Guland sabe que mais entidades pensaram e se prepararam como ele, mas mesmo elas não teriam tanto poder quanto ele. Encontrar aquelas aberrações infantes, capazes de enfrentar demônios, era surreal. Mas ainda havia uma chance. Ele deposita toda sua esperança no golpe.

Guland corre de encontro a Dragon, que faz o mesmo, na direção contrária.

O menino corre com seu braço esticado para trás do corpo. Em seguida, dobra o braço. Quando, enfim, se encontram, os dois golpeiam ao mesmo tempo.

O tempo parece parar. As energias não se misturam. A concentração de energia se transforma em uma grande explosão.

Os dois são arremessados para longe.

Enquanto todos correm em direção ao corpo de Dragon, para socorrê-lo, Joseph olha para Guland, que, talvez por já estar definhando, muito enfraquecido, quase não resiste à explosão. Sobram apenas pedaços. Mas Joseph pode ver que, acima dos restos do corpo, há uma pequena nuvem de fumaça negra.

Joseph abre seu Grimório e estica a mão à frente. Sobre a palma surge uma esfera, mas não um orbe de fogo. A fumaça aumenta e, depois, voa em alta velocidade. Joseph, entretanto, arremessa a esfera, que parece ser feita de magma. Ao acertar a fumaça, outra explosão acontece, e a fumaça negra desaparece.

Então toda a atenção é dada a Dragon. Ele está muito ferido. O braço com que golpeou Guland está quebrado, mas não é o que mais preocupa a todos. Apesar dos esforços de Téo e Poli em reanimá-lo, Dragon não volta, não respira. Téo faz massagem cardíaca, e Poli usa sua energia para trazê-lo de volta. As lágrimas rolam por seus rostos. Mesmo Wolf e Alben que, devido a seus ferimentos, não conseguem se aproximar, choram copiosamente. O tempo passa rápido e, por maior que seja a insistência em salvar Dragon, ele não dá nenhum sinal de que vá acordar.

Desespero.

Téo aumenta a frequência e a força da massagem, mas parece que o coração de Dragon não responde. Isabel mal consegue se conter. Artur chora como um pai que perde seu filho. Joseph, Marcus e Bruce desabam com os outros quando Téo desiste, aos prantos. Isabel tem de ser amparada pelos demais.

É quando o filhote que estava em seu colo vai em direção a Dragon. Ele fareja o corpo. Com um choro fino, parece procurar alguma coisa. Chega até o rosto de Dragon e começa a latir, como se o chamasse. O cãozinho coloca uma das patas sobre o rosto de Dragon, empurra-o e o sacode.

A tristeza toma conta de todos. Até mesmo o filhote parecia ter desistido, mas não abandonado o amigo, que conhecia há pouco tempo, mas já amava muito. O filhote para o choramingo e os latidos, então se deita, encolhido. E, talvez para se despedir, encosta seu focinho no nariz de Dragon.

O cãozinho sente Dragon respirar, mesmo que fracamente. As orelhas do filhote se erguem, mostrando que presta uma atenção diferente. Ele é o primeiro a perceber o abrir de olhos do menino. O cãozinho pula de alegria, late e lambe o rosto do garoto.

Os demais, aos poucos, percebem o milagre que acabara de acontecer.

Epílogo

— Enfim, acabou. Não acredito. Vocês conseguiram! Muito obrigado!

Mothman fala sem tentar segurar as emoções. Além de Dragon estar vivo, é a primeira vez que ele prevê uma catástrofe que aparentemente não vai mais acontecer.

Aos poucos, os que não estão feridos começam a se organizar. Bruce e Artur vão aos cavalos e partem em disparada até as carroças para consertá-las.

Ao amanhecer do dia após a batalha, todo o grupo, incluindo Mothman, se põe na trilha de volta à aldeia. O caminho é longo, mas será superado com alegria. Apesar de alguns feridos, todos voltam vivos e com sensação de dever cumprido.

Depois de muito andar, chegam ao acampamento do meio do caminho de volta.

Joseph acende uma fogueira, e eles fazem a roda de chimarrão. Os assuntos que começam a aparecer, sem dúvida, vão ficar marcados na memória de todos para sempre.

Apesar de Wolf e, principalmente, Dragon estarem machucados, os meninos estavam bem e felizes. Quanto a Alben parece que não apenas o corpo, mas também seu orgulho estava ferido. Quando ele e Mothman conversam, diz:

— Estou envergonhado. Não pude fazer nada. Se não fosse pelos meninos, todos estariam mortos. Não mereço ter sobrevivido...

Por mais que Mothman tentasse animá-lo, nada muda sua frustração e tristeza.

Os meninos se separam um pouco do grupo e conversam entre si. Wolf começa:

— O Grimório de vocês também está mostrando isso?

Wolf mostra uma página em seu Grimório que apresenta um grande ponto em destaque, como se fosse o início de um mapa. Ao lado deste ponto há o nome do vilão que os meninos derrotaram: Guland.

Os Grimórios de todos têm aquela mesma página.

Wolf diz:

— Além disso, apareceu também isso aqui.

Ele mostra uma página onde só há uma palavra:

"Fúria".

Dragon encontra uma página semelhante em seu Grimório, mas a dele tem uma inscrição diferente:

"Fúria do Dragão".

Nos Grimórios de Poli e Joseph, não há nada do tipo.

Dragon e Wolf não fazem ideia do que aquela página se trata. E, por mais que ouvissem os outros contando o que fizeram, não têm uma memória sequer depois do momento em que saíram da igreja e viram os animais morrendo. Mal sabia Dragon que, além daquilo, em seu Grimório também aparecera um novo golpe. O golpe que usou para derrotar Guland.

A noite passa rápido. Logo, voltam a andar pela trilha. Pouco antes do escurecer, chegam à aldeia, o que causa grande alegria. A vitória é comemorada muito por todos. Para completar a comemoração, começam a assar carne na fogueira. O churrasco vai até o meio da noite para comemorar. Mothman, pela primeira vez, pode dormir sem o peso de saber que muitas pessoas podem morrer sem que possa fazer algo para mudar seus destinos, e ele espera por essa noite há muito tempo. A pedido de Isabel, ficará na aldeia.

Ao menos por aquela noite.

A noite é de comemorações, mas todos estão cansados e partem para uma merecida noite de sono. O único som na aldeia é dos insetos e de alguma coruja. O fogo ainda queima, em um cerne em brasa, a tranquilidade reina. Por pouco tempo.

A noite de sono mal chega à metade e Isabel acorda, suada e apavorada. Ela se levanta para beber água e tenta se acalmar. Olhando para a rua, percebe não ser a única acordada. Mothman olha para o fogo, com preocupação. Isabel se aproxima dele e diz:

— Você sonhou o mesmo que eu?

— Não. Apenas sinto que algo muito ruim está prestes a acontecer. Sinto que uma tragédia se aproxima de algum lugar ao Norte daqui.

— Sim. Eu sonhei com o que vai acontecer.

Quatro homens surgem na entrada de uma aldeia, montados em cavalos negros. Usam palas escuras, que deixam escapar a ponta das adagas em suas cinturas. Eles apeiam e reúnem todos os moradores da aldeia. Os quatro procuram por alguma coisa. Os aldeões estão com muito medo.

Após pouco tempo, os homens perdem a paciência. Empunham as afiadas adagas e matam todos. Uma forte chuva começa a cair, e ela se espalha em poças vermelhas pelo chão.

Sem remorsos, os quatro montam em seus cavalos e partem. As marcas dos cascos deixam uma trilha de sangue. Uma trilha de morte.